现代视野下的文艺研究与文学批评

蒋述卓 主编

赵静蓉、朱巧云 副主编

商务印书馆
创于1897
The Commercial Press

2017年·北京

图书在版编目(CIP)数据

现代视野下的文艺研究与文学批评/蒋述卓主编.—北京:商务印书馆,2017
ISBN 978 - 7 - 100 - 15029 - 3

I.①现… II.①蒋… III.①文艺评论—世界—文集 ②文学评论—世界—文集 IV.①I106 - 53

中国版本图书馆 CIP 数据核字(2017)第 196862 号

现代视野下的文艺研究与文学批评
蒋述卓 主编
赵静蓉 朱巧云 副主编

商 务 印 书 馆 出 版
(北京王府井大街36号 邮政编码100710)
商 务 印 书 馆 发 行
北 京 冠 中 印 刷 厂 印 刷
ISBN 978 - 7 - 100 - 15029 - 3

2017 年 12 月第 1 版   开本 787×960 1/16
2017 年 12 月北京第 1 次印刷   印张 17½
定价:45.00 元

序　言

　　暨南大学文艺学学科具有悠久的发展历史。1929 年文学院成立以来，先后有郭绍虞、钱锺书等知名学者开设文学批评课程。20 世纪 50 年代至 70 年代末，形成了以著名文学理论家肖殷教授为核心、文学批评为特色的文艺学学科队伍。1981 年获批硕士学位授予权，1989 年在全国率先招收港澳台及海外研究生，1993 年获批为华南地区第一个文艺学博士学位授权点，首创"比较文艺学"方向。2006 年又获批美学硕士学位授予权，"文学概论"成为"广东省精品课程"。1993 年本学科被确立为国务院侨办部级重点学科；1995 年以来四次被批准为广东省高校省级重点学科；1997、2002、2008 年三次被列为暨南大学"211 工程"重点学科建设项目之一。2002 年中国世界华文文学学会挂牌暨南大学成立，饶芃子、王列耀教授先后担任会长至今。2007 年 6 月，由蒋述卓教授领衔组建的暨南大学海外华文文学与华语传媒研究中心获批为"广东省高校人文社科重点研究基地"。2007 年 8 月本学科获批为"国家重点学科"。2014 年自主设置文化创意与文化产业二级学科硕士和博士点。2015 年，蒋述卓教授领衔获批"中国文联文艺评论基地"挂靠文学院成立。

　　在 2011 年暨南大学中国语言文学一级学科获批博士学位授权点以前，我们在近 20 年的发展历程中，形成了"大文艺学"的发展特色。原本属于中国现当代文学和比较文学与世界文学二级学科的老师，都是文艺学学科中的重要骨干力量，他们很多是文艺学自己培养出来的博士，也在文艺学申请博导、带博士研究生，与文艺学有着水乳交融的关系，并为文艺学学科的发展做出了重要的贡献。更为重要的是，在不同学科的交融和碰撞中，形成了暨南大学文艺学重视跨文化、跨学科、跨媒介研究，重视当代文艺发展的前沿与现实，具有较强的当代批评实践的学科意识。在饶芃子教授、蒋述卓教授的领衔下，暨南大学文艺学学科形成了四个基本的研究方向，分别为跨学科视野下的比较文艺学、跨文化视野下的海外华人诗学、当代文艺学视野下的中国古代文论、现代性视野下的 20 世纪中国批评理论。这四个学科方向是经过长期发展凝练而成的，既体现了学科的优势与传统，又显示出拓展的空间与活力。在"比较文艺学"的引领与指导下，其他三个方向分别侧重于海外华人诗学、中国古代文论及现代批评理论的研究，涵盖了文艺学研究的三个重要维度，既各具特色，又彼此互补，总体上形成了以"比较"和"海外"为主要特色、强调"打通"与"实践"的学科发展内涵，与侨校办学特点紧密结合，又在国内同学科中具有鲜明的优势。

中国语言文学一级学科博士点获批授权以后，中国现当代文学、比较文学与世界文学、海外华文文学分别独立成为二级学科博士点，但长期形成的研究特色和优势，却早已成为我们暨南大学中文学科发展过程中，具有鲜活生命力的学科传统。摆在大家面前的这一本《现代视野下的文艺研究与文学批评》，正是这样一本体现"大文艺学"学科传统的成果论文集。该文集收录近 5 年来暨南大学文艺学、中国现当代文学、比较文学与世界文学、海外华文文学四个学科在国内重要刊物（包括《中国社会科学》《文学评论》《文艺研究》《中国比较文学》等）上发表的，能体现各个老师最高研究水平和研究特点的论文。根据论文内容的特点，我们把它分成 3 个辑别，分别为"跨学科视野下的比较文艺学"、"跨文化视野下的海外华文学与诗学"、"现代性视野下的 20 世纪中国文学与批评"。其中"跨学科视野下的比较文艺学"收录了《流行文艺与主流价值观关系初议》《网络文艺批评的领域拓展》《器物之喻与中国文学批评》《太极图蕴含的审美思想与中国书法艺术》《意识流小说的嗅觉叙事》等论文，既有当代文艺发展的边界拓展，又有古典文艺的文化审视，更有文学叙事的感觉融通。与 20 个世纪90 年代我们主要对文艺理论基本范畴所进行的"比较诗学"研究不同，我们当今已经面临着文化研究对文学研究的全面影响，在这种情况下，如何立足文艺主体，从跨学科的视野，深化文艺研究的内涵和深度，就成为文艺学，尤其是比较文艺学所面临的挑战。"跨文化视野下的海外华文文学与诗学"收录论文7篇，其中《百年海外华文文学经典研究之思》《论聂华苓长篇小说中的文化意蕴》是对海外文学文学经典研究的理论与实践，《海外华人学者中国文论研究的新视野》《论孙康宜中国古代女性文学研究的多重意义》则是海外华人古典诗学研究的整体视野与个案研究，而《20世纪90年代：马华报纸与新生代文学》《马华文学知识谱系及其跨界建构》《话语建构的记忆——文艺副刊与马华新生代小说的历史书写》三篇论文着眼于马来西亚华文文学的知识系谱、报刊生产与新生代文学的关系，呈现了海外华文文学区域研究的最新成就。在"现代性视野下的20世纪中国文学与批评"这一辑中，既有整体性反思新文学与中国传统文化之间关系的长篇宏文（《新文学对传统文化的批判与坚守》），又有融纵深史学深度和敏锐批评意识于一体的当代文学评论（《退却中的坚守与超越——论张炜的近期小说创作》），还有从当代文学制度的角度所进行的研究（《文选运作与中国当代文学的发展》）和从概念史发生的角度对"中国文学"概念现代发生的考古（《梁启超与"中国文学"概念的现代发生》），这四篇论文立足现代视野，涵盖史学、批评、制度和观念的研究的不同角度，深化了对20世纪中国文学和批评的研究。

本论文集的出版，是对近年来暨南大学中国语言文学学科发展的一次集体性地呈现，老中青三代学者，因为学术传统的薪火相传而集结，这既是一种回顾，也是一种展望！

蒋述卓

2017年10月31日

目　录

第三辑 现代性视野下的 20 世纪中国文学与批评

第一辑

跨学科视野下的比较文艺学

流行文艺与主流价值观关系初议

蒋述卓

随着中国工业化、市场化、城市化进程的快速发展，也随着媒介科技化的高速发展，中国的文艺生产与消费也步入了"高铁时代"。文艺领域中雅与俗的界限愈来愈模糊，"它不仅是中国当代文化的独特现象"，而且是"全球化语境下一种具有普遍性的文化景观"。[①] 雅与俗的相通与融合也呈不可逆之势，并逐渐为消费者接受，成为"文化大餐"中的"美味佳肴"。最典型的例子莫过于 2012 年中央电视台制作的春节联欢晚会了。在这次晚会上，中国顶尖歌手宋祖英与国外大牌歌手席琳·迪翁搭档用流行手法演绎了中国民歌经典《茉莉花》，郎朗与侯宏澜联袂演出了钢琴与芭蕾合作的艺术品《指尖与足尖》，等等。中国社会自从进入 21 世纪这十余年来，流行文艺承接 20 世纪 90 年代以来的发展脉络，正呈泛漫之势，并逐渐填充着大众文化消费与文化想象的空间，它们看起来好像是在主流文化的边缘上跌跌撞撞，实际上却在与主流文艺和主流价值观的摩擦与互动中不断扩大着自己的地盘。这背后究竟有什么文化原因？对流行文艺的价值观到底怎么评价？流行文艺与主流价值观真的存在巨大鸿沟吗？本文就

---

① 朱立元:《雅俗界限趋于模糊——90 年代全球化语境中的中国审美文化之审视》,《常德师范学院学报》2000 年第 6 期。其实，雅俗界限差别不那么明显的观点很早就见于西方的大众文化理论当中，如约翰·斯道雷的《文化理论与通俗文化导论》、多米尼克·斯特里纳蒂的《通俗文化理论导论》、阿兰·斯威的《大众文化的神话》等。

试图对流行文艺与主流价值观的关系作初步的探讨。

一

我这里用流行文艺而未用常见的大众文化一词，是想将文章的讨论面缩小一下。流行文艺实际上是大众文化的一部分，用它可以将如花园广场、购物中心、游乐场等大众文化现象排除在外，而只讨论以文学艺术面貌出现的文化现象，如青春文学（韩寒、郭敬明、张悦然、落落的文学）、网络文学中的流行创作样式（如悬疑小说、穿越小说、耽美文学等）、流行歌曲、流行电影和电视作品（如《失恋33天》《步步惊心》类）、电视娱乐节目（如《星光大道》《中国好声音》类）、时尚杂志（如《瑞丽》等）。如果硬要给出一个定义，我以为可这样去界定：流行文艺是指受人民普遍喜欢和热烈追随并带有某种商业性、时尚性、娱乐性的文艺样式和文艺现象。流行文艺的特性也由此而呈现，那就是大众性、商业性、娱乐性、追随性以及高技术性，其中娱乐性是主体，制造粉丝是其商业模式，充分利用高科技如互联网、以声光电技术为主的大众传媒以及信息通讯技术等是其成功运作的重要手段。

流行文艺的存在已不可回避，而且它还无处不在、无孔不入，它极大地影响着人们的日常生活，影响着人们的生活方式、思维方式和价值观念。在文艺愈来愈被人们当作消费品与娱乐品的时代，流行文艺所提供的文本却让人们感觉到逐渐变得眼盲与脑残，并心甘情愿地接受其在生活与行为方式上的指导。但同时它也给大众带来愉悦与意义。流行文艺的制作更多地是由文化工业过程来决定，也更多地根据消费者的反馈去调整。流行文艺所创造出来的文艺新内容、新样式以及冒出来的新词汇与新观念引起了热烈的争议，对其中包含的价值观也存在着反差很大的评价，有的甚至陷于冰火两重天的境地。

究竟如何看待流行文艺中的价值观？它与主流价值观存在多大的差距呢？

二

这里涉及到底什么是主流价值观的问题了。有的人认为现在在我国价值观混乱，根本不存在什么主流价值观；有的人则认为当前的主流文化就已经是大众文化了，主流价值观就是大众文化所表现出来的价值观，等等。但我认为，从当前中国的文化现实所表现出来的状况看，主流价值观还是国家所提倡的价值观，它是有强烈的意识形态性的，是一种具有价值导向的文化理念，它体现的还是国家与民族的意志，如党的十八大报告中所倡导的社会主义核心价值观就是主流价值观的集中体现。简言之，社会主义核心价值观从三个层面上体现为二十四个字，即倡导：富强、民主、文明、和谐（国家层面）；自由、平等、公正、法制（制度层面）；爱国、敬业、诚信、友善（公民层面）。[①] 应该说，这种主流价值观的导向是符合人民大众的价值追求和内心愿望的。这些价值观并不是悬在空中的口号，而在于大众个体的积极实践，以求得国家意志与大众意愿的统一。

从当前社会文化发展的状况看，大众文化包括流行文艺与政府倡导的社会主义核心价值观还存在一定的差距，有时甚至会出现背离的个别现象，但我们并不能由此而以偏概全，抹杀大众文化在积极践行社会主义核心价值观即主流价值观方面所作的努力，大众文化所体现出来的价值观追求与主流价值观并没有存在天然的鸿沟，相反，大众文化包括流行文艺在发展实践中还为主流价值观提供了积极的因素，并作为创新的内容逐步被主流价值观所接纳。流行文艺能为大众所喜欢与追随，总有它的理由，它们至少在以下几个方面做出了积极的努力，并为主流价值观提供了积极因素，还与主流价值观产生了互动的影响。

第一，坚持个体精神与感性领悟的表达方式。

回顾 20 世纪八九十年代的文学发展历程，有着青春冲动的青年文学都

---

① 胡锦涛：《坚定不移沿着中国特色社会主义道路前进，为全面建成小康社会而奋斗——在中国共产党第十八次全国代表大会上的报告》，北京：人民出版社 2012 年 11 月版，第 29 页。

是具有个性反叛精神的，如刘索拉的《你别无选择》、徐星的《无主题变奏》、崔健的《一无所有》、余华的《十八岁出远门》等，这种追求个体精神张扬的文学传统到了 21 世纪的青春文学中依然存在，而且走得更远。韩寒的出道，其实也是由纯文学杂志《萌芽》这一青年文学的摇篮培养出来的。但后来他与迅速崛起的郭敬明、张悦然等，却脱离了正统文学期刊的羁绊，踏上了商业性很强的流行文艺之路。但正是这些青春文学（或称 80后作家现象），强烈地表达出了校园青年在成长中的个性精神：孤独、忧伤、骚动以及对传统教育体制的反叛。他们对成长过程的反思并非没有价值，而是真实地反映出了这一代青年人对社会传统教育体制的看法、对新的人际关系的评价以及对自我价值如何实现的思考。也正因为如此，电视剧《还珠格格》中的小燕子形象才那么为他们所喜爱，不为别的，就是小燕子那种叛逆、敢说敢爱敢恨的个性精神感染了他们。他们不像五六十年代的中年人那样只是怀旧，而是在青春的反思中前行。20 世纪 90 年代是整个社会怀旧思潮盛行的年代，陈小奇、李海鹰等的歌曲《涛声依旧》、《弯弯的月亮》、"老照片"系列图书的出版等浸透着怀旧的情绪，透露出新旧转型过程中淡淡的忧伤，那种时代的忧伤情绪也未必不对 80 后文学青年产生影响。当然，我们很难将中国的青春文学与美国作家赛林格的《麦田里的守望者》以及杰克·凯鲁亚克的《在路上》去相互比照，但我们也注意到 80 后的前辈们如崔健、北岛、王朔、马原、余华等，分明都受到过赛林格与凯鲁亚克的影响。[1] 这些文学界前辈的作品也未必没对 80 后文学青年产生影响。有文化学者兼批评家指出："在 80 后作品中，我们会发现一种青春自由的过度发挥，就是过分注重人物的率性而为，而缺少了反思与批判，甚至没有价值判断"。[2] 这种批评当然是道出了他们的缺陷并且是一剑封喉的。但仔细想一下，想指望 80 后的作者有多深刻的理性思考，有多

---

[1]　张闳:《"我就要走在老路上"——〈在路上〉的中国漫游记》，朱大可、张闳主编:《21世纪中国文化地图》（2007 年卷），北京：商务印书馆 2008 年版，第 116—120 页。

[2]　陶东风:《青春文学、玄幻文学与盗墓文学——"80 后写作"举要》，《中国政法大学学报》2008 年第 4 期。

重的反思与批判，这很难符合他们的身份。他们只凭自己的感觉行事，只凭自己的感悟去写作，他们多多少少有一种"我拿青春赌明天"的勇敢，有一种"何不潇洒走一回"的豪爽。这与他们的前辈们经常是思虑过多、犹豫行事是大不相同的。当50年代出生的人还在考虑要不要出远门时，他们已经唱着"快乐老家"，背着行囊，骑着或开着车"自由飞翔"了。"活出敢性"[①]不仅仅是韩寒一个人的价值追求，也成为了80后一代青年的共同心声。

其实，青春文学也是有价值判断的，他们既有忧伤，也有温情；既有彷徨，也有励志；他们的爱情观总体上看还是健康的。他们当中既有卫慧与春树，也有落落与周云蓬，《杜拉拉升职记》中有压抑也有进取，《失恋33天》则真实地记录了他们如何从困惑与困境中走出而获得新的自由和新的爱情的心路历程。谁能说周云蓬的《中国孩子》里的价值观不是以人为本的先行吟唱呢？他们中的很多人都是在唱着《阳光总在风雨后》[②]扬起青春的激情踏上创业与打拼之路的。

当青春文学独树一帜可以单飞之时，他们也没有忘记与主流价值观相切近，郭敬明主编《最小说》杂志，其宗旨就是这样表达的："以青春小说为主，资讯娱乐以及年轻人心中的流行指标为辅，为青少年提供一个真正能展示年轻才华的原创文学平台，杂志将更注重对年轻人才的多方位开发，年轻资源的累积和培养，展现真正有中国文化精神的新青春文学，以积极、健康、时尚的青春文学品质奉献读者！"[③]

第二，寻求与主流文艺相接近的主题与内容，在与主旋律若即若离、若隐若现的表达中透露出对主流价值观以及传统文化的拥抱与热爱。

从2003年当年明月在网络上"用讲故事的方式说历史"发表他的《明朝那些事儿》开始，网络文学开始了以"草根"身份说史、说古典、说文

---

① "活出敢性"是韩寒在一则广告中的用语，但"敢性"一词在其《我所理解的生活》（浙江文艺出版社2012年版）中屡次提及。

② 歌曲《阳光总在风雨后》中有歌词"谁愿意躲在避风的港口，宁有波涛汹涌的自由"，其间充满青春的勇敢与激情。与此类励志歌曲类似的还有《从头再来》、《飞得更高》等。

③ 见郭敬明主编《最小说》"杂志动态"，《新浪读书》网站：http://booksina.com.cn。

化的新潮。紧随着的，则是网络文学的奇幻/玄幻小说以及"穿越小说"的出现，言情、悬疑、盗墓等文学现象也蜂拥而出，其有影响力的作品如《鬼吹灯》《盗墓笔记》《藏地密码》《步步惊心》《梦回大清》等等风靡网络并走红于出版界，并且一直影响到21世纪头十年的影视剧的改编与播出。在这些"梦回"或"清穿"的文艺生产中，传统显然表现出它的强大优势，或许这些作者在回避现实，但借传统而言说现实并透露出他们对治国理政的理想，多多少少也表达了他们对历史与现实的反思。他们无力去改变现实，于是寄托于历史而发泄他们的郁闷；他们无途径去出谋参政，于是就借拥抱传统来表达他们对"重塑人生"、"改变命运"以及"再造中国"的遐想。那些"重生"的招牌小说如《重生于康熙末年》《重生之贼行天下》《重生之大涅槃》等等都表达出一种面向中国、面向世界的宏大叙事。

这种对传统的热爱之风，又的确不是凭空而起的，其实在电影界早已为之，而且从大牌导演刮起，最早是由李安的《卧虎藏龙》获得奥斯卡奖为发端，引发出国内导演的武侠热、历史热、传统热，如《神话》《英雄》《无极》《刺秦》《赤壁》《画壁》《画皮》《关云长》等，继之而来的则是荧屏上的清宫戏泛滥，以至于造成"四爷太忙"的混乱。到最后，传统只变成了一个幌子，只是编剧与导演在那自说自话而已。这种风气其实又与20世纪90年代以来一直劲吹"国学"之风不无关联。

再放大一点看，其实拥抱主流价值观以及传统文化最成功的是流行歌曲，它们借言说文化之名成功地将热爱中华文化、热爱祖国等主流价值观所提倡的东西毫无缝隙地对接并融合到了一起。从最早张明敏演唱《我的中国心》开始，这种对重大主题的拥抱就一直未断过。《中华民谣》《大中国》《我的名字叫中国》《红旗飘飘》《好大一棵树》《亚洲雄风》以及2012年春晚上的流行歌曲《中国范儿》与《中国美》等，此类型主题的歌曲一出再出，而且还可以流传开去。而在香港与台湾，则又有林夕、方文山与周杰伦的联手合作，刮起了"古典风"、"民族风"，打造了如《东风破》《发如雪》《青花瓷》等具有古典意象的歌曲作品，满足了大众对精致、华美、和谐的审美期待。内地的跟风则以推出了"凤凰传奇"和李玉刚的《新贵妃醉酒》达到最高标志。可以这么说，流行歌曲是所有文艺样式中最为主流文艺所宠爱的，是最能与主流价值观不谋而合并能承担起构建主流价值观重任的一种文艺样式。它能堂而皇之地登上中央电视台这主流媒体的舞台尽情挥洒它的才华，并能为上上下下所接受，可谓风光无限。当然，流行歌曲中也有与主流价值观相悖却又能在暗地里行走而不被人发现的，它们宣扬的价值观显然是有违现有道德观的，如《香水有毒》《广岛之恋》等，不过因为它形态小，唱者也不一定深究，也就被轻轻放过了。流行歌曲的"大"功自然将其"小"过掩盖掉了。

第三，在思想禁区的边缘试探并作微小的突破，给读者带来新观念和新生活方式的冲击。

20世纪90年代后期，日本的耽美文化流入中国。互联网兴起之后，耽美小说不断涌现，并逐渐形成了耽美圈。与这有关的电影《霸王别姬》《断背山》也逐渐为社会大众所接受。于是，耽美由日本的"唯美"、"浪漫"之义逐渐演化为中国的独特含义，即被引申为同性之间不涉及繁殖的恋爱感情。"耽美同人"的概念也便流行开去。耽美文学的出现，开始是在思想禁忌的边缘上试探，但慢慢的发展则有了新的价值表达，即超越性别限制，超越生物的冲动，而旨在追求真情真爱。同时，它在一定程度上也提升了女性对自身身份的认同，在争取两性平等上有了新的价值评判。耽美作家吴迪曾自述过她的写作史，其中的创作心理与价值诉求也是很值得重视的。[①]

如今，在消费主义盛行与奢靡之风泛滥之际，网络上又流行开来一种"小清新"的流行文艺作品，虽说它们带有浓烈的小资味道，与主流价值观并不十分切合，但其清新的格调也给文坛带来另一种独特的风景，同时也是对过度消费主义所做的反叛。

从流行歌曲对爱情的表达与诉求看，其细微的变化也透露出来价值观

---

① 吴迪：《一入耽美深似海——我的个人"耽美·同人"史》，广东省作家协会、广东网络文学院（筹）编《网络文学评论》第一辑，广州：花城出版社2011年版。

的悄然变迁。20 世纪 80 年代，流行歌曲对爱情的诉求还是总要与社会、与祖国联系在一起的，如《血染的风采》《十五的月亮》《月亮走我也走》等，其情感诉求的背后还隐含着一个"大我"。但在进入 90 年代之后，情歌则渐渐缩小到个人的范围，甚至表现为一种私密的语言，有的时候还表现出一种对游离于婚姻之外的第三种感情的容忍（如《心雨》一类）。有的又表现出对恋人分手或无法结合之后的大度（比如《分手后还是朋友》、《只要你过得比我好》）。还有的则是表现为在失恋之后的自我疗伤、自我坚强（如《再回首》《梦一场》以及《好久不见》等），难怪很多年青人还将此类情歌当作失恋后的精神慰藉，它们的确能起到抚平心灵创伤、帮助失恋者走出心理困境的作用。在这些情感的表达中多多少少体现出了一种新的价值选择：宽容、理性地对待爱情和对恋人的尊重，以及无论分分合合一切为对方着想的情感付出。爱情至上，恋人至上，这在一定程度上也提升了社会文明的程度。虽然看起来流行歌曲每次都是一点点的在突破，但累积起来却成为推动社会文明向前发展的动力。自然，情歌中也有不健康的杂音与噪音，但与健康情绪的情歌比较起来，它们所占的比例还是很小的。

第四，叙事表达姿态上的平民化与艺术形式上的创新。它们与主流文艺形成了鲜明反差，推动了主流文艺放下身架并重视起叙事表达与形式创新的问题。

流行文艺最大的优势在于它的平民姿态，用通俗的话说就是非常接"地气"，它用老百姓的眼光去观察日常生活，用日常生活的语言去表达它的叙事，也用与老百姓一样平视的眼光去看事情，故能得到上上下下的喜爱。比如电视剧《蜗居》《媳妇的美好时代》等等。再回顾一下，当年电视剧《还珠格格》热播的时候，也不过是将皇宫生活平民化，将皇帝凡人化而得到老百姓的热捧而已。我们经常会批评流行歌曲的口水化、直白化、浅薄化，但恰恰是流行歌曲的这一特点，让它插上了翅膀迅速地飞入大街小巷。在一定角度上说，流行文艺很有点"三贴近"（贴近生活、贴近实际、贴近群众）的味道。这一点，韩剧在中国的热播也多少给中国的流行文艺乃至主流文艺上了好好的一课。

至于艺术形式的创新，无疑又是流行文艺的另一大优势。穿越，看起来好像是这几年的创新，但细究起来，它不过是唐代传奇小说传统的继承与变异而已，如《南柯太守传》中的一枕黄粱故事就是典型的穿越。而且这种形式也不仅仅是中国人在玩，外国人玩得更多，电影《午夜巴黎》不是穿越得更离奇也更出彩吗？当然，在网络文学中大家都来玩穿越，于是就形成了一阵风，因为穿越更容易让作者表达他们的内心期待。艺术形式上的松绑与创新让网络写手平添了更加丰富更加自由的艺术想象。如网络小说《盗墓笔记》《鬼吹灯》等，说奇谈怪，悬念丛生，再加之在创作时就与读者产生互动，在艺术的形式表达上很能满足读者的阅读期待。为了迎合视觉文化时代读者的需要，现在的流行小说又采用文艺加动漫的方式出版，以新颖新奇而又饶有趣味的艺术形式吸引眼球，争取读者。

三

毋容置疑，流行文艺也存在着诸多缺陷与弊端，比如低俗、粗糙、芜杂、思想性不纯正、艺术性不强等等，但是，因为它们的流行性，在社会上形成了强大的影响，一时间人们倒弄不清到底它们是主流还是主流文艺是主流了。因此，如何促使主流文艺乃至主流价值观与流行文艺形成良性的互动关系，则是我们应着重去加以研究的。

首先，主流文艺应给自己松绑，放下身段，努力去贴近大众的实际生活，接好"地气"。

主流文艺是以国家体制为主导、以舆论作引导的文艺，要给自己松绑，就是不要老带着体制和面具跳舞，要将主流价值观化为具体的、形象的、活生生的平民意识和平民生活形态。主流价值观包括主流文艺不能"生活在别处"，而应该回归平民大众的生活之中，否则再好再正确的舆论引导也会被神化并被束之高阁。我们现在的主流文艺似乎有一种通病，一接触到重大题材就概念先行，或主题先行，喜欢用一些大而空的语言去言说，给人留下的印象并不深刻，也不易让人记住。有时候，高雅的艺术降低身段，放平心态和姿态，反而更能为大众喜欢，而贯穿其中的主流价值观也就自然地走进大众的生活当中。比如 2013 年 3 月底在中国美术馆举行的许鸿飞雕塑展就解构了过去视雕塑艺术为高雅艺术的理念，建立了一种新的平民化的雕塑语言。许鸿飞通过诙谐、幽默的"肥女"雕塑，表达出一种乡村与都市生活的日常叙事方式，洋溢着一种对幸福生活的享受，对劳动、健康、生命高度关注与热爱的温暖情怀。这种"接地气"的雕塑深受大众的喜爱，谁又能说从它们当中不会体会到主流舆论与价值观的引导呢？

其次，主流文艺要具备与流行文艺共生共荣的观念，除主动拥抱流行文艺之外，还要向流行文艺学习重视市场营销的经验，在争取更广泛的读者/观众方面迈出更大的步伐。从历史的经验上看，高雅文化要赢得大众，也必须得到市场的认可，市场认同会使高雅文化走得更远。如世界顶级男高音卢西安诺·帕瓦罗蒂录制了普契尼歌剧中的《今夜无人入睡》这首歌，在 1990 年，他花了不少力气才使它成为了英国流行音乐排行榜的首位。1991 年他又在伦敦海德公园举行免费音乐会，参加人数达 10 万人以上。他之所以深受大众的欢迎，与他主动拥抱市场、拥抱大众相关，而他在商业上的成功并没有使他的演唱掉了价。[①]在中国，主流文艺也发生了很大的变化，中国作家协会开始吸纳流行文艺作家包括网络作家入会，"五个一工程"评奖也将图书出版的印数、戏剧演出的场次、电影放映的观众数制定为评奖准入的门槛，电影《建国大业》《建党大业》也开始走明星路线，等等。如果从提升文化软实力、实现文化走出去的战略方面考虑，流行文艺更易在外国人中产生沟通的效果，其次才是民间艺术和高雅艺术，最后才是体现本国各阶层共有的主导价值观的主流艺术。[②]主流文艺如何吸收流行文艺在形式上创新、在市场中行走、在读者/观众中互动的经验，形成自己更有特色更有吸引力的艺术趣味，将会更有助于国家文化软实力的提升。

① 约翰·斯道雷:《文化理论与通俗文化导论》(第二版)，杨竹山、郭发勇、周辉译，南京：南京大学出版社 2001 年 1 月版，第 9 页。
② 王一川:《艺术的隐性权利维度》，《创作与评论》，2013 年第 2 期下半月刊。

我们也不妨学学韩国的经验，将电视剧作为国家工程的运作模式，将主流文化变成流行文化和时代的风尚，既能宣扬主流价值观又能赢得大众的喜爱和可观的经济效益，还可以走出国门，影响世界。

在流行文艺方面，也要充分意识到，如今的大众不再是被动的受众，而是有着抵抗性与挑战性的大众。文艺产品的丰富性就像一个大超市，大众有了更多的挑选自由。如果流行文艺只停留在玩技巧、重技术层面而不去强化思想深度和提升审美趣味的话，大众将会自动抵抗它的产品。在网络互动时代，大众评论的口水也会将艺术的次品淹死。当代的大众对文化含量高、创作精美的产品的需求在不断增加。其实这种现象在国外的后工业社会时期也早就存在过。正如德国的一位文化学者指出过的："当代消费文化正在从大众消费向充满审美和文化意义要求的消费过度。文化观念在商品的价值评估中起着日益重要的作用。"[①] 消费需求结构的改变要求流行文艺做出相应的调整，从通俗靠近高雅，从高雅吸取养分，并最终实现俗与雅的合流，将会成为流行文艺的可取之路。从当前的状况看，非主流的流行文艺在逐渐形成潮流，并都在争取主流的认可，而主流文艺也在向它招手（我不用"招安"一词，因为那显得有"庙堂"与"江湖"之分），并力求二者形成合流。摇滚歌手汪峰的创作与演唱之路就明显表现出这种合流的趋势。从价值引导上说，主流价值观要发挥提供道德框架的作用，而流行文艺又可在价值新标准的建立方面提供某种新的因素，同时亦照样承担着伦理教育和增加国家软实力的任务，二者的互动与互补是可以做得到的。

综而观之，流行的东西未必都是好的，但流行的中间必定有好的。主流文艺是大河，流动是缓慢的，非主流的流行文艺是小溪，快而急，充满活力，它汇入到主流之中则可推动主流的发展。流行文艺与主流价值观并不存在着不可跨越的鸿沟。

丹尼尔·贝尔在《资本主义的文化矛盾》一书中申诉自己的文化批判

[①]〔德〕彼得·科斯洛夫斯基：《后现代文化：技术发展的社会后果》，毛怡红译，北京：中央编译出版社 1999 年 1 月版，第 110 页。

立场时说过他是一位文化保守主义者，而我在作上面的阐述时为流行文艺辩解过多，但我并非文化上的激进主义者，或新潮的鼓吹者，相反，我希望的是主流文艺与流行文艺二者的合流，是一种文化折中主义。其实，这些观点早在我前几年的文章《消费时代文学的意义》[①]中已有萌芽。在自然科学领域做科学研究，经常会有"试错"的尝试，并能得到人们的宽容。如果我们在文化研究方面，也能持宽容的态度，允许一部分人也尝试一下"试错"的味道，或许更能激发人们探求真理的热情。就请大家将此文当作"试错"的探究去读吧。

---

① 蒋述卓:《消费时代文学的意义》,《文学评论》, 2005 年第 6 期。

网络文艺批评的领域拓展

苏桂宁

一

20 世纪末以后，迅速发展起来的互联网技术给中国社会的公共领域带来了革命性的拓展，这个变化是前所未有的。网络技术已经在不断地改变中国社会的基本结构，也改变了中国的文化结构，极大扩展了中国文化发展的公共领域。

互联网已经成为现代中国社会文化的重要集聚平台。在这个平台上，文化批评及文化创造也迅速地发展。随着网络技术的普及化，网络文艺批评已经相当普遍地运用在当代文学创作和文学批评中，并且成为当代文学活动主要的组成部分。

从表面上看，网络文学创作和网络文艺批评只是形式上或者媒介上的变化，是从传统的纸质媒介转向了电子网络媒介的变化，是人们从传统的纸媒阅读转向电子屏幕的阅读的变化；但实际上，媒体的变化可能会带来许多看不见的变化，尤其是其中的话语权力的变化，是一种对批评权力诉求的变化。这是一个重要的历史转变时期，网络批评主体以及批评的接受方面都出现了实质性的变化。

在历史上，文化的传播与传播媒介的变更有密切的关系。文化传播经历了口头传播、器物传播到后来的通过纸质媒介承载的文字传播，显示了历史文化不断发展演变的过程。

电子网络媒介出现以后，文化的传播具有了更大的覆盖力。文化信息迅速地传达到人群之中，文化的普及和交流也在不断地增强。

文化不仅仅是信息，它还拥有非常强大的社会组织功能，其传播媒介也是组织社会的重要媒介。互联网出现以后，便迅速地成为组织社会的重要媒介，同时在文艺批评和文化批评领域显示出独特的组织效应。

以传统媒介为主要组织方式的社会文化迅速地转向了以电子网络媒体为主的组织方式，更多的人自觉或不自觉地参与到这个文化平台，被一种无形的力量吸引到这个文化结构之中。网络化的文艺批评在很大范围内有效地组织了当代的文艺活动，并且引起人们的关注和参与，由此对文学艺术的发展起到了很大的推动作用。

互联网的普及为当代文艺生产提供了非常大的平台。在这个平台上，每一个人都可以参与到现代的文艺生产之中。随着互联网的普及，大众参与了文学的写作，各种文学网站占据了网络世界的重要空间，大量被称为文学写手的作者蜂拥而至，建立起他们的文学世界，展开了他们的文学想象。尽管这种文学景观受到传统批评的质疑，但是，它却以非常强大的势头蓬蓬勃勃地发展起来。

网络文学写作已不仅仅局限在过去唯一的政治目的，而是被各种各样的动机和目的所驱动，其中不乏文学和文化消费的目的，也不乏个人情绪的宣泄和消遣。不同层次和不同方面的文学写作构成了网络时代形形色色的文学作品，也表现了网络市民社会的形形色色的审美趣味。

互联网的发展使大众的文学写作成为可能。他们可以将自己的作品，哪怕是非常私人化的作品上传到网络，以此体验自己的写作成就。这是一种自我确证的文学写作；即便是自我欣赏、自我迷恋的文学写作，也体现了个人权力的扩张，显示了个人精神领域的进一步扩大。

文学作品一旦发表，就成为公众的阅读对象。写作者可以通过网络的自我表达获得与公众交流的机会，甚至获得一部分人的认同。在这样的精神激励机制中，大众广泛地进入网络公共平台，以自己的方式表达生活的经验。

在互联网的平台上，各种新的文艺元素迅速产生，文艺出现了多元化的形态。传统文艺生产的组织方式在这个平台上常常失效；文艺生产的审查标准受到挑战；各种难以把握的文艺元素超出了传统文学艺术的范围，甚至突破了在此基础上形成的政治道德底线，使原有的文艺批评规则捉襟见肘，难以对其进行有效的评判。例如在网络小说中就出现了不同类型的小说形式：奇幻小说、穿越小说、耽美小说、架空小说、修真小说等等，这些小说在思想内容、小说的构造方式、基本的思路和所操作的语言技巧和叙述方式方面，都远远超出了传统小说的运作方式。

互联网更为直观地呈现了各种艺术的元素，在视觉上对读者和观众的刺激更为强烈。它以更为直接的参与性和体验性凸显了现代艺术的特征，并以个人化的感受强化了现代艺术的感染力。这些新的艺术元素反过来又刺激了新的艺术形式的大量生产。

网络技术的出现给文化传播带来了革命性的变化，它在诸多领域以及各个环节上都给文化传播提供了非常强大的技术支持，尤其是对批评话语权的重新配置起到了关键性的作用。另一种文艺批评格局也由此出现。

二

以网络媒体重新组织文学以及文化批评在大众文化网络时代是非常突出的。众多的批评者和接受者聚集在一起，在网络平台上讨论文艺问题，这是一种前所未有的文艺批评状态。

这种状态所显示出来的就是网络批评权力的重新配置。传统批评由于受到纸质媒体的门槛制约，也因此形成了垄断化的格局，批评的权力只集中在少数人手中。在大众文化的背景下，众多的批评者加入了批评的队伍，使人员发生了变化。网络批评的出现导致了批评话语权的转变：精英批评的话语权受到影响，精英批评不再是唯一的声音，大众批评的声音可能会形成合力，整体地影响批评的走向。

不过，大众文化的去中心化未必一定会使精英的批评话语受到削弱。相反，因为更多的人关注文艺、关注批评，网络传播媒介强大的传播功能可能会使精英批评拥有更为广大的空间，也因为受众的众多而形成一定的话语权。只不过声音的多元化会使精英的话语权不是唯一的或垄断的，它只是众多文艺批评中的一种。文艺批评的网络化使得批评呈现出更为广泛多元的特征。

在网络媒体上，大众迅速地参与到文艺批评领域之中，这就可能会出现一些独特的批评声音；而且这些声音会逐渐形成某种中心化的趋势，或者是相对的中心化，它的群体或大或小，代表了不同的立场——尽管有些批评在专业批评者看来是非专业的。

与此同时，网络批评方式也发生了变化。在传统的批评中，由于受到制作媒体的局限，批评手段是较为单一的。而在网络技术的支持下，文艺批评已经呈现出立体化的状态，既有文字的批评，也有图片和影像方式的批评。例如胡戈的"一个馒头引发的血案"，便是运用影视剪辑表达他对质量低劣的电影的不满。尽管没有文字说明，但他所采用的反讽手段却让观众一目了然，知道他的批评立场和批评要点。

传统文艺批评主要呈现于报纸杂志等纸质媒体上，这些媒体在现代社会具有相当强的可控性。它可能会受到主流意识形态的严格控制，能够进入批评门槛的批评者会受到严格的身份甄别，在思想意识上要符合主流意识形态的要求。这些都使得纸质媒体上的文学批评具有强大的政治意识形态因素。传统批评需要经过严格审查才能够出现在纸质媒体中，而且，这种"守门人"的门槛在中国又有其特定的意义。

网络媒体出现以后，由于批评载体具有普及性，更多的人可以参与到批评中。尽管这些批评是不成型的，或者是不够"正规"的，但是，它却显示了参与者的广泛性和普遍性。

在目前的情况下，纸质媒体（也就是报刊等）承载的批评仍然是支持学院知识分子身份合法性的主要媒体。学院的评价制度以及学科的评价制度主要还是以报刊文章作为其身份及成果合法性的主要支持者，因此大部分学院知识分子仍然以纸质媒体的文章作为其身份确证的成果。

网络批评最主要的形态是多元化，这往往使一些学院批评感觉到压力，他们担心由于大众的参与会导致文学艺术批评品质下降。相当一部分学院批评仍然固守于学院正统的批评阵地，并且以此作为确认自己身份合法性的唯一的依据，他们甚至将那些通过网络批评而产生影响的人看成不是同一圈子的人。这是纸质媒体能够存在的最大基础，具有身份确证意义的纸质媒体在学院的评价体制中仍然占据着重要的位置。

网络媒体的文章常常被认为随意性大、专业性不足、进入门槛低，没有专业权威机构的最终认证而削弱了其权威性。因此，网络媒体所承载的文章（包括批评文章）也往往不被权威机构或者专业机构所承认。

这对一些专业性较强的领域也许是重要的，但是对于文艺批评这种主观性较强的领域却未必有效。因为每个人对艺术的感受是有差异的，他们可以按照自己的感受去领略艺术，或者哪怕仅仅是根据自己的爱好对某种艺术品味感兴趣，也可能因此构成了批评领域的多种声音和多种感受。其实，这仅仅是载体和传播媒介的不同，并不影响到批评的品质。

现在越来越多的专业批评者进入到网络领域展开自己的批评，也将网络批评作为自己存在合法性的依据，在网络上展现自己的批评观点，并且将在网络上逐渐聚集的人气作为支持自己存在的最大理由。尽管学院的评价机制仍然不承认这种批评的形式，但是，网络批评已逐渐地渗透到了学院的评价机制之中，因为批评者所聚集起来的人气会直接影响到批评者在学院中的地位。

随着网络的普及化，更多的学院知识分子直接参与了网络批评，他们将自己的意见投入到网络批评之中，这样会让自己的意见观点迅速传播，也能够更为直接地进入受众视野。受众的广泛性使得这些批评者迅速地成为网络批评的明星。批评的明星化也正是大众文化狂欢时代的特征。一些文艺以及文化的批评者迅速地成为大众文化中的意见领袖，他们的观点在庞大的受众群体中产生了重要的影响。

现在许多纸质媒体出版社也在网络中寻找热门小说。尽管纸质媒体不太关注网络批评本身，但是，网络批评却能够捧热网络小说或者纸质媒体的小说。在这方面，网络批评具有非常强大的广告效应，而这又是传统媒体所看重的效应。

网络批评和网络文学创作拥有广泛的群众基础，也因此有了更为广阔的发展空间。网络批评以更大规模的方式直接影响到当代的文艺活动，并衍生出更多的文艺现象。许多文艺现象在传统媒体时代是看不到、也是难以想象的。

网络批评最早表现在跟贴上，到后来是以博客、微博的方式出现。微信出现以后，网络批评迅速地进入到手机终端，以更加普及快捷的特点迅速占领批评领域。最近出现的公众微信平台成了文化批评和文艺批评的重要载体。一些年轻的批评者纷纷开设公众微信平台，其组织的批评文章也在众多的微信使用者中流行。网络自媒体的出现更意味着个人批评权力和领域的扩展，人们在文化和文学批评方面也更强调个人化的特点。

文艺批评实际上是一种社会化的交流和社会化的参与。互联网为社会提供了更为广泛的文化交流平台，也对文学艺术的交流起到了非常大的促进作用。它改变了社会关于文化和文学艺术交流的方式、不同阶层的人员都可以通过这个平台进行艺术的相关讨论，这对文艺的发展并不是坏事。众多的参与者在这个平台上以不同的姿态和立场进行交流，并吸引不同知识背景和不同领域的人进入讨论，从而更加有力地促进文艺的发展。

在网络领域，公众表现出了对文化公共事件的关注热情和参与姿态。一些专业的批评家和大多数业余的批评者也都纷纷通过博客或者微信迅速地成为批评的主流。

在自己的博客园地展开文学批评和文化批评是相当有效的批评方式。在博客的初级阶段，文艺批评能够相对独立地展开自身的立场和观点，在一定程度上还能够避开主流意识形态的拦截，这就使得许多文化人纷纷开设博客，包括学院知识分子也以博客展示自己的文学观点或者批评意见。尽管博客没有成为官方或者学院学术评价的依据，但它自由表达的特点获得了众多文化人的青睐。

　　这是在无形中形成的文化趋势，人们可以通过博客自由地表达观点，博客成为公众关注的对象，甚至出现了被称为意见领袖的博客。

　　博客的影响力不仅仅在于传播信息或者观点，更重要的还在于它显示了作为个人发表意见的权力，也显示了新的意见平台的出现。

三

　　在网络文学活动中，新的文学因素大量出现，新的文学内容、文学对象和文学形式也在网络平台上不断产生。新的文学活动方式给文学提供了新的品种，甚至带来了文学创作的革命性变化，并导致当代文学创作格局的变动。

　　这种新的文学形势也给传统批评带来了挑战。因为批评标准的匹配问题，网络文学没有被纳入传统批评的视野中，传统批评会以种种理由将网络文学排除出去，从而也使传统批评在这个领域缺席。但这并不影响网络文学的发展。在高科技的支持和大众的参与下，网络文学迅猛的发展势头展示出它的生命力。

　　网络文学的出现并不意味着文学品质的降低。相反，众多不同层次的作者加入了文学创作队伍，也创作了大量的文学作品，而这其中不乏高水平的作品，这就更需要批评者去发现总结，广泛挖掘出这个时代特定媒体所产生的艺术元素和艺术生产关系，总结出这个时代文艺作品的艺术特征以及社会的审美文化特征。

　　网络文学的数量庞大、普及面广，由此而出现了奇异的文学景观，打破了已有的文学观念。传统的文学观念已经难以适应今天文学的发展，尤其是网络文学。每个时代所总结出来的文学标准和经验是在其社会条件下产生的。网络文学是在高科技的支持下出现的，它所承载的是现代人在现有的社会条件下所需要的审美追求。而传统文学批评主要是建立在传统社会的文化条件之上，它所依据的文学标准由传统的经验所构成。以这样的标准对当代文学、尤其是网络文学进行判断，其批评的有效性是有限的。

只是依据传统的文学标准对网络文学进行评价，不能有效地阐释网络文学的状态，会出现捉襟见肘的窘态。

传统批评对网络文学的较少关注并不意味着网络文学这个品种是不值得发展的；相反，由于网络媒体的普及而使网络文学拥有了非常强大的写作群体和接受群体，这是现代及未来文学和文化发展的走向，这本身就是值得关注的对象。

由传统文学所产生的审美经验也是历史共同拥有的审美经验，它在针对网络文学批评时也具有一定的有效性，这使得网络文学批评并不一定与传统文学批评产生矛盾；但是，由于传统文学批评是建立在传统对象的基础上，当其面对网络文学时，也许难以对其进行更为透彻有效的批评。

在一定时期，网络文学创作显示出了非秩序化的状态，使得网络批评呈现出非秩序化的状态，这与政治意识的统一要求相矛盾。现行的政治意识形态也在对网络文学创作和批评进行规范化和秩序化。网络批评的秩序化是相对的过程，两者之间需要协调。网络批评显示了个人自由化的状态，而主流政治意识形态却力求舆论的统一化，这就要求网络批评向这种同一性靠拢。在技术上层面上，国家机器可以通过一定的力量对网络批评进行相应控制，使之形成秩序化的状态。

互联网的发展使大众加入文学写作成为可能，也使大众参与批评成为可能。在这个平台上，人们可以从互联网的多种终端直接进入文艺批评。能够进入批评的门槛不高，至少可以减少编辑的干预。由于数量的庞大，从互联网进入的"守门人"的状态可能会发生改变。

互联网出现后，加入网络批评的人群逐渐聚集在这个平台上，展开了前所未有的批评态势。这些批评者的进入是相对自由的，也因此更能够自由地发挥观点。网络批评不一定是专业化的，更多的人是以自由的方式加入，他们不是职业的或者专业的批评者，而是一种客串的批评者，他们能够根据自己感受到的文学状态发表意见。但这并不影响批评的质量和品位，因为这些批评者可以从不同的角度对文艺作品作出评价，使网络批评呈现出多层次、多方面的立场和角度，也会令批评领域显示出多元化的状态。

这是网络批评的新趋势，专业化和非专业化的批评在网络平台上有时难以区分。

网络文学的多样性、文学内容对象的多样性以及网络文学接受群体的多样性，会使人们形成不同的审美要求。批评者可以根据自己的趣味形成批评群体，甚至形成批评思潮，对文艺创作和社会审美风气产生影响。在网络传播的条件下，文学批评思潮的出现会更频繁，规模会更大，所产生的影响也更广泛。由于人数众多，大众文化批评会出现更为复杂的形态，这就需要批评研究者敢于面对，进一步去发现和分析其中的关系。

手机网络的出现使网络文化更为普及化和大众化。人手一机使网络终端直接进入大众的日常生活之中，相关信息也覆盖到大众的各个阶层。文化信息在大众中很容易引起不同反应，其反应的速度和密度也将越来越大。文学艺术作品或者文化现象都可以迅速地在手机终端上被接收，并及时得到反馈。由文化信息所造成的应激反应也可以迅速地形成社会现象，甚至形成社会事件。批评和反批评的矛盾可能会更加突出。这种趋势会形成网络批评的重要景观。

网络的公共性使得文化与文学艺术的信息能够迅速呈现在大众面前，成为公开的信息，这就使一度被垄断或者被隐蔽的文化信息公开化，并迅速进入社会的公共领域，文化的公共性会使文化权力迅速地转移到公众之中。

网络媒体的文学批评是一种立体化的批评形式。作者的多元化、批评立场的多元化以及批评方式的多元化，构成了网络文艺批评的立体化效果。网络文学的批评者未必经过严格的专业训练，但他们却能够自由进入批评的领域，在网络上展开自己对某个问题的讨论。他们的讨论立场可以是多种多样的，有些也许仅仅是对某个问题感兴趣，而有些却可能对整体的问题感兴趣。由于批评立场的多元化，人们对某一个文艺作品或文艺现象的评价会不同，甚至会得出截然相反的结论，这种情况在网络批评上经常出现。在批评方式上，可以有长篇大论，也可以是三言两语的评价，这并不妨碍对文学艺术的理解。当然，在这里必须将那些起哄谩骂式的评价排斥出去，因为它不属于文学批评的范围，而这一点往往很容易被那些反对网络文学批评的人所混淆和诟病。文学艺术的批评应该有一个基本的范围和明确的对象指向，对艺术特点的讨论以及对其思想的争论都可以进入文学艺术批评的范围。

网络文学的接受群体远远超过一般纸质媒体的接受群体。相对而言，纸质媒体的批评接受群体主要是一些相对专业化的人员。在文学圈子中的接受者，更多的人本身就是批评者。网络文学批评的接受者却远远超出这种专业的范围，他们也许只是通过网络查看某种文艺信息。

网络文学批评在很大程度上还起到广告的效应。通过网络批评传播的信息，一些文艺作品会引起公众注意，并且形成一定的广告效应。因此，当代的许多艺术作品，尤其是影视作品很容易因为某些极端的网络批评引起人们关注，并提高票房收入、收视率和销售率，把艺术作品的价格拉高。从商业消费的意义上看，网络批评又具有某种商业性。

从社会文化流行方面看，大多数观众具有从众性，网络批评的传播和覆盖都很容易引发社会的从众心理。大众可以集体性地追随某种流行文化，并且将之推崇到高峰，这与网络批评的推波助澜是分不开的。

在网络中，许多人都可以参与到文学艺术的生产之中。网络批评往往伴随着大众文化的走向而延伸。当大众文化成为社会普遍的文化结构时，网络批评也有了更为广阔的发展土壤。批评者以及受众的广泛参与使得现代的网络批评也更具有了生命力。

网络批评实际上是现代知识生产的一部分。因为，批评往往是修正知识生产的最有效的力量，它所提出的不同观点在知识生产方面是不可或缺的。

面对新的文艺形势，网络批评的任务就在于广泛深入地发掘新的文艺元素，厘清新的文艺关系，发现和协调新的文化关系，以期对当代文艺发展有新的认识和推动。

器物之喻与中国文学批评

——以《文心雕龙为中心》

闫月珍

关于中国文学批评的象喻传统，目前学术界的探索主要有三端：一是以自然物喻文；二是以人喻文，钱锺书曾对中国文学批评之"人化传统"有过开创性的论述，吴承学进而将之命名为"生命之喻"；[①]三是以锦喻文，古风将之命名为"锦绣之喻"。[②]事实上，除此之外，以器物及其制作经验喻文也是中国文学批评非常普遍的现象。本文将以《文心雕龙》为入口，探讨中国文学批评中的器物之喻，发现中国文学批评与器物及其制作经验的直接关联，以期为中国文学批评方式的形成找到更为深层的原因。

---

① 钱锺书：《中国固有的文学批评的一个特点》，《文学杂志》第 1 卷第 4 期，1937 年。20 世纪 30 年代，钱锺书就曾关注过中国文学批评"把文章通盘的人化或生命化"现象。吴承学称人化批评为"生命之喻"，即用人体及其生命运动比喻文艺作品，以说明作品是一个有生命力的整体。(吴承学：《生命之喻——论中国古代关于文学艺术人化的批评》，《文学评论》1994 年第 1 期)。

② 古风所谓"以锦喻文"，即指以锦绣之美比喻文学之美。以"锦绣"作为审美参照物来批评文学，是一种经典的具有中国特色的文学审美批评。(古风：《"以锦喻文"现象与中国文学审美批评》，《中国社会科学》2009 年第 1 期)"以锦喻文"实际上是将织物制作经验运用到文学领域，在这个意义上说，以丝织锦绣喻文也是一种"器物之喻"。

一、中国文学批评中的"工匠"

匠，木工，亦泛指工匠。《说文解字》言："匠，木工也。从匚，从斤。斤，所以作器也。"段玉裁注曰："工者，巧饬也。百工皆称工称匠，独举木工者，其字从斤也。以木工之称，引申为凡工之称也。"上古典籍中有着关于工匠的丰富记叙。《庄子》中梓庆削木为、轮扁凿轮、工倕旋矩、画工解衣般礴、匠人锤钩、北宫奢铸钟等故事展示了技艺出神入化的境界。孔子说："工欲善其事，必先利其器。居是邦也，事其大夫之贤者，友其士之仁者。"（《论语·卫灵公》）这里以工匠为喻，说明治国需要贤良仁义之士作为施行仁政的工具。孟子说："离娄之明、公输子之巧，不以规矩，不能成方圆；师旷之聪，不以六律，不能正五音；尧舜之道，不以仁政，不能平治天下。"（《孟子·离娄上》）也以工匠为喻，说明施行仁政对治理国家的必要性。古代以工匠为喻说明治国思想、伦理思想和艺术观念是一个突出的现象，这说明器物制作经验是一个具有很强涵盖力的语言系统。在这一历史语境中，以工匠为喻说明文学规律，也是非常普遍的现象。

由工匠引申出了中国文学批评具有审美意义的术语。一是以"匠"喻作者。"匠"不仅精专一艺，更兼造化之奇，如李白《登金陵冶城西北谢安墩》诗云："哲匠感颓运，云鹏忽飞翻。"其中"哲匠"即指艺术家。二是以"匠心"喻文学艺术中创造性的构思。唐代王士源《〈孟浩然集〉序》言："文不按古，匠心独妙。"匠以专攻术业为前提，文学艺术创作也以精巧的构思取胜，这正是以匠喻文学艺术创作的原因之一。而缺乏艺术特色则谓之"匠气"，如王夫之《薑斋诗话》卷下："征故实，写色泽，广比譬，虽极镂绘之工，皆匠气也。"三是以"匠"喻文学艺术的锤炼。如《二十四诗品·洗炼》"如矿出金，如铅出银，超心炼冶，绝爱淄磷"，以冶工喻诗歌写作之去芜存精；唐代孙过庭《书谱》"必能傍通点画之情，博究始终之理，镕铸虫篆，陶钧草隶"，以冶工喻学习书法经博采众长而后独成一家的过程，"匠心"来自锤炼和融汇的功夫。

以《文心雕龙》为例，其中出现了"规矩"2 处、檃括 3 处、"定墨"1 处、矫揉 1 处、"雕琢"3 处、"刻镂"1 处、"镕铸"1 处、"镕钧"1 处、"陶钧"1 处、"陶铸"1 处、"陶染"1 处、"杼轴"1 处、"斧藻"1 处。[①] 以器物及其制作经验论文，以刻工、乐工、染工、木工、织工、轮工、漆工和镕工等工匠为喻，是《文心雕龙》通篇行文的鲜明特点。这一方面秉承了古代典籍关于技艺的语汇，另一方面启发了后世关于文学技艺论的思考。以器物及其制作经验为喻，《文心雕龙》将创作纳入了一个广阔的言说空间，这一言说空间为其论文提供了参照性的话语。

以"雕龙"喻写作，刘勰继承了古已有之的"雕"和"龙"的观念，自认为写作《文心雕龙》是一件神圣的事业。《序志》篇首即说："夫文心者，言为文之用心也。昔涓子琴心，王孙巧心，心哉美矣，故用之焉。古来文章，以雕缛成体，岂取驺奭之群言雕龙也。"[②]刘勰特别指明《文心雕龙》是一部"言为文之用心"的书，他认为文章的形成是"雕缛成体"的结果，承认"雕"是文章成体的重要环节和手段。"雕"指在竹、木、玉、石、金等器物上刻镂花纹和图案，此处喻为修饰文辞。以"雕"喻写作，扬雄早有论述。《法言·吾子》说："或问：'吾子少而好赋？'曰：'然。童子雕虫篆刻。'俄而曰：'壮夫不为也。'"扬雄把赋当作雕刻虫书和篆书的工艺小技，这与儒家修身、齐家、治国、平天下之追求不可相提并论。显然，刘勰的用意与扬雄不同，他非常重视"雕"成器、成文的意义。《礼记·学记》言："玉不琢，不成器；人不学，不知道。"可见，儒家强调后天教化对人的改变。刘勰正是循此意命名其书，以"雕"喻写作的人文意义。龙在古代语境中为神圣之物，《周易·乾》曰："云从龙。""飞龙在天。"《庄子·逍遥游》言："藐姑射之山，有神人居焉……乘云气，御飞龙，而游乎四海之外。"《楚辞·九歌》言："驾飞龙兮北征，遭吾道兮洞庭。""龙"之宛转飞动不同于凡物，刘勰以"龙"喻"文"，为"文"赋予了沟通天

① 陈书良：《〈文心雕龙〉释名》，长沙：湖南人民出版社，2007 年，第 108—111 页。
② 范文澜注：《文心雕龙注》，北京：人民文学出版社，2006 年，第 725 页。下引《文心雕龙》均出自此书。

人的意义，这与他"道沿圣以垂文，圣因文以明道"的看法一致。在上述互文性文本中，《文心雕龙》以"雕"喻作文成篇，以"龙"之飞腾喻文章之沟通天人，把文章的地位提升到了树德建言的高度。

如果把作文喻为作物，那么二者共同的经验是什么？刘勰所关注的第一个问题是材与巧的关系。《征圣》中说："然则志足而言文，情信而辞巧，乃含章之玉牒，秉文之金科矣。"《说文解字》有言："巧，技也"；"技，巧也，从手，支声"。刘勰将"巧"严格限定在"志足"、"情信"的基础之上，反对空洞地追求文辞技巧，这与器物制作追求"材美工巧"的经验相吻合。《尚书·泰誓下》有"作奇技淫巧以悦妇人"的说法，刘勰发挥了这一观点，《体性》曰："雅丽黼黻，淫巧朱紫。"巧丽过分，便会造成淫靡纤巧的后果。《征圣》曰："然则圣文之雅丽，固衔华而佩实者也。"可见，刘勰是以雅正来驾驭和统率技巧的。对"巧"的警惕来自对器物功用的重视，刘勰以木工为喻说明这一问题，《程器》曰：《周书》论士，方之梓材，盖贵器用而兼文采也。是以朴斫成而丹雘施，垣墉立而雕杇附。"①《周书》议论士人，用木工选材、制器、染色来作喻，既重实用，又重文采。为文之道，亦如梓人治材，应兼顾实用与文采。木料成器而后涂漆，墙壁砌成而后粉饰。无论是工匠之技，还是文章之法，都与儒家注重事物功用相关。一旦技巧太过，与器物的功用不符，再高超的技巧都成不了"美巧"，反而堕入了"淫巧"的地步。

刘勰所关注的第二个问题是写作之"文"与"笔"的关系。在他看来，"文"与"笔"的关系正如雕刻之"纹"与"刀"的关系。一方面，《文心雕龙》以器物之"纹"比文章之"文"。《原道》言："夫以无识之物，郁然有彩；有心之器，其无文欤！"《情采》言："若乃综述性灵，敷写器象，镂心鸟迹之中，织辞鱼网之上，其为彪炳，缛采名矣。"性情之灵由抒写而

---

① 与此相对，《道德经》有"朴散为器"之说，意为木料被制作为器物。在"朴散为器"过程中，产生了"规（圆规）、矩（方尺）、准（测量水平的准器）、绳（测量垂直的墨线）"，道家反对这些人为巧构。《庄子·胠箧》也言："毁绝钩绳而弃规矩，攦工倕之指，而天下始人含其巧矣。"

成，器物之象由刻镂而成，这与仓颉造字、蔡伦造纸，用以写作文辞一样，它们都因"人为"而文采焕发，这正是"人文"的意义。另一方面，《文心雕龙》还以雕刻之"刀"比喻写作之笔。《养气》言："逍遥以针劳，谈笑以药倦，常弄闲于才锋，贾馀于文勇，使刃发如新，凑理无滞，虽非胎息之万术，斯亦卫气之一方也。"养气则笔如利刃，所谓"刃发如新"。《文镜秘府论·论体》言："心或蔽通，思时钝利，来不可遏，去不可留。"也是以刀之钝利喻构思之钝利。陆机《文赋》言："至于操斧伐柯，虽取则不远；若夫随手之变，良难以辞逮。"此处以伐木者操斧喻写作者遣言。以"刀"这一工匠最为常见的工具喻作文之笔，即是将作者比喻为工匠，《文赋》言："体有万殊，物无一量。纷纭挥霍，形难为状。辞程才以效伎，意司契而为匠。"[①]"司契"即掌管法规，方廷珪解释这一句说："文之修词，如工之程才，才可用者存之。文之立意，如匠之书契，理不谬者主之。"[②]陆机以工匠为喻，从选材和立意两方面对文章写作进行了描述。

　　具体而言，《文心雕龙》以各类工匠的制作活动为喻说明创作规律，包括文质关系、文章构思、材料组织和篇章布局等内部问题，以及文学与时代、文学与社会之关系等外部问题。

　　如以刻工刻纹和乐工作乐为喻，说明语言修辞的重要。一是求文采之精。《文心雕龙》言为文之用心，精细有如工匠雕刻龙纹，并以材质饰以花纹喻言辞饰以文采。文章描述事物穷形尽相之妙，则如《物色》所谓"巧言切状，如印之印泥，不加雕削，而曲写毫芥"。二是求声律之谐。《神思》曰："刻镂声律，萌芽比兴。"刘勰还用乐工奏乐来喻文章写作，以说

----

① 以刀喻笔，在中国文学批评中并不鲜见。如《筱园诗话》卷1言："诗家之用笔，须如疱丁之用刀，官止神行，以无厚入有间，循其天然之节，于骨肉理凑肯綮处，锐入横出，则批却导窾，游刃恢恢有余，无不迎锋而解矣。人所难言，累百言而不能了者，我须一刀见血，直刺题心，以数精湛语了之，则人难我易，倍觉生色。人所易言，娓娓而道之处，彼不经意，而平铺直叙，我转难言之，惨淡经营，加以凝炼，平者侧行逆出使之奇，直者波折回环使之曲，单者夹写进层使之厚，浅者剥进翻入使之深，则人易我难，无一败笔，自臻精妙完美之诣。"（郭绍虞编选：《清诗话续编》，上海：上海古籍出版社，1983年，第4册，第2339页）

② 方廷珪：《昭明文选集成》第20卷，清乾隆三十二年（1767），培英堂藏版。

明音韵和谐对文章的重要性,《声律》曰:"若夫宫商大和,譬诸吹籥;翻回取均,颇似调瑟。瑟资移柱,故有时而乖贰;籥含定管,故无往而不一。"文章音韵贴切,其体才会圆转自如。《文心雕龙》还以乐工为喻,说明勤学苦练对写作的重要性,《知音》曰:"凡操千曲而后晓声,观千剑而后识器。故圆照之象,务先博观。"先要博采众长,然后才能精于术业,这正是由博至专的途径。

以漆工涂漆和染工染色为喻,说明文采之必要及其与质地的辩证关系。《情采》言:"夫水性虚而沦漪结,木体实而花萼振,文附质也。虎豹无文,则鞟同犬羊;犀兕有皮,而色资丹漆,质待文也。"文依附于质,质依赖于文,这在天然之物和人工之物方面均有体现。《情采》又言:"夫能设模以位理,拟地以置心,心定而后结音,理正而后摛藻,使文不灭质,博不溺心,正采耀乎朱蓝,间色屏于红紫,乃可谓雕琢其章,彬彬君子矣。"以质地为根本,以文采为外饰,质地的品相得以提升,文采的修饰有所依附,相得益彰,这是刘勰通过分析自然和人文两个世界的现象对文质关系进行的归纳。

以陶工制陶和木工定墨为喻,论构思之心理状态和写作之行文过程。《神思》言:"是以陶钧文思,贵在虚静,疏瀹五藏,澡雪精神,积学以储宝,酌理以富才,研阅以穷照,驯致以怿辞,然后使玄解之宰,寻声律而定墨;独照之匠,窥意象而运斤:此盖驭文之首术,谋篇之大端。"文思之静如制作陶器时转轮一样,须虚静清洁,陶器之体得以成立;声律之锤炼则如木匠根据绳墨的界线,砍去多余的木料,剩下理想的形象。工匠根据设计意图,在选好的材料上,经过砍凿去掉多余的部分而形成作品,这一做"减法"的过程,与言辞之提炼过程是一致的。

以纺工织布为喻,论文章之经营组织。杼、轴,指织布机上的两个部件,即用来持纬线的梭子和用来承经线的筘。《神思》言:"视布于麻,虽云未费,杼轴献功,焕然乃珍。"陆机《文赋》也曰:"虽杼轴于予怀,怵佗人之我先。"李善注为:"杼轴,以织喻也。"杼轴被用来比喻诗文的组织和构思。王元化一反以往诸家如黄侃将"杼轴献功"解释为"文贵修饰"之说，而认为"杼轴"具有经营组织的意思，他说："'布'并不贵于'麻'，但经过纺织加工以后，就变成'焕然乃珍'的成品了。"①这一解释更为清晰和准确。

又以木工筑室和裁缝做衣为喻，论文章各部分作为有机整体之连贯。《附会》曰："何谓附会？谓总文理，统首尾，定与夺，合涯际，弥纶一篇，使杂而不越者也。若筑室之须基构，裁衣之待缝缉矣。"文章写作与木工筑室和裁缝做衣一样，需处理好部分与部分之间的关系，以实现整体平衡。刘勰还以裁缝为喻论文字连缀的作用，《章句》曰："巧者回运，弥缝文体，将令数句之外，得一字之助矣。外字难谬，况章句欤？"刘勰从整体着眼，通盘考虑文章的写作。大到篇章，小到字句，其连贯与呼应直接关系着文章体制的形成。他还以木匠制轴之术比喻统领文章之术，《总术》曰："所以列在一篇，备总情变，譬三十之辐，共成一毂，虽未足观，亦鄙夫之见也。"轮毂集中了轮辐，体积虽小却是车轮的核心，这正如《总术》一篇是创作论的指导。《事类》言："故事得其要，虽小成绩，譬寸辖制轮，尺枢运关也。"事类得体，则如车轴管制车轮，门枢转动大门。以轮和枢为喻，刘勰旨在说明文章体制应圆通流转。文章的篇章字句互为关联，其中任何一部分都要服从于通篇的意旨，这样才能使文章成为一个有机的整体。

还以染工染丝为喻，阐明外界环境对作家和作品的影响。染，原意用染料着色，引申为熏染、影响。《周礼·天官》说："染人，掌染丝帛。""染"是礼乐制度的体现，地位的等级决定了衣着的色彩。《礼记·玉藻》说："士不衣织。"汉代郑玄注："织，染丝织之，士衣染缯也。"染的作用是使材质变得有色彩，以产生异于原质的文饰效果。《文心雕龙》以染工为喻，一是说明后天熏陶、染化对人的塑形作用，如《体性》曰："夫才有天资，学慎始习，斫梓染丝，功在初化，器成采定，难可翻移。"童子学习之始应慎重，这正像木工制轮、染工染丝，一旦器物成形而采饰确定，则无法再变更。二是说明文学与社会变迁的关系。《时序》曰："故知文变染

① 王元化：《文心雕龙讲疏》，上海：上海古籍出版社，1984年，第133页。

乎世情，兴废系乎时序。"文学与时代风气、时代变迁这些外部因素有关联。此外，"染"还用以说明语言修辞之功效，《隐秀》曰："润色取美，譬缋帛之染朱绿。"语言修辞犹如织物染色，它们都通过彰显质地的美感而可能通达文质彬彬的审美理想。

文明是从制造器物开始的。燧人氏、有巢氏、神农氏，因其造物之伟大而成为中华文明的始祖。《礼记·礼运》言："昔者先王未有宫室，冬则居营窟，夏则居橧巢。未有火化，食草木之实、鸟兽之肉，饮其血，茹其毛。未有麻丝，衣其羽皮。后圣有作，然后修火之利，范金，合土，以为台榭、宫室、牖户，以炮，以燔，以亨，以炙，以为醴酪。治其麻丝以为布帛，以养生送死，以事鬼神上帝：皆从其朔。"正是纺织麻丝、冶炼金属、建造房屋等器物的制作，将人从茹毛饮血的自然状态引领到不同以往的文明境地。《考工记》载："百工之事，皆圣人之作也。"[1]制陶、镕铸、纺织、雕刻、建筑和缝纫等，是最早的器物制作活动，它们奠定了中华文明的基石。

与上述器物制作一样，文章写作也是人文的重要组成部分。器物制作与文章写作的共同之处在于，它们都是与自然现象相对的人文活动，文学与器物的这一同类关系、文字表达与器物制作的相通之处，使得器物及其制作经验成为文学参照的对象。

概而言之，《文心雕龙》的器物之喻主要包括四个方面：一是相关工匠，如雕工、镕工、裁缝、木工、陶匠、轮匠、梓人、轮人、函人和矢人等；[2]二是相关制作方式，如雕、镂、陶、染、矫、揉、裁、镕和铸等；三是相关器物，包括作为参照准则的器物和作为成品的器物。作为参照准则的器物如规矩、绳墨、辐毂、括、模范、型和钧等；作为成品的器物如锦绣、陶器、兵器和青铜器等；四是器物的形态，如隐秀、繁缛、雅丽和圆

---

① 闻人军：《考工记译注》，上海：上海古籍出版社，2008年，第1页。下引《考工记》均出自此书。

② 雕工，刻治骨角的工匠；镕工，冶金的人。梓人，《考工记》载木工有七，其一为梓人，掌造饮器、食器、射侯、乐器等器物；陶匠，制造陶器的人；轮人，制造车轮的人；函人，制甲的人；矢人，造箭的人。关于古代的工匠分类，《考工记》列有30种；《礼记·曲礼下》则言："天子之六工，曰土工、金工、石工、木工、兽工、草工，典制六材。"

通等。文章的写作与器物的制造在营构、成形和对法度的遵守上有相通之处，如《正纬》之"盖纬之成经，其犹织综，丝麻不杂，布帛乃成"，用纺织成布表达组织成文。又如《论说》之"是以论如析薪，贵能破理。斤利者，越理而横断；辞辨者，反义而取通"，用斧头伐木之利比喻论说破理之辨。总之，刘勰的《文心雕龙》以工匠制作器具比喻作者写作文章，打通了器物制作与文学写作之间的壁垒，将两者在共同经验的层面上统一起来。

二、器物制作与法度、典范观念

中国古代的器物制作在漫长的历史发展中积累了丰富的经验。新石器时代出现了原始陶器，这一发明利用了黏土柔软而可塑性强的特性；商周时期则处于青铜器时代，青铜器的制作分制模、制范和浇注三个步骤，浇注完整的器形即铸。青铜器主要作为礼器，其作用在于明贵贱、辨等列、纪功烈、昭明德，体现了强烈的伦理意识和严格的等级观念。除了青铜器，当时车的制造也取得了杰出成就，且分工细致，如"轮人"专门制造车轮，"舆人"专门制造车厢，"辀人"专门制造车杠。汉代漆器十分发达，成为了日常实用器物。器物制作是材料被构形的过程，材料是器物的物质基础，构形则是材料的具象化。从陶器发展到青铜器和漆器，材料和工艺从简单到复杂，体现了器物的制作与材料的发现是同步发展的。

百工制作器物，必须遵循一定的法度和准则。《考工记》专门记载了这些法度和准则，阐明了以"礼"为核心的器物制作规范，其所说百工涵盖车辆、铜器、兵器、礼乐饮射、建筑水利、陶器六个系统。《文心雕龙》的器物之喻即来源于此类器物制作经验。《考工记》曰："天有时，地有气，材有美，工有巧，合此四者，然后可以为良。"对材料的取舍是制作的首要考量。《文心雕龙·事类》也曰："夫山木为良匠所度，经书为文士所择，木美而定于斧斤，事美而制于刀笔，研思之士，无惭匠石矣。"可见，《文心雕龙》接受了《考工记》"材美工巧"的思想，《书记》则明确以工匠制作器物比喻写作："制者，裁也。上行于下，如匠之制器也。"认为文章之写作与器物之制造一样，都要经历材质的构形这一过程。①

以器物经验为喻，许多作为参照准则的器物，在中国文学批评中被用来比喻文章写作所应遵守的法度。

如规、矩，分别是校正圆形、方形的两种工具；绳、墨，是木匠以细线濡墨打直线的工具，也是用来指正曲直的。规矩、绳墨往往被喻为法度、准则。"工"在甲骨文中是"矩"的象形，矩是木工必备的工具，"工"后来成为工匠的通称。《礼记·经解》言："故衡诚悬，不可欺以轻重；绳墨诚陈，不可欺以曲直；规矩诚设，不可欺以方圆。"衡石、绳墨和规矩是准确掌握事物重量、曲直和方圆的必要工具。《征圣》言："文成规矩，思合符契。"《神思》言："规矩虚位，刻镂无形。"刘勰认为无论是有形之文还是无形之体，均需用规矩加以限制和约束。《镕裁》篇曰："规范本体谓之镕，剪截浮词谓之裁。裁则芜秽不生，镕则纲领昭畅，譬绳墨之审分，斧斤之斫削矣。"刘勰将镕匠、裁缝与木工的功夫相比，认为它们对文章体制的限定和语言的精炼起着决定性的作用。这些参照物不仅是制物和作文之依据，而且还被喻为修身之准则，如《孟子·告子上》所言"羿之教人射，必志于彀；学者亦必志于彀。大匠诲人必以规矩，学者亦必以规矩"，即指明对法度和准则的遵守是成器和成事的关键。

辐，连结车辋和车毂的直条；毂，车轮的中心部位，边与车辐相接，中用以插轴。车轮由轴承、辐条、内缘、轮圈，即毂、辐、辅、辋四部分组成，其中，辐与毂体现了多与一相辅相成的关系，如《考工记》言："毂也者，以为利转也。辐也者，以为直指也。"《文心雕龙·事类》言："众美辐辏，表里发挥。"辐辏，指车轮的辐条内端聚集于毂上，这里比喻学习应博采众长，以使才能和学问得以有效发挥。《体性》言："故童子雕琢，必

---

① 刘若愚曾概括出中国文学理论之"技巧理论"，他说："根据文学的技巧概念，文学是一种技艺，正像他种技艺，例如木工，唯一不同的是，它是以语言，而不是以物质为材料。"（参见刘若愚：《中国文学理论》，杜国清译，南京：江苏教育出版社，2006年，第133页）

先雅制，沿根讨叶，思转自圆，八体虽殊，会通合数，得其环中，则辐辏相成。"童子学习写作，须全面学习八种风格，融会贯通，使之相辅相成。刘勰以辐毂喻文章写作中多与一的关系，认为以雅正为范，则找到了文章体制的根本。

橾括，矫正竹木弯曲或使之成形的器具，揉曲叫橾，正方称括。矫揉，使曲的变直为矫，使直的变曲为揉。橾括、矫揉引申为情理和文辞上的矫正、整理。《通变》言："斯斟酌乎质文之间，而括乎雅俗之际，可与言通变矣。"《镕裁》说："蹊要所司，职在镕裁，橾括情理，矫揉文采也。"橾括、矫揉，是材料成形、成器的前期功夫，这里喻将文章的情理和文辞进行限定，最终形成体制和文辞两方面都典雅纯正的作品。

钧，制陶器所用的转轮。陶人作瓦器，需法其下圆转者。以陶工作器为喻，刘勰将情和采限定在"宗经"的范围内，若偏离了这一范围，则会流于形式而缺乏雅正的风格。刘勰强调"六经"是一切文章的典范，《原道》言："至夫子继圣，独秀前哲，镕钧六经，必金声而玉振。"《征圣》言："夫作者曰圣，述者曰明。陶铸性情，功在上哲。夫子文章，可得而闻，则圣人之情，见乎文辞矣。"钟嵘《诗品》言："咏怀之作，可以陶性灵，发幽思。言在耳目之内，情寄八荒之表。"《神思》有"陶钧文思"之说，也以制作陶器喻修养文思。制作陶器需以"钧"作参照，而修养情思则需以六经作参照，将纷乱的思绪引向静而纯的境地。

上述规、矩、绳、墨、辐、毂、橾、括和钧，是以材制器最为基本的参照物。写作文章需遵循必要的法度，这正如工匠制作器物需必要的参照物。从材料的选择到形构的完成，参照物起到了决定性的作用。

明代鲁观熰将这类工具和参照物归纳为一体，以说明法度对诗歌创作的重要性：

铸有型，陶有钧，梓匠之于绳墨，绘事之于粉本，机锦之于花样，皆式也。良工神艺，舍之无以成其能，故曰有物有则。[1]

---

[1]　鲁观熰：《冰川诗式序》，梁桥：《冰川诗式》，万历间翻刻本，哈佛大学燕京图书馆藏胶片。

　　将型、钧、绳墨、粉本、花样这些参照物并列而论，是对它们所体现的法度意义的认可。中国古代特别是元代以来有大量的诗法著作，将诗看成可以制作的对象，正源于对有迹可循的法式的追求和遵守。

　　因此，由器物制作的参照物引申出中国文学批评的法度概念。《管子·七法》言："尺寸也、绳墨也、规矩也、衡石也、斗斛也、角量也，谓之法。"法指效法、遵守。《墨子·法仪》言："天下从事者，不可以无法仪，无法仪而其事能成者无有也。虽至士之为将相者，皆有法；虽至百工从事者，亦皆有法。百工为方以矩，为圆以规，直以绳，正以悬，无巧工不巧工，皆以此五者为法。……故百工从事，皆有法所度。今大者治天下，其次治大国，而无法所度，此不若百工辩也。"《淮南子·时则训》将权、衡、准、绳、规、矩统称为"六度"，即六种法度。上述参照物不仅指手工意义上的实物，也隐喻社会制度和文学体制方面的法度。在使用各种材料制作器物的过程中，产生了许多朴素的经验和法则，这些经验和法则是器物制作所必须遵从和依赖的。在这个层面上，一切器物制作过程，无论运用何种材料或方式，都与由言成文的法度和规则有相通之处。

　　由器物制作的参照物引申而来的法度概念，在诗、文、戏曲和小说理论中均有体现。

　　如元代《诗法家数》有《作诗准绳》部分，分别从立意、炼字、琢对、写景、写意、书事、用事、押韵和下字九个方面就作诗的法则进行了说明。又如明代何景明主张学古由"领会神情"入手，他批评李梦阳未能"自创一堂室，开一户牖，成一家之言"，[①] 对此，李梦阳反驳道："规矩者，方圆之自也，即欲舍之，乌乎舍？子试筑一堂，开一户，措规矩而能之乎？措规矩而能之，必并方圆而遗之可矣，何有于法？何有于规矩？"[②] 李梦阳以工匠倕和班为喻，认为文法之不可废弃，如工匠之于规矩。在他看来，法则是天生的："文必有法式，然后中谐音度。如方圆之于规矩，古人用之，

---

① 何景明：《与李空同论诗书》，郭绍虞主编：《中国历代文论选》第 3 册，上海：上海古籍出版社，1980 年，第 38 页。

② 李梦阳：《驳何氏论文书》，郭绍虞主编：《中国历代文论选》第 3 册，第 46 页。

非自作之，实天生之也。"①李梦阳提倡学古，其理论主张正取自器物之喻。

　　清代李渔则以缝纫和建筑为喻，说明戏曲创作规律。他论戏曲结构的"密针线"一节以缝纫为喻，说："编戏有如缝衣，其初则以完全者剪碎，其后又以剪碎者凑成。剪碎易，凑成难。凑成之工，全在针线紧密，一节偶疏，全篇之破绽出矣。每编一折，必须前顾数折，后顾数折。"②李渔论戏曲之主题，以建筑为喻说明主题明确即所谓"立主脑"，而主题不明确，"则为断线之珠，无梁之屋"。③建筑营构正如戏曲写作，他说："至于结构二字，则在引商刻羽之先，拈韵抽毫之始。如造物之赋形：当其精血初凝，胞胎未就，先为制定全形，使点血而具五官百骸之势。倘先无成局，而由顶及踵，逐段滋生，则人之一身当有无数断续之痕，而血气为之中阻矣。工师之建宅亦然：基址初平，间架未立，先筹何处建厅，何方开户，栋需何木，梁用何材，必俟成局了然，始可挥斤运斧。倘造成一架而后再筹一架，则便于前者，不便于后。"④"间架"一词乃建筑术语，指房屋建筑的结构：梁与梁之间称为"间"，桁与桁之间称为"架"，李渔以之比喻戏曲创作要从整体营构上考虑，而不能只限于局部。

　　清代主张"肌理"说的翁方纲强调诗法，其《诗法论》云："文成而法立。法之立也，有立乎其先、立乎其中者，此法之正本探原也；有立乎其节目、立乎其肌理界缝者，此法之穷形尽变也。"⑤桐城派的代表人物刘大櫆也以工匠为喻倡文法："故义理、书卷、经济者，行文之实；若行文自另是一事。譬如大匠操斤，无土木材料，纵有成风尽垩手段，何处设施？然即土木材料，而不善设施者甚多，终不可为大匠。故文人者，大匠也；神气、音节者，匠人之能事也；义理、书卷经济者，匠人之材料也。"⑥格调

---

① 李梦阳：《答周子书》，郭绍虞主编：《中国历代文论选》第3册，第52页。
② 李渔：《闲情偶寄·词曲部》，《续修四库全书》，上海：上海古籍出版社，2002年，第500页。
③ 同上书，第499页。
④ 同上书，第496页。此处，李渔又以人体为喻，说明戏曲结构的形成方式。人的体格与建筑的结构都是有系统的整体，以此说明文章体制，正是从"制作"层面而言的。自然造物与人工造物在这一层面上是统一的。
⑤ 翁方纲：《诗法论》，郭绍虞主编：《中国历代文论选》第3册，第519页。
⑥ 刘大櫆：《论文偶记》（选录），郭绍虞主编：《中国历代文论选》第3册，第434页。

派的张谦宜兼以建筑、音乐、纺织、雕刻喻文章格局、音调、语句、文字，并说明它们都求整体和局部的考究：

> 格如屋之有间架，欲其高竦端正；调如乐之有曲，欲其圆亮清粹，和平流丽。句欲炼如熟丝，方可上机；字欲琢如嵌宝器皿，其珠玉珊翠之属，恰与窍相当。机所以运字句，气所以贯格调。若神之一字，不离四者，亦不滞于四者。发于不自觉，成于经营布置外，但可养不可求，可会其妙，不可言其所以然。读诗而偶遇之，当时存胸中，咏哦以竟其趣，久久自悟已。①

张谦宜将多种器物制作经验引申到文学领域，认识到文章锤炼的完美功夫，是基于法度而达到所谓"发于不自觉，成于经营布置"的境地。

由器物制作的原料和工具又引申出中国文学批评的典范概念，法度中体现着典范，典范与法度是相辅相成的。

如模、范，是铸造器物的工具。模指的是用泥塑成的器物，在表面涂蜡之后，再雕刻精密的花纹；在模的基础上制作出的东西称为范，用这个范才能倒铸青铜器物，即模是用来制范的。镕，铸器的模具。模、范、镕引申为效法、取法。《定势》曰："镕范所拟，各有司匠。"詹锳义证："镕范，此处指学习对象。"② 铸，按甲骨文字形，上面是双手拿"鬲"，下面是"皿"。鬲、皿表示熔化金属的锅炉，铸指锤炼和雕琢金属，浇制成器。镕、铸引申为出乎规范而造就成物。"镕"又作"熔"，张立斋解释《镕裁》篇曰："镕主化，化所以炼意；裁主删，删所以修文。表里相应，内外相成，而后章显文达。"③ 镕而正，裁而适，它们起到了规范体制和删剪浮辞的作用。

型，浇铸器物用的模子。《荀子·强国》曰："刑范正，金锡美，工冶巧，火齐得，剖刑而莫邪已。"杨倞注曰："刑与形同；范，法也。刑范，铸剑规模之器也。"《说文解字》释"型"曰："铸器之法也，从土刑声。"

---

① 张谦宜：《絸斋诗谈》卷3，郭绍虞编选：《清诗话续编》第2册，第810—811页。
② 詹锳：《文心雕龙义证》，上海：上海古籍出版社，1989年，第1119页。
③ 张立斋：《文心雕龙注订》，北京：国家图书馆出版社，2010年，第284页。

铸造器物，一需材料经得起锤炼；二需"模""范"周正。这一观念引申到文学领域，一是求取材上效法经典，二是求风格上崇尚典雅。"模范"、"规模"均有这两层含意，如宋代李如箎《东园丛说·韩愈诗文》曰："愚观愈之书，其文章纯粹典雅，司马迁、扬雄殆无以过，其行己亦中正，可为后人模范。"又如宋代吴曾《能改斋漫录·议论》曰："然不易其意而造其语，谓之换骨法；规模其意形容之，谓之夺胎法。"文章写作与器物制作一样，都须有法可依、有式可循，从而达到正与奇的辩证统一。

《文心雕龙》以镕铸为喻，说明"经"对文学的规范性意义。镕铸即化金以铸器，其中如何选择合适可塑的金属是关键，这样才能确保模子中的物质在冷却后能够成器。论及经书的规范性作用时，《宗经》说："若禀经以制式，酌雅以富言，是仰山而铸铜，煮海而为盐也。""经"是文章体式的依据，《尔雅》是文章文辞的宝藏，"禀经制式"即依据六经与《尔雅》达到典范与法则的统一。刘勰虽强调"经"之典范意义，但也强调形式独创之重要，《辨骚》曰"虽取镕经意，亦自铸伟辞"，《宗经》曰"性灵镕匠，文章奥府"，锻炼性情也像冶工冶炼金属一样去芜存精，最后有所成器。刘勰并未将性灵铺张开来，而是将其限制在取法经典的前提之下，这正是《宗经》的意旨。

在刘勰看来，学习经典与创新并不矛盾，它反而会提升文章的生命力。《原道》言："镕钧六经，必金声而玉振"，"镕钧"以镕铸金属和制作陶器为喻，"镕钧"六经即取材和取法于六经，从而陶铸成文。《风骨》言："若夫镕铸经典之范，翔集子史之术，洞晓情变，曲昭文体，然后能孚甲新意，雕画奇辞。"通过工具"模""范"和手段"镕""铸"，一是将"经"作为取材和效法的对象，二是将"经"置于典范和雅正的地位。将文章作为对经典的模仿，赋予了"经"以正典的地位。针对齐梁过分追求文字雕饰和韵律齐整的形式主义文风，刘勰提出了以经典为范和以自然为道的观点。所谓"宗经"，正是为了明确六经的典范地位。

以"经"为正统，中国文学批评追求法度与典范的统一。《体性》言："典雅者，镕式经诰，方轨儒门者也。"《定势》曰："模经为式者，自入典雅之懿。"取法于经典，自有儒家典雅之美。可见，刘勰期望以六经作为效法的典范，以实现雅正的美学范式。《明诗》曰："观其结体散文，直而不野，婉转附物，怊怅切情，实五言之冠冕也。"詹锳认为："刘勰所谓'直而不野'是说《古诗十九首》虽然纯任自然，还是有一定的文采，并没有到'质胜文则野'的程度。"[1] 萧统《答湘东王求文集及诗苑英华书》曰："夫文典则累野，丽亦伤浮。能丽而不浮，典而不野，文质彬彬，有君子之致。吾尝欲为之，但恨未逮耳。""典而不野"和"直而不野"，均指典雅纯正，文质相符。《二十四诗品》有"典雅"一品，《〈诗品〉臆说》解释道："典，非典故，乃典重也。彝鼎图书自典重。雅，即风雅，雅饬之雅。"[2] "典雅"意为文辞工整，语出典籍，法诸六经，从而不失规范。

　　虽然法度和典范使得文章合乎体制，但文章写作的变数难以尽言，即《神思》所谓"伊挚不能言鼎，轮扁不能语斤"。陆机《文赋》亦云："若夫丰约之裁，俯仰之形，因宜适变，曲有微情。……是盖轮扁所不得言，故亦非华说之所能精。"神理之数，须工匠在实践中领会，神而明之，存乎其人。这正如《孟子·尽心下》所言"梓匠轮舆能与人规矩，不能使人巧"，规矩可以言传，高明之处则需要心领神会。《庄子·天道》也称造轮的工人"有数存焉"，其微妙"得之于手而应于心，口不能言"。可见，中国古人不仅重视器物之"技"，更重视器物之"道"。以手艺的规范解释文学中的常，以手艺的入神解释文学中的变，正源于对器物之功用性和艺术性的领悟。

三、器物之喻的天文和人文意义

　　器物是人文的载体。中国古人的世界观，一言以蔽之，可概括为天、地、人三才之道，又有所谓天文、人文之别，如《周易·贲》所言："观乎天文，以察时变；观乎人文，以化成天下。"天、地、人三才中，人是

---

[1]　詹锳：《文心雕龙义证》，上海：上海古籍出版社，1989年，第193页。

[2]　孙联奎：《〈诗品〉臆说》，清道光三十年（1850），延庆堂藏版。

沟通天、地的中介，因而人所制作的器物就具有了沟通天、人的意义。在实体意义上，人文集中体现为器物；天文则集中体现为自然。《周易·系辞上》言："形而上者谓之道，形而下者谓之器。"道指天道，器指器物。《周易》将道器并举，由器溯道，由器显道，"器"最终落实到了形质的层面。器物制作与文章写作一样，是材料形式化的过程，它们都是通向"道"的途径。因此，《文心雕龙》的器物之喻不仅具有制作层面的意义，更具有观念层面的意义。以器物之喻论文章写作，正源于两者在人文层面的共同性。

由天、地、人的分别和联系，产生了中国文学批评最为重要的象喻传统。一是自然之喻，大凡天之日、月、星、辰、风、云、雷、电和地之山、水、植物、动物，都成为文学的比拟对象。以生机盎然的自然物象比喻文章之体态面貌，是非常普遍的现象。二是器物之喻，即以器物制作的参照物、制作方式和器物成品为喻，说明创作规律和创作风格。三是生命之喻。天文和人文两端，即自然现象和社会现象的区分，决定了中国文学批评的象喻方式，不仅以天文之自然喻文，还以人文之器物喻文。首先，由于器物之成型过程与文章之写作过程有着一致之处，虽然前者的材料是自然界的木、石、金等，后者是文字，但二者都要实现材料与形式、审美和功用的统一。因而，以器物之喻阐述文学规律最为直接、形象。其次，由于人文被认为是仿效天文而来，所以中国文学最终仍可归于天文，这意味着文学不仅在风格上求自然，在节奏上更求与天地同体。《周易·系辞下》曰："是故易者，象也。"根据胡适的考证，"象"通"相"，象是原本的模型，物是仿效这模型而成的："先有一种法象，然后有仿效这法象而成的物类。"[①] 所以，"象"不仅是形象，更是法象。《周易·系辞上》曰："法象莫大乎天地。"天地在观物取象中具有最为重要的意义。人文乃仿效天文而来，这是中国文学批评最终究人文于天文之因。再者，《周易》将天、地、人三者并立，并将人放在中心地位。"身"亦是一个小天地，如清代钱泳《履园丛话·臆论》说："人禀天地之气以为生，故人身似一小天地，阴阳五行，

---

① 胡适：《中国哲学史大纲》，上海：上海古籍出版社，1997年，第61页。

四时八节，一身之中，皆能运会。"中国哲学中有天人之间的取象类比，即以身体为一个小天地。以身体为喻，虽是从身体的微观角度将文学拟人化，但实际上是将文学与天地精神相关联。因此，在自然之道的层面，中国文学批评将自然之喻、生命之喻和器物之喻统一了起来。

无论是以自然喻文，还是以器物喻文，其所阐明的意义往往在于法度与自由、人工与天然之间的辩证关系。如果没有法度和规则，艺术将失去依附的躯壳；如果仅囿于法度和规则，艺术则将失去自由的灵魂。庄子笔下有许多技术娴熟的匠人，他们不仅技艺超群，而且常常突破技术性的限制，"官知止而神欲行"（《庄子·养生主》），依照心灵感受，超越技术的运用，达于自由之境。儒家和道家看待工匠有着鲜明的差别，前者重视雕琢成器，以求文质彬彬；后者否定人工巧构，认为工匠所作是所谓"残朴以为器"（《庄子·马蹄》），是对事物自然本性的戕害。《庄子·天地》云："吾闻之吾师，有机械者必有机事，有机事者必有机心。""技"的应用往往破坏了人的纯朴，这与自然无为的境地是背道而驰的。为了克服"技"的限制，庄子提出了由技进道，追求不受规矩限制、随心所欲的自然境界。

《文心雕龙》论自然与人文之关系，其意本于《周易》。《原道》开宗明义，溯源文章之道："心生而言立，言立而文明，自然之道也。"《文心雕龙》认为，人文与天文平行，都是自然之道。其所论之文章，具有人文礼乐的性质。《情采》言：

> 故立文之道，其理有三：一曰形文，五色是也；二曰声文，五音是也；三曰情文，五性是也。五色杂而成黼黻，五音比而成韶夏，五情发而为辞章，神理之数也。

其中黼黻、韶夏、辞章实为锦绣、音乐和文学，皆为人文之内容。形文、声文和情文并举，以言其共同的特点是由人工制作而来。钱锺书言："《文心雕龙·情采》篇云：'立文之道有三：曰形文，曰声文，曰情文。人之嗜好各有所偏，好咏歌者，则论诗当如乐；好雕绘者，则论诗当如画；好理趣者，则论诗当见道；好性灵者，则论诗当言志；好于象外得悬解者，则谓诗当如羚羊挂角，香象渡河。而及夫自运谋篇，倘成佳构，无不格调、词藻、情意、风神，兼具各备。"①钟嵘《诗品》序评曹植言："陈思之于文章也，譬人伦之有周、孔，鳞羽之有龙凤，音乐之有琴笙，女工之有黼黻。"都是从形文、声文和情文的观念来进行批评，以说明文学之于情感的感荡，与织物之于视觉、音乐之于听觉的感触一样，它们所引起的感官经验是相通的。

刘勰以器物制作喻文章写作，其实质在于"礼"。《序志》言："予生七龄，乃梦彩云若锦，则攀而采之。齿在逾立，则尝夜梦执丹漆之礼器，随仲尼而南行。"梦中执漆器而行，意味中国文学批评的象喻传统既指向自然，也指向器物，其实质不仅在于天文和人文的分端，更在于天文与自然、人文与器物之间的对应和从属关系。自然之喻和器物之喻的分野正如《隐秀》所言：刘勰将文章落实到器物，又将器物最终落实到"礼"的层面。文章的原义是错杂的色彩或花纹，又引申为礼乐制度，如《论语·泰伯》言："巍巍乎其有成功也，焕乎其有文章。"礼所以经国家，定社稷，利人民；乐所以移风易俗，荡人之邪。礼乐作为人文，是文明的产物，这是它不同于自然的地方。章太炎说："古之言文章者，不专在竹帛讽咏之间。孔子称尧舜'焕乎其有文章'，盖君臣朝廷尊卑贵贱之序，车舆衣服宫室饮食嫁娶丧祭之分，谓之'文'；八风从律，百度得数，谓之'章'。文章者，礼乐之殊称矣。其后转移，施于篇什。"②礼乐包括器物和制度两个系统的规则和等级。以器物及其制作经验喻文，正源于文学和器物都归属于作为人文的礼乐。它们的完形都是人为的结果，它们在制作方面，都要实现材质与形构的统一、形构和规则的协调。由此，《文心雕龙》中渗透着关于文学的礼乐观念。

中国文学批评的象喻传统既指向自然，也指向器物，其实质不仅在于天文和人文的分端，更在于天文与自然、人文与器物之间的对应和从属关系。自然之喻和器物之喻的分野正如《隐秀》所言：

---

① 钱锺书：《谈艺录》，北京：中华书局，1984年，第42页。
② 章太炎撰：《文学总略》，庞俊、郭诚永疏证：《国故论衡疏证》，北京：中华书局，2008年，第248页。

> 故自然会妙，譬卉木之耀英华；润色取美，譬缯帛之染朱绿。朱
> 绿染缯，深而繁鲜；英华曜树，浅而炜烨。隐篇所以照文苑，秀句所
> 以侈翰林，盖以此也。

秀之用与隐之体，正如朱绿绚烂于织物，英华光耀于草木，它们一婉曲一明显，符合自然之道。卉木之自生自灭与缯帛之人工巧构不同，虽然两者在由质显文的层面上是一致的。《原道》曰："傍及万品，动植皆文：龙凤以藻绘呈瑞，虎豹以炳蔚凝姿；云霞雕色，有逾画工之妙；草木贲华，无待锦匠之奇。夫岂外饰？盖自然耳。"刘勰认为龙凤、虎豹、云霞和草木之纹理和色彩，是造化的杰作，这也暗示了以自然为美的观念。

大体而言，器具制作包含两层意义：一是人工器物；二是人为制作。这与天然之物和自然生长相对。对器物的引用和类比隐含了两个观念：一是物我两忘、物我合一的自然境界；二是物有其序、物有其用的技艺境界。因此，由器物之喻又引申出自然与人工两个范畴，中国文学批评往往借助这一对范畴表达作品创作和风格的差异。钟嵘《诗品》载："汤惠休曰：'谢诗如芙蓉出水，颜诗如错采镂金。'颜终身病之。"李白则赋予这一典故以新的意义，他说："清水出芙蓉，天然去雕饰。"[1]一方面要遵守法度，另一方面又追求自然之境，这是中国艺术在自然与人工间的迂回。而能否达到自然与人工的双重维度，在更高层面实现艺术的化境，实在是一个难题。《尚书·皋陶谟》言："无旷庶官，天工，人其代之。"天的职司可由人代替执行。黄庭坚也提出了"天工"与"人工"的对举："天工戏剪百花房，夺尽人工更有香。"[2]他评价陶渊明道："至于渊明，则所谓不烦绳削而自合者。"[3]黄庭坚以教人学习古人旧作而为人诟病，但他事实上还是以自然为旨归。因此，由器物及其制作经验引申出自然与人工两端，主人工而追求入于自然，主自然而又落实于人工，执两端而不偏，把写作最终置于有迹

① 李白：《经乱离后天恩流夜郎忆旧游书怀赠江夏韦太守良宰》，《全唐诗》卷170，北京：中
    华书局，1999年，第1756页。
② 黄庭坚：《腊梅》，任渊等注，《山谷诗注》第1册，上海：商务印书馆，1937年，第90页。
③ 黄庭坚：《题意可诗后》，《豫章黄先生文集》卷26，《四部丛刊》影印嘉兴沈氏藏宋本。

可循的轨道。而在艺术创作中，对法度的遵循与对法度的超越融为一体，工匠和艺术家、技术与艺术的界限被超越，日常生活与精神生活的界限被消解，这即所谓化境。

由器物及其制作经验引申而来的自然与人工的分别，被中国现代美学所传承，成为一条明确的线索，即对自然美与人工美的区分。梁启超在区分歌谣与诗时，就是以自然美与人工美为两个方向。他认为"好歌谣纯属自然美，好诗便要加上人工的美"，歌谣和诗的分野在于前者由自然歌咏而来，后者由人工创作而来。梁启超并没有以天籁废人工，他说："但我们不能因此说只要歌谣不要诗，因为人类的好美性决不能以天然的自满足。对于自然美加上些人工，又是别一种风味的美。譬如美的璞玉，经琢磨雕饰而更美；美的花卉，经栽植布置而更美。原样的璞玉、花卉，无论美到怎么样，总是单调的，没有多少变化发展。人工的琢磨雕饰栽植布置，可以各式各样，月异而岁不同。诗的命运比歌谣悠长，境土比歌谣广阔，都为此故。"① 梁启超既肯定原始歌谣的天然性，又肯定诗歌的雕饰美，对这两端各有所赏。

宗白华认为魏晋六朝时出现两种美感：一是"芙蓉出水"的平淡素净美；一是"错彩镂金"的华丽繁富美。② 前者以清新、自然为特色，被历代文学家所崇尚，在文学史上有一条延伸不断的发展线索。宗白华曾分析《周易·贲》的美学思想，即文与质的关系问题。"贲"即饰，用线条勾勒突出的形象，是"斑纹华采，绚烂的美"；"白贲"则是"绚烂又复归于平淡"。他引荀爽"极饰反素也"一语，结合中国艺术的发展，指出："有色达到无色，例如山水花卉画最后都发展到水墨画，才是艺术的最高境界。"③ 他综合考察建筑、绘画和文学这些艺术门类，将自然提升为中国美学的终极追求：

---

① 梁启超:《中国之美文及其历史》,《饮冰室合集》第 10 册, 北京: 中华书局, 1989 年, 第 1 页。
② 宗白华:《中国美学史中重要问题的初步探索》,《美学散步》, 上海: 上海人民出版社, 1999 年, 第 35 页。
③ 同上书, 第 45 页。

　　所以中国人的建筑，在正屋之旁，要有自然可爱的园林；中国人的画，要从金碧山水，发展到水墨山水；中国人作诗作文，要讲究"绚烂之极，归于平淡"。所有这些，都是为了追求一种较高的艺术境界，即白贲的境界。白贲，从欣赏美到超脱美，所以是一种扬弃的境界。[①]

　　器物及其制作经验揭示了中国文学批评一系列命题和范畴的秘密，规定了中国美学形态的分别。以器物为入口，从发生学的角度检讨中国文学批评，我们会发现，它是超越文学领域的。

结语：器物之喻作为普遍的文学经验

　　中国文学批评以工匠的器物制作经验为喻说明创作规律，杼、轴，规、矩，绳、墨，辐、毂，模、范和钧等器物隐喻着中国文学批评关于法度的观念，模、范等器物和镕、铸等制作活动又引申出中国文学批评关于典范的观念。器物作为人文意义上的实体，同时又是形而上之道的显现，故器物之喻具有天文和人文的双重意义。中国文学批评的器物之喻并非偶发的现象，它是一种普遍性的文学经验。

　　首先，由器物及其制作经验生成了中国文学批评的一些基本理论和基本范畴。器物经验是人类最为普遍的原初经验，在这个意义上可以说，器物经验为文学经验奠定了基础。器物制作与文章写作之间存在一种亲和关系，它们虽采用不同材质，但在构思之考究、制作之精细和法度之规范方面是一致的。由器物制作经验形成一个强大的言说系统，使得器物制作超越了其实物意义，具有了语言学、文化学和哲学意义。因而，引导我们进行参照和表达的语汇，并非直接源于辞典或古籍，由器物制作积累而来的经验成为建构文学思想的重要来源。

　　中国文学批评范畴的形成与器物制作经验密切相关，这主要是受到

----

① 宗白华：《中国美学史中重要问题的初步探索》，《美学散步》，第45—46页。

"近取诸身，远取诸物"（《周易·系辞上》）的隐喻思维的影响。当代的隐喻认知学认为，隐喻不仅是修辞，更是一种思维机制和认知力量，对思想观念的形成起着一种引导性的作用。所以，"一种文化的最基本价值，将与此文化中的最基本概念的隐喻结构紧密关联"。① 人们需要用隐喻描述关于世界的经验，通过意象的类比实现表达的明晰，因此，隐喻被看作是语言的本质。在中国古人的表述中，器物超脱了其产生的原始语境，成为这样的隐喻。由器物制作经验所建立起来的术语逐渐固化在语言中，影响了文学艺术范畴和命题的表述方式。由此，器物之喻打通了文学与雕塑、音乐、绘画、建筑、纺织、制陶、缝纫及铸造等之间的界限，使得它们之间的经验可以相互借鉴和延伸。

其次，器物及其制作经验极大地丰富了中国文学批评的言说空间，并为中西诗学提供了可供沟通的话语。器具制作经验是一种普遍性的认知经验，以器物作为艺术的参照物，这在东西方文论中均有体现。② 韦勒克说："最古老的答案之一是把诗当作一种'人工制品'，具有像一件雕刻或一幅画一样的性质，和它们一样是一个客体。"③ 古希腊人用"制作"一词来表达他们对艺术的理解。柏拉图把工匠的制作活动和诗文、绘画的创作活动都视为运用技艺的活动。他认识到诗是由制作而来的，而工匠的活动与艺术创作活动的不同之处在于其参照物，前者参照理念，后者参照实物。④ 在他看来，理念之于器物，正如器物之于诗。亚里士多德则把诗歌、绘画、

① George lakoff and Mark Johnson, Metaphors we live by, London: The University of Chicago Press, 2003. p. 22.

② 黑西俄得曾把作诗比作编织（rhapsantes aoidēn）。阿尔卡伊俄斯和品达也把作诗比作组合或"词的合成"（thesis）。阿里斯托芬直截了当地指出，诗（指悲剧）是一种技艺。巴库里得斯和品达不仅把诗人比作编织者和组合者，还把他们喻为工匠、建筑师和雕塑家。亚里士多德：《诗学》，陈中梅译，北京：商务印书馆，1996 年，第 284—285 页。

③ 勒内·韦勒克、奥斯汀·沃伦：《文学理论》，刘象愚等译，南京：江苏教育出版社，2005 年，第 158 页。

④ 柏拉图的《斐莱布篇》中，苏格拉底认为木工是技艺中较高的知识类型，他说："建造这门技艺大量使用尺度和工具，追求精确性，这样一来就使得建造比其他大多数种类的知识更科学。"（柏拉图：《斐莱布篇》，56B）如前所述，汉语亦将原意为木工的"匠"引申为工匠。可见，木匠往往被看作制作活动的典范。

雕塑、演奏等艺术活动和医疗、航海、战争等专门职业的活动都归入工匠的制作活动。古希腊人从自然与人工的角度思考诗的起源，"事实上，在古希腊人看来，任何受人控制的有目的的生成、维系、改良和促进活动都是包含 tekhnē 的活动"。① 正是通过 tekhnē 的隐喻，柏拉图和亚里士多德将器物、诗学和哲学纳入了同一话语领域以进行探讨，通过器物和诗在制作层面的共同性，巧妙地表达了他们对文艺的看法。② 因此，希腊人对诗的理解同样受器物经验的支配，即通过形式和材料这对范畴思考器物与诗在制作上的相通之处。

　　基于对古希腊"技艺"观念的理解和对现代技术的反思，海德格尔开始了他对艺术作品本源的思考。一方面，他从器物的层面出发考察艺术作品的本源，在他看来，"长期以来，在对存在者的解释中，器具存在一直占据着一种独特的优先地位"。③ 艺术创作与器物制作之间存在一种亲缘关系，"伟大的艺术家最为推崇手工艺才能了。他们首先要求娴熟技巧的细心照料的才能。最重要的是，他们努力追求手工艺中那种永葆青春的训练有素"。④ 另一方面，海德格尔又以器物为基点反思现代技术的弊病。他推崇古希腊包括艺术在内的技艺之经验，他说："在西方命运的发端处，各种艺术在希腊登上了被允诺给它们的解蔽的最高峰。它们使诸神的现身当前，把神性的命运与人类命运的对话灼灼生辉。而且，艺术仅仅被叫做 τε'χνη。"⑤ 现代技术破坏了人与自然的亲缘关系，企图通过对自然的耗费和利用，以达到控制自然的目的，这与古希腊的技艺观念背道而驰。海德格

---

① 陈中梅:《试论古希腊思辨体系中的 tehknē》,《哲学研究》1995 年第 2 期。tehknē 来自印欧语词根 tekhn，后者意为"木器"或"木工"。

② 技艺（tekhnē）作为隐喻，对古希腊哲学思想的形成具有决定性的意义。古希腊哲学思想是按照技艺的逻辑展开的，相关文献见 John wild, Plato's Theory of Texnh: "Aphenomenological Interpretation, "Philosophy and Phenological Research, vol. I. no. 3, March1941, pp. 255—293.

③ 马丁·海德格尔:《艺术作品的本源》,《林中路》,孙周兴译,上海:上海译文出版社,2004 年,第 23 页。

④ 同上书，第 46 页。

⑤ 马丁·海德格尔:《技术的追问》,《海德格尔选集》,孙周兴译,上海:上海三联书店,1996 年,第 952 页。

尔以器物为喻，其用意即在于以古希腊对技艺的看法为参照，反思现代技术给人与自然带来的弊端。

在古典文明时代，器物制作与质朴的艺术创作尚未分离，二者均从与自然之道的关联中获得意义。而在工业时代和电子时代，现代技术滋生了大批量的艺术复制品，电视、电脑等电子媒介又使屏幕成为这个时代的主导，由此决定着艺术的生产和传播。在这个技术主导一切的时代，古典意义上的器物制作日益远离了人们的生产活动和生活感受，古老的器物制作经验日益成为历史尘嚣覆盖之下的秘密。技术的过度发展造成了艺术规范性的缺失，也使得艺术缺乏深层的精神维度和人文价值。

以器物之喻考察中国文学思想的言说方式，为我们解开中国文学批评方式之秘密提供了视角，也为我们解读西方诗学之逻辑提供了线索，更为我们分析当前文学艺术的态势提供了借鉴。器物之喻是一种穿透力极强的言说方式，因而成为了一种普遍的文学经验。

太极图蕴含的审美思想与
中国书法艺术

危磊

在中国人的审美观念中，书法的线条蕴含着悠远的哲理与情趣，书法的笔墨考究力的劲道与婉丽，从而呈现刚与柔、虚与实、动与静，以及曲与直、润与枯、疾与涩之笔法墨象。太极图是中国古代朴素辩证法及审美思想的集中体现，也是中华文化及智慧生动形象的一种表现形式。阴阳环抱之太极图以形似黑白双鱼的阴阳两仪勾勒出优美的 S 形太极曲线或龙形曲线，形象地表现了阴阳双方相互对立依存、消长转化的对立统一之辩证关系。而对立统一规律正是宇宙间的根本规律，在太极图中则表现为黑白二色之阴阳两仪的对旋分割、相生互动、相济互化，象征着乾旋坤转、天地运行、日月交替、循环往复。被誉为"群经之首、大道之源"的《易经》所述的天地之道，就是由对立统一"阴阳"所构成的有机整体，所谓"立天地之道曰阴曰阳"[①]，"万物负阴而抱阳"[②]，"天地之道，阴阳刚柔而已"[③]。负阴抱阳之太极图既是宇宙万物运

---

① 王弼："老子道德经注"、"周易注"，《王弼集校注》，北京：中华书局，1980 年，第 576 页。
② 同上书，第 117 页。
③ 姚鼐："惜抱轩文集"、"复鲁絜非书"，《中国美学史资料选编》下册，北京：中华书局，1981 年，第 369 页。

动变化规律的形象表征，也是中国古代《易》理具象而直观的概括，由此蕴含及生发的中国古代朴素辩证法及审美思想，构成了中国书法艺术的基础与精髓。

一

　　"易"为宇宙变化的大历程，而宇宙变化的大历程始于太极，太极是至极、无以复加之义，当指至高无上的本始与原初状态。[①]由太极而生两仪，两仪即是阴阳。冯友兰先生认为："'一阴一阳之谓道'可与'易有太极，是生两仪'这句话互换，'道'等于'太极'，'阴阳'相当于'两仪'"[②]。太极八卦体系代表了华夏先哲以具象化方式所呈现的宇宙结构模式，而构筑这一模式最基本的符号，就是形似黑白双鱼纹的阴阳两仪，以及象征阳刚的实线即阳爻、象征阴柔的虚线即阴爻，这里的每一线条和图式都高度抽象与精约，并赋予了东方古代哲学之意味，概括了天地万物变易化生之理。

　　在中国人的传统文化观念中，宇宙为浑沌原初、氤氲交感的气之宇宙。阴阳二气周行，化育衍生万物，而与中国古代气之宇宙最为契合的则是中国书法线之艺术。宇宙天地间气之流动而化育成物，书法艺术笔墨线条之流动而成字，于是乎，黑白二色的线之艺术与阴阳二气的气之宇宙就有了一个相似互动的"异质同构"。黑字白纸，一阴一阳；阴为柔美，阳表刚健，构成中国书法笔墨线条的基本要素正是"阴阳"。"易以道阴阳"[③]，太极图为中国古代研究易学的重要图像，也是华夏古代先哲概括阴阳易理，探究宇宙自然及天地万物运动变化规律之图式。欲说易理，首当太极，太极

---

①　清代王夫之把"太极"界定为极大无上之最高的物质范畴，在《周易内传》中认为："太者，极其大而无尚之辞，极至也，语道至此而尽也，其实阴阳之浑合者而已，而不可名之为阴阳，则但赞其极至而无以加，曰太极。"参见王夫之：《船山全书》第一册，长沙：岳麓书社，1988年版，第561页。

②　冯友兰：《中国哲学简史》，北京：北京大学出版社，1996年，第147页。

③　郭庆藩：《庄子集释》第四册，北京：中华书局，1961年，第1067页。

图最早于何时由何人绘制，迄今尚无定论。[①] 但太极观念及思维在中国传统文化中却有着深刻的体现，所谓"易有太极，是生两仪，两仪生四象，四象生八卦"[②]。有关"易有太极"以上诸句，历来中国古代各家均有不同的解释。张岱年先生认为，在中国古代众多学者的解说中，当以郑玄、虞翻为代表的"天地起源说"最为可取，即"太极"为天地未分之原始统一体。[③] 两仪既出，天地即成，然后才有用"两仪"也就是"阴阳"来阐释宇宙人生与天地万物，以及书法艺术及书学理论。

太极图的思想渊源可上溯到原始时代的阴阳观念，阴阳鱼太极图则是由古代流传下来的伏羲先天八卦图、古太极图、先天太极图、周氏太极图等，经漫长的历史传承和发展演化的结果。南宋学者遂将阴阳图和太极图结合起来，明代学者最终将其定名为"太极图"并沿用至今。亘古精约的太极图以简练而形象的形式，生动地概括了《易经》的要旨大义，具象地传达了华夏古代先哲对宇宙自然天地万物的体察与感悟。书法的本体在易道，《易》道从根本上说是"太极之道"，太极之道天然包含着对立统一的"阴阳"两个方面，这在太极图中则表现为阴阳环抱、首尾相接的黑白二鱼互绕对旋形成相反相成之阴阳两极，形象地揭示了宇宙万物皆由对立统一的"阴阳"基本要素所构成，《易传》曰："一阴一阳之谓道"[④]，"阴阳"

[①] 太极图起源于何时并由何人绘制，学界历来颇多争论，目前学界主要有以下说法：一说太极图为远古时期的伏羲根据河图及洛书而绘制的简易图，此说在古代典籍中亦有记载；二说太极图起源于新石器时代陶器上的漩涡纹、鱼纹、轮纹等；第三说太极图起源于东汉会稽上虞人魏伯阳道士所作《周易参同契》；第四说太极图为北宋周敦颐以儒家经典《周易》等为基础，吸取融汇道家及相关思想资料绘制而成。上述诸说相较，持第四说者众，且有较多古代文献为佐证。参见明赐东："探赜索隐太极图"，《光明日报》，2009 年 3 月 26 日。

[②] 王弼："老子道德经注"、"周易注"，《王弼集校注》，北京：中华书局，1980 年，第 553 页。

[③] "太极"是易学研究的一个重要概念，古代诸多学者对"易有太极，是生两仪，两仪生四象，四象生八卦"解说不一，难有定论。当代学者张岱年先生列举了历代关于"易有太极"的四种代表性解释："第一，天地起源说，以郑玄、虞翻为代表。第二，画卦说，以朱熹为代表。第三，揲蓍说，以胡渭、李塨为代表。第四，大中说，以焦循为代表。"认为在众多解说中，以郑玄、虞翻的解说最为合理及可取，即"太极"为天地未分的原始统一体。"参见张岱年："论《易大传》的著作年代与哲学思想"，载《张岱年学术论著自选集》，北京：首都师范大学出版社，1993 年，第 322 页。

[④] 王弼："老子道德经注"、"周易注"，《王弼集校注》，北京：中华书局，1980 年，第 541 页。

在中国书法艺术中表现了极为丰富生动的艺术辩证法,由"阴阳"所衍化生发的刚与柔、疏与密、枯与润、藏与露等,这些中国书法的艺术辩证法与《易经》所述的阴阳变易之道可谓不谋而合。

中国书家受太极阴阳之说影响由来已久,这在历代书法理论及其实践中均有迹可寻。"阴阳"既是宇宙万物与天地自然生成运化的主要根源,也是中国书法及其艺术美的最基本要素。汉代书家蔡邕《九势》曰:"夫书肇于自然,自然既立,阴阳生焉,阴阳既生,形势出矣。"[①]东晋王羲之《记白云先生书诀》道:"阳气明则华壁立,阴气太则风神生。"[②]唐代虞世南《笔髓论》言:"字虽有质,迹本无为,秉阴阳而动静,体万物以成形。"[③]明代项穆《书法雅言》曰:"圆为规以象天,方为矩以象地,方圆互用,犹阴阳互藏。"[④]清代石涛《苦瓜和尚话语录》谓:"古今造物之陶冶也,阴阳气度之流动也,借笔墨以写天地万物而陶乎我也!"[⑤]宇宙万物与天地自然均由"阴阳"及其运动变化而形成,"书"则取法于阴阳自然之象,依阴阳变易之理而作。中国历代书家皆重从"阴阳"运动变化中探寻书法的本原与规律,并将"天地万物"落实在有"阴阳气度"的笔墨线条之中,从而在书法线纹符号中呈现出阴阳变易的动态平衡与对称之美。

太极图是中国文化中特有的以图像语言形式阐释阴阳哲理之图式,它突出的特点是用阴阳变易之道去看待宇宙万物与天地自然,体现了"阴阳"及其对立统一的辩证关系及运动,而"阴阳"对立统一之辩证关系与运动,就具体地体现在中国书法艺术的用笔、结体、章法这三个最基本要素之中。譬如在用笔上,有圆与方、藏与露、疾与涩等;在结体上,有欹与正、向与背、小与大等;在章法上,则有虚与实、疏与密、聚与散等。太极图所蕴含"阴阳"对立统一的辩证关系还具体贯穿于中国书法及书学理论之中,

---

① 蔡邕:"九势"、"笔论",《汉魏六朝书画论》,长沙:湖南美术出版社,1997年,第45页。

② 王羲之:"书论"、"记白云先生书诀",《历代书法论文选》,上海:上海书画出版社,1979年,第68页。

③ 虞世南:"笔髓论",《初唐书论》,长沙:湖南美术出版社,1997年,第77页。

④ 项穆:"书法雅言",《明人书论》,长沙:湖南美术出版社,2002年,第213页。

⑤ 石涛:"苦瓜和尚话语录",《清人论画》,长沙:湖南美术出版社,2004年,第7页。

如论用笔，东汉蔡邕《笔势》曰"书有二法：一曰疾，一曰涩。得疾涩二法，书妙尽矣"①；唐代虞世南《笔髓论》言"迟速虚实，若轮扁斫轮，不疾不徐"②；如论结体，晋代王羲之《书论》道"有偃有仰，有欹有侧有斜，或小或大，或长或短"③；再如论章法，明代张绅《书法通释》曰"终篇结构，首尾相映，笔意顾盼，朝向偃仰，阴阳起伏，笔笔不断"④，等等。由此可见，中国书法在纸面上所体现的笔意墨象仍是表层因素，更为深层的意蕴则是体现了太极图所蕴含的富有古代朴素辩证法的审美思想。中国古代历来有"书画同源"之说，故近代国画大师黄宾虹先生说"太极图是书画的秘诀"。⑤

《易经》所述的"天地之道"是"阴阳"，由太极观念原初生成的一对重要范畴亦为"阴阳"，"阴阳"既为《易经》最重要的一对范畴，也是《易经》所述的"天地之道"。而宇宙自然天地万物皆有"阴阳"，地为阴，天为阳；月为阴，日为阳；女为阴，男为阳；在书法中则曲为阴、直为阳；虚为阴、实为阳；墨静为阴、笔动为阳，等等。"阴阳"及其对立统一的辩证关系是决定书法生命力的根本要素和力量，唐人张怀瓘在《论用笔十法》中，曾论书法用笔的"阴阳相应"之法："阴阳相应，谓阴为内，阳为外，敛心为阴，展笔为阳，须左右相应。"⑥明代项穆《书法雅言》强调书法应"阴阳得宜"："若而书也，修短合度，轻重协衡，阴阳得宜，阴柔互济。"⑦刘熙载在《书概》则主张"阴阳兼到"："画有阴阳，如横则上面为阳，下面为阴，竖则左面为阳，右面为阴，惟豪齐者能阴阳兼到，否则独阳而已。"⑧

① 蔡邕："九势"、"笔论"，《汉魏六朝书画论》，长沙：湖南美术出版社，1997年，第46页。
② 虞世南："笔髓论"，《初唐书论》，长沙：湖南美术出版社，1997年，第73页。
③ 王羲之："书论"、"记白云先生书诀"，《历代书法论文选》，上海：上海书画出版社，1979年，第53页。
④ 张绅：《书法通释》，济南：齐鲁书社，1997年，第12页。
⑤ 近代杰出画家黄宾虹，学识渊博，他在阐述画理画法时，一再提到"太极图是书画秘诀"。参见《黄宾虹文集·书画篇》（下），上海：上海书画出版社，1999年，第472页。
⑥ 张怀瓘：《张怀瓘书论》，长沙：湖南美术出版社，1997年，第269页。
⑦ 项穆："书法雅言"，《明人书论》，长沙：湖南美术出版社，2002年，第223页。
⑧ 刘熙载："书概"，《晚清书论》，长沙：湖南美术出版社，2004年，第85页。

可以说，中国书法艺术在内容与形式的各个方面都渗透着"阴阳"及其对立统一的辩证关系及运动。阴阳由太极而生，阴阳化育为万物，惟其有阴有阳，方能阴阳相应、虚实相生、刚柔相济、疏密相间、浓淡相宜，并在中国书法艺术中呈现出阴阳变易的动态平衡与和谐之美。

　　中国传统文化的基本精神是天人合一、尚中贵和，体现了华夏民族对于社会人生"太和"之理想境界的崇尚与追求。中国书法基本精神则是阴阳相应、虚实相生、刚柔相济、骨肉相称，表达了华夏书家对艺术人生臻达"太极"之圆融和谐境界的向往与追寻。可以说，太极图与中国书法都离不开"阴阳"及其对立统一的辩证关系及运动，中国书法艺术亦可视为另一种形式之太极图。中国古代先哲将宇宙万物的无穷变化融入阴阳消长的太极图形之中，以此来揭示宇宙大化流行、生生不息、动转不居之过程，来体现"一阴一阳之谓道"的中国古代辩证法及审美思想。太极之道，有无相生，阴柔阳刚，亦静亦动。中国书家及艺术家纵笔运墨、释智遗形，在大气盘旋、意冥玄化、一阴一阳的太极之道中，以一管追光蹑影之笔，写通天尽人之怀，以蕴天地万象之墨色，宇宙万物根源之一画，"参天地之化育也，测山川之形势，度地土之广远，审峰嶂之疏密"①。所谓"山川与予神遇而迹化也，所以终归于大涤也"②。绚烂之极，终趋平淡，通会之际，人书俱老。中国书家及艺术家正是在这数尺纸素之间，挥毫成韵、以天合天、天人合一，以臻达浑化天成、物我两忘、大美无言的圆融超拔之境。

二

　　太极图是华夏民族古代思想智慧的结晶，被西方著名学者贡布里希誉为"一幅完美无缺图案"。③在中国传统文化中，万物生命之源是乾坤、阴阳、太极。而太极图以形似黑白双鱼之阴阳两仪勾勒出动转不居、无往不

---

①　石涛：《苦瓜和尚话语录》，《清人论画》，长沙：湖南美术出版社，2004年，第17页。
②　同上书，第18页。
③　引自许晓伟：《太极图形的现代设计美学阐释》，《艺术探索》，2006年第2期，第71—72页。

复的 S 形太极曲线，呈现出契合"生生之为'易'"①的圆融无碍、周而往复之美，也呈现出阴阳环转、无往不复的 S 形太极曲线即龙形曲线之美。可以说，这种循环流转、周而往复的 S 形太极曲线或龙形曲线，既是宇宙大化流行、生生不息、无往不复之生命运动形式的形象表征，也是中国书法艺术精纯灵动、元气淋漓、圆活往复的线纹符号。

　　独具东方艺术魅力的中国书法艺术，精微而深刻地体现了太极图 S 形曲线即龙形曲线所呈现的周而往复，即"复"之运动变化。冯友兰指出："一切事物皆始于'复'，《易传》认此为宇宙之秘密。"②《周易》的命名亦可用"周而复始"或"无往不复"之意来诠释，《周易》复卦③象曰："复，其见天地之心乎。"④"天地之心"即为"道心"。清代李光地案曰："'天地之心'，在人则为道心也。道心甚微，故曰'复'。"⑤"道"与"太极"密切相连，邵雍曰："道为太极。"⑥程颐道："太极者，道也。两仪者，阴阳也。"⑦朱熹曰："道是太极。"⑧船山谓："道者，天地人物之通理，即所谓太极也。"⑨黑格尔说："道为天地之本，万物之源，中国人把认识'道'的各种形式看作是最高的学术。"⑩"天地之心"或"道心"呈"周行而不殆"⑪、"无往不复"的运动变化，而循环往复的"道心"正体现了宇宙间最根本的客观规律。⑫

---

① 王弼："老子道德经注"、"周易注"，《王弼集校注》，北京：中华书局，1980 年，第 543 页。

② 冯友兰：《贞元六书》，上海：华东师范大学出版社，1996 年，第 77 页。

③ "复卦"在《易》中地位极为特殊。朱熹的启蒙之师刘子翠在《复斋铭》中曾就"复卦"论曰："大易之旨，微妙难诠，善学易者，以复为先。"参见杨国学校注：《屏山集校注与研究》屏山集卷一，北京：中国书籍出版社，2012 年，第 12 页。

④ 王弼："老子道德经注"、"周易注"，《王弼集校注》，北京：中华书局，1980 年，第 336 页。

⑤ 李光地：《周易折中》上册，北京：九州出版社，2002 年，第 578 页。

⑥ 邵雍：《皇极经世》，北京：九州出版社，2003 年，第 396 页。

⑦ 程颐：《二程集》下册，北京：中华书局，1981 年，第 690 页。

⑧ 朱熹："朱子通论书"《周子通书》，上海：上海古籍出版社，2000 年，第 78 页。

⑨ 王夫之：《张子正蒙注》，北京：中华书局，1975 年，第 85 页。

⑩ 黑格尔：《历史哲学》，上海：上海书店出版社，1999 年，第 141 页。

⑪ 王弼："老子道德经注"、"周易注"，《王弼集校注》，北京：中华书局，1980 年，第 63 页。

⑫ 高亨"复卦"注曰："此申释卦义，有往必有复。往复循环，乃天地之中心规律。"见高亨：《周易大传今注》，济南：齐鲁书社，1998 年，第 181 页。

　　在中国书法艺术的发展历史中，汉字经历了由甲骨文到金文、秦篆、汉隶，再到章草、魏碑、唐楷的发展演化过程。虽"随体诘诎"[①]之S形太极曲线或龙形曲线趋于平直方向发展和演化，但生命的形式、生命的意蕴及宏流，却越来越深邃地积淀在这契合宇宙本原之"道"的S形太极曲线即龙形曲线之中。以契合"天地之心"或"道心"运动变化的S龙形曲线为美，可以说是华夏民族传统的审美观念。老子曰"大曰逝，逝曰远，远曰反"[②]，表征"道"之运行轨迹为"周行而不殆"及"无往不复"的龙形曲线。龙形曲线在中华文化及中国书法中有着重要地位和审美价值，龙形即S形，源于古代二十八星宿中呈S状的东方苍龙七宿，被称为"青龙"。"龙形曲线"在中国古代一般称为"一波三折"，而"一波三折"与华夏龙文化和中国书法有着密不可分的联系。宋代郭若虚指出画龙要着重画出龙之"三停"，即龙的形态造型要在"膊、腰、尾"之"三停"即"三折"之处加以强调，"龙"方能画得生动传神。[③]可以说"龙形曲线"、"一波三折"既蕴含着S形即龙形曲线的优美韵律，也契合着华夏民族潜意识深处的龙图腾崇拜。近代有学者认为，太极图中首尾交接呈S形曲线和象征易理的"阴阳鱼"，其独特的形态及造型是发轫或取象于原始的始祖龙。[④]《易经》首卦为乾卦，卦象为天，乾卦六爻主体形象皆为龙象。"龙"作为华夏民族的图腾与象征，动则飞腾于九霄之上，静则蛰伏于深渊之中，乘云驾雾，卷风行雨，变化无穷。华夏古人还赋予了"龙"以主宰雷雨、通天潜

---

① 许慎："说文解字序"，《汉魏六朝书画论》，长沙：湖南美术出版社，1997年，第12页。
② 王弼："老子道德经注"、"周易注"，《王弼集校注》，北京：中华书局，1980年，第64页。
③ 宋人郭若虚《图画见闻志》一书载曰："画龙者，折出三停。自首至膊，膊至腰，腰至尾，相停也。"参见（宋）郭若虚著，黄苗子点校：《图画见闻志》，北京：人民美术出版社，2004年第二版，第10页。
④ 苏开华认为，太极图中"'阴阳鱼'的本源取象于远古中国的始祖龙。这方面的主要证据如下：第一，太极图与始祖龙皆属远古文化遗存，而且，'阴阳鱼'的外形与始祖龙十分相似，表明二者之间存在着某种渊源关系。第二，'阴阳鱼'是易理的象征，据《说文解字》云，'易'的本义为蜥蜴（因此物肤色善变），而蜥蜴在远古又恰好是始祖龙的化身。如仰韶文化曾出土的陶瓶上绘制的龙像即是人首蜥蜴身，这说明'阴阳鱼'——'易'——蜥蜴——龙之间确有必然的联系。第三，在《周易》乾、坤两卦的经文中，龙被屡次用来说明阴阳二爻的变化状况"。参见苏开华"远古太极图揭秘"，《东南文化》2，1995年，第32—33页。

渊的出神入化之功能，不论是"见龙在田"、"终日乾乾"①，还是"或跃在渊"、"飞龙在天"②，"龙"都显示了那雄浑壮阔的气势和阳刚劲健的力量，也被赋予了动转不息、变易不居、无往不复的龙形曲线之美。这种独具华夏审美特性的 S 形太极曲线或龙形曲线，既表现在华夏艺术其他门类里，更集中地体现在中国书法艺术之中。

　　《易经》乾卦之龙曲卷成圆，契合着华夏民族一个重要的传统观念，即"天道曰圆"③。乾卦之龙卷曲成 S 形太极曲线或龙形曲线，还可从中国传统观念中得到解释，即"龙"象征着天，象征着生生不息、变易不居、无往不复的天之特性，也象征着周行不殆、周流不息、周而往复之宇宙本体——"道"之运动变化规律。中国古人认为，宇宙天地间都存在着这种契合着"道"之生生不已、周行不殆、无往不复的运动变化，这种契合着宇宙本原之"道"运动变化的 S 形太极曲线即龙形曲线，在中国书法尤其是行草书中有着极为突出的体现。值得注意的是，历代诸多书家及其书论，竟是如此喜爱、如此频繁地将中国书法与"龙蛇"盘桓曲折、动转回环、周而往复的意象、情态及形状等紧密地联系在一起，决非偶然，现撷其大要列之如下："盖草书为状也，婉若银钩，若举复安，虫蛇虬蟉"④；"状如龙蛇，相钩连不断"⑤；"羲之书字势雄逸，如龙跳天门"⑥；"笔下唯看激电流，字成只畏盘龙"⑦；"鸾舞蛇惊之态，绝岸颓峰之势"⑧；"电掣雷奔，龙蛇出没"⑨；"远而望之，若飞龙在天"⑩；"恍恍如闻神鬼惊，时时只见龙蛇走"⑪。

---

① 王弼："老子道德经注"、"周易注"，《王弼集校注》，北京：中华书局，1980 年，第 214 页。
② 同上书，第 212 页。
③ 王聘珍：《大戴礼记解诂》，北京：中华书局，1981 年，第 98 页。
④ 索靖："草书状"，《汉魏六朝书画论》，长沙：湖南美术出版社，1997 年，第 88 页。
⑤ 王羲之："书论"、"记白云先生书诀"，《历代书法论文选》，上海：上海书画出版社，1979 年，第 107 页。
⑥ 萧衍："古今书人优劣评"，《汉魏六朝书画论》，长沙：湖南美术出版社，1997 年，第 222 页。
⑦ 怀素："自叙"，《中晚唐五代书论》，长沙：湖南美术出版社，1997 年，第 232 页。
⑧ 孙过庭："书谱"，《初唐书论》，长沙：湖南美术出版社，1997 年，第 116 页。
⑨ 窦蒙："述书赋"，《中晚唐五代书论》，长沙：湖南美术出版社，1997 年，第 50 页。
⑩ 张怀瓘：《张怀瓘书论》，长沙：湖南美术出版社，1997 年，第 89 页。
⑪ 李白："草书歌行"，《中晚唐五代书论》，长沙：湖南美术出版社，1997 年，第 234 页。

从中国书家这些俯拾即是的有关"龙蛇"情态及意象，以及对"龙蛇"描态状物的书作及书论中，可见中国古人对于蛇——即"龙"的喜爱乃至崇拜，并以此来描摹那撼人心魄、令人难忘的书法艺术的形象与情状。

龙在中国文化史上，从原始图腾到现在的象征及吉祥物，是一种绵延了至少七、八千年之久的特殊文化现象。作为"龙的传人"的华夏民族，积淀着对于"龙"深厚的情感及历史文化渊源，龙文化及其审美意识已渗透到中国社会和文化领域的各个方面。华夏原始龙以蛇为基本原型，迄今出土的属仰韶文化的用蚌壳卵石摆塑之龙，以及红山文化的古代玉龙和龙山文化的龙纹陶器等，其基本情态及形象均为蛇形。在中国最早的文字即甲骨文中，"龙"为蛇身阔口有角，金文中"龙"亦为蛇形，我国古代典籍中尚有许多龙为神化之蛇的记载。[①]英国学者荷迦斯曾通过对各种线条类型进行深入的美学分析，认为"蛇形线赋予美以最大的魔力"，"蛇形线是一种弯曲的并朝着不同方向盘绕的线条，能使眼睛得到满足，引导眼睛去追逐其无限多样的变化，我把它叫做动人心目的线条"[②]。

中国书法尤其是行草艺术，正是荷迦斯最为推崇的"蛇形线"即龙形曲线。观赏中国书法这种动转不居、周行不殆、无往不复的 S 形太极曲线或龙形曲线，人们往往能获得极为突出的审美体验。尤其是唐代怀素、张

---

① 在中国古代蛇被称为小龙，古代典籍中保存了大量关于龙为蛇之记载。王充在《论衡》里说："龙或时似蛇，蛇或时似龙。"参见王充：《论衡》，北京：商务印书馆影印，文津阁四库全书第 258 册，2005 年，第 368 页。东汉郑玄注《尚书大传》道："龙，虫（蛇）之生于渊，行于无形，游于天者也，属天，蛇，龙之类也，或曰：龙无角者曰蛇。"参见伏胜撰、郑玄注：《尚书大传》（北京：中华书局，1985 年，第 68 页）。东晋葛洪《抱朴子》谓："蛇之成龙，茅糁为膏，亦与自生者无异也。"参见王明撰：《抱朴子内篇校注》，北京：中华书局，1985 年，第 80 页。华夏古代历来"龙蛇"并提，或"龙蛇"连文。《易·系辞下》曰："龙蛇之蛰，以存身也。"《左传·襄公二十一年》载："深山大泽，实生龙蛇。"参见杜预注、孔颖达疏：《左传注疏》（北京：商务印书馆影印，文津阁四库全书本第 49 册，2005 年，第 243 页。）《韩非子·难势》道："而能乘游之者，龙蛇之材美也。"参见韩非：《韩非子》，北京：商务印书馆影印，文津阁四库全书第 242 册，2005 年，第 254 页。闻一多《伏羲考》指出："所谓龙者只是一种大蛇，这种蛇的名字叫做龙。"参见《闻一多全集》第三卷，武汉：湖北人民出版社，1993 年，第 80 页。
② 荷迦斯：《美的分析》，北京：人民美术出版社，1984 年，第 45 页。

旭及明代王铎等书家书作，其用笔运墨往往不欲一刷而过，每每灵动圆转、缠绵回环、盘桓往复，在一片绵延曲折、钩连不断，有如龙飞蛇舞的笔墨线条之中，淋漓尽致地抒发了书家对于宇宙人生及天地万物的深刻感悟与无限情怀。书家以情驭笔，挥毫纵墨，其灵动的线条，泼洒的翰墨，如飞龙游天、惊蛇入林、古藤绕树、变幻无穷。其奔蛇腾龙走虺之姿，火山熔岩喷发之势，疾风骤雨式之气魄，遂形成恢宏之字势，纵横挥阖之墨象，雄浑高远之意境。更令人叹为观止的是那形如游龙、状如奔蛇，充溢生命之意蕴及生命之活力的笔墨线条，似乎时时都在"转"、"跃"、"舞"，极尽龙蛇飞舞之能事。①

　　周而往复的 S 形太极曲线或龙形曲线，牵引着历代书家在数尺见方的纸素中，去探寻和把捉那契合"道心"即"天地之心"周行不殆、变易不居、无往不复的运动变化。中国书家对于书法艺术 S 龙形曲线或太极曲线的探寻，可谓是精微深刻且历史悠久的，不论是钟繇、蔡邕、王羲之等书家所推崇的"一波三折"②、"藏头护尾"的笔法，还是"上皆覆下，下以承上"③的结字，以及姜夔、米芾、董其昌等书家所强调的"无垂不缩，无往

---

① 唐代张旭《古诗四帖》、怀素《自叙帖》等狂草，脱胎于张芝、王献之的"一笔书"，其游龙之姿，奔蛇之态，似金蛇狂舞，如龙蟠虎踞，气势磅礴，虽狂不怪；被林散之称为"草书贡献为怀素后第一人"的明人王铎，其《凤林戈未息诗卷》、《草书唐人诗卷》等草书，如腾龙游蛇，似疾风骤雨，动转往复，势不可遏。

② 中国历代书家尤重"一波三折"S 形太极曲线之美，东晋王羲之"题卫夫人《笔阵图》后"道："每作一波，常三过折笔。"参见潘运告编注：《汉魏六朝书画论》，长沙：湖南美术出版社，1997 年，第 107 页。宋人姜白石《续书谱》云："故一点一画，皆有三转；一波一拂，皆有三折。"参见水采保编注：《宋代书论》，长沙：湖南美术出版社，1999 年版，第 244 页。唐代欧阳询《八诀》谓："一波常三过笔。"参见萧元编注：《唐代书论》（长沙：湖南美术出版社，1999 年版，第 3 页。元代陈绎曾《翰林要诀》云："三过笔中又有三过，如水波之起伏。"参见陈绎曾：《翰林要诀》，北京：商务印书馆影印，文津阁四库全书第 273 册，2005 年，第 589 页。张彦远《法书要录》曰："翼三年不敢见繇，即潜心改迹。每做一波，常三过折笔。"参见张彦远：《法书要录》，北京：商务印书馆影印，文津阁四库全书第 269 册，2005 年，第 455 页。明代丰坊《书诀》道："点必隐锋，波必三折。"参见丰坊：《书诀》，北京：商务印书馆影印，文津阁四库全书第 271 册，2005 年，第 1 页。清人包世臣《艺舟双楫》载："每作一波，常三过折。"参见桂第子编注：《清前期书论》，长沙：湖南美术出版社，2003 年版，第 404 页。

③ 蔡邕："九势"、"笔论"，《汉魏六朝书画论》，长沙：湖南美术出版社，1997 年，第 43 页。

不收"①的用笔，都与《周易·泰卦》九三辞曰"无平不陂，无往不复"，象曰"无往不复，天地际也"②的著名观点相符合。由此可见，中国书家都在探寻和印证那与周行不殆的"道心"相契合的S龙形曲线之美，都在追寻和揽取那宛如空谷幽兰、天籁之音般的太极曲美之韵。

中国书法是线之艺术，线以S龙形曲线为美，通过契合太极图S形太极曲线或龙形曲线变化的节奏和韵律，充溢于宇宙天地间生命的形式、生命的意象与宏流，在中国书法艺术中得到了精纯灵动及淋漓尽致的展示与表现。中国书法特别是行草书中动转蜿蜒、盘桓往复之"龙蛇线"，回环连绵、血脉相连、气脉相属的"一笔书"③，呈S龙形曲线之状的"一波三折"与"藏头护尾"的笔法意趣，以及"上皆覆下，下以承上"的落笔结字，乃至"无垂不缩、无往不收"的书学格言等等，实际上都深蕴着中国古人对于宇宙自然与天地万物的感悟和认识。太极图中的S形曲线或龙形曲线呈阴阳环转、周流往复之势，契合着宇宙本体"道"之周行不殆、无往不复之状，揭示着宇宙大化流行、生生不息、周而往复的一个基本规律，即所谓"复，其见天地之心乎！"中国书法艺术从点画线条、用笔运墨到结体取势等，都存在着这种与"独立不改，周行而不殆"④环转往复之"道心"相契合的S形太极曲线或龙形曲线的运动变化。中国书家正是用这动转不居、周行不殆、无往不复的S形太极曲线或龙形曲线，契合着元气淋漓、浑化磅礴、周行不殆之"道"——宇宙终极本体与天地万物运动变化

---

① 宋代姜夔《续书谱》载："翟伯寿问于米老（米芾）曰：'书法当如何？'米老曰：'无垂不缩，无往不收此必至精至熟，然后能之。'"参见水采保编注：《宋代书论》，长沙：湖南美术出版社，1999年版，第235页。明代董其昌《画禅室随笔》评道："米海岳书，无垂不缩，无往不收，此八字真言。"参见潘运告编注：《明代书论》，长沙：湖南美术出版社，2002年，第322页。

② 王弼："老子道德经注"、"周易注"，《王弼集校注》，北京：中华书局，1980年，第277页。

③ 唐代张怀瓘《书断》谓"一笔书"："字之体势，一笔而成，偶有不连，而血脉不断，及其连者，气候通其隔行。"参见张怀瓘：《张怀瓘书论》，长沙：湖南美术出版社，1999年版，第107页。清代宋曹《书法约言》道："王大令得逸少之遗，每作草，行首之字，往往续前行之末，使血脉贯通，后人称为'一笔书'。"参见桂第子编注：《清前期书论》，长沙：湖南美术出版社，2003年，第68页。

④ 王弼："老子道德经注"、"周易注"，《王弼集校注》，北京：中华书局，1980年，第63页。

之总规律，并以这精纯灵动、变化万千、周而往复的 S 形太极曲线或龙形曲线，去冥合和把握那宇宙终极本原之"道"，去揽取和印证这亘古长存的"天地之心"与"万物之情"①。中国书家及艺术家以宇宙自然的无穷变化为艺术创作基本之法，将自我的感性生命和心灵体验融会于无尽的宇宙天地之间，以臻达到天人合一、物我合一的中和之美与圆融之境，而此境界亦是太极图蕴含的朴素辩证法及审美思想之精髓所在。

三

　　太极图是华夏先哲对于宇宙万物目识心动的产物，立象尽意的太极图与中国书法有着一种天然的联系，负阴抱阳之太极图中黑中有白点，白中有黑点，表明了"阴阳"不是绝然对立与隔绝，而是阳不离阴、阴不离阳，阴阳相生、刚柔相济、和合为贵。太极图还是华夏古代民族概括阴阳易理和研究易学的重要图像，《易传》以乾为天，"曰：大哉乾元，万物资始"，②展现了一幅"飞龙在天"的雄浑壮阔之景象，故而具有阳刚之美。《易传》以坤为地，"曰：至哉坤元，万物姿生"，③呈现了一种"牝马行地"④的柔和宁静之特性，因而具有阴柔之美。乾卦的"天行健，君子以自强不息"⑤的精神，坤卦的"地势坤，君子以厚德载物"⑥的思想，已经成为中华民族传统文化的基本精神，以及中国书法及华夏艺术阴柔优美与阳刚壮美的基础。中国书法中"龙跳天门，虎卧凤阙"⑦阳刚壮美的雄逸字势，是中华民族对于代表"自强不息"之"乾阳"的歌颂，而"舞女低腰，仙人啸树"⑧阴柔

---

① 王弼："老子道德经注"、"周易注"，《王弼集校注》，北京：中华书局，1980 年，第 558 页。
② 同上书，第 213 页。
③ 同上书，第 226 页。
④ 智旭：《周易禅解》，扬州：广陵书社，2006 年，第 11 页。
⑤ 王弼："老子道德经注"、"周易注"，《王弼集校注》，北京：中华书局，1980 年，第 213 页。
⑥ 同上书，第 226 页。
⑦ 萧衍："古今书人优劣评"，《汉魏六朝书画论》，长沙：湖南美术出版社，1997 年，第 224 页。
⑧ 张彦远：《法书要录》，北京：人民美术出版社，1984 年，第 26 页。

优美的笔墨气韵，则是中华民族对于代表"厚德载物"之"坤阴"的赞美。

　　纵观中国书法发展史，中国书法艺术似乎都脱离不了由"阴阳"构成的基本要素，似乎都离不开由"阴阳"衍化派生的辩证关系。诸如用笔的方与圆、疾与缓、粗与细；结体的向与背、虚与实、肥与瘦；章法的疏与密、聚与散、断与连等等；也似乎都摆脱不了由"阴阳"所生发的诸多相对相依的类型和范畴：或豪放或婉约、或沉郁或旷达、或潇洒或谨严等，它们都可以纳入"阴阳"或阴柔优美与阳刚壮美这两大类型和范畴。刘熙载所谓"大凡沉著屈郁，阴也；奇拔豪达，阳也"[①]。王国维所言："美之为物有二种：一曰优美，一曰壮美。"[②]姚鼐所云："得于阳与刚之美者，则其文如霆，如电，如长风之出谷，如崇山峻崖"；而"其得于阴与柔之美者，则其文如升初日，如清风，如云，如霞。"[③]由此可见，由太极"阴阳"所衍化生发的阴柔优美与阳刚壮美，几乎涵盖了中国书法及华夏艺术史上有关艺术美的类型和范畴。

　　太极图还蕴含着阴阳相摩、天地相荡而化育天地万物，以阴阳相生相谐、圆融和谐境界为美的朴素审美观，太极图实际上亦是向人们揭示"阴阳"对立统一的辩证关系是宇宙间普遍规律之图式。而作为中国古代哲学思想核心内容的太极及阴阳学说，对于"五四"以前的中国文化、哲学与艺术的影响及渗透几乎无处不在，以至于成为华夏传统文化的一个鲜明特征，这一特征又被高度形象地体现在太极图式中，并渗透到中国书法及艺术的各个方面。因而在中国书法及艺术中，阴柔阳刚或优美壮美也并不是绝对的对立与隔绝，而是相互作用影响、相互融合渗透，反对偏执一方或至柔纯刚。在中国书法史上，王羲之体现了魏晋"中和"美之理想境界，被誉为"天下第一行书"的《兰亭序》，就是这种"中和之美"的完美体现。书家笔墨挥洒生刚柔动静之变，线条飞动见阴阳虚实之别，其书作结

---

① 刘熙载："书概"，《晚清书论》，长沙：湖南美术出版社，2004年，第99页。
② 王国维：《静庵文集》，沈阳：辽宁教育出版社，1997年，第67页。
③ 姚鼐："惜抱轩文集"、"复鲁絜非书"，《中国美学史资料选编》下册，北京：中华书局，1981年，第370页。

体笔笔不断、字字连贯，阴阳起伏；章法上下承接、左右呼应，偃仰起伏；通篇则笔势连贯、血脉相连、首尾相应。从中既可欣赏到王羲之"飘如游云，矫若惊龙"[①]的风姿神韵，又能感受到儒家的中庸和谐与道家的飘逸自然。有人将王羲之书作称为"雄秀"[②]是别有深意的，雄为阳刚壮美，秀为阴柔优美，王羲之却能将"雄秀"这看似对立的两极统一起来，充分地显示出一代"书圣"所达到的自由而不荒诞、飘逸而不媚俗、雄浑而不偏执的风神气度，更呈现出一种阴阳相谐、刚柔相济、骨肉相称的中和之美。中国古代书家推崇更多的是"书要兼备阴阳二气"、"阴阳刚柔不容偏废"[③]、"草书须刚柔相济乃得佳"[④]，以及阳刚壮美与阴柔优美、骨势与韵味和谐统一的中和之美，从而臻达华夏民族所推崇的圆融和谐之境界，这也成为中国书法乃至华夏艺术及美学鲜明的民族特色。

艺术所昭示的是一个民族的文化灵魂、精神及生存状态，其特征又与一个民族悠久的历史和跌宕延绵至今的本土文化密切相连。就整体而言，中国书法艺术的传世佳作，既是一个契合着太极图蕴含的审美思想而展现的线纹艺术世界，也是一个载寓着太极图及其文化内涵而呈现的"有意味的形式"[⑤]，还是一门以情之熔铸、气之贯注、线之流动，充分自由地抒情写意且最心灵化的艺术，故有"书为心画，故书也者，心学也"[⑥]之说。太极图积淀着华夏先民"天道曰圆"的朴素宇宙观，凝聚着华夏民族对于中和之美与圆融之境的无限向往与追求，同时也寄寓着华夏民族对宇宙人生与自身理想的一种构想、理解和追寻。体现在中国书法及华夏艺术之中，推崇及强调得更多的是阴阳刚柔不可偏废、阴阳二气兼备。儒家不偏不倚的中庸观念、道家有无相生的哲学思想、佛家因果报应的轮回观念，以及

①　刘义庆：《世说新语》下册，北京：中华书局，1984 年，第 341 页。

②　赵孟頫："松雪斋书论"，《历代书法论文选续编》，上海：上海书画出版社，1993 年，第 181 页。

③　刘熙载："书概"，《晚清书论》，长沙：湖南美术出版社，2004 年，第 98 页。

④　赵宧光："寒山帚谈"，《明代书论》，长沙：湖南美术出版社，2002 年，第 402 页。

⑤　贝尔：《艺术》，南京：江苏教育出版社，2005 年，第 23 页。

⑥　刘熙载："书概"，《晚清书论》，长沙：湖南美术出版社，2004 年，第 99 页。

《易经》用以阐释宇宙万物的太极思维模式，似乎都存在于同一个太极之圆的图式中。这也使得中国书法及华夏艺术的审美心理欲求更多地趋向于圆态，趋向一种柔性与韧性，以及圆融浑化的中和之美。中国书法不仅体现了中国人的智慧，而且还展现了华夏文化的特色与魅力，因而千百年来，中国书法遂成为载寓着太极图所蕴含的朴素辩证法及审美思想，乃至太极文化与思维最为集中、具象且直观的艺术。

　　亘古邈远、立象尽意的太极图，以其蓄义神奇玄妙与蕴理博大精深，千百年来吸引和激励着历代无数学人对其钩深致远、探赜索隐。太极是统摄万物、囊括万象、化生天地万物之浑成磅礴状态，是对"易"及宇宙原初状态和人文万象之始的一种追寻，故曰"人文之元，肇始太极，幽赞神明，《易》象惟先"[1]。太极还是浑化天成、圆融无碍、大美无言的一种象征，所谓"太极为至，就其为至而言之，太极至真，至美，至如，至善，至哉，太极！"[2]太极图不愧为"明天理之根源、究万物之始终"[3]，以及通天人、合心物的"中华和谐美第一图"[4]。闳约深美、取象传神的太极图，以其所蕴含的中国古代朴素辩证法及审美思想，所呈现的动转不居、周行不殆、无往不复的 S 形太极曲线或龙形曲线之美，所体现的阴阳相应、虚实相生、刚柔相济的中和之美与圆融之境，对中国书法艺术产生持久而深刻的影响，同时也是中国书法乃至华夏艺术审美的最高境界，而且还为构建社会主义和谐文化与和谐社会提供着宝贵而丰富的哲学及美学资源。

---

① 刘勰：《文心雕龙》，北京：中华书局，1959 年，第 2 页。
② 金岳霖：《论道》，北京：商务印书馆，1987 年，第 212 页。
③ 脱脱："列传道学：周敦颐"，《宋史》，北京：中华书局，1985 年，第 12710 页。
④ 当代美学家周来祥认为："《太极图》的中和之美，不是偶然的，而是深深植根于中华文化之中，与中华先人美的观念是一致的，是中华先人艺术和美的理想的体现。""我曾称其为'中华和谐美第一图'。"见周来祥"太极与中华文化"，《光明日报》，2011 年 2 月 28 日。

意识流小说的嗅觉叙事

张世君

感觉是一切意识与行为的基础。理论家在讨论美学的时候，常常注意的是审美的艺术特性，忽略了审美理论的基础是感官感觉。从审美感觉研究文学应该是一个很宽阔的领域，它是本文讨论意识流小说嗅觉叙事的出发点。

一、诱发心理活动的嗅觉气味

人类生活的世界充满气味，现实生活带有很深的气味文化痕迹，人的心性品质都受到气味的影响。人的心理活动不仅源于人的有意识的思考和无意识的流动，它也通过生理的感官感觉触发心理活动。意识流小说的作者不仅描写人们熟悉的视觉与听觉的画面、声音，还描写人们通常忽视的嗅觉气味。在小说中，气味是引起心理活动的一个诱因和元素。

法国作家普鲁斯特的《追忆似水年华》（1913—1927）是意识流小说的奠基作，小说中出现的小点心气味成为诱发主人公心理活动的意象。

爱尔兰作家乔伊斯的《尤利西斯》（1922）是公认的意识流小说代表作，生理感觉到的气味诱发了主人公布鲁姆对性的想象的心理活动。气味对性的想象主要表现为体味对人的吸引，直接的性气味是下体的气味。第4章写布鲁姆早餐吃牲畜内脏，感觉到尿意的味道。"他最喜爱的是炙羊腰，吃到嘴里有一种特殊的微带尿意的味道"①，指向身体的下体。他在猪肉店看到广告上的牧场报道、牲畜和姑娘的臀部，都与下体有关。牛羊粪是下体的排泄，拍打牲畜屁股，姑娘裙子的摆动都是指向下体的描写。陌生姑娘买的是"头等香肠"，他的头脑里闪现的是"她们喜欢大个儿。大香肠"，隐喻的是下体生殖器。这些都表现出布鲁姆气味的性想象，他对陌生姑娘的意淫。

布鲁姆在街上闲逛的时候，气味的性想象一直追逐着他。他替妻子买黄色小说，又使他产生了性幻想。小说第 10 章写："他逐渐感到全身灼热，使他身上的肉受到一种压力。在压皱了的衣服中间，肉体毫无保留地交了出来；两眼昏厥似的翻了上去。他的鼻孔像捕捉什么似的拱了起来。胸脯上是酥软的润肤油膏。腋窝下是洋葱味的汗水。鱼胶似的沾液。""鼻子拱起来"的描写突出气味在性活动中的作用，布鲁姆还爆了一句粗口"硫磺狮粪"（Sulphur dung of lions!），把人的性活动等同于动物的交媾行为，散发的是野兽硫磺气味的粪臭。

在布鲁姆的性幻觉中，洋葱味与油膏味、鱼胶的沾液、粪便联系，形成一种致命的气味，显示气味的性魔力，有如中世纪西方巫医配置的药方。当代法国学者阿尼克·勒盖莱（Annick Le Guérer）在《气味》（1998）中写："除药草外，有毒的植物（毒芹），麻醉的和能引起幻觉的植物（颠茄、天仙子），小孩的脂肪，人体和蝙蝠的血液，猫和爬行动物的脑髓，树脂、蟾蜍和乌鸦的粪便，所有这些混合物中常常加上曼德拉草。这种草产生于恶臭而肥沃的土壤。"② 女巫常常收集这些混合物以配药，以至她们身上有一股特别的气味，让人感到神秘与恐惧。

布鲁姆的妻子莫莉是一个歌剧演员，她的气味感觉也和性联系在一起。小说写："她那半卧的身子上升起一股热气，在空气中和她斟茶的香味混在一起。""她的正在喝茶的丰满嘴唇一抿，笑了。熏过那种香，第二天有一点陈腐的气味，像坏了的香精水。"她正在看一本她要表演的莫扎特的歌

① 乔伊斯:《尤利西斯》，金隄译，北京：人民文学出版社，1994 年。
② 阿尼克·勒盖莱:《气味》，黄忠荣译，长沙：湖南文艺出版社，2001 年，第 15 页。

剧，剧本台词是意大利语"我愿意又不愿意"，表现莫莉受诱惑的矛盾心理，小说把台词"我愿意"（vorrei）错拼为"我要"（voglio）。"那书摊开着倚在枯黄色图案的便盆凸起处。"书与便盆在一起，台词还"我要"，又是性的下体联系。莫莉与丈夫失和，她的生活中有很多男友，她的气味和"我要"与性联系就很自然了。

美国作家福克纳的《喧哗与骚动》（1929）以意识流手法描写美国南方贵族康普生家族衰败的悲剧。康普生的小儿子班吉虽是白痴，但感觉特别敏锐，各种感觉都可以沟通。诸如："我能闻到冷的气味。铁门是冰冰冷的。""我还能闻到耀眼的冷的气味。""离开亮亮的寒冷，走进黑黑的寒冷。"[①] 班吉能通过嗅觉闻到铁门冷的气味，感受到温度寒冷的视觉光亮，这无疑是一种联觉现象。班吉的嗅觉像狗一样超常，他和狗蓝毛、丹儿都能闻到死的气味。"蓝毛也在台阶底下嗥叫起来"，"丹儿在嗥叫"，"我闻到了那种气味"。对于这个身体有残疾的人，嗅觉的作用无疑高出了视觉与听觉，对人发生重要的影响。

二、过去经验的嗅觉记忆

嗅觉感受到的气味来自空气中散发的物质气息，因此，嗅觉是空间性的感觉。然而当气味留存在人的记忆中，嗅觉又有了时间的维度，从现在回到过去的某个时段的气味记忆。意识流小说的嗅觉描写，突出的特点是把气味与过去联系，并通过嗅觉的气味唤起对过去经验的记忆。

毋庸置疑，在人们对童年的记忆中，处于第一位的仍然是视觉意象，如家乡的老房子。但是童年记忆还有一种特殊的感觉，就是对嗅觉气味的敏感和回忆。气味对个人经历是一份弥足珍贵的记忆，特别是童年经历，如果人们没有刻意用媒介方式记录下童年，很多事情都随着时间的流逝淡忘了。但是童年对生活环境的特殊气味的体验却能够永远存留在人的嗅觉

---

① 福克纳:《喧哗与骚动》，李文俊译，上海：上海译文出版社，1984 年。

系统中，形成气味的家园意识，终身难忘。例如中国现代女作家萧红在她的自传性小说《呼兰河传》（1940）中描写她的家乡黑龙江呼兰河小城的故事，让作家终身难忘的是小说开端描写的童年欢乐的玫瑰花香的气味。

《追忆似水年华》的书名 A la recherche du temps perdu，英译名 In Search of Lost Time，本身就是对逝去的岁月的记忆。这个记忆是通过小点心的滋味和厨房的气味引出的。小说第一部《在斯万家那边》（1913）开端，一块小点心的滋味唤起了主人公马塞尔童年的所有记忆。小说写："回忆却突然出现了：那点心的滋味就是我在贡布雷时某一个星期天早晨吃到过的'小玛德莱娜'的滋味。"小说富有哲理地分析这种记忆的感觉："气味和滋味却会在形销之后长期存在，即使人亡物毁，久远的往事了无陈迹，唯独气味和滋味虽说更脆弱却更有生命力；……它们以几乎无从辨认的蛛丝马迹，坚强不屈地支撑起整座回忆的大厦。"[①] 在人的各种感觉中，嗅觉与味觉的联系特别紧密。由闻到的气味，转换为尝到的滋味，或者由尝到的滋味，转换为闻到的气味。闻味与尝味常常联属难分，闻到的气味也是尝到的滋味。小说中的"小玛德莱娜的滋味"即是一种混合的感觉，作用于人的感官。在主人公尝到点心滋味的时候，他也感受到了点心的气味。因此他才能对这块点心的记忆既有气味又有滋味的感觉："气味和滋味却会在形销之后长期存在"。

马塞尔从姨妈家的点心滋味回忆起姨妈所住街道的"鸟儿客栈"的厨房气味，这些都是令主人公难以忘怀的。小说写："从'鸟儿客栈'的地下室的气窗里飘散出来的厨房的气味，至今我还时有所闻，依然是那样热乎乎的，一阵一阵地飘到我的鼻前。"普鲁斯特从气味切入，写下了他的主人公对过去岁月的回忆，建立了卷帙浩繁的小说叙事。

普鲁斯特对气味的敏感和打破传统小说结构的描写与他重视直觉、时间与记忆联系的思想观点以及个人的身体状况有关。普鲁斯特受柏格森直觉主义的影响，认为直觉可以触发美感，先于理智。对过去经验的感觉，

---

① 普鲁斯特：《追忆似水年华》，李恒基、徐和瑾、周国强等译，上海：上海译文出版社，1992 年。

重现了逾越时间的生命。比如他在《重现的时光》里写道:"曾经听到过的某个声音或者闻到过的一股气味立即会被重新听到或闻到,既存在于现在,又存在于过去,现实而非现时,理想而不抽象。"普鲁斯特自幼患哮喘病,终生为疾病所苦,他的感觉器官特别敏感,声音、气味和光亮,都可能诱发他的哮喘发作。普鲁斯特常年躺在病床上,在创作《追忆似水年华》的十余年间,完全禁闭在斗室中,与世隔绝。展示在他眼前的不是现实的视听环境,而是追忆过去的心理时空。气味的记忆较之其他忙于职场、出入社交环境的人更加丰富和清晰,并为他支撑起整个小说回忆的结构大厦。有着独特经历的普鲁斯特为我们发掘了嗅觉在审美感觉中不容忽视的作用。

通常,一个人回忆母亲的气味与童年的美好时光相联系,正如《追忆似水年华》中回忆童年点心的气味。然而《尤利西斯》第 1 章却以斯蒂芬感觉到母亲的死亡气味开始。"她那消瘦的躯体上套着宽大的褐色寿衣,散发出一种混合着蜡和檀木的气息;她一言不发地俯身谴责他,呼吸中隐隐地带来一股沾湿的灰烬气味。"母亲的死亡气味在斯蒂芬的梦中和幻觉中反复出现。

《喧哗与骚动》的班吉喜欢姐姐凯蒂,他对姐姐的最大记忆是她身上的树香味。小说反复描写班吉的感觉:"凯蒂身上有一股树叶的香气","当她说我们这就要睡着了的时候,她也有这种香味"。即使凯蒂用肥皂,班吉闻到的还是凯蒂身上的树香。"凯蒂拿了厨房里的肥皂到水池边使劲搓洗她的嘴。凯蒂象树一样的香。"树香是作家深刻的乡土情结,代表了班吉对姐姐的爱,对童年最真实的记忆。

气味记忆的心理时间从现在回忆过去,在气味记忆的空间环境中扩散;气味记忆的空间则从心理空间回忆过去的物理空间,形成意识流小说气味叙事的嗅觉环境。《尤利西斯》的嗅觉环境包括整个都柏林,气味存留在人物的嗅觉记忆中。《追忆似水年华》的嗅觉环境是马塞尔童年生活的贡布雷的家与街区。《喧哗与骚动》的嗅觉环境有康普生家族的庄园、乡镇和昆丁上大学的学校。小说通过人物的气味记忆和气味感受,再现了已经逝去的嗅觉环境，为读者描绘了形象的心理空间，展示心理空间与物理空间互为层次的深度和广度。

三、嗅觉叙事的心理时间结构

以心理时间建构小说的叙事框架，这是学术界公认的意识流小说的结构特点。"人的意识流动遵循的是'心理时间'，而非物理时间，这就形成了意识流文学。"①然而心理时间不是虚空的表述，它依托在人的感官感觉对空间形态不断变化的"绵延"上，这一点较少为批评界关注。法国哲学家柏格森在《创造进化论》(1907)中指出，心理时间是绵延的，"在这里，记忆在起作用。它把过去的某种东西推到了现在。我的心理状态沿着时间的路线前进，它因不断积累的绵延而扩张，可以说，它带着自身滚雪球。更不必说最深层的内心状态，如感觉、情绪、欲望等等。"②记忆所起的作用不是抽象的时间，它在心理时间中唤起的是过去的感觉、情绪和欲望，它是凝固的空间形态或者说是形态化的时间。"至于心理生活，由于它在掩盖它的符号下面展开，所以我们很容易地发现时间就是心理生活的材料。"③因此感觉与心理时间是不可分割的一体。心理时间也包含了空间的感觉元素。

早在柏格森之前，美国心理学家威廉·詹姆斯在《心理学原理》(1890)中把意识比喻为流动的河流，柏格森的心理时间与此遥相呼应。詹姆斯在书中指出："意识并没有对它自己显现为是被砍碎了的碎块……它完全不是接合起来的东西，它是流动的。'河'或者'流'的比喻可以使它得到最自然的描述。让我们称它为思想之流，意识之流，或者主观生活之流。"④无论是意识之流还是主观生活之流，它在人的心理时间的流淌中，都是展示人的大脑中具体的物态的意识与生活。詹姆斯的意识流和柏格森

① 朱维之、赵澧主编：《外国文学史》(欧美卷)，天津：南开大学出版社，1994年，第554页。
② 柏格森：《创造进化论》，姜志辉译，北京：商务印书馆，2004年，第8页、10页。
③ 同上。
④ 威廉·詹姆斯：《心理学原理》，田平译，北京：中国城市出版社，2003年，第335页。

的心理时间共同成为意识流小说的理论基础。

意识流小说对嗅觉气味的描写是不断重复出现的，它与心理活动的感官感觉联系，表现了意识流动受到感觉诱导的规律。意识流小说所表现的心理时间有部分是靠嗅觉气味在其中的意识重现和意识迁移实现的。重复的气味描写是支撑意识流小说心理描写的空间元素和结构框架，建构了嗅觉叙事的心理时间结构。

《追忆似水年华》第一部和第七部关于小点心的气味和滋味的回忆，形成小说首尾的呼应和时间的循环。诚如第七部的书名"重现的时光"，"现在"与"过去"融合。生命是绵延与记忆，没有记忆，就没有过去；没有过去，也就没有现在；没有现在，生命就不能绵延下去。记忆和绵延是在刻骨铭心的气味感觉中呈现的，带给我们敞亮的生命气息。

《尤利西斯》的心理时间是通过三个人物的不同气味感觉把 1904 年 6 月 16 日这一天的意识活动与爱尔兰两千年的历史串联在一起。三个人物的意识活动都有各自受压抑的情结。斯蒂芬的情结是对母亲的负罪感，布卢姆的情结是家庭生活的失败感，莫莉的情结是性压抑。他们的压抑都和嗅觉的气味联系，直到小说结束，受压抑的情结才在嗅觉的气味中释放，人物恢复心灵的平静。

斯蒂芬和布鲁姆的情结释放是在妓院相遇的时候。小说写斯蒂芬在妓院看到母亲僵直地从地底下升起，"由于在坟墓里发霉而呈绿色"，"走近一些，她那带有湿灰气味的呼吸轻轻地吹拂到他的脸上。"（第 15 章）斯蒂芬在挣扎中打坏了煤气灯，母亲的气味从此消失。

布鲁姆赶到妓院保护斯蒂芬不受警察抓捕，在那一刻，布鲁姆从都柏林失火的烟雾中，看到了 11 年前他早夭的儿子茹迪的身影，他禁不住对斯蒂芬喊出："茹迪！"（第 15 章）他和斯蒂芬结成精神父子关系。

回到家，布鲁姆在上床休息时扯下一片大脚趾的碎趾甲，"将那一小片碎趾甲举到鼻孔前，闻了一下其中深处的气味，然后满意地将那趾甲碎片扔掉。""为何满意？因为他闻到的气味，和当年埃利斯太太幼童学校的学童布鲁姆小朋友拨弄和扯下来的其他趾甲碎片的其他气味相当。"（第 17

章）布鲁姆的心理时间，一是保留了童年记忆中拨弄脚趾闻到气味的形象，二是童年记忆的形象通过重复的动作成为中年布鲁姆习惯性的感觉活动，延续到现在，并预见了他遐想未来的心愿。因为这个拨弄脚趾闻气味的行为还将在布鲁姆的习惯动作中继续下去。"那时他在小跪片刻做晚祷和遐想未来心愿之际，必耐心拨弄脚趾。"这一点恰好与柏格森在《材料与记忆》（1896）中对记忆的形象认知的研究相一致。

柏格森认为记忆有两种，"第一种记忆以'记忆-形象'的形式记录我们日常生活中的各个时间发生的全部事件"[①]，相当于童年布鲁姆拨弄脚趾甲的事件。第二种记忆以"记忆-习惯"的方式存在。"习得的记忆（learned memory）更为有用，因此它们更受注意。通过与养成习惯那种著名过程相似的努力作出重复，来获得这些记忆，我们这时宁愿把这种记忆放在前景上，把它提高到模范记忆。"[②] 这相当于中年布鲁姆拨弄脚趾甲的习惯。它表明人的两种记忆有鲜明的区别，第一种属于自动记忆，第二种是被记忆解释的习惯，而非记忆本身。从第一种记忆向第二种记忆转变，是心理时间的绵延过程。"重复的功能仅仅是利用越来越多的运动，那些运动延续第一种记忆，以便将它们组织起来，通过建立一种机制，去创造出一种身体习惯。"[③]《尤利西斯》通过相同的脚趾甲气味的沟通，过去与现在联接成统一的时空结构，并且指向未来。心理时间中凝聚了物质材料，并在物质运动中绵延，表现了布鲁姆一以贯之的性格特征和思想意识。

小说最后一章，莫莉在床上逐一回想她和她的情人做爱的情境，重新肯定了丈夫，并以芳香的身体接纳丈夫重入怀抱。"他又问我愿意不愿意真的你就说愿意吧我的山花我呢先伸出两手搂住了他真的然后拉他俯身下来让他的胸膛贴住我的乳房芳香扑鼻真的他的心在狂跳然后真的我才开口答应愿意我愿意真的。"（第18章）小说用这段不打标点符号的意识流语言结束，也是小说气味叙事的大结局。生理气味与心理意识融合，构成了小说

① 柏格森:《材料与记忆》，肖聿译，北京：华夏出版社，1998年，第65页。
② 同上书，第66—67页。
③ 同上书，第67页。

的意识流情节。

《喧哗与骚动》将人物的意识活动深入到康普生家族的历史中去，形成作品的心理时间。班吉在 33 岁闻到"死"的气味，回忆起 17 岁时父亲去世时他闻到的气味，"我闻出了那种气味"。在班吉的回忆中，围绕姐姐凯蒂身上的树香，他的记忆不断从他 5 岁闻到凯蒂上学时的"一股树的香味"，跳跃到 15 岁时闻到凯蒂结婚的香气，3 岁时闻到凯蒂玩水的香气，12 岁时闻到凯蒂穿成人装束搽香水的情景等等，形成气味的闪回叙事。气味的闪回是断断续续的，它符合班吉的白痴身份，难以对事物做出长时间持续的完整回忆。通过缺少过程描述的跳跃式的香气转换，小说建立了班吉成长的几个阶段时间——3 岁、5 岁、12 岁、15 岁、17 岁、33 岁。时间段的香气与空间散布的香气交融在一起。

昆丁意识流的心理时间不断在 1909 年凯蒂失身和 1910 年凯蒂结婚之间交替出现，忍冬气味是连接两个时间段的媒介。忍冬花不仅象征了凯蒂成熟的性意识，也隐喻着昆丁对妹妹的乱伦欲望。忍冬花及气味描写在这一章出现了 30 多次，第一次出现忍冬气味的描写，是家人得知凯蒂失身的反应："一张谴责的泪涟涟的脸一股樟脑味儿泪水味儿从灰蒙蒙的门外隐隐约约地不断传来一阵阵嘤嘤啜泣声也传来灰色的忍冬的香味。"接着是昆丁对凯蒂与其他男孩接吻的谴责："什么东西里都混杂着忍冬的香味，仿佛没有这香味事情还不够烦人似的。你干吗让他吻你。"最后发展为昆丁对凯蒂的乱伦幻象："特别是那忍冬的香味它进入了我的呼吸在她的脸上咽喉上像一层涂料她的血在我的手底下突突地跳着"。

昆丁为凯蒂失身烦心，作为欲望象征的忍冬香气恰逢其时地进入昆丁的嗅觉器官，扰乱了他的心智。他把对妹妹的乱伦意识迁怒于忍冬花香的侵扰，忍冬花香的气味叙事建立了昆丁故事的意识流动。

四、气味的伦理隐喻

学术界通常认为意识流小说叙事是一种不同于传统小说的非个人化的

客观叙事，作家退出作品，不再操纵叙述；在作品中，作家不以自己的口吻谈论人物、评价事物、发表议论，人物的意识按自己的行为方式自由流动①。这种观点是在与19世纪传统小说如巴尔扎克和狄更斯等的全知叙述的比较中得出的。全知叙事代表的是作家介入文本的叙述，作家常常直接跳出来对小说中的人与事表达个人的价值判断。如英国作家哈代在《德伯家的苔丝》（1891）中苔丝受侮辱后站出来维护苔丝说："她被动地所破坏了的只是人类所接受的社会法律，而不是她四围的环境所认识的法律；她在她四围的环境中间也不是她自己所想象的那样不伦不类。"②意识流小说研究关注意识流的艺术特点如动态性、非理性和描写技巧如内心独白、意识流语言等，这些对意识流审美艺术性的分析排除了作家的道德评价。

　　如果从感官感觉切入对意识流小说的分析，可以看到，虽然作家没有直接出现在小说中评价人物，像传统小说的说教那样，但是作家把嗅觉气味纳入意识流叙事中，通过气味的描写做出了自己的道德评判。嗅觉叙事包含了气味特有的伦理隐喻。

　　在西方嗅觉文化中，古代瘟疫的流行，使人们对两种气味最敏感：香气与臭气。臭气是腐烂和毒性的表征，代表瘟疫、死亡、地狱。臭气等同于疫气，具有致命的作用。斯蒂芬常常闻到与死亡联系的地狱气味，充满对基督教的叛逆。诸如"在罪孽的黑暗中孕育，我也是。是制成而不是生成的。由他们俩，一个是嗓音与眼睛和我相同的男人，另一个是呼吸中带有灰烬气味的女鬼"。走在海滩，他感觉到的仍然是腐臭。"一袋死尸气，泡在腐臭的盐水中。……我活着，呼吸的死的气体，踩的是死的尘埃，吞食的是从一切死物取来的带尿味的下水。他被僵直地拽上船来的时候，在舷边仰天呼出他从绿色坟墓中带来的秽气，麻风鼻孔对着太阳哼哼。"

　　地狱是宗教认为恶人死后灵魂在地下受苦受罚的地方，与"天堂"相

---

① 参见文化部教育局编：《西方现代哲学与文艺思潮》，上海：上海文艺出版社，1987年，第360—364页；郑克鲁主编：《外国文学史》下，北京：高等教育出版社，2005年，第108页、第136—137页。

② 哈代：《德伯家的苔丝》，张谷若译，北京：人民文学出版社，1980年。

对。基督教的地狱冒着不灭的烟火。《新约·启示录》第 9 章写："它开了无底坑，便有烟从坑里往上冒，好像大火炉的烟，日头和天空都因这烟昏暗了。"① 英文版《新约》里的"无底坑"单词是 abyss，abyss 的意思指深渊、无底洞，也指地狱。英文版《新约》对 abyss 的解释是："The place in the depths of the earth where the demons were imprisoned until their final punishment."② 译为中文是"这个地方在地球的深处，是囚禁恶人并受最终惩罚的地方"，明确表明 abyss 是地狱。

基督教的地狱还有蝗虫从烟中飞出，迫害那些不信教的人。"惟独要伤害额上没有神印记的人。""这痛苦就像蝎子螫人的痛苦一样。在那些日子，人要求死，决不得死；愿意死，死却远避他们。"（《新约·启示录》第 9 章）可见地狱是最悲惨最痛苦的地方，让人遭受永罚。

地狱的烟火散发的是臭气，臭气往往被形容为地狱之气。意大利诗人但丁的《神曲·地狱篇》描写了地狱的乌烟瘴气景象。诗人描写："走到悬崖的边际，这里是大块断石叠成的一个圈子，我们望见下面众多的灵魂，比以前的更加惨苦。因为那里有一股浓烈的臭味，从深渊底部冲上来。"（《地狱》11 篇）③ 从深渊底部来的臭气与地狱各层的粪便、尸体、血水、烈火、黑水、污泥、沼泽之气相混合，"蒸出一股浊气"（《地狱》30 篇），"气味难闻"（《地狱》18 篇），"烟雾腾腾"（《地狱》9 篇），"雨水臭恶不堪，地面污秽，秽气难闻"（《地狱》6 篇）。

《尤利西斯》通过斯蒂芬的气味感受，描写了有如《圣经》的地狱深渊和《神曲·地狱篇》涌出的地狱臭气。斯蒂芬因不为母亲祈祷，遭受死亡之气的煎熬，又在妓院遭受地狱之气的熏烤。通过地狱的气味描写，斯蒂芬受到了道德的拷问和良心的惩罚。

与臭气相对，香气的本性是清新的空气，沁人心脾，有利健康，净化

① 《圣经》，中国基督教三自爱国运动委员会，2003 年。
② *Good News Bible*, Pubblished by the United Bible Societies, 1976. The New Testament Revelation, p.318.
③ 但丁：《神曲》，王维克译，北京：人民文学出版社，1980 年。

空气。在西方中世纪，香气是抵抗瘟疫，强壮身体，拯救灵魂的武器，香气在气味中拥有崇高的地位。班吉从凯蒂身上闻到的树香，是对心地善良、充满爱心的姐姐的赞美与肯定。凯蒂有着遭遇失身、被丈夫抛弃、被兄弟吉生虐待和与女儿分离的不幸，但她永远是班吉的好姐姐，康普生家族唯一头脑清醒、神智健全的人。树香代表的是自然气味、清纯之香，凯蒂是自然之香的代表，反映了作家的自然家园意识，对健全人性的肯定。

《追忆似水年华》童年的小点心代表的是香甜之味，那是童年最美好的记忆，它和童年的纯真、家庭亲情相联系，成为追忆似水年华的主人公永恒的香气王国。

学术界对昆丁自杀的一般观点认为是为妹妹凯蒂的堕落感到耻辱："家庭的没落本来就在昆丁的观念上投下一层阴影；妹妹的堕落更使他无意留恋人间。"[①] "昆丁无法接受自己的妹妹行为不检的事实。"[②] 但是从嗅觉的伦理隐喻看，昆丁自杀却与乱伦失恋的绝望相关。昆丁闻到的忍冬香气，包含着昆丁对凯蒂的乱伦意念。正是这种乱伦的欲望折磨着昆丁的精神和意志，他一闻到忍冬香气，就幻想出凯蒂"从被围堵在一个角落里的香气中跑了出来"，与情人在一起的情景。他不能忍受凯蒂与别的男人的交往，一再承认自己犯了乱伦罪。"我犯了乱伦罪，父亲，我说。"尽管昆丁没有在行动上有乱伦，但是他的意识已经把自己等同于凯蒂的情人，他在思想上犯了意淫的乱伦罪了。为此，他诅咒"这该死的忍冬香味"。昆丁对忍冬香味的诅咒，是对自己的乱伦激情的否定。

嗅觉主要是陆地感觉。在地上跑的动物贴近地面，嗅觉比天上飞的鸟和站立的人更敏锐，因此，嗅觉又是近土感觉。昆丁的意识活跃在一个长满忍冬藤蔓的气味空间，他不堪忍受来自陆地嗅觉环境的忍冬气味的欲望诱惑，跳河自杀。跳河是昆丁对自己的道德审判，河水永远阻断了来自泥土的嗅觉气味，洗刷了昆丁扭曲的心灵。

人的体味难以用香和臭的概念划分，不同人群有不同的体味，并受到

---

① 郑克鲁主编：《外国文学史》下，北京：高等教育出版社，2005年，第143页。
② 张玉书主编：《20世纪欧美文学史》2，北京：北京大学出版社，1995年，第418页。

不同体味人的认同与吸引。如同《红楼梦》中贾府的焦大不爱林妹妹一样，他们的体味不同。而贾宝玉与林黛玉则是气味相投，贾宝玉从林黛玉身上闻到"奇香"。布鲁姆与莫莉的气味感觉都与交际紧密联系，直接指向性欲望，表现了气味的道德寓意。布鲁姆对陌生女性的气味感觉将人的体味与家畜肉品的畜生味相联系，既表现了人的动物性一面，也是对布鲁姆的性想象的否定。人毕竟是人，有着比动物本能欲望更高的精神追求，布鲁姆在帮助斯蒂芬的行为中释放了自己的性欲望。

莫莉在床上闻到的芳香表明了她的随便的生活作风，即使她在想着和丈夫恢复感情的时候，她的嗅觉还在想着要和丈夫带回家来的斯蒂芬建立新的气味关系。这同样是一种新的欲望的表达，带有乱伦的性质，因为斯蒂芬是布鲁姆寻找回来的精神儿子。

从意识流小说的嗅觉叙事，我们看到气味在意识流描写中起着重要的作用。生理的气味感觉是引发心理意识活动的元素，气味呈现了过去经验的记忆，并在心理时间中建立了小说的叙事结构。我们在研究文学现象时，不仅要关注视觉的空间性，也不可忽视嗅觉的空间与时间的特性。

第二辑

跨文化视野下的海外华文文学与诗学

百年海外华文文学经典研究之思

饶芃子

文学经典是文学发展变化过程的集中表现。任何一种新的文学传统的形成、发展，其特质主要是表现在经典著作上。海外华文文学在世界各地存在至今，已有一百多年的历史，无论是西方还是东方，都出现了一批优秀的文学作品，探讨这一领域的艺术传统与艺术创造个性等问题，清理出其中一个连贯的经典谱系，辅以国别间文学的影响研究，从历史的、文本承传的角度去解读，展示这一领域所形成的新的文学传统，阐明其与本土的联系和区别，诠释其"新"和"不同"，不仅有助于我们把握这一特殊文学"世界"的发展和律动，了解其特质，而且有利于深化中外文化交流，与本土文学发展互动。

一、海外华文文学经典研究的意义

文学是"人学"，是不同时代、社会人们的认识观、价值观、审美观的形象反映。文学创作指向的是人变化着的活的灵魂，而其中的经典正是这些变化着的活的灵魂的集中表现。对此，学界已有共识。海外华文文学作为一个近百年来新兴的文学领域，其在发展中已经形成了一种新的文学传统。这种传统，既有别于中国古代和现代，也不同于西方和东方其他国家的主流文学传统。如何从世纪的长度，审视百年来海外华文文学的发展，梳理其脉络，对其所形成的新的文学传统进行研究和阐释，在文化上直接关系到近百年中华文化的外传，特别是中外文化频繁相遇和交汇的现象；在文学上就与这一领域的文学经典研究有密切的联系。海外华文文学的经典研究，是一种新的文学经典研究，一是它已突破了"国族"的文学疆界，当中蕴含有许多民族性和世界性多元文化混融、对接的文学问题；二是作为一种世界性的汉语文学，它具有开放性、跨越性的文化／文学特质。也就是说，海外华文文学经典，是一种新的汉语文学经典。这就要求研究者要以新的眼光和世界性的视野，用心去解读海外华文作家笔下那一幅幅多重文化话语的精神形象图，通过对系列作品深入的剖析，特别是对许许多多优秀作品研究成果的积累，在文学领域里形成一个自身的"张力场"。

何谓经典？20世纪意大利著名作家卡尔维诺在《为什么读经典》一文中，曾给文学经典下了12个定义，[①]可见文学经典的内涵是无限丰富的，很难从一个方面就将其论说清楚。但文学经典是文学史的重要路标，应有一些不可或缺的共性，中外学者针对不同的经典，有各种各样的界定和阐释。从广义的角度，笔者认同陈众议新近提出的两个方面的概括：一、它必须体现时代社会（及民族）那种高度的认知和一般价值（包括人类永恒的主题、永恒的矛盾等）；二、其文学创作方法的魅力及审美高度，不会随着岁月的更迭而退色和消融。[②]沿着这一基本思路展开，笔者认为，经典文本应具有下列三个基本特征：第一，从时间的意义看，它是历代读者的共同选择，经历过不同历史时期读者的检验；第二，从展示的生活深度看，其内容能直接诉诸读者的灵魂，能与不同时期的读者"对话"，具有多种阐释的可能性，有超越社会、时代的意义；第三，从艺术的角度看，在自己的艺术传统中有"陌生"的一面，也就是有自己的创新。文学史上的许多事实说明，任何文学经典的产生，都是建立在对以往经典的传承、翻新，甚至是对前者"颠覆"的基础上，传承、翻新，是指对原先经典优秀传统

---

① 〔意〕卡尔维诺：《为什么读经典》，黄灿然、李桂蜜译，南京：译林出版社2006年版，第1—10页。

② 陈众议：《外国文学学术史研究大系》总序，南京：译林出版社2011年版，第1页。

的发扬和拓展，而"颠覆"，则是指借助以往经典的艺术生命力，在它的启迪下，反其道而行之，创造出有另一种新意的经典，而原来的经典并没有因此被"取代"和"淘汰"，反而因此获得了新的意义。

海外华文文学是一种"离散"文学，世界各国的华文文学都是一时一地华人文心的艺术呈现。一百多年来，这一领域通过不同历史时期各个地区华文作家个人的不断表达、传递、塑造，艺术地展现本民族人民在外的生存状态和生命体验，已涌现出许多优秀的作品，并且以其独特的文化、文学形态在世界各地产生了广泛的影响。这些作品是海外华人作家在域外与各民族文化对话之后创作出来的，当中已发生了文化上的"染色体"作用，蕴含各种"世界性"的因素。因此，这一领域的优秀文学作品，其文化生态往往是多元重叠、丰富多彩的，是无数"这一个"的"和"。对这一领域经典文本的确立和阐释，既关系到对这一新兴文学领域的认识、评价，也直接关系到对其形成的新的文学传统特色、价值的展现。

二、海外华文文学经典研究的基础和特殊性

如果从1910年美国华工刻写在天使岛木屋墙壁上的汉语诗歌算起，海外华文文学的存在已有了一百多年的历史，在百年的文学历程中，无论是西方还是东方，都出现过相当数量的具有开拓性、令人瞩目的著名作家，当中不仅有程抱一、陈舜臣等在历史上饮誉世界的文学大家；还有白先勇、王鼎钧、郑愁予、杨牧、洛夫、痖弦、於梨华、聂华苓、赵淑侠、余心乐、方北方、姚紫、吴岸、黄东平、司马攻、云鹤等一大批作家，他们中有的以其艺术的突破达到一个新的高度，有的在其所在国华文文坛上率先创作出具有开拓性、标志性的文学作品，从而确立了自身在海外汉语文学史上的重要地位；更有活跃在当今海外华文文学领域中具有独特个性和艺术影响的一批中青年作家，如严歌苓、张翎、虹影、陈河、抗凝（林达）、欧阳昱、陈大为、钟怡雯、黄锦树、林幸谦、黎紫书等。这些不同历史时期、不同地域的华文作家通过自己的创作，在世界各个地区和国家传播和扩大了华文文学的影

响，参与这一领域文学的经典化过程。正是这些优秀作家作品的沉淀，为我们百年海外华文文学的经典化和经典研究提供了重要的基础。

海外华文文学是中华文化外传以后，在世界各地开出的文学奇葩，是一种处于中外东西文化交汇点上的独特文学现象，各种不同"质"的文化艺术精神、思想元素在这样一个平台上错综交织，丰富性、多元性、复杂性是它的突出特征。面对这样的"文学场"，特别是其中的优秀作品，要对其解读、研究、阐释，如研究者不能以开放的思维，突破传统的"国族"界线，就难以把握这一领域文学的特殊性。从现在我们读到的许多海外华文文学作品看，有三个明显的特点：一、海外华文作家的作品，隐含着他们离家去国之后"离散"生涯的生命体验，是一种有跨越性的独特精神历程的形象叙写；二、因其创作主体是在"本土"以外，处在各种"异"文化包围的环境里，有多种文化的参照与介入，多数作品具有反思性和多元性；三、这些作品淡化了中国历史传统主题的内容，更多是"离散"华人在外生存状态和生命意识的审美表达，在思维模式上，更加突出了人的主体性，在社会行为模式上，更重视现代价值的普适性和开放精神。这些只是我们在平时阅读中感受到的，今后要在学术的层面从整体上探讨这一领域的文学特质，认识其所形成的新的文学传统，还有待于学界同仁的通力合作，从广度和深度上做研究，既要从百年长度梳理其兴起、发展的文脉，也要通过具体文本的阅读，在众多文学作品中寻找、选择出那些具有路标式的文学经典，并对其进行系统的分析和阐释，从文化、文学上展示它们所蕴含的新的质素。

由于历史的原因，以往学界对中国新文学传统和经典的研究，多从意识形态上看待问题，对其传统的形成和经典特色的论说，也多依附于革命历史的线索，因而在思维模式上不同程度存在以"现代化革命大叙事"为主线的局限。在对新文学自身特质的寻找、分析中国新文学如何从古代文学蜕变过来的原因时，对其中的各种复杂因素，往往关注不够，少有从文学自身的发展去做更深入的追问，在一些经典著作的研究成果中，也少有从文学传统内在的变化和经典作家独特的人生解读展开其阐释空间。近十几年，一些现当代文学的学者，如黄曼君、陈思和、洪子诚等都曾在他们的著作中反思和论说过这些问题。①黄曼君还特别倡导：要通过对经典著作的诞生、阐释和论述，揭示新文化特质与"诗性转向"的思、诗、史关系结构线索。②也就是说，要从文化精神、审美诗性与史的定位，对文学经典的真正意义进行分析，通过对具体经典作品的阐释，进一步认识、展现中国新文学传统的特质。他们所论的虽是针对中国新文学传统的研究，但对我们今天开展海外华文文学传统和经典的研究，如何去突破那种原先可能有的思维定势和某种局限，也是很好的提醒和启示。

经典作品是历史承传的标帜。文学经典既是文学传统的集中表现，也是建构文学史的一个重要路标。任何文学经典都是以"诗性"为核心的思、诗、史的结晶。探讨百年海外华文文学形成的新的文学传统，同样要通过经典化过程和经典文本研究，了解这一领域文学经典化复杂的历史变动，展示其在新的文化语境中，思、诗、史不同组合形成的新文学经典特质；从文化和审美的视角，认识其从"本土"到"域外"文学传统的变化、延伸和重构，特别是其独具的审美内容，那种跨界超越的美学品格，以及由此而表现出来的某种原创性，那种能够成为新的经典或新的文学经典性特征。

三、海外华文文学的经典化和经典文本研究

文学经典是经典化过程的结晶。开展海外华文文学的经典研究，首先是要对这一领域的经典化过程进行考察和研究。考察和研究海外华文文学的经典化问题，可以有多种角度，而其中的重要视角是文化上的从"一元"到"多元"。海外华文文学作为"离散"华人在域外生命体验的审美表达，

---

① 黄曼君:《新文学传统与经典阐释》，武汉：湖北教育出版社，2005 年。陈思和:《中国现当代名篇十五讲》，北京：北京大学出版社，2003 年。洪子诚:《问题与方法：中国当代文学史研究讲稿》，北京：三联书店，2002 年。

② 黄曼君:《新文学传统与经典阐释》，武汉：湖北教育出版社，2005 年，第 43—45 页。

是中外文化交汇的艺术成果，尤其是当中的一批有才情和智慧的优秀作家的作品，这种多元文化、互识互补的特色就更为突出，具有新的文学经典性的特征：从精神意蕴看，这些优秀的文学作品，都有一种多元文化跨界认同的开放品格，在文化和美学上呈现出不同程度的原创性；从艺术审美看，它们涵纳了多个地区移民作家复杂多彩的心灵世界和"离散"生涯独特精神历程的叙写，为读者提供了与中国本土文学不同的审美经验，有新的"诗学"内涵；从文学史的层面看，它们为世界文学史翻开了新的篇章。本世纪以来，国际学界不断质疑现有的"20世纪世界文学史"，认为当中存在明显的"西方中心论"印记，因而提出了重构新的"20世纪世界文学史"问题，其问题的内核正是：文化上应从"一元"到"多元"。而海外华文文学是20世纪兴起、发展起来的具有世界性的华文文学领域，具有着从"一元"到"多元"的"跨界"文化、文学特质，作为世界近百年发展中出现的新的文学元素，在现有成果的基础上，开展此领域的经典化问题和经典文本研究，既是"海外华文文学及其研究深入发展的关键"[1]，也将为20世纪新的世界文学史的重构提供一个新的版块。因为这个新的汉语文学领域，有多种"跨界"的文化特质，早就突破了中国文学"国族"的范围，是新的20世纪世界文学史重构中不可忽略的内容。

　　正如许多论者所言，文学经典的生成与确立，本质上是立足于审美接受的群体。而其之所以拥有审美接受的群体，前提是它自身是一个极其优秀的文本，有很高的审美价值，已成为一个开放性的平台，能在各个时代的读者中产生特殊的影响。用卡尔维诺的话说："是一本每次重读都好像初读那样带来发现的书"，"是一本即使我们初读也好像是在重温我们以前读过的东西的书"。[2] 因此，笔者认为，在开展此项研究之初，必须着重关注和回答下列这些问题：（1）百年来这一领域已经出版的众多文学作品中，

----

① 黄万华：《第三元：百年海外华文文学经典化的一种视角》，《学术史视野中的华文文学——第十七届世界华文文学国际学术研讨会论文集》，福建师范大学文学院、福建省台湾香港澳门暨海外华文文学研究会2012年10月，第438页。

② 〔意〕卡尔维诺：《为什么读经典》，黄灿然、李桂蜜译，南京：译林出版社2006年版，第1页。

有哪些可称为经典？（2）这些经典是怎样诞生的？有何独特的人生解读和阐释空间？（3）在其存在的历史长度中，审美群体对它的阅读、接受、传播和评价如何？（4）作品自身形成了怎样的跨文化超越的形态与模式？在审美方面有何原创性的贡献？

　　而要回答上述这些问题，首先是要从这一领域大量的资料工作做起。饶宗颐先生在《文学与神明》一书中，曾具体谈到掌握材料在学术研究中的重要性。他说："不论做什么题目，都要材料，这是基础。"还特别指出：对经典材料，更要反复地下功夫。"第一次或者了解不深、不透，第二、三次继续了解。有时需要十次，或者十次以上。"他认为"只有掌握了材料，才有立足之地"。① 我们进行海外华文文学的经典研究，同样要以材料为基础。其次是要"直面作品"，在文本的阅读上下功夫。通过对各种文学作品及其相关材料的阅读、比较、筛选，突出文学性，从中选择出更具有心灵感动、更具有审美内容，为社会、受众公认的有代表性的名著。"直面作品"，不是孤立地面对文本，而是将文本和历史结合起来（包括文学史、批评史、接受史和传播史），与这一领域的文学历史"对话"。因为同一作品，不同时代的人理解可能不一样，即使是同一时代，不同的人也会有不同的理解，就是同一个人，对同一作品，在不同时间、不同语境，理解也可能会有差异。所以，在这个过程中，研究者就要去面对历史上这种种的差异，既要了解人们在各种不同情况下对同一部作品的不同评价，以及他们解读文本时不同的态度和方法，联系他们不同的"文化身份"（一般读者、批评家、专业研究者）、历史背景和文化语境，分析其差异的原因；还要关注本领域特殊的文化、文学问题（如流散者的生存、生活问题等），把握与这些问题相关的特殊文学现象，思考、研究"经典"的选择和确立的依据，阐明其在怎样的意义上成为经典。

　　由于百年海外华文文学是一个在文化上有多种中外混融的世界性文学领域，因而还有一个如何从国际化角度看待经典的问题。任何经典都是思

---

①　饶宗颐：《文学与神明：饶宗颐访谈录》，北京：三联书店2011年，第23—24页。

想和艺术秩序确立的范本，所以此一领域中的中外文化、文学传统的交融、对接（如古今传承、中外交接），以及因不同地区、国家历史时空的差异而衍生的多重文化观照结果等，也将是我们经典研究的"焦点"问题。也就是说，我们还要从世界文学的角度，通过本领域文学经典化问题的追问和文学经典研究，展示其作为这一特殊汉语文学领域经典著作独特的思想内涵、精神意蕴和审美品格，以及其所表现出来的原创性与新锐性、丰富性与超越性。

百年海外华文文学经典化问题的研究，是关于这一领域文学经典形成过程的研究。而经典的确立，是基于艺术的本体，也就是作品所达到的一种新的艺术高度。所以解读和阐释经典文本，展现其之所以成为经典的审美价值，是本课题研究最具意义的工作。

西方著名学者纳博科夫认为：一部文学作品的经典性和审美价值，"最终要看它能不能兼备诗道的精微与科学的直觉"，因为这样的作品才能给人一种既是感官的、又是理智的快感。[①]可见，作品的艺术本体和读者的审美接受，是文学经典研究的两个重要方面，中西方学者均有共识。由于海外华文文学是近百年新兴的文学领域，因而我们面对的是一种新的文学经典研究，所以我们的工作是要去开发一个新的"矿藏"，这就需要从最基础的"入门"工作做起，除上面所说的搜集资料、探清"史路"外，更重要的是要通过对各种文学文本的阅读、解读，特别是对其中的优秀文本的细读、精读和不断地重读，展示这一领域的优秀作家在文学作品中如何运用语言、结构、文体等创作手段和表现方式，组成不平凡的故事、情节和细节，使作品具有真正的艺术生命，令人读能产生情感的火花，引起了心灵的震颤。并通过各方面的比较，选择出其中的经典名作，将其拆开、窥探，研究其风格、意象、体裁，从作品的艺术设计和构造，深入到作品内里最具创意和精美的部分，揭示其文学和美学上的不寻常价值，阐明那些经典名作为何得以成为经典，以及它们是如何生成的。

---

① 〔美〕纳博科夫：《文学讲稿》，申惠辉等译，上海：上海三联书店2005年3月版，第5页。

艺术的魅力存在于作品形象的骨骼和思想的精髓里，任何经典著作都是一个独特的"新天地"。我们要真正地了解和阐释它，就必须"进入"这一个个的"新天地"当中去。作为海外华文文学经典著作的研究者，在艺术上我们要"进入"的是一块以往人们尚未涉足或涉足不深的"天地"，除了对其历史进程、文化交汇应有所了解外，还应该具有想象力和艺术感，也就是艺术感觉。因为有了艺术感觉，我们才会在阅读和研究时在自己和作者的心灵之间形成一种和谐关系，甚至随着不断重读和研究日深还成了艺术上的"知己"。记得纳博科夫在讲解经典著作时，曾用一段形象的描述，来说明优秀读者和优秀作家的那种难以言喻的共鸣感。他说："在那无路可循的山坡上攀援的艺术大师，只是他登上山顶，当风而立。你猜他在那里遇见了谁？是气喘吁吁却又兴高采烈的读者。两人自然而然地拥抱起来了。如果这本书永垂不朽，他们就永不分离。"① 笔者认为，这种发自内心对艺术之美的共鸣感，对于文学经典的研究者来说，也是极其重要的。

"文本是历史的，历史是文本的。"我们要从世纪长度探讨海外华文文学的特质及其所形成的新的文学传统。在大的方面，一是要梳理百年海外华文文学发展的历程，明"史实"；二是要对体现其历史变化发展的文学经典进行阐释，立"标帜"。前者，学界已有若干或详或略的文学史问世；后者是近期才提出和被关注的问题。但从探讨此领域所形成的新文学传统的角度，这两者都十分重要，而且它们之间有着密切不可分割的联系。记得陈思和说过："所谓文学作品和文学史的关系，大约类似天上的星星和天空的关系。"构成文学史的最基本元素就是文学作品，是文学的审美，"就像夜幕降临，星星闪烁，其实每个星球彼此都隔得很远很远，但是它们之间互相吸引，互相关照，构成天幕下一幅极为壮丽的星空图，这就是我们所要面对的文学史"② 事实上，任何一个文学的"天空"，都离不开那些"星星闪烁"似的文学作品，它们是"史"的基础，"论"的依据，各种优

---

① 〔美〕纳博科夫:《文学讲稿》，申惠辉等译，上海：上海三联书店 2005 年 3 月版，第 2 页。
② 陈思和:《中国现当代名篇十五讲》，北京：北京大学出版社 2003 年，第 2—3 页。

秀文学传统的生命之"光",没有它们的"灿烂",我们就很难观赏到壮丽的文学"夜空"。所以我们在探讨百年海外华文文学的存在、发展意义及其形成的新传统时,就不能不关注这一领域那些类似"明星"的文学名著,因为只有通过它们,才能观赏到这一特定"天空"夜幕中的深邃神秘。

论聂华苓长篇小说中的文化意蕴

——从《桑青与桃红》到《千山外，水长流》

李亚萍

聂华苓是海外华文作家中成绩卓著、影响较大的一位。1925 年出生于湖北武汉，1949 年迁往中国台湾地区，1964 年移居美国，她将自己的人生比作一棵树，"根在大陆，干在台湾，枝叶在爱荷华"。在台湾期间，聂华苓就以中短篇小说创作为人所知，成为台湾文坛的新秀。去美后，聂华苓的小说创作无论在技巧或思想内涵上都更为成熟，长篇小说《桑青与桃红》[①]和《千山外，水长流》[②]奠定了她在世界华文文坛的地位，并成为海外华文文学的经典作品广为流传。

《桑青与桃红》备受评论界关注，作品的内涵空间也在不断阐释中得到丰厚拓展。白先勇曾高度评论这部作品，"《桑青与桃红》淋漓尽致地发挥放逐者生涯这个问题，这篇小说以个人的解体，比喻政治方面国家的瓦解，不但异常有力，而且视域开阔，应该是台湾芸芸作品中最具雄心的一部"[③]。在他观点的影响下，国内学者多从"浪子悲歌"这一角度展开论

---

① 聂华苓：《桑青与桃红》，香港：友联出版社，1976 年。
② 聂华苓：《千山外，水长流》，成都：四川人民出版社，1984 年。
③ 白先勇：《流浪的中国人》，第六只手指，上海：文汇出版社，1999 年，第 85 页。

述①，偏重中国分裂与主人公精神崩溃之间的内在联系，认为桃红替代桑青标志传统道德的彻底沦丧，充满悲观情绪。随着文化研究的兴起，近年来有学者开始从女性主义、精神分析以及身体政治等角度论述该小说，展现出较为不同的观点②。美国华裔学者黄秀玲、中国台湾学者梁一萍等均从女性主义视角出发，认为桑青 / 桃红是文化女英雄，主动挑战性别、政治及国族认同，颇具解构意味。笔者认同这一观点，但对上述论文中表现出来的乐观态度并不认可。笔者认为桑青 / 桃红主动挑战归属问题、放弃国族及文化认同（中国和美国）是一种不可为而为之的无奈选择，充满悲剧意味，而作者正是通过桑青 / 桃红这一典型形象凸显当时海外华人被动逃亡、主动流离的群像③。

对《千山外，水长流》的评论大多集中探讨主人公莲儿在双重文化中找到归属感，以此象征在美华人从流浪到寻根的转变，尤其是他们对中国

① 白先勇认为聂华苓写出了流浪中国人的共同悲歌，之后，聂华苓本人也同意这是一篇"浪子的悲歌"（《桑青与桃红》序）。从 1979 年至今的很多评论文章中莫不以"流浪"、"漂泊"、"悲歌"等词来分析或评论该小说。如王晋民《论聂华苓的创作》（《文学评论》1981. 6）、董之林的《漂泊者悸动的灵魂》（《小说评论》，1995. 1）、宋剑华《放逐者的心灵悲歌》（《海南师大学报》1994. 1）直至晚近的李丽《一曲"浪子的悲歌"》（《华文文学》，2004. 4）等。

② 加州大学伯克利分校的黄秀玲教授在《桑青与桃红》1998 年英文版后记（Mulberry and peach: two woman of China, The feminist press at the City University of New York, New York, 1998）中就从性别角度对桑青 / 桃红进行分析，给予积极肯定，并且认为作者引用精卫鸟的传说正是为了肯定桑青 / 桃红不可替代的文化女英雄的精神。台湾辅仁大学的蔡祝青援引克里斯蒂娃的理论分析桑青 / 桃红精神分裂的内在因素。台湾师范大学的梁一萍则援引后现代女性空间理论认为《桑青与桃红》中桃红的游走是一种主动的挑衅，是一种积极的打破地图 / 国家统一性的，拒绝国族认同或国家意识的行为。国内也有不少学者在尝试从不同的角度阐释该小说，如援用第三世界文化理论来分析其中的国族寓言（陈丽虹），性别文化角度阐释（朱立立等），身体政治角度切入分析（师彦灵等）。

③ 此处所谓"被动流亡、主动流离"有两层含义，正如聂华苓设置桑青 / 桃红两个形象一样，桑青是那一代中国人的代言，处于被迫流亡逃离的境况，而桃红则是作者试图为他们寻求解脱创造的主动型主人公，试图摆脱身上积累的历史文化沉淀，轻松跨界。因而，"被动流亡、主动流离"一方面呈现政治历史现实对那一代中国人的压迫，迫使他们拔根离乡漂泊流离，另一方面则表达作者要放下历史包袱，轻松生活的理想。

（国族与文化）的重新认识与回归①。笔者认为在该小说中作者要表现的不只是寻根与回归主题，更有意深入挖掘"美"、"华"之间的文化交汇主题；展现在美华人身份认同的新转变：既承认中国／娘家又认可美国／夫家；也为海外华人重塑历史责任，即在海外搭建沟通桥梁，成为跨文化的亲善使者。

　　本文将基于对这两部长篇小说的细致阅读，从主人公的形象寓意、身份认同的隐喻及两篇小说艺术结构的特点等三个层面展开对比分析，挖掘作者在海外创作的这两部小说里植入的文化象征，展现作者对海外华人生存及文化认同等问题的认识和思考。同时参照她的回忆录《三生三世》（2004）及《三生影像》（2008）②，再现作者如何将其跨文化的生存经验转化为文学艺术的审美经验。

一、形象的寓意

　　《桑青与桃红》中最突出的是塑造了一个性格分裂的中国女子：桑青／桃红。"一个是内向的、忧郁的、自怨的、自毁性的，另一个个性是向阳的、向上的、有希望的……"③两种性格截然相反，形成鲜明比照，小说英文版直接用"两个中国女人"作为副题，突出其分裂的特征。小说开篇桃红就跃然纸上，令人印象深刻：性格开放、毫无畏惧、放荡不羁、充满挑战性。她放弃所有外在的标签，包括名字（可以随意命名）、个人历史以及国家认同，"我是开天辟地在山谷里生出来的。女娲从山崖上扯了一枝野花向地上一挥，野

---

① 如陈捷《聂华苓小说创作之社会文化心态》（《北京科技大学学报人文社科版》1997.6），朱邦蔚《从根的失落到根的回归》（《世界华文文学论坛》1999.2），李蓉《漫漫寻亲路悠悠寻根情》（《安徽工业大学学报》2002.6），张国玲《和而不同的双音合奏》（《世界华文文学论坛》2006.1）等都是从寻根角度对《千山外，水长流》进行分析阐释的。美国的王智明博士则在中美文化的交流来往以及60年代美国文化的框架中分析该小说，认为小说过于明显的国族认同呈现出保守的主题取向。（《"美""华"之间，〈千山外，水长流〉中的文化跨越与间际想象》，《中外文学》，第34卷第4期，2005年9月）。

② 这两部长篇中提及的事件有很多是带着作者个人色彩的。如桑青年轻时逃亡至重庆读书，在台湾期间被迫躲在小阁楼里，到美国后被移民官询问；莲儿的母亲凤莲在嘉陵江边小松林发生的恋爱故事等都带有作者个人的经历。

③ 梦花编：《最美丽的颜色：聂华苓自传》，南京：江苏文艺出版社，2000年，第308页。

花落下的地方就跳出了人。我就是那样子生出来的。你们是从娘胎里生出来的。我到哪儿都是个外乡人。但我很快活。这个世界有趣的事可多啦！我也不是什么精灵鬼怪。那一套虚无的东西我全不相信。我只相信我可以闻到、摸到、听到、看到的东西。"[①]这个桃红已然受到美国嬉皮文化和女权解放运动的影响，放弃道德文化的约束，敢于挑战权威，率性而为。面对移民官的质询，她一再宣称自己无国无家没有历史的当下，以挑衅的姿态面对美国政府的跟踪与追查。作者对桃红充满期望，"桑青可以象征一种传统的文化，桃红是鲜艳的、奔放的，象征的是迸发的生命力，就是这么一个对照"[②]。因而，黄秀玲等学者均认为桃红是小说中的文化女英雄，挑战性别、国族等边界，笔者认为桃红固然代表了一种积极开放的姿态，但其放弃一切的背后却是无尽的悲凉，她始终无法与桑青及过去真正诀别。

桑青软弱、胆小怕事、犹豫不决、被动，容易出现幻觉被神秘的事物所缠绕，这都指向桑青受中国传统文化影响至深，更注重外在的标签与认同，如父母、丈夫、情人及移民局等对她不同层面的认同，她的行为举止受制于外部世界，内在却充满矛盾。桑青体内的桃红早已存在，离家出走、初尝禁果乃至阁楼背叛事件等均展现出桑青的另一面。到美国后，桃红不断占据主体位置，处处压制并否认桑青的存在，并以"桑青千古"的方式与过去一刀两断。然而过去却如梦魇一般不断回闪，桃红时时被桑青困扰，移民局的追寻迫使在路上的桃红甩出桑青日记，重温过去确证自己与桑青的不同。两者的互耗、牵扯极具张力，这个复杂而矛盾的人物形象脱颖而出，并在一定程度上使小说染上了焦躁不定的底色。

《桑青与桃红》中桑青从一个完整的个体逐渐走向分裂，两个性格、两个形象互相抵触，桑青／桃红与外部世界之间也同样处于紧张状态，个体的分裂源于外部世界与个体之间的紧张对抗。《千山外，水长流》中的莲儿则被塑造成一个从身心俱裂走向完善成熟的中国女性，在她身上更多表现出对外部世界的积极适应和融入。出国前的莲儿类似桑青／桃红，总是

---

① 聂华苓：《桑青与桃红》，香港：友联出版社，1976年，第7页。

② 廖玉慧：《逃与困：聂华苓女士访谈录》（上），自由副刊，2003年1月。

处于逃与困的境地：遭遇"文革"，被指"杂种"，与父母决裂到农村寻找新的自我；又因出身不好，在农村爱情受挫，身体被玷污，只求早日离开中国，摆脱过去。来美国后，她发现自己的过去并未就此远去，反而愈加清晰，甚至不自觉地成为中国形象的维护者和代言人。于是莲儿开始"修复"自己，弥合身心创伤，而不是如桃红一样扼杀和压制过去。她一方面反思自己与母亲风莲的关系，在通信中了解母亲的情感和人生历程，理解了那一代人的命运沉浮与中国历史发展的复杂关联，以此修复自己与母亲、祖国的关系。另一方面在内心深处面对自己身体和情感创伤，通过与林大夫、表弟彼利之间的情感交流，走出心理阴影，逐步愈合内在伤痕，重新树立个体自信尤其是爱的能力。

莲儿亲和友善、纯朴、善解人意、在交往中不卑不亢、善于学习等品质都使得她在面对新的文化环境时表现得更为自如，以平和而非对抗的态度融入美国生活。到美初期，也有诸多文化上的不适应，特别是祖母的冷眼相待，莲儿并没有放弃，以自己的善良行为感动了病床上的祖母。也因为她善于倾听和沟通，最终成为周围人的精神依靠，如居美十几年的林大夫，表弟彼利，爷爷奶奶以及流浪在美国的中国人老李等，都愿意成为她的知心朋友，并从她身上获得精神动力。莲儿的人格魅力不仅征服了彼利，更吸引了林大夫，他们愿意为她担忧，愿意为她付出，莲儿让他们看到了中国的不同方面，彼利看到的是一个传统温柔典雅的中国女子，林大夫看到的是一个善解人意、满腹心事、历经患难却又坚强的中国女孩。而莲儿形象的塑造，与当时中美建交的政治背景极为相关，中国该如何向西方世界展示自我，聂华苓在《千山外，水长流》中提出了自己的期望：中国形象应当是友善、坚韧、不卑不亢、善于学习的。

不难看出，作者塑造桑青/桃红、莲儿的形象都是寓意深刻的：他们是不同时期中国形象的具象表征。"这一部小说（《桑青与桃红》）是关于中国处境的一个寓言吧。不单写中国人，也写中国这个国家。"① 桑青的分裂

---

① 梦花编：《最美丽的颜色：聂华苓自传》，南京：江苏文艺出版社，2000年，第315页。

象征着二战后中国的动荡，家国动荡带来的则是个体内在的彷徨游离，一部分中国人四处漂泊无处栖身。虽然作者试图通过桃红来建构一个光明而了无牵挂的世界游民形象，但这个没有历史没有过去的疯癫女子真的那么洒脱吗？事实并非如此，她就像一座孤岛，无所皈依，甚至不知该走向何方，她是一个无法摆脱历史摆脱身份摆脱国族认同的中国人，这是她最大的悲哀。而莲儿则代表了"文革"后的中国形象，历经磨难却沉稳内秀，她在走向世界的过程中善于学习、勇于沟通。从桑青 / 桃红的人格分裂走向莲儿的稳定成熟，也可看作聂华苓对中国历史发展的认识，通过小说中人物形象的描画展现不同时期的中国面貌，同时也传达作家本人对国家民族命运的思考和重新认知。

二、身份的隐喻

在身份认同的问题上，桑青 / 桃红对中美两国都采取背离姿态，表达一种"非此非彼"的态度：既不属于祖籍国，也不属于居住国。桑青以逃离行为来暗示自己对中国的拒斥：新婚后与丈夫家纲逃离即将解放的北平前往台湾，从牢笼式的台湾逃往美国。然而对美国尚无情感，更不能简单认同，面对移民官"你是否忠于美国政府"的审问，桑青也无法做到口是心非。桑青 / 桃红对中国情感复杂，是故乡却难以回去，多年的战争、政治的分裂让她厌倦；在美国则处处受到限制，不断被移民官审问是否是共产党，是否忠诚于美国政府。她不仅对属于桑青的一切即过去采取决裂的态度，"桑青已经死了，桑青千古"；挑战权威"谁怕毛泽东？谁怕蒋介石？"；质疑真相"花非花，雾非雾，……"。她对美国的历史也采取抗拒和抵抗性的阅读，如对唐勒湖吃人事件的描述，这在美国历史里是西部大开发的移民悲壮史；对美国人极尽嘲讽与愚弄，如桃红对移民官的挑逗，对铁面人的嘲讽，对凯蒂和江一波生活状态的讥讽等。她要与一切美国常规作对，杀狗吃狗肉，在墓园与小邓做爱，跟着嬉皮士游荡，住在水塔里做一个世界人。桃红已然成为美国嬉皮士的一员，反对一切束缚，反抗一切制度，挑战权威。无论是中国还是美国，她都采取逃离的姿态，以上路流浪作为唯一亦是最后的挑战。这种挑战带着悲壮和无奈的色彩，因而作者在小说的跋中引用精卫、刑天的故事来象征这种精神在桃红身上的延续。战乱频繁，国家分裂，导致个体产生强烈的叛离心态，家国无法归去，新土亦不能扎根，这是那一代海外华人共同面临的处境，这种主动／被动拒绝根性的漂泊和流浪深蕴着浓厚的悲剧意味。

作者在莲儿身上却体现出从"非此非彼"向"既此亦彼"的认同转变。"中美混血儿"这一种族身份确认了她与中美两国的血缘关联，但也因为这一混血身份，导致她在中国被指为"美帝特务的狗崽子"，下放农村后更遭到强暴，从而产生强烈的逃离心态。到了美国，奶奶并不接纳她反而处处怀疑她，她在石头城只是一个"外国人"，感到隔绝和冷淡。这种尴尬的身份令莲儿感到沮丧，但并没有使她退缩，反而促使她寻找自己是谁、来自哪里的答案，重新认识父亲、母亲及中美两国的历史发展，以确立自我的位置。

到美国后，莲儿首先表现出强烈的中国意识。当彼利与她谈论中国事务时，莲儿表现得相当谨慎；去参观父亲墓园时，莲儿由墓碑上的年份自然而然联想起中国的历史；当彼利问她究竟是美国人还是中国人时，莲儿"不假思索""冲口而出"承认自己是中国人。连她自己都感到奇怪："她就成了道道地地的中国人，有强烈的'国家意识'；她原以为自己对中国的心冷了，死了。这是怎么回事呢？"[1]这都说明莲儿内在对中国的强烈归属感，是个体与民族国家间的强烈情感联系。也正因为这种国家认同的确定性使她对中国历史的发展有了新的理解，并要时时维护祖国的尊严。"不知为什么，到了国外，她不知不觉，对于她生于斯、长于斯、痛苦过、快乐过的地方反而有了'家丑不可外扬'的感觉。"[2]

其次，在美国生活及文化氛围的影响下，莲儿被压抑遭扭曲的人性得

① 聂华苓：《千山外，水长流》，成都：四川人民出版社，1984年，第21页。
② 同上书，第122页。

到复苏，重获新生。美国石头城朴实的风土人情、玛丽和彼尔老爹之间的相亲相爱、露西面对情感的坦承、彼利及其朋友们自由率性的生活方式等均影响了莲儿，她开始反思自己，学会表达，解开心结。"心结"之一是母女间的隔阂，文革中不问缘由与反革命的母亲断绝关系，在爷爷的启发下，她开始通过信件与眉批方式重新联接她和母亲之间的情感纽带，化解矛盾。"心结"之二是莲儿对性的恐惧，同样是文革中遭遇的身心创伤。在林大夫的帮助下，莲儿开始正视而不是逃避这一事实，通过心理疗法走向正常。学会爱和表达的莲儿逐渐成为小说的中心所在，作者赋予莲儿亲善大使之责，她不仅沟通母亲与祖辈的关系，更消除了自己与母亲两代中国人之间的隔阂，也成为在外流浪的海外华人之间的情感沟通的中介。"她突然发觉，她原是孤零零一个人，现在，竟有这么多人依赖她：母亲，爷爷，奶奶，林大夫，彼利。她也可以依赖他们了。"[1] 莲儿也最终建立起一种新的混杂身份，"她现在见人就自我介绍：'我是中国人，老布郎的孙女'。"[2] 这种"既此又彼"的认同不只是简单的国家认同，而是混杂了文化选择在内的认同。

　　桑青 / 桃红放弃国家认同到莲儿作为混血儿在中美之间架构沟通桥梁的转变，象征了海外华人在移民历程中从失根流浪到落地生根的转变，这一转变无形中凸显出海外华人的历史使命和文化意义，而聂华苓自身的经历也印证着这一转变。在爱荷华定居后，聂华苓及其丈夫安格尔创办的"国际写作计划"成为世界各国作家交流沟通的平台，无论是东欧、南非或是中国大陆、中国台湾等地的作家都聚首此处，聂华苓就如同莲儿一样成为彼此沟通依赖的中心。或许我们可以说，聂华苓正是要通过莲儿这一形象为当代海外华人确立他们的历史使命：立足双重文化，架起沟通桥梁，从边缘走向中心。他们不再局限于中国执念，不再为文化认同而困惑焦虑，真正成为文化混血儿在两个世界、两种文化间自由穿行。

---

① 聂华苓：《千山外，水长流》，成都：四川人民出版社，1984 年，第 414 页。
② 同上书，第 445 页。

三、"分裂"与"交汇"的艺术结构

作者在两部作品中试图通过两个女主人公再现不同时期海外华人的形象和命运的努力是毋庸置疑的，其中蕴藉的主题也极为明显：桑青 / 桃红大胆叛逆，拒绝认同中国或美国，以解构态度书写"逃与困"的流离人生；莲儿沉稳内敛，主动探寻中美之根，以建构方式展望中美和谐、世界大同的光明前景。为表达上述主题，作者对艺术构思和艺术手法的运用也有独到考量。

《桑青与桃红》形式上最大的特点是"分裂"，聂华苓曾在《浪子悲歌》一文中提到"我在形式上也作了一个'不安分'的尝试。小说写的是一个精神分裂的人物；小说的形式也是分裂的，桑青的故事和桃红的故事，双线并行"[1]。形式上的分裂首先体现在人物设置上的二元并置。桑青与桃红个性截然对立，相互抑制，作者对桑青与桃红的界定已经十分明晰这种个性的对抗，文中也一再出现"我好害怕另一个我，她专门做毁灭我的事"[2]，"桑青千古"桃红才能再生。其次在结构设置上也呈现分裂并置的特点。小说分为四个部分，每个部分又分别由桑青的日记和桃红的信件组合而成。桃红的信件展现的是美国现在的生活，桑青的日记则是中国过去的往事，桃红和桑青的世界互相平行延伸，并无交集。虽然在第四部桑青与桃红同时出现在桑青日记中，作者用不同的字体表明两人的声音，但这两种声音并未达成对话效果，仍然是单声道独白的方式各说各话，而日记和书信的文体形式也很好地配合了这种对抗和分裂。作者选取一幕幕空间场景如船、四合院、阁楼等，"试用戏剧的手法来讲故事"[3]的方式集中浓缩桑青 / 桃红人生历程，这四个部分彼此独立，并无情节和时间上的连续性。而在每一部桑青日记中，二元对峙的模式亦相当鲜明：第一部分桑青出逃

---

① 梦花编：《最美丽的颜色：聂华苓自传》，南京：江苏文艺出版社，2000年，第258—259页。
② 聂华苓：《桑青与桃红》，香港：友联出版社，1976.年，第310页。
③ 梦花编：《最美丽的颜色：聂华苓自传》，南京：江苏文艺出版社，2000年，第257页。

被困三峡，船里船外的世界截然二分、战争与逃难、男与女、传统与现代的冲击；第二部分被困北平城，城里城外、政权更替、新旧社会的对照；第三部分阁楼之困，阁楼内外的世界、自由与束缚、噤声与嘈杂的强烈对比；第四部分则容纳更多的对立因素，桑青与桃红、华人与华裔、中国与美国、生命与死亡等。

《桑青与桃红》形式上的层层分裂不仅加强了文本内在的张力，同样也更契合"逃与困"的主题。桑青/桃红看似游荡于两个世界，但这两个世界是分裂对抗、无法关联的，桑青就是"夹缝人"，被困于这么一种缺乏交流甚至是拒绝交流的境况中，无处逃脱。而这种困境也恰是聂华苓人生经历的艺术再现：中学时期逃避战乱；大学毕业恰逢内战；1949年迁台后遭遇婚姻、工作困境；1964年受邀前往美国留学，经历离婚，与安格尔相爱却无法在一起的困顿（直到1971年才结婚）①。

《千山外，水长流》则是一个双向交汇（interwoven）的结构，两代人、两个家族、两个国家、两种文化在互相勾连，互为交织，构成一幅宏阔的历史文化图景。小说以莲儿为中心人物，联系起父亲—美国与母亲—中国的关系，细密交织、融合中美历史与文化，交汇的模式尤为突出。小说中人物、地点、情节的设置都带有双向对等性，如长江与娥普西河、南京（中国的石头城）与爱荷华石头城、父亲与母亲、彼利和林大夫，作者在这些双向设置中建立起某种平衡。这些因素在莲儿追寻自我重新认识家国的过程中融汇成一体，并以莲儿为中心，展开各种对话与交流。与爷爷奶奶的交流了解石头城的历史与文化，了解父亲过去的生活；与母亲的通信中以眉批的方式呈现自己与母亲的思想交流，重新认识母亲那一代知识分子的革命历程；与彼利及其朋友对比美国六十年代嬉皮士和"文革"红卫兵的价值观和生活理念；与林大夫及其他美国华人的聚会了解海外华人的中国执念等。这些交流和对话都是基于平等共存的基础上，最终均能互相理解、达成共识。这是作者心中的理想世界，正如小说中的"白云酒店"一

---

① 梦花编：《最美丽的颜色：聂华苓自传》，南京：江苏文艺出版社，2000年，第157—161页。

样，聚集了来自世界各地的人们，大家和平共处，相互依靠，共同走向世界大同。

作者不仅在小说结构安排上颇具心思，同样在小说氛围的营造上也紧扣小说主题。《桑青与桃红》尝试运用现代派小说甚至是后现代小说的技巧来呈现主人公分裂的内心世界：如书信与日记的交叉叙述以呈现主人公个性分裂的特征，以精卫鸟的故事象征主人公不屈斗争却徒劳无获的虚无，小说中图片、地图等文本的并置表现出较强的小说创新意识。小说的第三部尤为突出，为表现阁楼中人被监禁、被噤声的恐惧，作者用桑娃的漫画来反映主人公对自由的渴望；以一字一顿的默声交流对比风声鹤唳的外部世界；以桑娃的只懂爬行暗示被囚禁者的身体禁锢等。《桑青与桃红》是个大胆而创新的实验文本，总体勾勒了海外中国人焦躁不安、动荡分裂的精神实质，营造出压抑、紧张、晦暗不明的小说氛围。相对而言，《千山外，水长流》的写作非常务实"安分"，主要以写实抒情笔法将现实与历史交融。无论是战时重庆、南京风光或是爱荷华石头城的自然景色在作者笔下都呈现出一派优美和谐的氛围，尽管里面有沉重的历史，但基调是积极光明沉稳的，处处显示出作者落地生根后的自信笃定、安稳追求更高理想的心态。

四、结语

综上分析，我们可见《桑青与桃红》及《千山外，水长流》表现了作者不同时期的文化心态，在身份归属、文化认同上的转变，这不仅是聂华苓个人命运的艺术表现，更暗示了一代海外华人对自身的重新定位：从"夹缝人"到"架桥者"的转变。转变源于作者本人在美逐渐扎根的现实和对国家认同等问题的重新思考。在她的传记中，曾多次提到自己对中国共产党及新中国的重新认识①，并在了解中改变自己的看法，成为中美建交后

---

① 梦花编：《最美丽的颜色：聂华苓自传》，南京：江苏文艺出版社，2000 年，第 3—5 页。

第一批访问中国的美国文化界人士。而对美国的认同也逐渐随着自己与安格尔的稳定生活、工作的顺利进行而不断增强;国际写作计划的实施更让她感受到世界文化交流的重要性,"大同世界"的构想正是从此开始①。将两部长篇比较对读,我们可以看到随着作家自身生活的转变,对海外华人命运的叙述也会发生改变;随着时代的转变,海外华文文学的相关主题词的涵义也在发生衍变,如"边缘人"、"认同"等这些关键词会发生涵义上的扩大和缩小。因而我们在进行具体个案研究时,切忌武断下结论,应以跨文化的视野理解海外华人作家的创作,在逐步的跨越和历史发展中体味并爬梳海外华人特殊而复杂的家国情怀。

---

① 聂华苓:《三生影像》,北京:三联书店,2008 年,第 365—515 页。

海外华人学者中国文论研究的新视野

刘绍瑾

在回顾改革开放三十多年来的中国古代文论研究时，一个重要现象非常值得关注，那就是海外中国文论研究越来越引起学界重视，而且那些研究也或明或暗地影响到我们当下的中国古代文论研究和现代文艺学建构。海外华人学者，其知识结构、思维方式、价值取向，既有不同于中国大陆学者的地方，又和纯粹的外国汉学家存在差异，在此背景下所进行的中国文论、中国诗学、中国美学的阐发与研究，也就必然给我们带来一种他者的眼光和异质的冲击。由此我们也更能深刻地感到中国古典文论的博大精深——它的阐释视野是宽广的、多元的，是通向现代、面向世界的。

一、论题的意义与研究现状

近年来，学术界颇兴域外汉学、海外华文文学研究之风，皆因这些研究以中外文化交流、融合的视野来观照文学的传播、阐释和发展，为传统的文学研究注入了新的内容。对中国古典文艺美学进行观照，如果说中国大陆学界是第一只眼睛的话，那么外国学者是第二只眼睛，海外华人学者则可能是第三只眼睛。这三种眼光有似于惟信禅师所说观山水之三种境界。第一只眼易于执滞，第二只眼易于产生"隔"和误读，唯第三只眼"入乎其内，出乎其外"，站在中西文化冲突、交融的前端，以比较的意识和视野，故所得中国古典文艺美学之观审，最具启发和深思。海外华人学者往往经历了由少小的国学根底到青年的浸淫西学最后归返传统的过程，夏志清在悼念陈世骧的文章中就着重说到这种学术"宿命"：

> "世骧在北大想是读外文系的，因为中文系的学生往往不容易把英文学好，而外文系的学生从小对国学有很深的根底的，人数不少，最显著的例子当然是钱钟书。……钱钟书虽然博闻强记，治西洋文学造诣特高，但最后还是致力于中国旧诗的研究，这好像是治西洋文学的中国学者的命运：不论人在中国、外国，到头来很少没有不改治中国文学的。"[①]

浸淫过西学再"改治中国文学"，这样的眼光，所得到的可能就是中西古今的融通之境，就是面对异质文化的挑战而来的创造性转化之境。

因此，海外华人学者在中西文化交融、中西比较诗学语境下对中国文论、中国诗学、中国美学的阐释与研究，就成为一个极富学术价值和文化战略意义的课题。这一研究，不仅开启了一扇研究中国古典文论、中国古典美学的"南风窗"，为目前的文论研究吹进了一阵清新的海外之风，填补了以往撰写中国古代文论学术研究史局限于大陆学界的不足；而且对我们所热议的中国古代文论的现代转换，提供了有力的经验和启示。海外华人学者置身于西方文化中心、最新文艺理论思潮的现场，吸收并参与这些理论思潮的起伏与讨论，但同时又始终不忘对中国传统的"根"的体认和再造。这样，他们面对中国古典诗学、中国传统美学，就能把它们放在中西比较的大视野下，以西方最新的理论为参照进行开掘与阐发。这样的结果，不仅有力地彰显了中国古典美学的世界意义和价值，而且实现了中国传统文艺思想的现代阐释和创造性转化。不仅如此，这一论题在研究方法上也能给人启迪。一是比较方法和对话意识，这点最为重要。海外华人学者的中国古代文论研究，本身就是在中西比较诗学的语境之下进行的，把

---

① 夏志清：《陈世骧文存·序》，《陈世骧文存》，沈阳：辽宁教育出版社，1998年。

他们的研究活动与成果作为对象进行研究，必然也必须深具比较视野和对话意识。二是必须把研究对象置于宽广的参照系统中，把海外华人学者与外籍汉学家、与中国台港地区、与中国大陆的同类研究进行并置比较，以显示出它们自身的特点来。三是阐释学的方法，相同的对象，不同的阐释视野和解读方式，为我们提供了有趣的阐释学论域的话题。海外华人学者的中国诗学阐发和研究，正是在西方文艺思想的当下视域中对古典诗学文本的阐释过程，这一阐释过程，体现出来的也正是历史语境和当下语境的视界融合。

目前学术界对此一课题的研究，颇有形成热点之势。当然，这一热势也不是一夕之间突然产生的，它是中国改革开放的逐渐深入、中外文化交流的推进以及比较诗学的勃兴这一时代大势的产物。本来，20 世纪 20—40 年代，日本学界的中国诗论史、文艺思想史著作，就及时传入中国并极大地影响到中国文学批评史学科的创建。80 年代以来文论研究的海外之窗逐渐开启，并不断向深层次推进。而对大陆以外华人学者的中国文论研究，最早进入人们视野的是中国台港地区的研究成果，牟世金于 1985 年出版的《台湾文心雕龙研究鸟瞰》(山东大学出版社)，就具代表性。其后，刘若愚、叶维廉、徐复观等人的著作陆续在大陆出版，海外华人学者的中国文论研究也就极大地吸引了大陆学界的目光。随着海外中国文论研究的论著不断在国内传播和出版，叶维廉等海外华人学者以及美国汉学家宇文所安等人越来越成为年轻学子们追捧和热议的对象，以此为题产生了数量不少的博士、硕士学位论文。这些研究顺应了时代的需要，开阔了视野，收集整理了资料，各有其意义，但总体来说在学术水平上却是差强人意。这主要表现在三个方面：一是研究对象主要集中在叶维廉、徐复观、宇文所安等人身上，还有很多海外学者的中国文论研究未能或较少触及，特别是作为一种群体、现象、形态的研究更是谈不上；二是研究视野多局限于个案分析，未能将个案的考察置于 20 世纪中国文论发展的整体格局中作比较分析，对于有价值的问题挖掘不深；三是除极少论文出自学养有素者外，一些研究者多为年轻学子，他们在中国古典文论及其研究历史方面的知识储备显得不足，使得他们的研究往往有视野而乏识见、有新意而欠深厚，缺少一种中国古典文论的纵深感。正如吴承学在为蒋述卓、刘绍瑾等撰著的《二十世纪中国古代文论学术研究史》所写"序言"所言："学术史是专门之学，也是专家之学。学术史的研究者只有处于与研究对象平等对话水平和心态，其研究才可能达到比较理想的境界。"[①] 拿什么来"平等对话"？中国古典文论及其学术研究历史的深厚学养也。而目前此类的相关研究，欠缺的恰恰是与研究对象平等对话的水平。

二、学术谱系与问题关注

传统与现代、中国与西方，它们的冲突、融合、倾斜，是整个 20 世纪中国文学理论发展的主干线。而 20 世纪的特定历史，所谓的"现代"，又往往和"西方"交接在一起，所以，中国古典文论和西方文论之间的关系，它们的比较、选择、融通，就成为一百多年来中国文学理论建设的焦点。中国古代文论的学术研究、中国文学批评史的学科建构，正是在这一学术大背景下进行并得以发展的。从传统"诗文评"到"中国文学批评"的现代转型，作为"他者"的西方学术思想和文学思潮的介入和影响，是其至关重要的推动力。无论是大陆学界在"建设有中国特色的马克思主义文艺理论体系"的倡导下，还是海外学者建设"普遍的文学理论"框架下所进行的"中国文学理论"研究、"中国诗学"阐释，怎样通过中西比较、以西方为参照来确立中国古代文论的坐标，并进而找到一条面向现代、面对西方可能进行交流、对话的解释途径，就成为其时学术思维的轴心。中国大陆学界是这样，身处西方文化前沿的海外华人学者更是如此。按照海外的习惯和惯例，本文所说的"中国文论"，指的是中国古代文论。综观海外的中国文论、中国诗学、中国美学研究，依其文化身份和学术脉承，主要有以下四种情况：一是以宇文所安为代表的外籍汉学家的中国文论研究，

---

① 吴承学：《二十世纪中国古代文论学术研究史·序》，《学术研究》，2004 年，第 6 期。

这脉不属"海外华人学者"的研究对象，但却是一种重要的比较、参照体，而且它与北美地区的华人学者的研究有深刻的关联；二是早期在中国大陆或中国台港地区接受基础教育，后来到欧美深造继而留美任教，如陈世骧、刘若愚、叶维廉、高友工、奚密、孙康宜、余宝琳等，这类人数最多，是本课题的重点研究对象；三是成名于中国大陆，后因各种原因到国外定居执教，代表人物有王文生、萧驰等，对他们的学术活动的研究目前国内几乎尚处空白；四是活跃于中国台港地区，但于西方文化有较多经历和关注并经常往返于海外的台港学者，台港新儒家就有丰富的、值得深究的中国文论、中国美学研究成果。本文所指的"海外华人学者"取广义上的界定，主要指大陆以外的华人学者，包括以上分类中的后三类学者，但对中国台港地区学者则需根据是否具有海外特点和国际性视野而进行适当的取舍。当然这些只是就研究者的文化身份所作的大体分类，不仅各类之间具有交叉的地方，而且同类中亦有进一步细分的空间。如第二类学者中年龄、时代跨度较大，有人以"老一代"与"新一代"分之。再如以叶维廉为代表的比较诗学视野下的中国诗学阐释和发端于陈世骧、由高友工等后继并产生广泛影响的"中国抒情传统"的理论建构，就有很大的不同取向并分别拥有众多的追随者。

　　而相较于西方汉学家与大陆学者，海外华人学者的双重身份尤为特殊，即他们既拥有双语优势又面临双重边缘的尴尬，此种矛盾的交织，使他们对中国文论的阐释往往与他们的理论建构意识紧密结合在一起。海外华人学者对中国文论的阐释在以下几个问题上足以彰显他们的特点。

　　第一，"中国艺术精神"的重建。虽然 20 世纪上半期有诸多学者（如郭绍虞、郭沫若、宗白华等）在自己研究中已触及到"中国艺术精神"这一问题，但真正进行系统理论思考的是 1949 年前后南渡台港的那一批新儒家学者们，充满文化悲情、归根乡愁的他们在中国传统文化的"灵根再植"的共同诉求下，尤其重视"中国艺术精神"的阐扬及重建。50—60 年代的台港美学研究成果也主要集中在这批新儒家学者的著述中，"在近代、现代的西方思潮冲击下，若要重建中国传统美学，则更须以'新儒家'的理论反省为基础，而再向前跃进"。①方东美、唐君毅、徐复观等新儒家学者提出和阐发的"中国艺术精神"，主要由中国道家美学所开显出来。徐复观的《中国艺术精神》即是这方面最质实的一份成果。作为新儒家的徐复观，认为只有庄子才是中国艺术精神的纯粹体现者。这一徐氏本人认为"瞥见庄生真面目"的创见不仅在台湾学界产生了深远影响，有大批响应、追随与反思者，如颜昆阳、董小蕙、孙中峰等，也获得了大陆美学界的高度认可，张法认为这"一个重大的学术发现，或曰理论建树，它影响了整个中华文化圈对庄子美学思想的讨论"。②新儒家学者以儒家之眼观庄子，本身是一个极有意味的问题，值得我们深究。

第二，中国文学"抒情传统"的研寻。20世纪60年代以来，随着国际比较文学强调跨文化研究的理论转向，一批海外华人学者及台港学者在中西比较视野下，以文类区分为媒介，从中国文化的大历史脉络整体考察中国文学特质，形成了一个"中国抒情传统"研寻与建构的谱系。旅美华裔学者陈世骧被认为是"中国抒情传统"的开创者。1964年，他在美国亚洲学会年会上用英文演讲了《中国的抒情传统》一文，指出"中国文学和西方文学传统（我以史诗和戏剧表示它）并列，中国的抒情传统马上显露出来"。③随后，高友工深入研究律诗以及中国音乐、文学理论、书法、绘画理论等艺术"抒情美典"，从横的结构剖析和纵的历史梳理的坐标轴中彰明中国文化史的"抒情传统"。高友工指出，抒情传统"不仅是专指某一诗体、文体，也不限于某一种主题、题素。广义的定义涵盖了整个文化史中某一些人（可能同属一背景、阶层、社会、时代）的'意识形态'，包括他们的'价值'、'理想'以及他们具体表现这种'意识'的方式"。④就此而言，"抒情传统"不仅只是文学的或美学的，而应该是文化史意义层

---

① 龚鹏程：《美学在台湾的发展》，台湾嘉义：南华管理学院，1998年，第68页。
② 张法：《徐复观美学思想试谈——读〈中国艺术精神〉》，李维武编：《徐复观与中国文化》，武汉：湖北人民出版社，1997年，第514页。
③ 陈世骧：《陈世骧文存》，沈阳：辽宁教育出版社，1998年，第1页。
④ 高友工：《文学研究的美学问题（下）：经验材料的意义与解释》，《美典：中国文学研究论集》，北京：生活·读书·新知三联书店，2008年，第83页。

面上的指向文化特质的传统。70 年代后期，"中国抒情传统"这一说法迅速在海外华人学界传播开来，北美的孙康宜、林顺夫、王德威，中国台湾的蔡英俊、吕正惠、柯庆明、张淑香、颜昆阳、龚鹏程、郑毓瑜、廖栋梁、曾守正等，新加坡的萧驰，中国香港的陈国球，都投身于这一领域的探索，从各自的学术视域、学术立场对这一"抒情"谱系进行丰富、拓展与反思。海外华人学者的中国抒情传统建构之声还曾得到西方汉学家的回应，如汉学家普实克对中国现代文学抒情传统的研究，宇文所安的唐诗研究与中国文论研究，曾任国际比较文学学会会长的厄尔·迈纳的比较诗学研究。这个极富争议性亦极具建设性的命题，"形成了在大陆以外地区最重要且极具综摄力之解释体系"，[①] 蕴藏了丰富的中国文论现代阐释的经验和教训，尤值得重视。

第三，中国诗学美学的"东学西渐"。近代以来，中西方文化产生了历史上前所未有的碰撞、交流与融合。"西学东渐"与中国现代学术的发生已经是一个老生常谈的话题，而"东学西渐"的研究却未得到相应的重视。随着国家文化部门对"中国文化走出去"这一政策扶持力度的加强，"东学西渐"论题越来越具有文化战略意义。海外华人学者在海外学术机构中工作与生活，对于中国诗学在西方的传播与影响有着特殊的敏感与得天独厚的研究条件。如叶维廉、余宝琳、奚密、钟玲等，以及目前在大陆工作但具有海外背景的赵毅衡，都对"中国诗学西方影响"论题尤为关注并积极探索。揭示出他们的关注视点与阐释方法，对于中国诗学世界意义的彰显有着极重要的参考价值。

第四，"语言—形式美学"式的阐发研究。台港及海外华人学者对中国诗学的阐释另有一非常重要的特色，即通过对中国古典诗的"语言—形式美学"阐发来重审中国诗学特质。海外华人学者普遍受到西方"新批评"、结构主义等形式美学的影响。任何异质文化的碰撞与融合都必须借助于语言媒介来展开，海外华人学者不断进出于中西异质文化，普遍重视中西语

---

① 廖栋梁：《"中国文学的抒情传统"专题》，台湾《政大中文学报》第 10 期，2008 年 12 月，第 13 页。

言的传释潜能与局限，并由此为切入点考察中国诗学、美学之异于西方的独有特质。陈世骧、刘若愚、高友工、叶维廉、叶嘉莹等都不约而同地选择"语言—形式美学"来对中国诗进行阐发，此种"阐发研究"既有效地解释了中国诗的特质，又遗留下不可避免的切割痕迹，尤值得我们反思。

第五，文论阐释与理论建构相结合、文论研究对象的"纯"与"杂"问题的凸显。笔者在以前思考 20 世纪中国古代文论研究的学术史时，发现 20 世纪前 50 年由于中国文学批评史这一学科尚属草创阶段，那时的文论研究与研究者的现代学术范型、理论意识紧紧结合在一起。不仅郭绍虞、罗根泽等本学科的开创者具有鲜明的问题意识和理论眼光，而且像王国维、郭沫若、朱光潜、宗白华、钱锺书等人均在美学或比较诗学理论建构时多有对古代文论概念、术语、思想的精彩阐发，这些阐发对后来的文论研究也产生了重大影响。而到了后 50 年，由于中国文学批评史学科的形成并走向成熟，古代文论研究的对象也越来越纯粹。走向成熟和纯化的古代文论研究，固然有力地推动了其研究的深入、细致，但也出现了古代文论与当代文论（特别是文艺理论建设）脱节、各自为战的窘况，以至于学界惊呼中国古代文论患上了"失语症"。正是在中国大陆文论研究在这里陷入困境时，海外华人学者的中国文论阐发和研究就显示出了特别的意义。无论是以叶维廉为代表的在比较诗学视野下对中国古典美学精神的彰显和发扬，还是中国文学"抒情传统"的建构，抑或"中国艺术精神"的提炼和阐释，海外华人学者都显示了文论阐释与理论建构紧紧结合的特点。也许在我们看来这可能谈不上是"纯粹"的中国古代文论研究，但正是其文论阐释与理论建构的结合，使传统的文学观念焕发出新的光彩并与世界接轨、与现代接通。

三、王文生移居美国后文论研究的新开拓

在研究海外华人学者的中国文论阐释、思考中国古代文论的现代价值和世界意义时，王文生的研究是一个值得关注的现象。

在 20 世纪 70—80 年代之际，大学外语系毕业的王文生是国内中国古代文论学界活跃而重要的人物。他不仅是影响极大的四卷本《中国历代文论选》的唯一副主编（主编为郭绍虞），而且是中国古代文论学会主要创建者，实际主编了《古代文学理论研究》丛刊第 1 至第 8 期。然而自 1985 年赴美讲学、定居后，在国内学界热闹非凡、成果叠出的同时，王先生却经历了长达十多年的沉寂。王文生这个名字俨然从国内学术界消逝了。然而，就在圈内人士每每为此惋惜的时候，王文生却在退休后迎来了其学术的第二春——那是更有收获、更富创造性的学术圆成。他不仅接连在境内外重要学术刊物发表了许多专题论文，而且独自撰写"中国抒情文学思想体系"丛书。这一宏大计划包括六本相互联系而又各自独立的专著，目前已出三种，分别是 2001 年出版的《论情境》、2008 年出版的《中国美学史（情味论的历史发展）》上下册（以上二书均由上海文艺出版社出版），以及 2012 年由生活·读书·新知三联书店出版的《诗言志释》。《诗言志释》一书主要以王先生 1993 年在台湾《中国文哲研究集刊》第 3 期发表的重要长篇论文《"诗言志"——中国文学思想的最早纲领》为基础扩展而成，从书名看，大有与朱自清《诗言志辩》抗衡、媲美并交相辉映的意图。至此我们看到，原来王先生赴美讲学沉寂的十年，绝对并非他的学术空白，而是在思索、在蕴积力量。他置身于西方学术讲坛，努力在中西比较的视野下思考中国古代文艺思想的价值定位及其民族特色。重视与西方的总体比较而又力图突破西方的框架，解除美学、文学研究上的西化倾向所导致的中国传统的遮蔽和误解，这是王先生一以贯之的学术追求。

在已出的上述三种著作中，《中国美学史》最为厚重，思想也最为犀利。《中国美学史》的一个最大特点，就是对那种"见山不是山，见水不是水"的中国美学、中国文艺思想研究方法和美学史书写套路的批判。王先生认为，整个 20 世纪的中国美学研究实质上是哲学研究的一个部门，是西方美学的借鉴和翻版。而西方大多数时期，其美学研究可以归结为一句话，就是"以美为对象的学术研究"，其基本特点是重哲学、轻文艺，扬理性、绌感性。这一传统与中国古代从抒情文艺实践中领悟、总结出来的美学各有千秋，但大不相同。而我们却习惯于以西方美学的框架、命题、范畴来对中国美学进行研究，这是问题的症结所在。于是，王先生在该书中对上述研究的思想方法及其弊端进行了极为深刻的批评，以具体的美学史事实揭示了那种研究所造成的对中国美学的盲视和遮蔽。尤其引人注目的是，该书下卷占有很大篇幅的"二十世纪中国文学情味论的消减"（第十五章），对王国维"无我之境"、叶维廉"以物观物"背离中国传统美学精神进行了探本究源式的分析批判，对钱锺书以"生活源流论"所作《宋诗选注》所必然造成的宋诗美感的丢失、李泽厚《美的历程》以"经济决定论"来论中国美学所导致的牵强，王先生的这部著作都令人信服地指出了其出发点和思想方法上的误区和盲点。由于上述四家都在近今文艺界、美学界影响极大，王先生此著对这些理论大师的经典著作进行剖析和批评，无疑对当今中国美学学界起到了当头棒喝的震醒作用。惟信禅师所说"见山不是山，见水不是水"的盲视，起于"亲见知识，有个入处"，而对于中国古典美学真力弥满的真精神的盲视，则源于学术界根深蒂固的西化风气。

王国维在世纪之初就曾言："异日昌大吾国固有之哲学者，必在深通西洋哲学之人。"[1]中国古典美学研究者常常面对这样一个悖论：既要西方美学的参照和视野，又更需解去西方框架对中国语境的遮蔽，显示出中国美学的特色和原味来。因此，王先生的《中国美学史》另一个极具创造性的地方是在对中国美学美感价值的提炼和论述上。这是一个曾经爬梳在中国故纸堆里、继而置身西方理论现场的学术老人对他钟情的中国传统的回望和总结。这种境界就像惟信禅师所说"依前见山只是山，见水只是水"。这种境界和"未参禅"时的"见山是山，见水是水"表面相似，但实际上却是浸淫过西学之后对中国美学更深刻的把握，得到的是"入乎其内，出乎其外"的提升，得到的可能就是化境。王先生对此有充分的意识，他在此前出版的《论情境》一书的"前言"中写道：

"用传统史传结合方法写出的中国文学批评史，和用西方理论框

① 王国维：《哲学辨惑》，《王国维文集》第3卷，北京：中国文史出版社，1997年，第5页。

架概括的中国文学理论，均未能结出中国文学思想体系。其原因在于前者不曾有这样的取向，后者过于迷信西方的方法。我们必须采取别的方法，设立明确的取向，才能达到预期的目的。这种认识，是我在二十世纪八十年代到西方教学、研究，对西方文学思想有了较深入、系统的了解之后才获得的。"①

因此，在中西美学的总体比较中，王先生通过对中国美学资料和文艺经验的扎实研究和深刻体味，拈出"情味"二字，并以之作为中国抒情文学的美感和价值，指出这一观念也培育了欣赏情味的作者和读者，使得元曲和明清小说、戏剧、散文以追求情味为目标，以情味多少为工拙。对情味的追求促使中国音乐以表现情味为唯一职志，也促使中国绘画由写实向写意发展而成为诗情画意相结合的艺术。据此洞见，王先生的这部美学史，不同于坊间流行的众多同类著作，向我们展示了一部情味论的历史发展史。王先生的这部极富特点、极具原创性的著作，也许在全面性上可能会遭到瑕疵质疑，但其对中国美学的论述，由于建立在深厚的文艺实践基础上，却使人更感深刻和精到。

王先生著述中体现出浓厚的中国文论情结和执着追求学术的品德。王先生从曾经的国内古代文论领军人物到现在的海外华人学者身份，这一学术经历和文化身份下所作的古代文论、古代美学研究，对我们目前所关注的中国古代文论的现代转换、中国古典美学的当代参与，具有极其重要的启发。王先生在《中国美学史》"前言"中有这样一段十分"惹眼"的话：

　　"在本书脱稿之时，我想向我的同行发出由衷的呼吁：无需寻求中国美学思想的现代转换，无需寻求美学话语于别的文化系统。而要集中力量去发现中国美学传统，抢救传统，弘扬传统，在传统基础上建立中国自己的美学体系，并用它去引导中国新文艺朝着具有民族特点的方向发展。"②

我相信，王先生此处所说"无需寻求中国美学思想的现代转换"，只

---

① 王文生：《论情境》"前言"，上海：上海文艺出版社，2001 年，第 6 页。
② 王文生：《中国美学史》"前言"，上海：上海文艺出版社，2008 年，第 14 页。

是针对现代文艺理论建设中轻忽传统文论这一西化倾向所发激烈之语。前引就说"这种认识，是我在 20 世纪 80 年代到西方教学、研究，对西方文学思想有了较深入、系统的了解之后才获得的"。可见王先生也是非常重视中西比较和现代视野的。他的真实意图主要是"抢救传统，弘扬传统"。近十多年的学术界、思想界，越来越凸显这样一个重要主题：随着新世纪中国的和平崛起，随着中国的综合国力的增强和国际地位的提升，怎样在思想文化建设中充分吸纳传统的智慧和古代的思想资源、努力弘扬传统民族精神、实现中华文化的伟大复兴，成就几代中华儿女为之奋斗的"中国梦"，将是提到我们国家文化战略高度的重大问题。在这样的情势下三复王先生的这一呼吁，有助于我们真正找到中国文论的源头活水和文化本位。

论孙康宜中国古代女性文学
研究的多重意义

朱巧云

孙康宜是美国汉学界有名的华人女学者,现任教于美国耶鲁大学东亚语文系。其研究涉及中国古典诗词、比较诗学、文化美学等多个领域,出版中英文学术专著多种,如《词与文类研究》《抒情与描写——六朝诗歌概论》等,还有中英文论文 200 多篇。近几年来,学界对孙康宜的研究关注渐多,目前已有十几篇论文讨论了孙康宜在中国古典文学方面的研究,但对孙康宜中国古代女性文学研究方面的评论还不是很多。赵文君的硕士学位论文《论美国学者孙康宜之明清女性文学研究》梳理了孙康宜的明清女性文学研究,并从"男女双性"的诗学理想、文学史与社会史对话的角度评述了孙康宜明清女性文学研究的价值。本文则从中西方诗学、中国文学的经典化和海外传播等角度分析孙康宜中国古代女性文学研究的学术意义。

一

20 世纪 80 年代末,孙康宜有感于北美明清诗歌研究的薄弱,意欲弥补之。在陈寅恪《柳如是别传》的触动下,她撰写了《陈子龙柳如是诗词情缘》，并对柳如是产生了浓厚的兴趣，由此又涉足到西方汉学界少有人问津的性别研究领域，撰写了数十篇中国古代尤其是明清时期女性文学、诗学的中英文论文，发表于美国、中国大陆、中国台湾地区的一些杂志期刊，或收录在各类会议论文集和《古典与现代的女性阐释》《文学的声音》《文学经典的挑战》等著作中。

对中国古代女性作家尤其是明清女作家的成就，孙康宜予以了充分的肯定，并选取几个角度切入明清女性文学作品的分析：一是对不同类型的女性诗人作品进行解读和比较。如《柳如是和十七世纪中国诗坛的女性地位》[①]《柳如是与晚明词的复兴》[②]《柳如是与徐灿的比较：阴性风格或女性意识？》[③]等文章中对柳如是作品的分析，对以她为代表的青楼伎师传统和以徐灿为代表的名门淑媛传统两类女性词人的比较研究，都从不同的侧面评述了明清女诗人所取得的成就以及在 17 世纪文坛上享有的重要地位。二是对明清寡妇诗歌的分析。在《寡妇诗人的文学"声音"》[④]中，孙康宜分析了明清寡妇诗歌在题材、表现手法方面的创新之处，指出明清寡妇诗歌不同于历代男性文人"为文造情"的寡妇诗，常常毫无保留地发挥并展示自己的内心世界，给读者一种十分真切而可信之感，为中国文学传统做出了一定的贡献。三是关注明清女子的乱离诗。在《末代才女的乱离诗》[⑤]《女性的诗歌见证》[⑥]等文中，孙康宜对明清之际的才女如毕著、王端淑等创作的乱离诗做了分析，认为：作为一种具体的女性写作传统，直到晚明以后，女子乱离诗才慢慢建立起来。

20 世纪 80 年代，学界不但对中国古代女诗人研究不足，在中国古代女性诗学的研究方面更是少有成就。孙康宜在分析明清女性作品的同时，

---

① New Jersey: East Asian Studies，Rutgers Univ., 1991。

② 《女性人》，台北，1991 年 9 月号。

③ 《中外文学》22 卷 6 期，台北，1993 年 11 月。

④ 孙康宜:《古典与现代的女性阐释》，台北：联合文学出版社，1998 年。

⑤ 《国际汉学》第 8 辑，北京，2001 年。

⑥ 孙康宜:《女性的诗歌见证》，*From the Late Ming to the Late Qing: Dynastic Decline and Cultural Innovation*, ed. By David Der-wei Wang and Wei Shang, Cambridge: Harvard Univ. Press, 2002.

更加注重对中国古代女性诗学问题的阐发。

一是对中国"女子无才便是德"观念的讨论。这方面的代表文章是《明清诗媛与女子才德观》①。该文讨论了清代的女子才德之争，也对中国古代女性才德问题的演变史做了细致的梳理与剖析，认为西方理论中"男女分野"的观念不一定吻合明清文化的实际；中国古代的女子才德观因人而异，非"女子无才便是德"一种论调。无论孰是孰非，当今学者应对各种论调的立足点和"触媒"进行探讨。

二是分析了中国古代文学作品中的"声音"，提炼出三个理论术语：第一，gender mask（性别面具）。在著作《陈子龙柳如是诗词情缘》②和《〈乐府补题〉中的象征与托喻》③《隐情与"面具"——吴梅村诗试说》④《揭开陶潜的面具——经典化与读者反应》⑤等论文中，孙康宜对中国古代男性作家文本中的性别越界做了分析，将男性文本中通过虚构女性声音建立起来的托喻美学称为 gender mask。在《性别的困惑——从传统读者阅读情诗的偏见说起》⑥一文中，孙康宜还讨论了明清时期女性作家如叶小纨、吴藻的戏曲、词中"女扮男装"现象。因此，gender mask 也涵括了古代女性作家作品中的性别越界现象。第二，cross-voicing（声音互换）。用来概括中国传统文学中"声音"的男女互补现象。在会议论文《性别理论在中国传统文学研究中有何作为？》⑦和《末代才女的乱离诗》等文章中，孙康宜指出中国古诗中的"声音"具有流动性，往往难以确定性别身份。男性作者不仅习惯了用女性声音说话（虽然常常被当作寓言性的解释），而且女诗人们也有意识地力图把自己从女性风格中解放出来而尝试发出男性的声音。

①　孙康宜：《明清诗媛与女子才德观》,《中外文学》21 卷 11 期，台北，1993 年 4 月。

②　孙康宜：《陈子龙柳如是诗词情缘》，台北：允晨文化实业股份有限公司，1992 年。

③　《中外文学》，21 卷 1 期，台北，1992 年 6 月。

④　《中国文化》，北京，1994 年第 10 期。

⑤　《中国学术》，北京，2001 年 2 卷 3 辑。

⑥　《近代中国妇女史研究》，台北，1998 年第 6 期。

⑦　Presented at the Conference, Interpreting Cultures: China Facing the Challenges of the New Millennium, sponsored by the Swedish Council for Research in the Humanities and Social Sciences, Stockholm, Sweden, May5-9, 2000。

第三，cultural androgyny（文化的男女双性），特指中国古代文学与文化中男女两性均欲跨越性别区分的一种独特现象。在《走向"男女双性"的理想——女性诗人在明清文人中的地位》①、《明清女诗人和文化双性》②和宾夕法尼亚州立大学的演讲《论中国批评概念"清"》③等文章中，分析了明清时期男性文人的女性化趣味和才女的文人化倾向，认为"文人和才女在'清'的诗学中找到了最大的共识。'清'可谓中国古典的 androgyny"④。

　　三是明清女性作品的经典化问题。在《妇女诗歌的经典化》⑤、《明清文学中的性别和经典问题》⑥、《从文学批评里的"经典论"看明清才女诗歌的经典化》⑦、《明清文人的经典论和女性观》⑧等文章中，孙康宜详细探讨了明清女性作品的出版和兴盛，认为明清时期，女性诗人作品进入了经典化的行列，这一方面归因于女诗人们自觉地出版作品，另一方面则是男性编者和出版者运用各种策略提高女性诗人的地位。

　　除了对中国古代女性文学、诗学的研究外，孙康宜还组织、倡导召开明清女作家的学术会议，出版相关著述。1993 年 6 月，在耶鲁大学她和 Ellen Widmer（魏爱莲）主持召开了"中国明清妇女与文学"研讨会，这是美国第一次大型的汉学性别研究学术会议，促进了美国汉学界对这一研究领域的关注。1997 年，斯坦福大学出版了由她俩主编的会议论文集《明清女作家》，收录的 13 篇论文从不同角度探讨了明清女作家写作的诸多问题，如妓女写作、身份、规范等。两年后，斯坦福大学又出版了孙康宜和 Haun Saussy（苏源熙）合编的《中国历代女作家选集：诗歌与评论》。2000 年 5

---

① 孙康宜:《古典与现代的女性阐释》，台北：联合文学出版社，1998 年。
② Critical Studies（Special Issue on "Feminism/Femininity in Chinese Literature"），edited by Peng-hsiang Chen and Whitney Crothers Dilley, Amsterdam: Rodopi B. V. 2002。
③ East Asian Lecture Series, Pennsylvania State University, University Park, PA, November20, 2000。
④ 孙康宜:《古典与现代的女性阐释》，台北：联合文学出版社，1998 年第 83 页。
⑤ 孙康宜:《文学经典的挑战》，南昌：百花洲文艺出版社，2002 年。
⑥ 王成勉主编:《明清文化新论》，台北：文津出版社，2000 年。
⑦ 孙康宜:《文学的声音》，台北：三民书局，2001 年。
⑧ 孙康宜:《文学经典的挑战》，南昌：百花洲文艺出版社，2002 年。

月，由孙康宜倡议，南京大学召开了"明清文学与性别"国际学术研讨会。2006 年，哈佛大学麦基尔—哈佛明清妇女文学数据库建成，为庆祝此事，孙康宜的朋友方秀洁和魏爱莲在哈佛大学主持召开了一次学术会议，会议收到 23 篇相关论文。2010 年，剑桥大学出版了宇文所安和孙康宜主编的《剑桥中国文学史》，孙康宜将她对中国女性文学研究的成果贯穿其中，并积极筹划将此文学史翻译成中文出版。

二

三十多年来，孙康宜在中国古代女性文学尤其是明清女性文学研究方面的成果和学术活动，对中国学术界、西方汉学界乃至西方文学理论界都有着一定的启发和推进作用，其意义具体体现在：

第一，进一步解构了男性作家独霸中国古代文学史的神话，对现当代中国古代女性文学作品的研究有所启示，也对重写中国文学史有着积极的意义。

阅读过中国古代文学史的人都深深体会到中国女作家的寥落。而早在 20 世纪四五十年代，胡文楷就编纂出版了《历代名媛文苑简编》、《历代妇女著作考》，后者收录汉魏至明代妇女著作千余种，清代妇女著作达 3 千多种。[①] 这些著述虽然没有改变此后文学史中女性作家稀少的格局，但对现当代中国古代女性文学研究起到了奠基作用。孙康宜正是从胡文楷的著述中得到了启发，以极大的热情投入到这一领域。她从文学文本出发，对明清寡妇诗歌、才女乱离诗歌、青楼伎师和名门淑媛的作品进行分析、比较，揭示出明清女作家创作的风格、写作技巧、写作传统等，并追溯源头，论证了中国文学从产生之初就没有把女性排除在外，所谓诗歌的世界，其实就是男女共同的园地。这些观点进一步解构了现当代中国古代文学史中男性独霸文学圣坛的论调，推进学界对中国古代女性文学尤其是明

---

① 胡文楷:《历代妇女著作考》(增订本)，上海：上海古籍出版社，1985 年。

清女性文学的深入研究。检索当代明清女性文学研究的学术成果，在参考文献中大多都会罗列出孙康宜的名字，这正可以说明她在此领域中的学术贡献。

　　孙康宜的研究，也会促使人们走出认识误区，了解中国古代文学创作的某些真相，对改写中国文学史有着积极意义。孙康宜指出，以往的文学史，以男性视角书写，所以忽略了女性作家；而且，编写者忽视明清两朝的诗词，而中国女诗人偏偏在明清两朝表现了空前的文学成就。因此，既然明清诗词被整体地忽视了，大部分的女诗人也就自然地被排除在了"历史"之外。另外，现代中国文学史中"女性空白"多少受到了"女子无才便是德"错误观念的影响。五四时期"女性主义者"们把传统中国说成一个被"女子无才便是德"的观念统治的时代，实际上并非如此。当明末清初大量才女涌现时，一些卫道之士对才女文化感到威胁，他们宣扬"女子无才便是德"，而另一些文人则公开支持、赞赏女性诗才。孙康宜在讨论明清女作家作品选集得以繁荣的问题时，除了讨论女作家自身的努力，更是以较多的史料论证了明清文人在此方面的贡献。孙康宜指出，明清男性作家采用多种策略提高女性诗人的地位：一是强调女诗人传统的悠久性及重要性；二是把女诗人的作品放在《离骚》传统的上下文来看待；三是强调女性是最富有诗人气质的性别，认为女性本身具有一种男性文人日渐缺乏的"清"的特质。而明清文人之所以努力提高女性诗人的地位，主要是因为他们对"才"的尊重，对"清"的推崇。[①] 由此，我们可以得知，明清女性作品的繁荣是一种男女共同构建的文学盛宴，男性文人起到了强有力的推动作用。这一真相的揭示，使得明清文人在中国女性文学创作史中的积极意义凸显出来。而这也说明"女子无才便是德"并非是明清时期文人的共识。孙康宜的研究著述正是对当今许多诗歌选集以及文学史偏见的一种反应，让更多的人了解实际的文学现象，进而改写文学史。

　　第二，促进了中国古代女性文学在当代的经典化进程，推动中国古代

---

① 　详见孙康宜《妇女诗歌的"经典化"》《明清文人的经典论和女性观》等文章。

女性作品在海外的传播和研究。

　　在中国古代文学史上，男性作家作品是经典化的主流，西方汉学界也多以男性作家为主要研究对象。在 20 世纪 80 年代，当孙康宜关注、研究柳如是的时候，美国汉学界女性文学的研究还很少，孙康宜的研究和学术活动具有先锋之意味，开启了西方汉学界新的研究领域，使得中国古代女性文学研究成为美国汉学界一道迷人的风景，吸引了更多汉学家的视线，他们一起将中国古代女性文学推入到西方女性文学作品经典化的行列。这并非是夸大之词，我们从《中国历代女作家选集》的诞生历程就可以看出来。在涉足性别研究领域之初，孙康宜就想编纂一部选集，将中国女诗人全面介绍给西方读者，但这个个人的愿望渐渐地为更多汉学家所关注，并进而参与其中，转变为一个极其庞大的合作工程。从一个个人的愿望最终变为美国汉学家集体的行动，这不但说明了孙康宜的愿望符合汉学界的众望，也反映出孙康宜在美国汉学界的号召力和影响力。她曾谈到《明清女作家》和《中国历代女作家选集》产生的动机：“希望通过考古与重新阐释文本的过程，把女性诗歌从边缘的位置提升（或还原）到文学中的主流地位。”[①] “希望能通过大家共同翻译与不断阐释文本的过程，让读者们重新找到中国古代妇女的声音，同时让美国的汉学家们走进世界性的女性作品‘经典化’（canonization）行列，所以，我特意找了一半以上的男性学者来共同参与。”[②] 这部选集在众多材料中精选了 120 多位中国古典女作家作品以及有关妇女文学创作的传统理论和评论，具有保存、批评和翻译介绍多种功能，而选集的大多数材料都是孙康宜在 20 多年中花了大量时间、精力和财力收集起来的，最终由 63 位美国汉学家参与翻译成英文。此选集的出版让中国古代女作家恢复了她们鲜活的形象，让当代读者听到了她们动听的声音。同样，麦基尔—哈佛明清妇女文学数据库收录了晚明至民国初年妇女著作 90 种，这进一步展示出中国古代女性作家创作实绩，为研究者提

---

① 孙康宜:《文学经典的挑战》，南昌：百花洲文艺出版社，2002 年，第 99 页。
② 宁一中、段江丽:《跨越中西文学的边界——孙康宜教授访谈录（下）》，《文艺研究》，2008 年，第 10 期。

供了丰富的资源。如果说明清时期，是男性作家和女性诗人合力将女性作品推入了主流文坛，那么在当代，是孙康宜、魏爱莲等这些女学者们与苏源熙等男学者们共同将明清女性作品从中国本土传播到海外，推进到世界性女性作品经典化的行列，对中国古代女性诗歌从边缘位置还原到主流地位有着积极的意义。

第三，孙康宜对中国女性诗学问题的研究，不仅丰富了中国诗论，而且与其他汉学家的成果一起对西方性别理论中"惟别是论"的观点构成了强有力的挑战，以鲜明的特质体现出中国文学、诗论在世界文学理论中的价值。

身处西方文学理论发源地的耶鲁大学，孙康宜受到系统的理论熏陶，并时刻关注理论的发展与前沿成果，在研究中也体现出较强的理论意识。她对中国古代"文学的声音"格外关注即是受到了西方女性主义的影响。在分析中国古代文本时，孙康宜提出了 cross-voicing、gender mask、cultural androgyny 三个术语。这三个术语都牵涉到性别越界的问题，但所指涉的层面不同。cross-voicing（声音互换），在文本分析时，用以说明男性作者以女性声音抒发情怀、女性诗人以阳刚之语摆脱脂粉气的写作现象。而 gender mask，是一种修辞美学的概念，"在学理上，强调诗人有意使诗篇变成一种演出，诗人假诗中人物口吻传情达意，既收匿名的效果，又具自我指涉的作用。诗中'说话者'（speaker）或'角色'（persona）一经设定，因文运事，顺水推舟，其声容与实际作者看来大相径庭"。孙康宜还从男女作者的角度分析了这一修辞的意味："它使作者铸造'性别面具'之同时，可以借着艺术的客观化途径来摆脱政治困境。通过一首以女性口吻唱出的恋歌，男性作者可以公开而无惧地表达内心隐秘的政治情怀。另一方面，这种艺术手法也使男性文人无形中进入了'性别越界'（gender crossing）的联想；通过性别置换与移情的作用，他们不仅表达自己的情感，也能投入女性角色的心境与立场。"而"女作家可以通过虚构的男性声音来说话，可以回避实际生活加诸妇女身上的种种压力与偏见，华玮把这种艺术手法称为'性别倒转'（gender reversal）的'伪装'。同时，这也是女性企图走出'自我'的性别越界，是勇于参与'他者'的艺术途径"①。由此，我们可以看出，gender mask 这一概念有着丰富的意味，为我们解读中国古代某些作品的内涵提供了理论依据。那么，cross-voicing 和 gender mask 之间存在着怎样的关系呢？笔者以为 crossing-voicing 是 gender mask 的具体体现之一，只要文本中存在着"声音变性"，就体现出面具美学意味。但"'面具美学'是一个很宽泛的概念，可以有多种不同表现方式。关键的一点是，作者很多时候是很狡猾的，不会直话直说，或者别有寄托，或者言此意彼，或者正话反说，有时即使说了真话也强调自己只是戏言，等等，不一而足。我觉得这些现象都可以涵括在'面具'美学这一概念之下"②，而我们通常所说的象征、托喻等也都可以包括在其中，因此 cross-voicing 只是 gender mask 的其中一种表现形式而已，gender mask 则有着多种表现形式。

　　至于 cultural androgyny 一词，则是从文化的角度分析了性别越界。孙康宜在讨论明清男女诗人相互认同问题时提出了此概念，认为将 androgyny 翻译为"男女双性"要比"雌雄同体"更能表现出"精神上及心理上的文化认同意义"，"因为在西方，自从柏拉图开始，'androgyny'这个词就表示一种艺术及真理上的'性超越所指'（a kind of transcendental signified）——它既是美学的，也是文化的"。③在分析明清男性诗人女性化、女性诗人男性化的时候，孙康宜也更多的是从生活情趣、艺术旨趣等方面进行了论述，并从文化的层面分析了文学中出现的声音互换现象："无论是'男女君臣'或是'女扮男装'，这些一再重复地以'模拟'为其价值的文学模式，乃是传统中国文化及历史的特殊产物。这两种模式各表现出两种不同的'扭曲'的人格：前者代表着男性文人对统治者的无能为力之依靠，后者象征着女性对自身存在的不满与一味的向往'他性'。二者都反映了现实生活

①　宁一中、段江丽：《跨越中西文学的边界——孙康宜教授访谈录（下）》，《文艺研究》，2008年，第9期。

②　同上。

③　孙康宜：《文学经典的挑战》，南昌：百花洲文艺出版社，2002年，第306页。

中难以弥补的缺憾。"①孙康宜的这三个理论术语从不同的层面概括了中国
文学中的男女越界现象，是中国传统诗论的一种发展。

　　20 世纪七八十年代，女性主义批评家如 Barbara Johnson、Sandra M.
Gilbert 等人极力强调男女之"别"，以此希望达至男女地位之平等。很显
然，如果以这种理论来分析中国古代文学，何以解释其中男女越界的现象
呢？因此，孙康宜提醒学界：早期西方女性主义批评家所倡导的"性别差
异"的许多言论都很难适用于中国古代文学的研究。②她的这些理论观点与
其他汉学家的成果一起对西方性别理论中"惟别是论"等观点带来了震撼
性的挑战，在深入开拓美国汉学性别研究上起到积极作用。

　　孙康宜在一次访谈中曾说，指出中国某些文学史实，"并非要阿 Q 似的
强调人家有的我们祖先早已有了，而是为了真正使中国因素能够参与到国
际学术对话中去，不要一味地只是'向西方看齐'"③。正是在这种理念的支
配下，孙康宜潜心研究中国古典文学，以丰富的材料和坚实的立论与西方
学术界展开对话交流。毫无疑问，孙康宜与刘若愚、叶嘉莹、叶维廉、王
德威等汉学家一起向西方文学理论界言说着中国文学、诗学的特质，证明
着中国文学、诗学对西方理论所具有的"镜像"作用以及在世界诗论的构
成和发展中所具有的独特价值和意义。因此，在这样一个多元化的时代，
异质文化交流中存在的诸多偏见和误解应该有所改变，西方学术界应正视
并参考中国古代文学、诗学及其相关研究成果，纠正已有的偏颇，为理论
的发展开拓更广阔的前景。从此角度来说，孙康宜以及其他汉学家对中国
古代女性文学的研究具有世界性或者说"全球化"的重要意义。

---

① 孙康宜：《文学的声音》，台北：三民书局，2001 年，第 17—18 页。
② 详见《西方性别理论在汉学研究中的运用与创新》，原文发表于《台大历史学报》第 28
　　期，2001 年 12 月。收录在《文学经典的挑战》。
③ 宁一中、段江丽：《跨越中西文学的边界——孙康宜教授访谈录（上）》，《文艺研究》，
　　2008 年第 9 期。

20世纪90年代：马华报纸与新生代文学

王列耀

20世纪90年代是马华文学发展的黄金时期，文坛的热闹与繁荣、文学创作与批评的生动性与深刻性有目共睹。经过这10年的发展，文学新生代成为马华文坛的主力，马华文学也迅速成为世界华文文学版图中的新星与重镇。

一、依附或互动

在马来西亚，有所谓"副刊即文坛，文坛即副刊"的说法，形象地概括了20世纪90年代马华文坛的重要特征：文学园地稀少，报纸副刊作用极为重要。但是，此说并非完全准确，其一，在华文报纸副刊之外，还有《蕉风》杂志、马来西亚华文作家协会、马来西亚华人文化协会等文学、文化团体的共同努力，才有了90年代较为热闹的马华文坛。其二，与文学互动的不仅仅是报纸副刊，更有报纸、报社如"花踪文学奖"，从举办到活动设计、组织，均大大超出副刊领地与权限。华文报纸提供的不仅是华文文学的发表园地，也提供了华文文学的活动园地、生长园地及其文学氛围。其三，报纸副刊本身的存亡兴衰、副刊编辑的挑选与使用——即副刊"把关人"的甄选与使用，均取决于报社。因此，相比较而言，"报纸即文坛、文坛即报纸"的说法，会更贴切一些。

从上述说法可见，20 世纪 90 年代，马华报纸及副刊与马华文学关系密切；在很大程度上，马华文学栖身于报纸及其副刊。但是，栖身不等同于依附，其主要理由有三：

其一，守护、滋润华人生存之魂的共同使命，使华文报纸与华文文学不谋而合。华人族群的存在与发展，取决于华人血脉的存在与华人对自我身份——华人血脉与文脉的认同。曹云华指出："怎么样来辨别一个人是否是华人呢？根据目前东南亚华人的具体情况，单纯从外表上、血统上、语言上或宗教信仰等方面都难以确认，唯一简单可行的办法，就是根据这个人的民族心理，即他本人的民族认同，他认为自己是华人，那么，他就是华人。作为东南亚的华人，这个提法包含了三层意思，首先，从国籍和政治认同的角度看，他是东南亚人，如泰国人、马来西亚人、新加坡人等等；其次，从民族认同的角度看，他是华族移民的后裔，或者具有华人血统；再次，是从文化认同的角度看，他在文化方面仍然保留了华人的许多特色。"[1] 所谓"民族心理"，对东南亚华裔而言，包括具有和部分具有华人血统的华族移民的后裔，主要是指他们对自己华人血脉与文脉的认同；这种"心理"也是华人族群能否得以长期生存与发展的灵魂。与剑拔弩张的 70、80 年代相比，20 世纪 90 年代马来西亚的社会环境与族群关系均有好转，但是，华人依然深感生存的两难：既要本土化，又不愿被同化。但是，"在许多马来人的心目中，要效忠马来西亚，一切应该本土化。（此本土化，就是同化，完全被同化，去中华化；反之，就是不效忠马来西亚，因此，是无法等同于华人的本土化，传承中华文化。）……这种堂而皇之的理由为族群之间制造了新的宰制关系"[2]。可见，生存的两难，失魂的危机、

---

[1] 曹云华：《变异与保持——东南亚华人的文化适应》，北京：中国华侨出版社，2001 年，第 9 页。

[2] 何国忠：《马来西亚华人：身份认同、文化与族群政治》，吉隆坡：马来西亚华社研究中心，2006 年，第 100 页。

被同化的危险，像一把利剑时刻悬挂在华人的心头。华文报纸与华人社团、华文教育，向来是华人社会得以生存与发展的三大支柱。危难之际，《星洲日报》《南洋商报》等挺身而出。1988 年，在"党派政治"以及商业化大潮中，张晓卿接手复办《星洲日报》，并使该报逐渐"由早期一份普通的侨民报纸，蜕变为今天深具影响力的人民喉舌"①。他认为，"透过优美的方块文字所撰写出来的作品，不仅隐藏着隽永的中华文化之美；字与字之间串联而成的文句背后，延续着炎黄子孙文化思潮的脉动"②。"人民喉舌"要"在文化良知的驱策和众人的期待与鼓舞之下，勇敢地负起一份艰巨但充满意义的文化传承工作"③。华文文学在"报纸即文坛、文坛即报纸"的语境中，必须依托华文报纸这个舞台、这种特殊的发酵机制，才能生存与发展，才能发挥出自身"隐藏着隽永的中华文化之美"、"延续着炎黄子孙文化思潮的脉动"的特殊作用。所以，由于共同的历史使命，马来西亚华文报纸与华文文学，共同承担起守护与滋润族群灵魂的历史使命。

其二，守护、滋润华人生存之魂的现实策略，使华文报纸与华文文学不谋而合。张晓卿作为私营传媒机构老板，深谙充任"人民喉舌"的多种风险。首先，是商业风险。20 世纪 90 年代，是文学"逊位"于经济，也是副刊文学走向萎缩与尴尬的时代。张晓卿指出："目前，香港地区报纸的文艺副刊园地，也在逐渐消失中。甚至连台湾主流报纸的文艺副刊，也逐渐转向轻松和轻便式文体；严肃的文学作品逐渐为小品文所取代。"④但是，他认为："文学创作，能让我们暂时抽离现实生活的紧绷、冷酷与冷漠，天马行空无碍的创造及想象空间，能为我们打造无价、宁静与美好的境界，静下心来，把心沉淀的静态写作行为，能让在庸庸碌碌追求更优物质生活的人们，找到让心灵回归纯净平衡的原点。""始终相信，文学是促进社会根基更稳固昌盛的事业，因此深耕文学发展，绝对是不容忽视的重要领域。"⑤

① 〔马〕张晓卿：《让我们开始新的长征——星洲日报复刊有感》《星洲日报》1988 年 4 月 8 日。
② 〔马〕张晓卿：《面对挑战勇敢跨越》，《花踪文汇》9，马来西亚：《星洲日报》2009 年，序。
③ 〔马〕张晓卿：《面对挑战勇敢跨越》，《花踪文汇》1，马来西亚：《星洲日报》，献词。
④ 〔马〕张晓卿：《面对挑战勇敢跨越》，《花踪文汇》8，马来西亚：《星洲日报》，2007 年，序言。
⑤ 〔马〕张晓卿：《面对挑战勇敢跨越》，《花踪文汇》9，马来西亚：《星洲日报》，2009 年。

为了充任"人民喉舌",张晓卿可谓在商不言商,将社会责任置于商业风险之上,大力扶持与推动文学与文化的发展,如大力拓展文学副刊,选好与支持文学副刊"把门人",不计成本地举办"花踪文学奖"等。因此,不仅是华文文学的创作与批评,而且包括多种类型的文学活动,都主要栖身并依赖华文报纸。张晓卿也深谙充任"人民喉舌"的社会风险。在90年代的马来西亚,文学问题往往内在性与必然性地牵扯着族群的生存与走向:一个活动、一篇文章、一场论争等,都能够非同寻常地挑动人们敏感的神经,引发华人社会的关注与震动;文学关系也往往成为政治关系的隐喻与预言。同时,文学既可以关注、浇铸灵魂,又不等同于政治宣传;更由于语言的限制,华文文学主要作用于华人社会而疏离于主流社会。许文荣在《南方喧哗:马华文学的政治抵抗诗学》中认为:"文学在政治抗争中所扮演的角色是不容被忽视的,特别是华文文学由于不受官方所器重而使它轻易地避过官方的监视(华文报就没有那么幸运了),同时由于语言的隔阂(以中文书写),主宰民族对它的干扰也微乎其微,这使它有更大的空间表征自己,更真实地再现/表现以及诠释华人的政治理想与愿望。"[1]也就是说,马华文学,既可细雨润物地守护、滋润华人族群之魂,又可以因其在政治上、"语言上"的"悄然无声",规避许多不必要的麻烦与猜忌。

其三,守护、滋润华人生存之魂的共同目的与不同方式,使华文报纸与华文文学既不谋而合,又"各行其是"。不同国家华人族群的血脉与文脉,必须经历"本土化"过程:既要"本土化",又非被同化,才具有独特性与生命力。失去了"本土化",华人族群难以融入所在国,易于受到主流社会的轻视与诟病。然而,所谓"本土化",也必须有利于华人血脉与文脉的绵延与发展,否则,随着时间的推移,华族的血脉与文脉都可能被淡化,甚至被同化。因此,"本土化"不仅是个政治话题,与外在的种族政治挂钩,而且也是个文化话题,与内在的族群文化心理挂钩。作为20世纪30年代出生的华人,张晓卿有着老一代华人的特质:深受中华文化熏

---

① 许文荣:《南方喧哗:马华文学的政治抵抗诗学》,柔佛:南方学院出版社,2004年,第31页。

陶，对中国文字、文学都具有深厚的感情。而 60、70 年代出生的文学新生代，心境变化巨大：来自中原的遥远记忆早已消失，加之西方后殖民主义理论的适时配合，展露出了某种新的"本土化"话语姿态：在"清除"自身中国文化印记与"澄清"马来西亚国民身份之间，建立起隐秘的关联。如果说，在此之前，老一辈华人更注重华人血脉与文脉"本体"的绵延与发展的话，新生代则更加注重华人血脉与文脉"在地化"的绵延与发展。但是，张晓卿及他麾下的华文报纸，不曾因新老华人代际思维方式的差异强加于人，而是主动担起"黑暗的闸门"：包括商业风险与社会风险，使新生代文学获得充分表达与发挥的机遇与空间。从"花踪文学奖"的评选，到报纸副刊编辑的选择、使用等，均见华文报纸与华文文学既不谋而合，又"各行其是"。正是新生代文学编辑张永修等人的被发掘与重用，新生代文学才得以蓬勃发展。而且，在副刊这个园地里，文学编辑、创作者与批评者，在文学精神上，或者说是在"本土化"的话语姿态方面，都是独立的主体，都充分显示出各自的文学个性。

由此，华文报纸与华文文学的共同渴望与互相需求，决定了报纸与文学二者的共谋与互动。二者间的关系，呈现着双向交互性共谋与互动：互相依赖、共求发展。20 世纪 90 年代，能够成为马华文学发展中的黄金时期——文坛的繁荣与文本的生动、深刻，也都离不开媒体与文学的合谋与互动。

二、共同的抵抗：生动与深刻的时代文学

20 世纪 90 年代，马华文坛是新秀登台表演并完成蜕变的特殊历史阶段，推动新生代作家历史出场是多种因素的综合作用，无疑与华文报纸副刊的扶持密切相关。

1. 两代华人：同中有异的文学之路

新生代作家 20 世纪 80 年代已在马华文坛崭露头角，90 年代更以一种前所未有的决绝姿态，宣告与"垄断马华文学的现实主义流派在文学史

上做了一个决裂"①。方北方是马来西亚著名华文作家，也是主要受到批评的"现实主义"作家。他1919年出生于广东惠来，1928年南渡槟城，17岁即在《光华日报》发表作品，代表作有中篇小说《娘惹与峇峇》（1954）、长篇小说《迟亮的早晨》（1957），以及由《树大根深》（1985）、《枝荣叶茂》（又名《头家门下》，1980）和《花飘果堕》（又名《五百万人五百万条心》，1994）三部长篇小说构成的《马来亚三部曲》。叶啸说："我称他为马华文学的播种人"，"代表的是马来西亚华文文学与华文教育史上一座鲜明的里程碑。"潘碧华指出："当我们读他的小说时，实际上也在读着他的生命。""电影的拍摄技巧又给予了方北方许多创作灵感，大量应用当时流行的语言和电影叙述手法于小说创作中。所以，方北方的作品风靡了20世纪60、70年代的青年文艺界是不无道理的。"《头家门下》"经拍摄成长篇电视剧播映，成为第一位将小说搬上电视节目的马华作家的作品。方北方甚至亲自将小说改编成十八集剧本，保留了小说的大部分面貌，由大马国家电视台拍摄，连映三个月"②。

　　但是，方北方有些作品，也确有"重史料"、"轻艺术"现象，导致其小说偏向于"经典文献"，而非"经典文学"。如"在《花飘果堕》一书中，他大量运用研讨会、座谈会、演讲、宣言、新闻、备忘录等有关的文本文件，成为小说的一部分，无形中消解了小说的传统叙事功能"③。因此，黄锦树对方北方小说"写作手法粗糙"的批判，也并非全无道理。但是，欠缺是欠缺，成就归成就；因为某些缺欠，全盘否定方北方的成就，进而否定几十年来马华"现实主义流派"，显然是有些武断。对此，黄锦树也十分清楚，他说："对我来说，也许也是一种必要的策略。因为我不仅想解释世界，更企图改变世界。'学术本以救偏，及其所至，偏亦随之'，这就是所谓的'矫枉过正'——不发挥十分的力道，无法打破这封闭的结构，

---

① 〔新〕何启良：《"黄锦树现象"的深层意义》，《南洋商报·人文》，1998年1月18日。
② 叶啸：《出版〈方北方全集〉的多重意义》，《方北方全集》1·小说卷1，吉隆坡：方北方全集出版工委会，马来西亚华文作家协会，2009年。
③ 同上书，第7页。

也不会有人将你谈的问题当真。"①可见，批判者的思维与话语方式，多少有些类似于 1980 年代徐敬亚的《崛起的诗群》。"文学"与"非文学"等诸多批判话语中，其实也透露出一种信息：批判者所要"矫枉"的，不仅是美学或者文学上的"主义"，更有两代人之间心灵深处的同中之异。

20 世纪 80—90 年代，受萨特存在主义哲学影响，"我是谁，我来自哪里，我要到哪里去"，曾经成为不同国家、族群、年龄的人们的共同思考。今天，沿着这条线索，我们可以发现新老作家某些"与生俱来"的同与异。

20 世纪 90 年代，老一代作家已经"由侨民归化为公民"，新生代作家则"出生即为公民"；这时的新老作家都已认同"我是马来西亚人—马来西亚华人"，但是，对"我来自哪里"的回答，新老作家不尽相同。老一代作家，多来自中国，在中国受过教育；即使身份转换之后，国与"乡"的含意，在他们的意念中也显得暧昧甚至分离：在政治层面，常常指向入籍国——经验或者经历中的"乡"；在文化、心理层面则指向"我已去"或"已去我"的实体性"故乡"；因此，他们更注重华人血脉与文脉"本体"的在地性绵延与发展。

新生代作家，是拥有居住国国籍的第三代、第四代，还有些是第五代华人。他们在居住国出生、接受教育，拥有一体化的国与"乡"：给予了他们生命、童年、亲情、事业与政治身份的国，与他们正在追寻、建构的华族文化之"乡"。在他们心目中，中国只是一个祖辈引以为傲、引以为荣的名字，存在于祖辈成长的经验与历史里。钟怡雯指出："相对于曾经在中国大陆生活过的祖父或父亲辈，马来西亚第二代、第三代华人最直接的中国经验，就是到中国大陆去旅行或探亲……他们不像出生于中国的祖先想到那块土地，这些第二代、第三代的华人，在生活习惯上已深深本土化，其实已具备多重认同的身份，他们所认同的中国，纯粹是以文化中国的形式而存在。"②他们更注重华人血脉与文脉的"在地化"绵延与发展。

---

① 林春美：《当文学碰上道德——夜访林建国、黄锦树》，《蕉风》，1998 年。
② 〔马〕钟怡雯：《从追寻到伪装——马华散文的中国图像》，陈大为、钟怡文、胡金伦主编，《赤道回声——马华文学读本》2，台北：万卷楼图书股份有限公司，2004 年，第 285 页。

20 世纪 30 年代出生于马来西亚的张晓卿，具有老一代华人的特质：深受中华文化熏陶，对中国文字、文学具有深厚感情。但是，作为资深"媒介人掌门人"，他深知马来西亚华人争取"我是马来西亚人—马来西亚华人"权力与利益的艰难，深知以文学与文化方式争取上述权利与利益时"百花齐放"与扶持新人的重要。他有自己的思维方式与美学原则，但是，并没有以自己的方式与原则，去要求与限制报纸副刊的发展，而是通过多种方式，支持各种文学、文化活动，支持老中青作家。尤其通过选择新生代张永修等出任副刊编辑，使新生代作家能够以整体的姿态登上文坛，在诗歌、散文、小说与批评等多方面大显身手，展示出巨大的群体冲击力。

2. 两代华人：异中有同的抵抗之路

20 世纪 50—80 年代，方北方等老作家开创马华文坛"现实主义流派"时，正值马来西亚族群政治形成、发展期。一方面，华人"对这里的乡土有了感情，对建国产生热切的寄望"，积极投身到"归化"的行列中；另一方面，他们要在"本土化"进程中，强调自己的"中国性"，强调他们华人血脉与文脉"本体"的在地性绵延与发展，以抵抗族群政治带来的种种压力，因此，方北方的《娘惹与峇峇》《马来亚三部曲》，韦晕的《还乡愿》《寄泊站》，云里风的《望子成龙》《相逢怨》等作品，均有着浓厚的"本体"在地绵延与发展特质。

黄锦树、黎紫书等新生代作家以群体方式走上文坛，正值马来西亚经济开放与政治上的缓和期，也是族群矛盾较少的时期。一方面，新生代作家强调自己：生在此、长在此、受教育在此，"我属于我自己的国家"，凸显作为"天生"的马来西亚人的"自在"与自豪；另一方面，他们试图在"本土化"的进程中，通过所谓的"去中国性"，强调他们华人血脉与文脉的"在地"绵延与发展，以减轻和抵抗被边缘化、被同化的压力，争取自己作为"公民"的应有权利。因而，曾几何时，一个遥远的召唤，一个美好的愿景，似乎都在"门外"招手，包括族群文学有可能进入国家文学的曙光。这种理想与愿景，生动而鲜活地表现在新生代的文学创作中。黎紫书第一部长篇小说《告别的年代》，也许就象征着告别老一代的"暧昧与分离"，满心欢喜地走向"在地"成长。在报纸副刊的策划与推动下，受到南马、北马、东马及东海岸众多作者、读者追捧的新生代文化散文，同样极具象征性：告别老一代的"隔海之望"，以"大马风情话"、"都市地志"、"文学造街"等"在地"的文学史再造，完成新生代的"在地"叙事与"在地"成长。在文学论争中，则是主动要求"澄清"马来西亚国民身份，清除自身的中国文化印记，包括与中国文学断奶等。

就文学的"流派"与"美学建构"等诸多显性层面来看，上述"告别"意味着"决裂"与"分道扬镳"；但是，在文学的背后，就文学的文化思维和文化意义而言，所谓"告别"，只是"告别"一种旧的文学抵抗："归化"公民争取"归化"后利益的文学抵抗；开启一种新的文学抵抗——"天生"公民争取"天赋"权利的文学抵抗。张光达曾将 1995 年之前的诗歌称为"前政治诗"，"基本语调是明朗浅白、好发议论、充满忧患意识"；将 1995 年之后的诗歌称为"后政治诗"，"采用戏谑嘲弄的语气，大胆揭露政治社会的黑暗面或是政策的偏差"。[①] 可见，在各种文学奖、年选、副刊占据了显赫位置的新生代诗人，不论操练的是"前政治诗"还是"后政治诗"，他们都是用汉语文字演绎着心灵的悲欢，用坚实的身影"舞蹈"出"告别"后的抵抗。

三、抵抗与妥协：艰辛与悲情的"文化表演"

当新生代作家与华文传媒互相配合，以文字"高歌""我属于我自己的国家"，"高歌"作为"天生"的马来西亚华人的"自在"与自豪之时，他们发现，这种"告别"了"旧抵抗"的"新抵抗"依然无效：新的话语姿态无效，生动与深刻的文字"舞蹈"无效；华文文学进入国家文学遥遥无期，华裔学习、就业等方面仍然受到诸多限制。一句话，"我"仍然被"自己的国家"所排斥；除非在引以为豪的"马来西亚华人"身份中去掉一个

---

① 张光达：《马华当代诗论——政治性、后现代性与文化属性》，台北：秀威资讯科技股份有限公司，2009 年。

"华"字，成为被同化的马来西亚人。困境开始困扰新生代作家的自我感觉与国家情感，他们不仅对曾经憧憬过的理想与愿景充满疑问，对汉字表达功能与叙事力度的信心也开始动摇。

族群间矛盾的缓和，更多来自经济发展的压力，来自主导方有限度的"宽容"，现有的政治、文化机制，不可能改变。现实逼迫着新生代在困境与困扰中，寻找"妥协性"的文学抵抗之路。庄华兴认为，华社应关心的不是"国家文学"概念在理论上是否成立，或存在多大的缺陷，而是如何去"导正"更多的马华作家进行华马双语创作。当然，也有人认为：双语创作是否能够使马华文学进入"国家文学"，还需要时间的检验。① 困境与疑问也使新生代作家原本较为硬朗与浪漫的文风，饱蘸了"妥协性"色彩，饱蘸了艰辛与悲情。书写马共历史曾经是马来西亚华文创作中的一大"禁忌"，20 世纪 90 年代，一批新生代作家闯进这一禁区，黎紫书的《山瘟》《夜行》，黄锦树的《鱼骸》《大卷宗》《撤退》等，从题材上来看，都与马共历史密切相关，似乎实现了题材上的重大突破。但是，细细看来，他们的作品多选用"旁观叙事"的姿态，一旦涉及到所谓"马共"形象与历史，呈现出的都是暴力化、魔幻化、情欲化的碎片；将读者与文本中的"历史"拉得更远，使已经扑朔迷离的马共"故事"更加古怪与离奇。困境与疑问，也带来了新生代文化散文浪潮的消退。20 世纪 90 年代后期，尽管《星云》策划了若干专题，如《世纪末风情》系列、"干榜风情话"系列等，但无论是作家的创作激情、作品的影响力水准，还是读者的追捧热情，都远不能与此前的"大马风情话"同日而语。

在现代传媒的推动之下，20 世纪 90 年代的马华文坛，一场接一场"气愤填膺"的"文学批判"，一个接一个轰动一时的文学话题，甚至包括一系列超大型的文学、文化活动，似乎都走向了"嘉年华"的性质。策划、组织、参与各种重要文学、文化议题与活动的华文传媒、社会团体、新老作家，包括众多的听众与读者，他们均饱含融入"国族"的强烈愿望，或

① 黄锦树不是很赞成庄华兴提出的这一思路，两人就此有过一番争论，相关文章可见庄华兴：《国家文学：宰制与回应》附录部分，雪兰莪：大将出版社，2000 年。

为华人血脉与文脉"本体"的在地性绵延与发展鼓与呼，或为华人血脉与
文脉的"在地"性绵延与发展呐与喊。即便如此，这些重要的文学与文化
议题、活动，往往还是虎头蛇尾，沦为某种意义上的"祭仪"与"表演"。
人们在激烈争论的同时，也尽情享受了论争带来的"话语快感"，宣泄着
各种压抑已久的情绪。这种"表演文化"吸引了无数的观众与眼球，但是，
却以狂欢的形式消解了严肃的内容与批判的理性。如黄锦树认为，"具祭
仪作用的表演性凌越了一切，甚至反过来使得表演性成为文化活动的内在
属性"，"如此的文化表征形态注重的其实是文化的情绪功能，但往往在效
果上也仅止于满足一时的情绪"。① 应该说，不是华人社会向往"祭仪"与
"表演"，而是，族群政治、边缘处境，以及有形与无形的外在压力，使得
华人社会的各种努力虽然热闹与精彩，却难以获得主流社会的承认与接纳；
况且，华人社会所开展的各种活动，包括文学、文化活动，都须规范在主
流社会能够容忍的话语姿态与尺度之内。

如此，也许我们可以加深对 20 世纪 90 年代马华文坛的理解：艰辛与悲
情的文学风格，是执意反抗与无奈妥协的产物；它不仅呈现在新生代文学之
中，此前，更呈现在"老生代"文学之中；而且，还会出现在将来的华文文
学中。

四、互动之后：反思

在 20 世纪 90 年代马来西亚这个特定的时空，华文报纸与华文文学的
因缘际会，实现了二者的双赢；华文报纸的形象与声誉得到提升，马华文
学走过黄金十年。如今，现实已经成为历史，但仍值得回味与反思。

首先，抵抗与妥协，对立还是统一？

何国忠指出："由于族群之间在文化层面上有许多不同点，族群标签从
来不曾淡化过。马来西亚的文化发展长期笼罩在政治的阴影下，而政策的

---

① 〔马〕黄锦树：《中国性与表演性：论马华文化与文学的限度》，《马来西亚华人研究学刊》，
1997 年第 1 期。

贯彻又被族群问题所主导，文化问题就在族群问题不能消弭下带给华人长期的负担和挑战，也使华社起了错综复杂的反应"。^① 20 世纪 80 年代以来，华人的文化抵抗从未停止，只不过，在"族群标签从来不曾淡化过"的马来西亚，华人的抵抗是以"错综复杂的反应"——以排斥与抵抗、抵抗与妥协的复杂方式呈现的。张晓卿在《星洲日报复刊有感》中说，"本报这次能够排除万难，恢复出版，本人虽然尽了一点绵力，但是当局的谅解仍是关键所在"^②。虽然，这很可能是一种以退为进的言说，是一种新的抵抗的开始，但是，其中的"谅解"之言，已经足见抵抗与妥协的复杂：抵抗需从妥协起步，抵抗需与妥协同构。换句话说，在守护、滋润华人生存之魂的"抵抗"中，抵抗是携带着妥协的抵抗，妥协则是立足于抵抗的妥协。抵抗与妥协变得"错综复杂"的原因，是意欲在"族群标签从来不曾淡化"的语境中守护、滋润华人生存之魂。因此，抵抗与妥协"错综复杂"，既对立也统一。马华新生代文学也因此而精彩与独特：排斥与抵抗，使新生代文学展现出生动与深刻；抵抗与妥协，使新生代文学"异化"为艰辛与悲情。

其次，"舞台"依旧，"抵抗"是否亦能依旧？

华文报纸与华文文学因缘际会、互动双赢的重要标志之一，是成功地推进了马华文学的新老代际交替，推进了新生代文学的整体性崛起与快速发展。新生代作家以华族文化继承者自居，但是更强调中华文化的"在地"转换，更关注中华文化的"在地"转换。因此，对于文学新生代来说，20世纪 90 年代是一个充满机遇的时代：一方面，一个理想、一个遥远的召唤、一个美好的愿景，似乎在招手，包括进入国家文学的有限乐观；另一方面，新的话语姿态——"本土化"姿态，换不来期盼中的国家认可，效忠与待遇的不对等，"热脸与冷屁股"的对比，"我被我自己的国家排斥"的无限失望，互相纠缠，使得新生代的文学"抵抗"生动而深刻，并且淋漓尽致地展现在华文报纸提供的"舞台"上。

随着时间的推移，新生代中的 70 后作家正在走向"舞台"中央；然

---

① 〔新〕何启良：《"黄锦树现象"的深层意义》，《南洋商报·人文》，1998 年 1 月 18 日。
② 〔马〕张晓卿：《让我们开始新的长征——星洲日报复刊有感》，《星洲日报》，1988 年 4 月 8 日。

而，"舞台"依旧，"抵抗"却逐渐趋少。70 后作家似乎更愿意将中国文学影响视为一种与文学本体相关而超越了文化共同体的资源，不少作家的作品离"现实"越来越远，只有黎紫书、贺淑芳、曾翎龙的部分作品流露出"抵抗"意识。这样的发展趋势，使得人们不禁担忧："舞台"依旧，"抵抗"是否还能依旧？文学与报纸的共谋、互动是否已经成为历史，难以复制与重现？

　　这个问题虽然超出了本文的讨论范畴，但值得进一步观察与研究。

马华文学知识谱系及其跨界建构

龙扬志

由于历史、地缘、语言、文化和身份关切等诸多因素综合作用，马华文学研究在地域上基本可以分为三个区间：分别由马来西亚（马来亚）本土研究队伍、中国台湾（少数香港）学者、中国大陆的海外／世界华文文学研究群体承担，[①] 不过在共时性维度上存在前期展开的差异。马华文学知识谱系与马华文学自身的立体展开一样，是一幅区隔鲜明、众声喧哗的学术图景。

一、马华文学研究的本土谱系

从具体存在形式来看，马华文学研究的知识谱系无疑是一个包括文学评论、文学批评、文学理论和文学史等在内组建的综合系统，受 20 世纪八九十年代文学研究生产的报刊环境制约，文学批评构成了知识谱系中最为突出的部分。虽然文学批评介入程度不一，但是已经走出批评阙如的困

---

① 这只是一个大致的划分，除上述三大区间之外，新加坡和日本等国家也有不少人在从事马华文学研究。新加坡以苗秀（1920—1980）、方修（1921—2008）、杨松年、吴耀宗等为代表。日本设立了专门的南洋华文学会，有山本哲也、小木裕文、樱井明治、今富正巳（1986 年 6 月号《蕉风》第 392 期刊登了关于他对马华文学看法的访谈）、舛谷锐、荒井茂夫等学者。相关研究资料可参王炎《马华文学与日本学者》一文，载《星洲日报》"星云"，1992 年 5 月 16 日，第 5 版。

境。80 年代批评文章的焦虑可以视为研究的焦虑，对专业读者的期待，与其说是刊物提升文学平台声誉的迫切诉求，不如说批评本身象征了马华文学研究的具体展开，即使是印象式的片言只语或新批评式的内容解剖，仍然能起到倡导阅读的作用。

20 世纪 90 年代的马华文坛代表了马华文学史上一个难再现的黄金时代。这时"新经济政策"已经告一段落，马来人的利益得到额外弥补，除政治绝对优势之外，经济也逐渐具备与华人并驾齐驱、分庭抗礼的实力，华巫之间的种族矛盾多少有所缓和；而 1989 年马共问题的和平解决，推动了与中国大陆关系的正常化，有望在 90 年代塑造中马关系的新篇章；在另一波现代化蓝图"2020 远景"的渲染下，民族同化政策有意识地让位于多元民族的团结共存，或者说以更柔和的说服去替代施行了几十年的威权主义压制，因此华族教育、文化自主选择权从纲领文件中得到部分体现，旨在使华人对马来西亚社会重拾信心，充分凝聚华人力量。总体缓和的社会局面起到了良好的效果，华人也以实践行动给予回报，这体现在 1995 年选举对执政党的大力支持，"华人选民降低了过去的抗议意志，而走上政治顺从的阶段"①，少数族裔文化发展迎来了相对宽松的环境，受此外部环境改善影响，华文文学创作逐渐从各种政治文化禁忌中获得解脱，报纸副刊的推动特别是《星洲日报》"花踪"文学奖形成的巨大激励作用，促使华文文学的规模效应向社会扩散。

20 世纪 90 年代，马华文坛以两年一度的"花踪"文学奖颁奖典礼为舞台，期间穿插大大小小的文学论争，上演了马华文学史上一场阵容豪华、高潮迭起的文学大戏。从中获益的不仅是六字辈、七字辈这批新生代作家，虽然他们在以后的文学史书写中注定会成为令人津津乐道的干将和主角，在"暴得大名"的背后，是由他们引发的文学议题推动了思辨气质的培养，这一点也促使文学批评加速走出一团和气的平庸局面。

---

① 潘永强：《抗议与顺从：马哈迪时代的马来西亚华人政治》，《百年回眸：马华社会与政治》，何国忠，吉隆坡：华社研究中心出版，2005 年，第 221 页。

可以说，90 年代成为重塑马华文学创作、研究、接受的关键历史阶段，直接提升了马华文学在东南亚华文文学圈的地位，加速积累了与世界华文文学平等对话的资本。

马华文学创作和研究代际更替的背后，离不开华文学界学术水准的整体提高，更加深远的背景，是世界范畴内的现代性浪潮以及随之而来的后现代转向。在大马本土学者中，以陈强华、许文荣、张光达、庄华兴、林春美、刘育龙、李天葆、夏绍华、辛金顺、安焕然等为中坚的中青年学者成长迅速，成为整个马华文学研究领域一支重要的学术队伍，他们思考并创立了从马华文坛、学院空间眺望马华文学的学术研究思路，以及立足本土的处境如何与世界理论资源交互的实践尝试过程。这种理论的自觉之所以具有知识谱系建构的价值，乃是跳出地理与文化空间限制的意识，有助于从更加广阔的世界视野审视马来西亚的问题，其参考价值自然超越面对具体文本和个案发声的读后感式文字。随着 20 世纪 90 年代以来学院空间的拓展，学术刊物的不断增加，加上大陆学术成果发表平台的开放，推动了更多本土学者的成果顺利发表，至少在篇幅上可以大大摆脱报纸副刊的严重约束，虽然副刊在建构马华文学理论空间方面扮演着无可替代的作用。

张锦忠在回应"批评的匮乏"时指出，20 世纪 90 年代马华文学面临的问题不是批评欠缺，而是学术及其发展、培育空间的不完善。在他看来，观点的推销对于马华文学来说作用并不关键，他隐约觉察到谱系化的知识比起零碎的思想更为重要，知识构成深入思潮产生的历史与文化背景的前提，知识谱系化过程必须通过学术空间展开。[1]进入 21 世纪，由学院、学报、副刊、社团、网络构成的学术空间初步建立，对马华文学研究脱离报纸副刊的严重宰制，并逐渐提升与旅台、大陆学者平等对话的份量，具有决定性意义。

---

① 张锦忠:《文学批评因缘，或往事追忆录》,《蕉风》,1998 年，第 16 页。

二、马华在台：边陲诗学的意义

从马来西亚离散到中国台湾，马华文学在异域文化空间以富于异国风情的展示顺利实现了对母语文学读者的征服，又在文学自足性方面为母土慷慨回馈其新质，简言之，这种新质是马华文学的传统种子与表征现代性的中文／"国语"文化土壤相遇结出的诱惑之花。对于马华文学来说，跨界旅行产生的离散文学成为改造本土马华文学的外在推力，虽然推力在真正发挥作用时充斥着不愉快的过程；从台湾文学本位出发，"在台马华文学"的华丽存在得益于台湾文学／文化土壤，由此开掘出本土文学与"他者"颉颃对话的课题，作为规模与身份双重维度的"少数文学"，"在台马华文学"始终只是一种边缘文学。文学的双重边缘逐渐扩张到主体的双重边缘，既有在台文学主体发声的策略与姿态因素，"不在场"造成的文化误读与"烧芭"式的批评话语，加深了本土学者与旅台学者之间的志趣隔膜，地理空间的离散演变为思想和情感的疏离，也有居台主体在台湾学界的边缘性处境，或者还有马华文学研究在这些居台学者研究范畴中仅仅成为学术关切对象的一维。"在台马华文学"边缘性及其实践主体的边缘性局面势将持续，主体的边缘化将在多大程度影响马华文学及其研究状况仍有待观察，但20世纪90年代他们是促使马华文学产生裂变的直接因素。

"在台马华文学"研究群体比起创作人来说规模小得多，目前活跃的新生代学者主要有黄锦树、陈大为、钟怡雯、辛金顺、高嘉谦、胡金伦等，年长一点的是李有成、张锦忠，第一代则算林绿、陈慧桦（陈鹏翔）、王润华等人。陈慧桦《写实兼写意——马新留台作家初论》一文提到留台作家的产生背景及其规模，"自50年代中期开始有美援以来，政府即在台大和师大等校园建立侨生宿舍，逐渐大量吸引东南亚的华侨（裔）中学生回台升学，这三十年来，新马地区赴台深造回来的大专毕业生少说也有两万以上，在这当中，够得上冠以作家之名的当在二十位之谱"①。在五字辈、六字辈旅台作家与批评家自觉介入马华文学批评之前，早期留台马华作家并未从他者视域审视马华文学，陈慧桦是"在台马华文学"研究的前行者。曾任《蕉风》和《学生周报》编辑、组建犀牛出版社的李有成（当时用名为李苍），尽管后来以英美文学为志业而很少直接介入马华文学研究，但也关注马华作家的创作，陆续写过一些评论文章在台湾发表。

"在台马华文学"研究是一个动态变化的过程，除大马旅台学者之外，还有李瑞腾、杨宗翰、郑明娳、杨锦郁、徐淑卿等少数台湾本土学者，由台湾移居海外的学者则有王德威、史书美等人。由于在台马华文学研究主体的双重身份，自 20 世纪 90 年代始，其学术谱系在与大马文坛对话的过程中逐渐建构，并形成明显的议题性。

早期的学术研究论文大致围绕马华文学身份讨论立意。黄锦树、张锦忠不约而同视马华文学为彼此志同道合的"共图"②，三人在这种使命感召唤下尝试"重写马华文学史"，庶几构成 20 世纪 90 年代"在台马华文学"一大学术景观。他们当时的共同出发点是，作为一个内涵暧昧的称谓，"马

---

① 陈慧桦：《写实兼写意——马新留台作家初论》（上），《蕉风》，第 419 期，1988 年 10 月，第 3 页。有关大马华人子弟留学台湾的历史细节，已有不同版本，近来曝出"副总统"萧万长是幕后推手，聊备一说："留台联总在文告中说，萧万长早在 1960 年代就对马来西亚担任副领事一职。在职期间除了与马来西亚官方紧密互动外，与当年华教领导人，如已故沈慕羽的关系亦甚密切。当年由于主客观因素，华裔子弟升大学的管道及选择极为受限，为了解决华裔子弟升大学受限的问题，萧万长与时任教育部长的佐哈励陈情斡旋。为了促成赴台升学的神圣使命与任务，根据萧万长的现身说法，他采取的是软实力的策略，以柔性的诉求方式，在耳提面命的说服下，终于取得佐哈励的认同，向时任首相东姑阿都拉曼请求核准，从此即掀开了往后留台之路的历史序幕。"参《留台联总：大马学生能赴台深造，萧万长是重要推手》，《星洲日报》，2011 年 3 月 18 日。关于其历史发生，黄锦树的阐释比较"刻薄"："小朝廷（按，指台湾）的耻辱、国土争夺上的失利、战争的挫败使得老旧的国家机器在一定程度上放宽了对'国民'的想象，有限度地放弃出生地主义，同时有限度地采纳血缘主义。当国家机器把自己设定在永远处于备战状态之中的'第三次革命'，具唐人血统的'海外华人'们在他们的视域里也就被还原为未来式的历史人物，被召唤为'革命之母'的后裔。'侨生'就是这种特殊历史情境下的产物。"载黄锦树《马华文学与中国性》，台北：元尊文化企业股份有限公司，1998 年，第 31 页。

② 关于"共图"一词，灵感来源于利维斯（F. R. Leavis）的书名，解释参见张锦忠《中外文学》2000 年"马华文学专号"之编辑前言。张锦忠：《编辑前言：烈火莫熄》，《中外文学》，第 29 卷第 4 期，台湾大学外文系，2000 年 9 月，第 6 页。

华文学"从属于中国文学海外分支的思维定势，严重地简化了语言、文化与生存的深刻纠缠，史料绵延和政治变迁混淆了文学的在地演变，也不利于国家文学合法性地位的争取。张锦忠《马华文学：离心与隐匿的书写人》从马华文学定义、地位、困境再阐释入手，认为马华文学被官方放逐于国家文化体系，意在迫使华族逐步无条件融汇入以马来文化为核心的马来西亚文化，而马华族群一旦无法保持自身文化属性，必然导致身份不明，因此，"马华作家应书写自己的文学史。否则，由于自我与他者之间关系暧昧，缺乏辩证与对话，马华作家仍是离心的隐匿书写人，甚至成为'他者中的他者'"。[1] 林建国的《为什么马华文学？》被黄锦树视为"在台马华文学论述"的起点，[2] 重新返回支撑马华文学为中国文学支流的历史场景，通过知识考古的方式梳理了马华左翼文学的传统，使"马华文学"获得与中国新文学不同的内涵，"马华文学"源于早期马华作者对历史位置的解释，因此是马来亚部分人民记忆的具体呈现。[3] 马华文学的内涵与马来西亚历史变化紧密关联，其呈现的人民记忆与殖民地统治者的对抗，在马来西亚独立特别是1969年种族冲突之后，则变成了人民记忆与官方记忆的对抗。需要马华权益损害者从意识形态层面给出正当性解释，同时承担马华文学面向异质性空间对话和认识的责任。

　　黄锦树早期关于马华文学命题的思考，提出了马华文学扩张到华人文学的观点。通过定义延展，容纳1919年以前的"旧文学"和被同化的峇峇文学，[4] 这样，马华文学趋于本质主义的概念被解构。如果超越语种的限制，马华文学同时容纳了马华马来语文学、马华英文文学或马华淡米尔文学，虽然淡米尔文学未必有数量上的规模效应，但是不能排除在外，而马华马来语文学因为国中教育体系的强势作用，将来有可能在规模上超越华

---

① 张锦忠：《马华文学：离心与隐匿的书写人》，《中外文学》，1991年，第35页。
② 参见黄锦树：《绪论：在马华文学的边界》，载氏著《马华文学：内在中国·语言·文学史》，1996年，第5页。
③ 林建国：《为什么马华文学？》，《中外文学》，1993年，第89—126页。
④ 峇峇，即华人男性与马来女性生下的男性后代，如是女性后代则称之为"娘惹"。受早期启蒙教育影响，混血后代通常在母语语言技能方面衰退比较明显。

文文学。他的结论是马华文学史应当"重修"，以便和大马华人史相契合，甚至希望将来有人抛开种族藩篱，写一部多元色彩的马来西亚文学史。[①]林建国认为黄氏的"更改"具有深层的政治意涵，"宣示马华文学从此成为中国文学诠释视野不能抓捕的他者，宣示马华文学源于大马历史，属于大马文学"，更重要的是，在马来西亚政治诠释视野中有着打破官方的血缘中心论、免受意识形态国家机器收编、分裂和操纵的意涵。

　　张锦忠、林建国、黄锦树三人在 20 世纪 90 年代早期的论述对于马来西亚本土作家重新思考马华文学起到了很大的冲击作用。张锦忠和黄锦树由此出发，在相关问题的思考上比林建国走得更远，张氏近期结集出版的《马来西亚华语语系文学》(2011)，则是从语言书写体系角度做的进一步思考。黄锦树围绕文学语言构成的主题进行探讨，旨在解决马华文学文学性根基的薄弱，以此提醒人们对长期困扰马华文学经典打造的关注，这些思考成果在 1996 年结集为《马华文学：内在中国、语言与文学史》，后出的另一本文集《马华文学与中国性》则重点讨论马华文学与中国性的关系。[②]正如林建国所说，收纳在《马华文学与中国性》里的文章让"中文"成为一出既个人又集体的事件。其中对方北方现实主义小说艺术局限的分析，旨在论证马华文学视为主流的现实主义传统其实并非真正文学意义上的现实主义，只是观念的投射和仿写，不过在行文过程中过于情绪化的批判，也令人觉得无法接受，引起另外一场关于文学与道义的争论。

　　旅台学者成为马华文学的一个苛刻同行，对于文学本身发展而言未尝是一件坏事。建构在台的离散叙述谱系，既是旅台学者一个极具生命相关性的学术内容，也能让人感觉身份的焦虑。陈大为与钟怡雯主要从文学史角度体现重写马华文学史的构想，两人主先后编选了《马华当代诗选(1990—1994)》(1995)、《马华当代散文选 (1990—1994)》(1996)、《赤道

---

① 黄锦树：《"马华文学" 全称：初论马来西亚的"华人文学"与"华文文学"》，初刊于《新潮》第 49 期，后改名《初论马来西亚的华文文学与华人文学——"马华文学"全称之商榷》，连刊于《星洲日报》"文艺春秋"，1991 年 1 月 19 日第 2 版，1 月 22 日第 6 版。

② 其中《华文 / 中文："失语的南方"与语言再造》一文从前书《马华文学：内在中国、语言与文学史》中选出。

形声：马华文学读本 I》（2000）、《赤道回声：马华文学读本 II》（2004）、《马华散文史读本（1957—2007）》（2007）、《马华新诗史读本（1957—2007）》（2010）等，对于长期游离于国家资助体系之外的马华文学来说，通过文本筛选的文学史料建构显然更能起到直接有效的经典化作用。

双重主体变成双重客体，看与被看是一枚硬币的两面，身份的暧昧由此产生。双重边隅化的优势在于理论与境况的融汇，用台湾这个"第一世界"的工具解决"第三世界"的问题。张光达在接受《蕉风》编辑访谈时极力肯定旅台学者对国内文学的推动作用，但他也说："我们不要忘了，这些留台的作者，因为他们的身份背景、他们求学的社会环境，他们的观点角度不一样，他们看马华文学也不一样，因为他们是站在留台的角度来写。这一句话并不是有什么贬意，而是他们所占置的历史时空、地理位置跟我们在本地的人不一样。我可以肯定我所写的马华文学史跟……比如说黄锦树，所写的马华文学史不会是完全一样的，当然完全一样是不可思议的：可能我们认为代表性的人物很接近，可是彼此的文学观念和对文学史流变的相关看法可能很远。"①

陈大为说在"台马华文学"形同一支驻外兵团的"旅台文学"，是一支让西马文坛产生敌意的队伍。② 不过，"敌意"如果仅理解为某种忌妒的心理，在旁观者眼里还是有点自我膨胀的嫌疑，"敌意"内涵的感知对当事人而言不至于太复杂。与创作和获奖的沉默宣告相比，立论的锋芒和改造文坛的迫切，形诸文字则不免略带侵略性和攻击性，当言说意图过于看重策略设计的作用时，流露出一种"挟洋自重"的傲慢或许情不自禁，久而久之，话语表演压倒阐释对象和内容，未免不是一重悲哀。

三、大陆世界华文文学学科与马华文学视野

马华文学作为世界华文文学研究的重要对象，与台湾相比，大陆明显

---

① 林春美：《在文学的灰色地带——访张光达与刘育龙》，《蕉风》，1998 年，第 9 页。

② 陈大为：《序：鼎立》，《赤道回声：马华文学读本》，台北：万卷楼，2004 年版，页 V。

起步较晚。虽然作为学科的世界华文文学起步于 20 世纪 70 年代末，但是当时主要限于台港文学，直到 1986 年 "第三届全国台港与海外华文文学学术讨论会" 才有人谈到马华文学，并提交了 2 篇论文。① 钦鸿在 90 年代前期 "略谈" 中国大陆对马华文学研究的一篇文章中说还处于 "比较低级" 的阶段②，这是比较客观的判断。中国大陆对马华文学研究的逐步展开依赖于 80 年代末马来西亚国内格局缓和与 90 年代中马国际关系改善的总体政治背景。

20 世纪 80 年代介入马华文学研究和批评领域并与马来西亚相关文学机构互动的大陆学者，笔者目前所见马来西亚报刊的资料是暨南大学潘亚暾 1989 年响应《蕉风》编者有关评论文章匮乏的短文，作者粗略分析了评论文字之所以少有问津者的普遍症结，也提供了振兴评论的一些具体对策。③ 正如成为马华旅台学者陈大为挖苦的对象一样，潘亚暾是大陆世华文学研究前行者中一个颇具代表性的有趣个案。潘亚暾之所以能走到大陆学人从事马华文学研究的第一阵列，得益于家庭的华侨背景，这是早期其他

---

① 提交的两篇论文篇目为王君哲《马华文学沧桑》和马阳《方北方论》，见 "第三届全国台港与海外华文文学学术讨论会论文目录"，《台湾香港与海外华文文学论文选——第三届全国台湾（按，应为 "港"）与海外华文文学学术讨论会》，福州：海峡文艺出版社，1988 年版，第 420 页。陈大为指出 "王君哲" 应是 "李君哲" 之误："原书写作王君哲，应该是李君哲，另有笔名萧村，为新马归侨，后来陆续以李君哲（或笔名萧村）发表了多篇马新文学的评论文章。" 见氏著《思考的圆周率》，33 页《注 36》。根据讨论会综述，印度尼西亚作家黄东平在发言中介绍了马华文学和印度尼西亚华文文学，"在艰苦的磨难中的挣扎，屡伏屡起，终于打开了一些局面（《台湾香港与海外华文文学论文选》，第 411 页）"。不过 "限于篇幅"，他的发言记录未收入集中。至于王君哲《马华文学沧桑》和马阳《方北方论》未收的原因，可能是 "文章未及在会上散发"，也可能 "由于篇幅过长"。见《后记》，《台湾香港与海外华文文学论文选》，第 421 页。

② 钦鸿：《略谈中国大陆对马华文学的研究》，《台港与海外华文文学评论和研究》，1993 年第 2 期，第 42—45 页。按，此文后来亦刊《蕉风》460 期，1994 年 5 月号。

③ 潘亚暾：《关于 "评论匮乏" 之我见》，《蕉风》1989 年 2 月号，第 423 期，第 3 页。按，这篇短文应该不是潘亚暾评论马华文学的最早文字，稍后发表的一篇文章开头则说："近二三年来，我有机会拜读了四五十位新马作家作品，有的还读了其全部著作……" 见《蕉风》1989 年 7 月号，第 27 页。云里风在潘亚暾论文集《后来居上》序言中说潘自 1984 年起即为马华文学作品撰写评介（《后来居上》，马来西亚新山：彩虹出版有限公司，1998 年版，页Ⅴ）。笔者专门就此事咨询寓居暨南大学的潘亚暾先生，惟老人记忆模糊，无法提供确切情况，故详情尚待查实。

从事海外华文文学研究的学者很难具备的条件。黄锦树、陈大为等马华学者批评中国大陆对马华文学的研究落后，讥讽潘亚暾、王振科、陈贤茂等老一代学者总是凭借手头一点马华作家"朝贡"的数据，写一点吹捧的文章，[①] 如果他们的指摘大体符合事实，就恰恰忽略了最为关键的外部历史制约背景，这远非数人之力、数日之功即可得到根本改观。

　　20 世纪 90 年代前期马来西亚华文报刊如《蕉风》《星洲日报》《南洋商报》等陆续可见宋永毅、王振科、萧村、钦鸿、邵德怀、吴奕锜、彭志恒、饶芃子、黄万华、岳玉杰、朱立立等学者的文章揭载。[②] 需要指出的是，除了与人脉资源密切相关的数据"受贡"之外，支撑 90 年代逐渐步入正轨的马华文学研究史料基础，大致限于定期出版的《南洋商报》《星洲日报》两种华文报纸，另加部分获得相关机构、会馆、社团资助的作家华文作品集，像重要的纯文学刊物《蕉风》基本上也是以赠阅为主，因此有效数据采集这一外部条件规定了 90 年代之后的大陆马华文学研究主要集中在"两报一

----

① 20 世纪 90 年代初较早对大陆批评家表达不满的有马来亚大学工程系骆耀庭："至于远居中国大陆的评者，时有评论马华作品。然而，论者每多缺乏洞见，不只无力为作品披沙拣金，而且本末倒置，把平庸的赞成不朽之作。究其原因，无非是评者不谙文学理论，且昧于文学的流变。"见骆耀庭《请问你的手表几点了——回顾一九九一年马华文评》，《星洲日报》"文艺春秋"，1991 年 12 月 31 日，第 10 版。黄锦树在 1997 年 11 月参加"马华文学国际学术研讨会"之后，与林建国一起接受林春美访问时重申了对中国学者的"敌意"："对中国学者的敌意，我并不否认。首先是对他们的胡乱吹捧十分反感，早就想撰文加以抨击，只是觉得那太浪费时间，根本不值得。这些研究者基础文学训练都十分有问题，骗不了行家。那样的胡乱瞎扯，中学生也写得比他们好——只要读一两本《文学概论》《美学概论》。这和把高明理论套用于平庸作品一样，都是有害，而且不道德的。他们的官方作业，传达出的整体讯息是：马华文学的困境是合理的，因为它所造成的产品是优越的。不懂文学就不要勉强，从潘亚暾、王振科、陈贤茂以降，大都不可原谅。我敢这样说，是因为我经常在读现代文学领域里大陆第一流的人才（如汪晖、李陀、黄子平、陈平原、张旭东等人）的论文，真是天壤之别！"参《当文学碰上道德——夜访林建国、黄锦树》，《蕉风》482 期，1998 年 1、2 月号，第 9 页。

② 大陆学者的海外发表或许是一个值得探讨的现象，除市场经济转型时期知识分子经济考虑的务实因素以外（包括国内发表之后再到国外重复发表的现象），能否获得海外作家尤其是海外华文报刊的认可，可能是海外华文文学研究面临认同焦虑的直接反应。当然，国内学术期刊毫无疑问充当了相关研究成果更为普遍、有效、权威的发表平台。特别是 90 年代中期以后大陆学界对学术精神特别是学术范式的讨论和强调，马华文学研究亦经历个案与印象评论到学院研究的艰难转型，而 90 年代仓促编著出版的几种海外华文文学史，大体属于此种过渡时期的产品。

刊"（受限于大陆研究机构和院校图书馆报刊订阅，其实绝大部分研究者并无条件使用"两报一刊"），时间上又大体契合了马华新生代作家群体在 90 年代马华文坛的强势崛起，其后果便是学术资源过度集中于"当代马华文学"领域，如果马华文学是一种主业意义上的工作，意味着学者就此陷入挖掘文学新人、描述当下文学现象、套搬西方阐释模式之类永无止境的琐碎事务之中，完全替代了马华文学史问题的认真梳理。

筛掉作者先入为主的意识形态成分，笔者认同陈大为对现有海外华文文学史框架下马华文学史编撰的批评，[①] 问题的关键正如大陆学者刘小新所言，不仅缺少支撑一部海外华文文学史写作的史料准备，而且也尚未找到建构文学史演绎的内在逻辑规律。[②] 对于中国学者来说，我们是否急切需要一部海外华文文学史或到底需要一部怎样的文学史，可能还是一个悬而未决的问题。即便出于教学的便利，也未必需要向学生提供一份蜻蜓点水、泛泛而论又以权威知识面目呈现的全球华文文学清单（遴选出几个有代表性的地区或国家做重点专题讲授，效果可能更好），因此，如何深刻理解、消化西方史学的叙述观念，对于有志于编撰一部海外华文文学史的学者来说，文学史细节及其结构可能需要更多借鉴中国现当代文学的处理经验，然后再分别展开类似于剑桥系列史的研究——这似乎不是某种级别的课题所能承担的任务。只要真正深入马华文学历史场景，仅仅一部马华文学史的难度就是可以想见

---

① 陈大为认为公仲和陈贤茂的海外华文文学史由于在第一手资料搜集上的"高度被动性"和"严重作协化"现象，造成论述和评价上的落后与偏差。陈大为：《思考的圆周率——马华文学的板块与空间书写》，马来西亚：大将出版社，2006 年版，第 42 页。此部分亦以《接受与诠释——中国学界的马华文学论述（1987—2004）》为题载于《世界华文文学研究》第 2 辑，北京：新星出版社，2005 年，240—258 页。后附陈贤茂"反批评"的响应，其中一段话颇有意味："平心而论，新世代作家群是很有才气的，可惜他们过于急功近利，急于在文坛上树立自己的权威，急于在文学史上奠定自己的地位，因而试图通过打击老一辈作家、否定过去的历史来达到自己的目的，这是不足取的。在新世代作家群还没有出生的时候，方北方等老一辈作家已经为马华文坛奉献了一大批作品。他们的创作，代表了当时马华文学的最高成就，这就是历史。即使新世代作家群的成就已超过了这些前辈作家，但也不能因此否定他们在文学史上所曾经作出的贡献。"陈贤茂：《就〈接受与诠释〉的一封信》，《世界华文文学研究》第 2 辑，第 260 页。
② 刘小新：《海外华文文学研究的几个问题》《新视野、新开拓：第十二届世界华文文学国际学术研讨会论文集》，陆士清主编，上海：复旦大学出版社，2002 年，第 101 页。

的。方修之后，马华文坛对于文学史的焦虑早已呈现，且不说重写马华文学史的呼声在旅台新生代学者那里激荡了多少回合，本土学者刘育龙、许文荣等翘首期待资深学者陈鹏翔承担马华文学史撰写的梦想，估计随1999年《马来西亚华史新编》选载《独立后华文文学》面世而遭遇破灭。①

黄万华介入马华文学研究约始于20世纪90年代初，所著《新马百年华文小说史》分为三编（1919—1960；1960—1980；1980—1998）22章，根据编年方式展开，从全书小说引征篇目来看，史料搜集的工作已经做得足够好。但是以三大编之间的年代划分来看，著者并未专门就此加以充分论证，比如将第三编命名为"双重传统与经典建构的艰难实践"，多少显得有些牵强，也不尽合新马华文文学自身的历史事实。造成《新马百年华文小说史》整齐划一、观念先行的最大困难，还是来自于不同信息空间的区隔局限，未能完全跳出文学鉴赏／审美研究的窠臼，至少在更能体现马华文学文化背景的报纸及其副刊查阅方面，著作当时可能受制于客观条件，做得不够。尽管如此，《新马百年华文小说史》仍然是一项值得尊敬的马华文学研究成果。② 可以想象，与文学史特色的宏大叙事相比，强调区域特色、立足于现象分析的研究更容易深掘对马华文学的理解。

苏菲《战后二十年马华小说研究》应当算一个特别的例子，但是其研究也仅仅是在和"惨不忍睹"的研究对比之下而获得的认可。③ 整体来讲，

① 陈鹏翔对战后马华文学的论述起止于20世纪50—80年代。总的来说，陈鹏翔的文学史叙述给人的感觉是"太入戏"，有不少文字直接谈到自己与马华文学的关联，此外，语言的口语化也较为严重。载于《马来西亚华史新编》（第三册），林水檺、何启良、何国忠、赖观福编，马来西亚中华大会堂总会，1998年版，第263—345页。

② 从贯穿"百年"（其实是80年）的新马小说叙述线索即可看出著者对不同年代的文学事实有相对完整的了解，而以编年讲述的马华文学论著，郭惠芬的《战前马华新诗的承传与流变》（云南人民出版社，2004年版）算一个相近的参照，不过郭著是作者在新加坡国立大学中文系攻读博士学位的毕业论文，因此不能算发生于中国大陆学术语境的研究成果。

③ 黄锦树在一篇文章中随便谈到大陆马华文学研究时提到苏菲这一研究："目前大陆的马华文学研究除了苏菲的《战后二十年马华小说研究》之外，几乎都惨不忍睹，和他们自己的现代文学研究水平简直没得比，至少我看了会忍不住发出'啊，这就是大陆的马华文学研究呀！惨！惨！惨！！！'，可是他们却颇获大马作家的认同。"黄锦树：《诗选、人选与误导性——回应叶啸》，《南洋商报》"南洋文艺"，1997年4月30日。

大陆学者的马华文学研究是在进入 21 世纪之后才逐渐改变面貌，如朱崇科围绕本土性议题出版的两本专著《本土性的纠葛——边缘放逐·"南洋"虚构·本土迷思》(2004)、《考古文学"南洋"——新马华文文学与本土性》(2008)，本土/本土性/本土化可以说一直在马华文学论域中扮演重要的角色，甚至成为贯穿历次重大话题论争的关键语词，通过史料梳理和理论阐释，本土性包含的不同投射层次和文化层次亦得以清晰描绘。作者表达了对宏大叙事的警惕和个案研究的认同理由，[①] 到底是为自己著作最终呈现出来的面目辩护还是一开始就确定了此种"多元并陈"的操作方式，则不得而知。"考古"是一种具有隐喻意味的行为，不难理解语词所预设的某种学术体系的正当性，而它们如何从个案或现象的诠释中取得主体意向性归旨，与其说是"文学南洋"这一话语及其历史发生、重构过程给我们带来的启示，不如说是朱崇科的主体性留给我们的思考。

　　与朱崇科的"南洋"论题相似，王列耀的《隔海之望：东南亚华人文学中的"望"与"乡"》(2005) 关注区域也超越了马来西亚，作者旨在探讨东南亚华人文学的发生学主题、结构以及蕴含其中的集体文化心理。王列耀指出，"身份转型"深刻地影响了东南亚华人文学的面貌：由于作家身份意识在转换中的复杂、模糊、矛盾——国籍属于东南亚，精神属于"文化中国"，华人文学表现出鲜明的过渡性，即创作主体对身份意识的思考由被动逐步转向主动，个体性思考逐步转向整体性。但是，无论国籍如何重塑个体的公民身份归属，东南亚华人（土生华人、华侨、华人、华裔）对自身的华人血统和传统的心理认同并未发生某种断裂性的剧变。类似的遭遇形塑了东南亚华人的"想象共同体"，此为隔海望"乡"形成的文化人类学内驱力。而且，"望"既是表达集体无意识的自主文学实践，又是自我文化身份重构的一种文学想象。[②] 在表述族群的本土化课题方面，马来西亚与其他国家的情况并不完全相同，一方面，马华族群已经在政治身份

---

① 朱崇科：《考古文学"南洋"——新马华文文学与本土性》，上海：三联书店，2008 年，第 10 页。

② 王列耀：《隔海之望：东南亚华人文学中的"望"与"乡"》，第 7—8 页。

和情感归属方面完成了马来西亚国家认同，与马来族、印度族等"非我族"基本和平共处，不强求彼此理解，却也能获得相互谅解；另一方面，华人在语言、文化等思想层面保持着自身的传统，在种族同化的"新经济政策"所向披靡之际亦能绵延、光大中华文化薪火，如何在不同族裔之间实现文化身份的理解，或在国家文化政策和法律框架内维护自身权益，就成为一个切实的问题。

除上述几部具有代表意义的学术专书之外，21世纪大陆学者对马华文学的研究成果至少在数量上颇为可观，与90年代相对照，马华新生代文学已经替代"作协派"（陈大为语）成为重要研究内容，成果仍以散篇论文为主。①总体来说，有关文化、身份、族裔、跨界等视角的使用，推动了海外华文文学研究范式的多方面探索。

四、"去种族"与"去冷战"：马华文学作为方法

对比上述三个地理文化空间的马华文学研究，可以看到一个相对清晰的印象：马来西亚本土学者关注的重心不在于文学的内部，即所谓的文学性问题，他们更加注重马华文学文化属性的外部研究；中国台湾（包括马华旅台）学者善于借用西方理论框架进行深层结构探讨，这在20世纪90年代推动研究学院化转型意义深远；大陆学者主要从作家作品入手，作品分析、解读的特征相对比较明显，部分学术视野相对宽阔的学者则参照西方理论或西方影响下的台湾学者思路，不过真正富于理论启发意义的研究尚有欠缺。

三种不同研究立场呈现了文化、文学的跨界图景，由于其着眼点差异，

---

① 刘小新研究马华文学的论文结集收入2011年出版的《华文文学与文化政治》一书，不过与其他研究内容混杂在一起，名义上以"文化政治"统摄，其实并没有整体展开的体系。有关新生代文学研究状况，张琴凤在《马华"新生代"创作研究述评》中有较为详细的评述，载《海南师范大学学报》，2007年第3期，第91—95页。不过正如作者所说，考察主要集中于中国大陆学术期刊，没有纳入极为重要的台湾视野，马来西亚本土学术维度的缺失，则成为最大的盲点。

所表达的学术诉求不尽相同。马华文学研究的主体无疑需要马来西亚本土学者来承担，这一点无须置疑，不论是从知识经验、社会理解还是学术立场和价值观的角度，本土所能提供的远远超越了文学的局限，马华文学也远非身份、文化、文学性等这些行时的话题所能涵括。通过最近 10 年的努力，特别是随着中马两国在高等教育合作领域的拓展和深化，越来越多的华裔学生选择大陆高校作为攻读本科、硕博研究生学历的目的地，学术深造管道的多元化对于打破旅台学者形成的近亲繁殖局面无疑有着积极的意义，至少学院体系的马华文学研究可以进一步摆脱旅台学者塑造的阐释模式，消解依附于知识、身份优越感背后的文化霸权。

在文学的维度之外，我们又能看出一些已趋凝结的问题，左右着不同区间分析问题的方式。它们潜藏在研究者的思想意识中，形构了学术观念的阐发思路及形式。从种族意识来看，三大学术区间都表现出华文 / 中文界域的视野自限，除本土学者有意识地通过马来文学的对照进行一些族群文化的理解与交流尝试之外，大陆和台湾几乎没有越过族群的界线走到非华文的文化空间中去。无论马华文学是否与马来西亚本土文化产生交叉性的影响，作为受种族政治深刻影响的少数文学，这种潜在于文本的关系是体验与实践的个体对日常生活的微观投射。长期以来，马华文学的一个基本诉求是被纳入马来西亚的国家文学体系，而体系本身不能简化为政策的条文，它由复杂的话语编织而成，除了巫族内部那些被放大的政治话语之外，还有融汇在文化生活、主体精神以及社会实践之中的其他话语，当然，更重要的是文学及其理论谱系。

其次，冷战意识影响明显。尽管冷战已在 20 世纪 80 年代末宣告结束，但是它的精神遗产仍在散发强大的能量。不难看出马华文学带着冷战时代的文化烙印，马共当然是一个超越文学的话题，但是也给马华族群的身份认同 / 被认同带来困难；在 90 年代一场不大不小的论争中，"中国性"之所以成为马华文学必须剥离的对象，除了自身文化主体性追求之外，也有国家认同冲动的内在根源，这在代际话语冲突中成为首当其冲的问题并不难理解，不过民族语言对于族群来说作用无远弗届，何为合法性标准的边界，教育背景提供的意识形态就会发挥根本性的指导作用。中国台湾学者陈光兴指出，冷战的长期效应已经根植于在地历史，成为国族史乃至于家族与个人历史的重要地层，就算现实上冷战被宣告结束，也不会就此散去，冷战效应已经成为我们身体的一部分，与我们常相左右。[①]因此他认为"去冷战"（de-Cold War）极为迫切，该是亚洲各地批判圈共同面对的政治方案，否则要讨论各个层次的所谓和解都将只是空谈。对于涉及不同区间的文学研究而言，认知如何走出冷战时代的意识沉疴，仍然是一个漫长的过程，因为冷战这一意识装置所生产出来的知识是如此深刻地规范、形构了我们对于他者世界的认知与想象。

　　简言之，本文关注的问题是马华文学作为一个汇集不同思想区间的学术对象，不仅是提供了与其自身认同、抗争密切相关的历史文本，而且也为思想和知识碰撞提供了对话的场域。除了受认知能力局限之外，种族与政治其实没有权力影响到学术本身，如果基于马华文学这一客观对象建构"想象的共同体"是可能的，那么有没有契机形成被三大区间基本认可的马华文学知识谱系，这一点将成为判断马华文学研究的一个历史标准。

---

① 　陈光兴、去帝国：《亚洲作为方法》，台北：行人文化实验室，2011年，第183页。

话语建构的记忆

——文艺副刊与马华新生代小说的历史书写

温明明

20世纪90年代，"两报一刊"是马华新生代[①]小说重要的发表园地，许多新生代重要作家和文本都是被它们催生或奶大的。"两报"是指《星洲日报》和《南洋商报》，"一刊"是指《蕉风》。《星洲日报》文艺副刊"小说世界"和"文艺春秋"以及《南洋商报》文艺副刊"小说天地"和"南洋文艺"，是马来西亚本地90年代刊载小说的"四大副刊"。从作家代际的角度看，新生代作家在这"四大副刊"最为活跃，黄锦树、黎紫书、李天葆、廖宏强、毅修、李国七、柏一、杨善勇、刘育龙等90年代都有大量作品在这些园地发表，新生代及其小说俨然成为90年代"两报"副刊最大的文学创获。

历史固然是已经发生的事实，但"任何历史都只是一种论述"，必须借助言说，"也就是文本化之后才能被理解"。[②]华人移民马来西亚早已有之，

---

① 本文的"马华新生代"，结合马华文坛独有的"字辈断代法"，指"六字辈"和"七字辈"为主的一批作家，他们在20世纪60—70年代出生，80年代末90年代初进入文坛，代表人物有：黄锦树、林建国、陈大为、钟怡雯、黎紫书、林幸谦、李天葆、柏一、廖宏强、辛金顺、张光达、毅修、吕育陶等。

② 钟怡雯：《历史的反面与裂缝——马共书写的问题研究》，载钟怡雯：《马华文学史与浪漫传统》，台北：万卷楼图书股份有限公司2009年版，第5页。

他们在马来西亚垦殖拓荒、落地生根、繁衍后代的历史，恰也是马来西亚开发发展、走向独立建国的历史，但在马来西亚官方的霸权历史中，华人作为马来西亚三大种族之一，却长期缺席或部分失语。无怪乎马华新生代作家林金成会在《赤溪手记》中仰天"四笑"："第一笑，是笑我们并没有一套妥善的方法来保存祖先们遗留下来的古迹；第二笑，是笑我们没有积极地去灌输下一代有关古迹的意义及其共有性；第三笑，是笑我们根本没有一套完整的资料提供下一代去了解当年祖先们的开拓史；最后一笑，当然是笑我们没有几个人真正了解自己的根源。"① 历史需要言说，在马来西亚，尤其需要参与马来西亚大历史建构性质的华人史文本叙述。

一、历史何以言说：文艺副刊的视角

言说历史不光是为了记述已经发生的某些事件，新历史主义认为，一切历史都是当代史，这提示我们，言说历史也是为了在一条漫漫的时间长河中找到自己的位置、确立"当代"的价值。"历史不应该只是单一的对史实的记载，亦不是对过去仅就单一事件的记述或叙述"②，它应该是基于某种意识形态的目的性言说。华人在马来西亚独立建国的进程中，发挥了重要的作用，但在马来人的霸权话语里，华人的合法性却屡遭质疑，甚至被归为不可信任的族群。马来西亚华人史需要言说，甚至必然且紧迫，因为它是确认华人在当地身份合法性的要素之一。

"历史是话语建构起来的文本，是透过'历史的诗意想象'和'合理的虚构'而成；把历史事实和对历史事实的叙述混为一体，通过赋予历史一种想象的诗性结构，把历史诗学化。历史再现的过程是'诗性过程'，'史学'变成了'诗学'，'历史诗学'因此可能。"③ 历史小说或者小说中的历

---

① 林金诚：《赤溪手记》，《南洋商报》"南洋文艺" 1991 年 7 月 20 日。
② 钟怡雯：《历史的反面与裂缝——马共书写的问题研究》，载钟怡雯：《马华文学史与浪漫传统》，台北：万卷楼图书股份有限公司 2009 年版，第 5 页。
③ 同上，第 5—6 页。

史书写，是"历史诗学化"的产物之一。选取小说作为观察马华新生代再现历史的"诗性过程"，是因为小说作为一种仰赖虚构的文类，它提供了作家们再现历史的广阔想象空间，由此也能体悟到"史学"变为"诗学"过程中散发出的美学芬芳。

综观 20 世纪 90 年代刊登在"两报"副刊上的马华新生代小说，历史书写为其大宗。在内容方面，新生代小说的历史书写主要着眼于以下三个方面：

第一，书写华人先辈在马来西亚垦殖拓荒、落地生根的历史，这是一段最易被遗忘也最迫切需要言说的历史。马华新生代追述马来西亚华人"下南洋"的历史，就是要回应"我是谁"、"我从哪里来"这两大本源性问题。历史的尽头往往也是生命的源头。

第二，书写华人在马来西亚的当代史或现在进行史。马华新生代出生于马来西亚独立建国后，是为伴随新生国家成长的一代。他们的历史与祖父辈的历史已然不同，"乡关何处"，在马华新生代那里，中国早已变成想象的原乡，而马来西亚则是他们念兹在兹的地缘故乡。

第三，书写华人的族裔伤痛。华人在马来西亚属少数族裔，加之其"外来身份"，在马来西亚独立建国后华人屡受马来政权排挤，华文教育、"五一三"、马共等话题甚至在很长时期里都是文学书写的禁忌。90 年代之后，以往的一些族裔禁忌开始有限度地出现在新生代作家的小说文本中，但既然是禁忌，其书写也呈某种美学特殊性。

下文将以主要刊登在 90 年代"两报"文艺副刊上的新生代历史书写小说为例，从以上三个方面解读新生代小说历史书写的深刻内涵。

二、下南洋：历史的尽头

"南洋"是明、清时期对东南亚一带的称呼，包括马来群岛、菲律宾群岛、印度尼西亚群岛，也包括中南半岛沿海、马来半岛等地。南洋与中国山水相依，中国与南洋的历史关系源远流长，自古以来南洋便是中国东南沿海百姓移居海外的主要目的地。华人下南洋的历史最早可以追溯到两千年前的汉代，据史籍《汉书·地理志》和《梁书》等记载，当时就有使者乘船抵达都元国（今马来西亚），但大规模的下南洋则始于19世纪中期。由于地缘关系，近代中国侨民百分之九十以上都分布在该地区，从而形成了庞大的南洋华侨群体。华人下南洋的历史既是艰险的漂泊史，也是艰辛的创业史，同时亦是华人在东南亚的落地生根史。泰勒（C.Taylor）认为："为了保持自我感，我们必须拥有我们来自何处，又去往哪里的观念。"[①] 对于马来西亚华人而言，"下南洋"的历史即是"我们来自何处"的历史，它是华人移民的历史起点，亦是中国文化走出"神州"的关键节点。

　　"过去不仅是我们发言的位置，也是我们赖以说话的不可缺失的凭借。"[②] 建构华人在马来西亚的身份合法性，"下南洋"这段"过去"无疑是"赖以说话的不可缺失的凭借"。在马华新生代小说的历史书写中，它们不停地述说着祖父辈在马来西亚的开拓史、落地生根史，推演家世源流的可能路径，并试图从幽深曲折而又断裂的历史中找寻真相。

　　黎紫书的《炎场》，写一位幼时就随父亲漂洋过海的华人在马来西亚落地生根的历史："他记得阿爹领他南来的时候，他还是一个孩子，站在甲板上看海鸥在低空掠过"，"后来，他在这块陌生的土地建立了自己的家园。没有太浓的乡愁，仿佛挣扎着活下去只是一种本能。他的阿爹常说华人是最能吃苦的民族，多少年天灾人祸都能熬过去了，尔今来到这异乡异地，更不能丢了华人的脸"，"自从在这里扎下家业，死在这片土地上已成了一种家族命运，任谁也逃不掉"。[③] 这篇小说以追忆的形式，写出了在华人认同中马来西亚由"异乡异地"到家园，最后"死在这片土地上已成了一种家族命运"的转变过程。马来人时常怀疑华人的效忠程度，认为他们是不

① 〔英〕安东尼·吉登斯：《现代性与自我认同》，上海：三联书店1998年版，第60页。
② 李有成：《〈唐老亚〉中的记忆政治》，载单德兴、何文敬主编：《文化属性与华裔美国文学》，台北：中央研究院欧美研究所1994年版，第121页。
③ 黎紫书：《炎场》，《星洲日报》"文艺春秋"，1996年11月3日。

可被信任的族群，终有一日会"逃离"这个国家，但黎紫书的这篇小说，却间接而又形象地抨击了这种论调：马来西亚已经成为当地华人"任谁也逃不掉"的"命运"。

身份认同通常情况下也被细化为乡土认同，对华人而言，乡土认同是决定身份认同的关键要素之一，马华新生代小说的历史书写，很多就着眼于华人与乡土（土地）的关系，通过各种细微的考察，来彰显马来西亚华人身份认同的转变。毅修在《新愁》中塑造了一位与泥土有着密切关系的父亲形象："老爸是个老唐山，一辈子都紧紧地贴着泥土，不入胶林就赤着脚到处乱走。"[①] 这位"一辈子紧紧地贴着泥土"的"老唐山"是马来西亚华人第一代，他的出走"神州"（中国）改变了整个家族的历史，从此与马来西亚这块南洋热土产生依存关系。"老爸""不入胶林就赤着脚到处乱走"，是为了让脚与这块土地贴得更近，表达了华人对马来乡土的执念，从民族寓言的角度看，它象征了华人移民心理的转变，他们不再将马来西亚作为自己的暂居地，而是落地生根之所，之所以要"赤着脚到处乱走"，是为了用一种很质朴的方式来宣示他对脚踩之地的占有与归属。黄锦树的"旧家系列"小说[②]，很重要的一个母题就是人与土地的关系，反映华人认同与土地之间的互相接纳。

在马来西亚这块土地上，记录着华人祖辈大无畏的拓荒史和父辈流血流汗的创业史，其间还有漂泊的沧桑和落地生根后的本土情结，这片土地承载了华人生生不息的情感依恋。当初华人从中国南来至马来西亚，从行商到侨居，从英国统治和日本占领时的殖民时期，再到国家独立后成为马来西亚公民……这段历史被战乱碾过，也被种族政治撕裂过，充斥着家族至华族的兴衰沉浮，不可否认的是，华人是与马来西亚同呼吸共命运的。正如有的论者所述及的："19世纪，大批华人被招募南来马来西亚，从事艰苦万状的拓荒工作，经过整百年之久，把一片片原始森林开发出来，处处种下了橡胶、胡椒、甘密，开辟了一座座矿场、一个个市镇，为本邦的经

---

① 毅修：《新愁》，《星洲日报》"文艺春秋"，1997年8月24、31日。

② 主要包括《旧家的火》《火与土》《土地公》等作品。

济建设做好了奠基的工作"①；"华人在辽阔的马来西亚土地上披荆斩棘，努力奋斗，曾经掀起一阵又一阵波澜壮阔的发展浪潮，促使我国一步又一步地迈向繁荣的境地，这些都是一首又一首可歌可泣的史诗"②。

马华新生代小说的历史书写将个体生命体验与家族的历史变迁以及种族命运融为一体，借以表达一种政治和文化的归宿，还有主体的历史关怀。这股叙述热情暗含创造／重构过去以寻求认可的目的。任何一个族群，为了寻求承认，就必须透过历史找到自我，建构自我属性，进而上升到建构族裔的合法性。然而，在新历史主义看来，历史又是断裂的、偶发的，主观的、随机的。历史无法还原，新生代笔下的历史也只是作家主观世界里的真实存在。对于历史的追溯与想象只有回到现实生活的层面上，才得以超越历史。因为历史不再是安放民族心灵的避难所，而是一种了解今天的现实处境及明天出路的有效途径。面对马来西亚华人历史存在断层甚至被遗忘的焦虑，马华新生代小说的历史书写某种程度上弥补了这一缝隙。历史仍将继续，而书写也不会就此结束。

三、"乡关何处"：故乡与原乡

对马华新生代而言，"故乡情结"与"原乡神话"是两个重要的书写命题。"故乡情结"，"指的是人们对自己出生并成长的那片土地之风物人情的眷恋情怀"；"原乡神话"是一种"属于父祖辈的记忆图像"，它"关乎地理，关乎亲情，关乎记忆，既见证他们从安土重迁的老中国传统里出走海外而至漂泊南洋的辛酸，也见证着他们难以认同异地文化的迷茫"。③ 早期移民到马来西亚的华人，故乡即原乡，都代指他们出生长大

---

① 吴德芳：《马来西亚华人史新编·序》，载林水檺、何启良、何国忠、赖观福合编：《马来西亚华人史新编》，吉隆坡：马来西亚中华大会堂总会1998年版，第XV页。

② 林水檺、何启良：《马来西亚华人史新编·导言》，载林水檺、何启良、何国忠、赖观福合编：《马来西亚华人史新编》，吉隆坡：马来西亚中华大会堂总会1998年版，第XX页。

③ 王列耀、赵牧：《从故乡情结到原乡神话——马来西亚华文文学的中国想象》，《广东社会科学》2006年第4期。

的神州中国或唐山，随着马来西亚独立建国，华人的政治认同转向移居地，特别是 20 世纪 80 年代以来，在马来西亚出生长大的第二代、第三代华人崛起之后，故乡与原乡的内涵开始分裂。对马华新生代而言，故乡情结逐渐虚化为原乡神话，"原乡"指的是民族的、文化的、历史的原乡中国，存在于父祖辈的故事里，成为乡野奇谈里的中华文化符号，是回不去的过去的空间，只能仰赖想象、召唤或凭吊在代现领域里再现；而"故乡"则落实为马来西亚，它作为新生代出生、成长的地方，承载了大量的童年记忆和成长故事。

以"出逃者"身份存在的祖父辈对原乡中国的记忆到马华新生代那里早已模糊，对他们而言，马来西亚才是出生成长之故乡，一个有着鲜活记忆的"新神州"。在廖宏强《回家的路》[①]中，主人公要回的"家"，不是"原乡中国"而是马来西亚故乡，因为"我是马来西亚人"，这里才是他真正的"家"。

马来西亚乡土不仅承载着祖父辈的落地生根史，也承载着新生代的亲情与童年，马华新生代与这块土地早已血肉相连，比原乡中国要来得更加真实。因而，当新生代因为各种原因，如留学、就业等，离开马来乡土时，地缘故乡却被不断召唤到文学作品中。譬如黄锦树的旧家系列，旧家虽已不复存在，作者却依然执拗地怀念那曾经的水井："而我终究怀念潮湿的井壁爬满鲜嫩羊齿植物的情状，以及大雨后见着水满时的喜悦"[②]；还有那父亲的烟味，"那烟味此后成了记忆，一如父亲抽的红烟丝二手烟，都足以让人上瘾，构成乡愁最隐蔽的部分"[③]。这些略带自传性的小说，用朴实的语言将淡淡的感伤乡愁勾勒出来："我"所怀念的一切细小的事物，串起来就构成"我"对故乡的所有依恋，都是依靠感官来记录的乡愁。譬如属于父亲的烟味，有烟的地方，"我"便能感觉他的存在，所有属于旧家的情绪与

---

① 廖宏强：《回家的路》，《南洋商报》"南洋文艺"，1999 年 4 月 20 日。

② 黄锦树：《旧家的火》，载黄锦树：《死在南方》，济南：山东文艺出版社 2007 年版，第 149 页。

③ 黄锦树：《火与土》，载黄锦树：《死在南方》，济南：山东文艺出版社 2007 年版，第 172 页。

记忆在此刻通通被唤醒。旧家有絮絮叨叨总是抱怨父亲的母亲，有沉默寡言热爱土地勤于耕种的父亲，有茵茵可喜的一草一木。亲情即是永远的乡愁！故乡才是"我"情感的源头和依归，"我"终于以回望的姿态醒悟：父亲虽已作土，然而父亲即是土地，土地即是父亲，这块养育了家族三代人的土地早已与血缘亲情、家族记忆融为一体。"当乡愁无法抒发，我就往那奔赴，体验那种百年停滞的荒凉。"① 正因如此，马华新生代作家笔下的故乡书写常呈现为个人化、情绪化的特征，例如毅修笔下的胶林，那股浓郁的思乡情感转化为一股朦胧的薄雾笼罩在字里行间："当雾气散尽的时候，胶林呈现温柔的一面，苍翠的叶浪酿就了清新的空气，置身其中身心沁凉如水。一切属于黑暗的都已随地球的自转，旋至另一个世界，胶杯盛起了劳动后的喜悦。"②

原乡中国虽难以承载马华新生代厚重的"乡愁"记忆，但他们却很难完全摆脱中国文化血缘的影响。或许身为华人，肤色、方言、血缘、祖籍、神祇、信仰等等，都像烙印一样，成为一种深藏的集体意识，在某个历史情境之下被压抑，在某个特殊情况下又被唤起，它就像黄锦树在散文里描述的："深夜，穿著花花绿绿的峇迪，深刻感觉到自己的肤色和别人不一样，自发的灸痛"。③ 因而，在马华新生代小说的历史书写中，仍能见到许多原乡书写，只是这种书写往往借助先辈的回忆，自然也就略显飘渺。

廖宏强《最后的旅程》④ 中那位祖籍广东梅县的老太太，在马来西亚丧夫又丧子，孤身一人托身于疗养院，想回唐山却不能，只能在义工张的帮助下爬上三宝山远远地遥望故乡的方向。小说中的义工张是一位新生代华人，在他的世界里原乡中国是缺席的，只有借助历史故事，才能像受到"母亲呼唤回家的牵引"一样，找回华人代代相传而又逐渐模糊的血缘记

---

① 黄锦树：《火与土》，载黄锦树：《死在南方》，济南：山东文艺出版社2007年版，第166页。

② 毅修《新愁》，《星洲日报》"文艺春秋"，1997年8月24日、1997年8月31日。

③ 黄锦树：《光和影和一些残像》，载钟怡雯：《马华当代散文选》，台北：文史哲出版社1996年版，第217—218页。

④ 廖宏强：《最后的旅程》，《南洋商报》"南洋文艺"，1999年6月18日。

忆。该小说的成功之处在于，通过新老两代华人的对比，透视出"乡"这一概念内涵的转移。

马华新生代的原乡书写，除了聚焦于先辈的原乡记忆，也着笔于华人文化，探究文化原乡的复杂内涵，确立马华新生代的文化身份。柏一的《那时并不雨纷纷》[①]写清明祭祖，何国忠的《伤逝》[②]和林春美的《上街伤事》[③]则都着笔于华人丧葬习俗。这些都在提示我们，伴随着华人下南洋落地生根的，还包括华人文化的漂洋过海，中国文化并没有因为一个南中国海的阻隔而断裂，反而被一代代延续相传。

对马华新生代来说，"乡"具有复杂而矛盾的一面："一方面，作为入籍马来西亚的国民，他们希望马华能作为马来西亚多元族群中的一员，而与马来人平等地分享国家权利，所以抵制马华文学中国想象的泛滥，积极地寻求认同；而另一方面，则因为做'二等公民'的屈辱，又普遍怀有不甘数典忘祖的文化失根焦虑，不愿被马来文化完全同化。"[④] 无论是故乡情结还是原乡神话，"乡"作为一个具有想象共同体性质的地理范畴，与马华新生代的身份认同密切相关，政治认同与文化认同的相互纠葛，造就了马华新生代小说怀"乡"书写的复杂情状。

四、族裔伤痛：马共与种族政治

在马来西亚的官方历史中，马共因被视为阻碍国家发展的绊脚石而长期消失："马共其实是大马华人史一道极大的伤痕。……他们的革命乃成为在地华人的原罪：会造反的、不忠诚的、不认同的、中共的间谍……等等污名的想象乃成为统治阶级对具华人血统者、受华文教育者、捍卫华人中国性者结构性排斥的情感及意识形态根源。职是之故，对政府和华人都

---

① 柏一：《那时并不雨纷纷》，《南洋商报》"南洋文艺"，1991 年 4 月 13 日。
② 何国忠：《伤逝》，《南洋商报》"南洋文艺"，1992 年 3 月 5 日。
③ 林春美：《上街伤事》，《南洋商报》"南洋文艺"，1997 年 8 月 8 日。
④ 王列耀、赵牧：《从故乡情结到原乡神话——马来西亚华文文学的中国想象》，《广东社会科学》2006 年第 4 期。

一样，马共必然会是禁忌，也必须是禁忌。"① 因为马共必然也必须是一种"禁忌"，"在华人自我表达的代现领域中，此一巨大的创伤要么长期缺席，要么以零星残缺的形式碎片化的闪烁，仿佛无法被状写、被表达——被带到意识的层面"②。直到20世纪80年代后期，马共书写才开始浮出马华文学的地表。

马共作为"大马华人史一道极大的伤痕"，新生代作家对其的书写多采取一种隔离的姿态，几乎很少让马共以叙述者的身份讲述自身历史，而是借助与马共人物有一定联系的他人之口来进行叙述，采取旁观者的叙事姿态。比如黎紫书的《山瘟》《夜行》，黄锦树的《鱼骸》《大卷宗》《撤退》，晨砚的《1961》等，其中的叙述者虽然都与马共关系密切（父亲、祖上、兄长、同学），但他们都以一种旁观的姿态叙述历史。由此，马共成为了与作者或叙述者相对应的一个含混的"他者"，既彼此联系又相互疏离。

由于马共在很长时期里是一种禁忌，对于马华新生代作家来说，他们对马共的认知，要么自来官方意识形态形塑的杀人如麻的恐怖分子，要么源于民间的各种流言传说，这就形成了一种互相矛盾的模糊化记忆。林春美在《谁方的历史——黎紫书的"希斯德里"》中列举了这样一个细节："教科书指责马共在政治真空的十四天中攻占警察局与政府行政中心、动用死刑严惩所谓汉奸与其他被认为有罪者、抢夺民脂民膏、杀人放火、征收人头税与产业税等诸种暴行。可是从马共的观点看来，'人民军进驻城镇，主要任务是保障各民族人民的安全，维护社会治安，这是当时维护人民利益的最重要措施。做法是收缴各地警察局枪械和炸药，防止他们浑水摸鱼、继续残害人民'。由于人民抗日军得到各族人民的信任与拥护，'所进驻的城市，治安都很安宁，偷盗案件极少发生'。两方历史，各执一说。"③绝对真相无从寻觅，由各方建构出来的"马共图像"充斥着矛盾和扭曲，以上

---

① 黄锦树：《从个人的体验到黑暗之心——张贵兴的雨林三部曲及大马华人的自我理解》，载张贵兴：《我思念的长眠中的南国公主》，台北：麦田出版社2001年版，第255—256页。

② 同上，第256页。

③ 林春美：《谁方的历史——黎紫书的"希斯德里"》，载林春美：《性别与本土——在地的马华文学论述》，吉隆坡：大将出版社2009年版，第173页。

种种都造成了"马共"的不明确性，相对于无法把握真相的马华新生代作家来说，"马共"无疑是一个被遮蔽的"他者"。

在"马共"形象的塑造上，马华新生代小说中的马共形象是单一而残缺的，情欲化、暴力化、魔幻化是三个最主要的特征，无论是非正面的形象截面、非直面的存在，还是非现实的色调，不但无法建构出一个完整清晰的马共图景，反而将读者与文本中马共的距离越拉越远。

黄锦树的《鱼骸》①，主人公"他"沉浸在大哥因加入马共而丧生的死亡事件中无法自拔，一个恐怖的梦魇把"他"引入亦真亦幻的臆想漩涡。梦境的原型是一桩马共人员对反叛分子进行暗杀的真实事件，叙述者运用几乎不带感情色彩的语言还原了整件事的始末，"鲜血淋漓"、"十几枪"、"当场毙命"，这一系列细节勾画出的是一幕非人性的残暴画面，画面越真实，马共的形象就越可怖。而"反叛分子"、"告密者"的细节追述更是赤裸裸揭露了马共组织内部的不团结，最引人遐想的还是那句"在一般人眼中，死者却是个不折不扣的激进分子"，似有若无地暗示了"马共"存在滥杀无辜的可能。

黄锦树在评述张贵兴的《群象》和《猴杯》时认为："这两部状写雨林华人黑暗之心的小说，并不如其表面所显示的代现了历史，而是借由高明的文学技术运用并绕过了历史，历史在其中其实是以传说的方式存在的，其确定性在美学中早已获得了确认。于是这两部小说便离史诗远而离传奇与神话近。就本文的修辞策略而言可以这么表述：表面上得黑暗之心其实仍然是个人的体验。前者乃是后者的延伸。"②这样的分析同样可以用来解释黄锦树及黎紫书等人的马共书写，他们的相关书写由于绕过历史而过多掺杂个人体验，最后"便离史诗远而离传奇与神话近"。

马共历史的真相马华新生代作家无从把握也并不执着于此，马共所涉及的那些主义和斗争他们也并不关心，但马共与华人的密切关系把两者紧

---

① 黄锦树:《鱼骸》,《南洋商报》"南洋文艺", 1995 年 11 月 21 日。
② 黄锦树:《从个人的体验到黑暗之心——张贵兴的雨林三部曲及大马华人的自我理解》, 选自张贵兴《我思念的长眠中的南国公主》, 台北: 麦田出版社 2001 年版, 第 258 页。

紧地拴在了一起，马共由于历史和政治上的敏感性给马来西亚华人带来的历史束缚和羁绊正是新生代作家试图挣脱的对象。因此，他们书写马共的目的并不是为了还原马共历史的真实面貌，而更多的是为了表达历史真实在新一代身上产生断裂的真相，并在后殖民语境下进行历史的消解或重构，由此建立新的文化身份，在多元社会中寻求文学突围。

在马华新生代小说的历史书写中，"马共"并不是作为被还原的历史对象出现，而是小说中一块相当重要的历史幕布。林春美曾评价黎紫书的"马共书写"过于靠近官方的历史叙述，有一种历史虚无主义的倾向。但在该书的序中黄锦树则认为林春美过于纠缠小说的真实性，马共在那些小说里其实不过是舞台和背景，是故事发生的场所，并不涉及多少历史解释。①细读黎紫书书写马共的文本便会发现，作者其实是想借助马共这个带有隐秘意味又富有张力的历史符号来书写人性，在对人性的挖掘中建构"自我"。黄锦树则是以马共为舞台，在与华族过去、现在、未来的对话中消解历史，试图超越族裔身份的羁绊，寻求"自我"。

"五一三"事件是马来西亚政经结构的一个重要分水岭，它给华人造成的伤痛至今仍未消弭，由于涉及种族政治，"后五一三"时期的马华作家很少有"胆量"去触及这一话题。但在马华新生代小说的历史书写中，我们还是发现了一些破碎的画面。黄锦树的《开往中国的慢船》，以一个孩童的视角见证了这一历史事件："背景是大片殷红的血和成堆的尸体，模糊的烈士铜像；前景是一头牛和牛背上的小孩，小孩恰好把头转过来，夕阳的余晖把他的头照得泛出金光，其上是几只乌鸦或鸽子扑翅翻飞的模模糊糊的影像。间中泼洒过血痕似的斗大的血红标题：513暴动。"②毅修的《穿越气候》也曾提到"一九六九年，一个让她心惊胆战的年代"，"吉隆坡已经被煮沸了，到处都是纷乱滚烫的情绪"，虽几笔带过"五一三"事件，但

---

① 林春美：《谁方的历史——黎紫书的"希斯德里"》，选自林春美《性别与本土——在地的马华文学论述》，吉隆坡：大将出版社 2009 年版，第 10 页。

② 黄锦树：《开往中国的慢船》，载黄锦树：《死在南方》，济南：山东文艺出版社 2007 年版，第 296 页。

种族关系如"风云变化阴晴不定"已经昭然若揭:"气候的事,没有人控制得了。"①

"五一三事件"之后,马来西亚的政治、经济、文化与教育政策大幅向马来族倾斜,华人逐渐沦为大马的边缘弱势族群。而成长于"后五一三时代"的新生代群体,他们在种族歧视和官方政治的压抑中愤懑焦虑地成长,这就造成了一种漂泊孤绝的创伤性精神体验。

作为"后五一三"时代成长起来的马华新生代作家,黄锦树对种族政治偏差给华人带来的伤痛有切身的感受:"我们是被时代所阉割的一代。生在国家独立之后,最热闹、激越、富于可能性的时代已成过往,我们只能依着既有的协商的不平等结果'不满意,但不得不接受'的活下去,无二等公民之名,却有二等公民之实。"②他的《乌暗暝》正是经历了这种族裔伤痛之后写出来的经典文本。小说采用寓言的方式,将大马华人的边缘险境与历史阴霾置换成小说中阴森恐怖的"胶林":"走过几户邻家之后,他心里突然有一股莫名的不安,狗的吠叫和灯火的紧张,无端的制造了恐怖气氛——仿佛什么糟糕的事情即将发生,或者已经发生。"③

马华新生代小说的历史书写,挖掘隐藏在马共、"五一三"等历史群体与事件背后的族裔伤痛,其目的并非为了抚平曾经的伤口,而旨在建构一段真实的华人历史,使其不因政治禁忌而消弭。

结　语

历史需要言说,尤其是面对强势族群的主流话语霸权时,否则极易陷入失语的状态。马华新生代作家以小说的形式,参与华人的历史建构,无

---

① 毅修:《穿越气候》,《星洲日报》"文艺春秋",1993 年 3 月 30 日、4 月 3 日。
② 黄锦树:《非写不可的理由》,载黄锦树:《乌暗暝》,台北:九歌出版社 1997 年版,第 11 页。
③ 黄锦树:《乌暗暝》,《南洋商报》"南洋文艺",1995 年 3 月 7 日。

论是对先辈历史的重述，还是对当下自我历史的记录，其意义都可概括为建构：华人身份合法性的再次确认。历史虽已远去，但仍存活于马华新生代通过小说建构的记忆中。

第三辑

现代性视野下的 20 世纪中国文学与批评

新文学对传统文化的批判与坚守

宋剑华

早在五四文学革命初期，陈独秀就曾公开声言，《新青年》杂志发动文学革命的思想宗旨，就是要用西方的"科学"与"民主"精神，去"反对孔教、礼法、贞节、旧伦理、旧政治"[①]。陈独秀与胡适都把文学革命定性为"反传统"，这一论断几乎得到了后来学界的一致认同。比如李泽厚在总结新文化与新文学运动的历史意义时，便以一种不容置疑的肯定性语气这样写到："《新青年》以披荆斩棘之姿，雷霆万钧之势，陆续发表了易白沙、高一涵、胡适、吴虞、刘半农、鲁迅、李大钊、钱玄同、沈尹默、周作人等人的各种论说和白话诗文，第一次全面地、猛烈地、直接地抨击了孔子和传统道德，第一次大规模地、公开地、激烈地反对传统文艺——这在中国数千年的文化史上是划时代的。"[②] 美籍华人学者林毓生则更是标新立异，他不仅认为新文化与新文学运动是"反传统"，而且还认为整个"20世纪中国思想史的最显著特征之一，是对中国传统文化遗产坚决而彻底地全盘否定的态度的呈现与持续"[③]。对于上述种种"反传统"说，我个人始终都不敢苟同。

若要弄清楚五四以来，新文学究竟是彻底地"反传统"，还是"批判"

---

① 《本杂志罪案之答辩书》，1919年《新青年》第6卷第1号。
② 《中国现代思想史论》，合肥：安徽文艺出版社1994年版，第12页。
③ 《中国意识的危机》，贵阳：贵州人民出版社1986年版，第2页。

与“承续”并存，我们首先要去厘清一个最基本的名词概念——什么是
“传统”。所谓“传统”者，《新华词典》里早已有过明确的释义：“过去传
下来具有一定特点的某种思想、作风、信仰、风俗、习惯等。”① 如果按照
《新华词典》的定义或表述，那么我们将直接面临着两大难题：其一，既然
“传统”是指一个民族的历史与过去，那么“反传统”无疑就是在反我们
民族的历史与过去；由于我们与民族文化的不可分割性，因此否定传统也
就意味着同时否定了我们自己。试问“皮之不存毛将焉附”，没有了传统
我们又是“谁”？其二，“传统”中确有“精华”与“糟粕”两种成分，但
是我们依据何种价值尺度去加以区分？新文化与新文学运动一方面倡导科
学理性精神，可另一方面却又以民间庸俗等同于儒学礼教，完全歪曲了孔
子作《论语》而正“民风”的原初本意，这难道就是知识精英们所理解的
科学理性吗？我们还必须注意到这样一种真实的历史倾向性：即先驱者们
绝非是在全面地扬弃传统文化（他们不可能做到），只不过是打着“西化”
的旗号去重新负载传统（实际情形则是如此）；无论是陈独秀、胡适、钱
玄同还是鲁迅、郭沫若、巴金，在他们那种思想启蒙的激烈言辞背后，其
实都隐藏着一个弘扬民族传统文化的真实意图。比如“西化派”的领军人
物胡适就曾明确地指出，五四以来对于传统儒学的猛烈攻击，完全是一种
民族文化的自救行为，而不是简单地以“西化”去替代传统。故他非常自
信地向世人宣称：这场“文化大变动的结晶品，当然是一个中国本位的文
化”。② 因此，重新认识与理解五四反传统的历史成因以及文学表现，科学
地评价新文化与新文学运动的自身意义与运作模式，对于我们深入了解传
统文化的现代转型，无疑具有极其重要的现实意义。

一、儒学进城与新文学培育期的文化背景

　　研究中国现代思想史的人都知道，发生于五四时期的新文化运动，是

---

① 《新华词典》，北京：商务印书馆 1980 年版，第 119 页。
② 《试评所谓“中国本位的文化建设”》，1935 年《独立评论》第 145 号。

晚清思想启蒙运动的历史延续；经过康有为、梁启超、胡适、陈独秀等两代知识精英的共同努力，终于实现了中国传统文化的现代转型。而这两次思想革命之所以能够取得成功，又与儒学进城有着十分密切的逻辑关系。长期以来，学界一直都将 20 世纪中国文化的巨大变革，归功于西方近现代文明的直接移植，我个人对此说法却并不赞同。因为无论是康有为、梁启超、章太炎，还是胡适、陈独秀、鲁迅等，他们都是典型的中国知识分子，用鲁迅自己的话来说，他们都是"从旧垒中来"，[①] 传统文化的沉重负载，使他们的灵魂深处充满了"毒气和鬼气"。[②] 尽管那时候"求进步的中国人，只要是西方的新道理，什么书也看"，[③] "不过并非将自己变得合于新事物，乃是将新事物变得合于自己而已"[④]。故梁启超后来曾无限感慨地回忆道："那时候我们的思想真'浪漫'得可惊——当时认为，中国自汉以后的学问全要不得的，外来的学问都是好的——既然外国学问都好，却是不懂外国话，不能读外国书，只好拿几部教会的译书当宝贝，再加上些我们主观的理想——似宗教非宗教、似哲学非哲学、似科学非科学、似文学非文学的奇怪而幼稚的理想，我们所标榜的'新学'就是这三种元素混合构成。"[⑤] 梁启超的追述的确值得我们后人去认真思考，但他们能够把"新学"搞得令全国上下热血沸腾，并构成了五四知识精英救亡图存的精神支柱，这就是我所要展开论述的一个全新概念：儒学进城与思想启蒙的历史真相。

儒学进城是指近代中国由于大量乡绅和学子进城，最终导致了以现代大都市为中心，中国传统文化的自我转型。众所周知，清末民初中国社会的思想重镇，是新兴的城市上海而不是古老的皇城北京；后来帝制被废学人又联袂北上，这才形成了以北大为中心的启蒙阵营。目前国内学人仍抱有这样一种偏见，他们认为"19 世纪下半叶，上海租界出现了精英文化真空的情形，在传统社会中扮演精英文化对平民文化控制角色的中国绅

---

① 《鲁迅全集》第 1 卷，北京：人民文学出版社 1981 年版，第 286 页。
② 《鲁迅全集》第 11 卷，北京：人民文学出版社 1981 年版，第 430—431 页。
③ 《毛泽东选集》第 4 卷，北京：人民出版社 1991 年版，第 1469 页。
④ 《鲁迅全集》第 3 卷，北京：人民文学出版社 1981 年版，第 102 页。
⑤ 《亡友夏穗卿先生》，《饮冰室合集》第 5 册，北京：中华书局 1989 年版，第 20—22 页。

士在租界不存在，这并不是针对个体而言，而是作为社会集团的绅士阶层而言"[①]。这种说法完全有违于客观事实，因为法国汉学家白吉尔就曾对此有过专门的研究，她根据历史资料考证告诉我们，晚清时代"在这个城市（上海）里，具有领导地位的是来源于传统士绅和商人阶级的城市精英"[②]。租界文化当然也不能例外，比如康有为、梁启超、章太炎、蔡元培、吴稚晖等人，其早期身份无疑都属于乡绅阶层，他们都是以上海租界为栖身之地，并以报刊杂志或办班讲学等途径去发动思想启蒙运动，同样也扮演着"精英文化对平民文化"进行控制的社会角色。在这里，我们有必要对"乡绅"概念去做一简单解释。所谓"乡绅"者，即"乡间的绅士"也，[③]专指"乡里中的官吏或读书人"。[④]如果按照这些权威定义去推演，康有为与梁启超等晚清学人，毫无疑问都是些开明"乡绅"而已。因为他们在科考中举之后，都没有直接进入仕途，而是兴教办学造福乡梓，向青年学子传授儒家思想。比如，康有为在广州开办"长兴学舍"，纳梁启超等人为徒；吴稚晖到同乡家里做塾师，为其子讲授四书五经要义等。我个人认为康有为等开明"乡绅"，最终将他们思想传播的阵地由乡间转向了大都市，甚至于还转移到了国外去讲授"国学"（章太炎先生在东京办学讲经便是如此），这都是对儒学进城乃至其现代转型的很好注解。

正确判断晚清与五四思想启蒙的西化色彩，我们首先应去分析传统"乡绅"向现代知识精英转化的历史过程。我们不妨先来看看康有为的文化功底，以及他后来思想的华丽转身。康有为出身于"诗书世家"，6 岁便入私塾跟随先生攻读《大学》《中庸》《论语》等儒学经典。少年时代他跟随祖父"日夜摩导以儒先高义、文学条理，始览《纲鉴》而知古今，次观《大清会典》《东华录》而知掌故，遂读《明史》《三国志》"[⑤]。青年时代他又

①　叶晓青：《上海洋场文人的格调》，《二十一世纪》1992 年第 2 期。

②　〔法〕白吉尔：《中国资产阶级的黄金时代（1911—1937）》，上海：上海人民出版社 1994 年版，第 60 页。

③　《汉语大词典》第 10 卷，上海：汉语大词典出版社 1992 年版，第 660 页。

④　《大辞典》，台北三民书局 1985 年版，第 4841 页。

⑤　《南海康先生年谱续编》，台北文海出版社 1972 年版，第 128 页。

到"礼山草堂"苦读三年，这些国学知识的雄厚储备，都为他后来振兴今文经学打下了良好的理论基础。1888 年中法"马尾之战"后，康有为意识到大清政权已摇摇欲坠，只有"及时变法，犹可支持，过此不治，后欲为之，外患日逼，势无及矣"①。因此他开始办学授课，与梁启超等"诸子日夕讲业，大发求仁之义，而讲中外之故，救中国之法"②。这无疑是康有为变法维新思想的产生动因。1891 年完成的《新学伪经考》，与 1892 年开写的《孔子改制考》，则应是他变法维新思想的理论支撑，尤其是他在《孔子改制考》中把孔子说成是"托古改制"的先驱者，所以就为其倡导变法维新找到了令旧派人士难以攻击的堂皇借口。在 1888 至 1898 的 10 年时间里，康有为曾 7 次上书光绪皇帝，以中国知识分子"天下兴亡匹夫有责"的忧患意识，力陈国之弊端以及变法维新的现实意义，终于感动了光绪并使其成为了"百日维新"的领军人物。我们今天再去阅读当时康有为所撰写的书籍和文章，尽管学界认为康有为的许多学说，都留有西方近代思想影响的明显痕迹，但是我个人以为这只不过是一种错觉误判，康有为虽然游历过欧美且对其繁荣昌盛感触颇深，但是不懂外语的他始终都没有同西方近代人文哲学发生过直接的思想碰撞，所以从他那些鼓吹变法维新的言辞高论中，我们所得到的深刻印象就是他对传统儒学思想的重新释义。例如有人说康有为对于物资的崇拜，"显然是属于唯物反映论范畴"③。可康有为本人所讲的"物资"概念，却并不是哲学意义上的"物资"概念，而是对物资生活本身的一种理解。他强调"美国之富强，非其民国得之，而物资为之也"④。此言明显与西方唯物论哲学无关，倒是反映了中国人实用功利主义的文化心态。还有康有为最著名的《大同书》，更是与西方空想社会主义理论风马牛不相及——他所说的"大同"社会"民为主而君为仆"的国家观，则是来自于《孟子·尽心下》中的"民为贵，社稷次之，君为

① 马洪林著：《康有为评传》，南京：南京大学出版社 1998 年版，第 211 页。
② 《康南海自编年谱（外二种）》，北京：中华书局 1992 年版，第 19 页。
③ 马洪林著：《康有为评传》，南京：南京大学出版社 1998 年版，第 211 页。
④ 康有为：《共和平议》第 2 卷，《不忍》杂志第 9、10 册合刊，1917 年上海广智书局出版，第 43 页。

轻"①。他所说的"大同"社会"仁以博施"的人文理想，也与《礼记·礼运》中"大道之行，天下为公"的"仁治"思想一脉相通。作为康有为的得意门生，梁启超对其思想的理解，恐怕要比我们透彻得多，他认为康有为的思想"无一不本于仁"，"先生之伦理，以'仁字'为惟一之宗旨"②。梁启超此言真可谓是一语道破了天机，康有为晚年全力提倡尊孔保教，最终回归传统儒学的思想规范，恰恰反映了晚清"新学"的基本性质，就是一种重新振兴儒学的自救行为。"乡绅"并没有因其"新学"之言，而成为具有现代西方人文精神的知识精英，他们只不过是一群寄居在物资生活高度繁荣的大都市，骨子里却负载着传统文化精神的"城绅"罢了。

　　梁启超是晚清思想界的另一大儒，他 11 岁考中秀才，16 岁考中举人，小小年纪便能有如此成绩，可见其国学根基之扎实。后来他到"万木草堂"，师从康有为学习今文经学，这对他成为维新志士，起到了至关重要的启蒙作用。尽管他最终还是与康有为分道扬镳，但他自己却不得不承认，"启超之学，实无一字不出于南海"③。梁启超同康有为一样，原本也是抱着走科举之路的传统思想，渴望通过发奋读书金榜题名步入仕途，然而屡试不第使他对现行社会制度产生了不满，于是便在上海开办报纸宣传自己的变革主张。梁启超一生著述繁多，涉及面也十分宽泛，从经济到法律、从政治到伦理、从文学到历史，可以说没有他所不涉猎的研究领域。然而归纳起来，梁启超的"新学"理论，主要又体现为两大方面。一是对传统文化的批判与声讨。他认为"中国数千年之腐败，其祸极于今日，推其大原，皆必自奴隶性来。不除此性，中国万不能立于世界万国之间。"梁启超毕竟比康有为年轻气盛，其叛逆精神也显得异常强烈，比如他鼓吹绝对自由意志，"不受三纲之压制"与"不受古人之束缚"，④ 这在当时西风日盛的环境下，很容易被理解为是西方人道主义的中国阐释。梁启超虽然反叛意识

---

① 康有为在《孟子微·礼运注·中庸注》里，就曾专门对此做过解释，可参见该书中华书局 1987 年版第 21 页。
② 《南海康先生传》，《饮冰室合集》第 1 册，北京：中华书局 1989 年版，第 71 页。
③ 《梁启超全集》第 10 册，北京：北京出版社 1999 年版，第 6091 页。
④ 同上，第 5932 页。

强烈，但他却对孔子本人毫无恶意，面对当时社会一些青年主张"欲支那人之进于幸福，必先以孔丘之革命"①时，梁启超则辩解说孔子与孔子之徒不同，"孔子之所以为孔子正以其思想之自由也。而自命为孔子之徒者，乃反其精神而用之，此岂孔子之罪也"②。这是今文经学最典型的思维方式，与西方思辨哲学没有丝毫关系。二是"新民"思想的言说与传播。胡适曾说梁启超对他思想的最大影响，就是"要把这老大的病夫民族改造成为一个新鲜活泼的民族"的"新民说"。③梁启超指出："新民云者，非欲吾民尽弃其旧以从人也。新之义有二：一曰淬厉其所本有而新之，二曰采补其所本无而新之。"④由"新民说"再推演到"少年中国说"，并希望未来中国"少年雄于地球则国雄于地球"，这多少都有点西方进化论的理论色彩，但可惜梁启超所言说的进化论思想，是源自于他对"公羊三世说"的变通解释——梁启超认为"上下千岁，无时不变，无事不变"，这是中国传统文化中的至理名言。⑤实际上梁启超谈"变"之说时，严复翻译的《天演论》还没有问世，所以我们也很难在两者之间，寻找出什么必然性的连带关系。梁启超非常清楚他们那一代人西学知识的严重匮乏，所以他后来才会不无遗憾地追忆道："晚清西洋思想之运动，最大不幸者一事焉，盖西洋留学生殆全体未尝参加于此运动；运动之原动力及其中坚力量，乃在不通西洋语言文字之人。坐此为能力所限，而稗贩、破碎、笼统、肤浅、错误诸弊，皆不能免；故运动垂二十年，卒不能得一健实之基础，旋起旋落，为社会所轻。"⑥

　　晚清思想界与康、梁一样具有社会影响力，并与中国新文学关系密切

---

① 绝圣：《排孔征言》，《辛亥革命前十年间时论选集》第 3 卷，北京：三联书店 1977 年版，第 208 页。

② 《保教非所以尊孔论》，《辛亥革命前十年间时论选集》第 1 卷（上册），北京：三联书店1960 年版，第 168 页。

③ 《四十自述》，《胡适文集》第 1 卷，北京：北京大学出版社 1998 年版，第 71 页。

④ 《新民说》，《辛亥革命前十年间时论选集》第 1 卷（上册），北京：三联书店 1960 年版，第 122 页。

⑤ 《变法通议》，《饮冰室合集》第 1 册，北京：中华书局 1989 年版，第 1 页。

⑥ 《梁启超论清学史二种》，上海：复旦大学出版社 1985 年版，第 80 页。

的历史人物，还有人称"章疯子"的国学泰斗章太炎，以及后来任北大校
长的鸿儒蔡元培等饱学之士。章太炎早年曾师从儒学大师俞樾读经，使其
"驰骋百家，揥撦子史"①，受益匪浅；后来他加入同盟会积极参与"反满"
革命，因其言辞犀利笔无藏锋而又遭受过牢狱之苦；从狱中出来他东渡日
本开班讲学，吸引了包括周氏兄弟在内的一大批中国留学生。综观章太炎
一生的理论著述，可以说他的思想是比较复杂的：一方面推崇孔子的仁学
思想，一方面又极力主张"种族革命之志为复仇"；②一方面抨击传统儒学
弊端丛生，一方面又充分肯定儒家礼教对于稳定社会秩序具有不可替代的
积极作用；③一方面号召国人不要去"崇信孔教"，一方面又鼓励国人"爱
惜我们汉种的历史"④；一方面赞美斯宾塞尔的进化论思想，一方面又把它
纳入老子"一生万物"的宇宙观去加以阐释。⑤章太炎思想上的内在矛盾，
很具有一种时代性的象征意义——用"国学"去诠释"西学"，再通过现
代报刊杂志等传播媒介，去推广这种所谓的"新学"知识，进而以期达到
思想启蒙的社会效果。这就是我常常谈到的"化西"行为。蔡元培的情况
也大致是如此，恐怕没有人会怀疑这位晚清翰林院进士的国学水准，其一
生对儒家伦理以及哲学美育等方面的研究成果，早已得到了国内学界的一
致认可。由于蔡元培曾到德国留学四年，故有学者便称其为是"近代中国
学术文化史上一位学贯中西的'通人'"。⑥这种说法未免有点夸张。德语
是世界上比较难学的一种语种，蔡元培自写年谱中曾这样记载："在柏林
一年，每日若干时习德语，若干时教国学，若干时为商务编书，实苦应接
不暇。德语进步甚缓，若长此因循，一无所获而回国，岂不可惜！"三年
之后他又记载道："来此三年，拾取零星知识，如于满屋散线中，暗摸一、

---

① 《致汪康年》，转引自姜义华著《章太炎评传》，南昌：百花洲文艺出版社 2010 年版，第 14 页。
② 《定复仇之是非》，《辛亥革命前十年间时论选集》第 2 卷（下册），北京：三联书店 1963
　 年版，第 767 页。
③ 《论礼仪》，《昌言报》1898 年第 6 册，第 3 页 B 面。
④ 《演说录》，《民报》1906 年第 6 号，第 8—9 页。
⑤ 《论进境之理》，《昌言报》1898 年第 3 册，第 1 页 B 面。
⑥ 高平叔《蔡元培评传·序》，载张晓唯著《蔡元培评传》第 2 页，南昌：百花洲文艺出版
　 社 2010 年版。

二，而无从连贯。"① 蔡元培留学德国时已是不惑之年，让其在短时间内熟练地掌握德语，并达到"贯通"西学的惊人地步，无疑是我们后人在强人所难。语言方面客观存在的交流障碍，使蔡元培更多是以直观性的了解，去揣摩西方古老文化的魅力和神韵，比如欣赏古希腊壁画与感受莱茵河畔的民俗民风，聆听西方音乐和观看西方的歌剧与话剧等。这种汲取异域文化养分的直观方式，并没有使蔡元培对西方文化产生认同感，而是使他更加自觉地回归了传统，比如他认为儒家伦理是中国文化不可或缺的重要因素，儒学礼教"教凡民"、"礼节奢"、"乐易俗"，实为"吾族伦理界不祧之宗"，在中国"极右派与极左派，均与中华民族性不适宜，只有儒家的中庸之道，最为契合，所以沿用至今二千年"②。由此我们不难看出，后来蔡元培主政北大，能够包容新旧两派学人，且允许各种思想观点自由碰撞，绝不是什么西方人文精神的宽容意识，而是儒家文化不偏不倚的中庸思想。

　　如果说康有为与梁启超等"乡绅"进城，并以今文经学为基础去酿造"新学"，最终构成了新文学发育成长的直接土壤；那么胡适与鲁迅等新文学的关键人物，他们离乡"进城"的目的与过程，则明显要比他们的前辈复杂得多。胡适、陈独秀、鲁迅、郭沫若等五四文学革命主将，青少年时代也都是在乡间私塾接受教育，他们对于经史子集等方面的国学训练，其实也并不比康、梁那一辈人差多少。比如郭沫若在《我的童年》一文里，就曾讲述过他接触国学的那段经历。他说"蒙学"阶段背《唐诗三百首》《千家诗》，以及《易经》《书经》《周礼》《仪礼》等国学经典，由于他的记忆力极好，往往他哥哥还在那里反复地朗读，"我倒可以成诵了"。后来他又跟随先生研读《古文尚书》《春秋》《史记》与《礼记》，这些扎扎实实的国学训练，无疑为他后来研究中国古代历史和文学，提供了强有力的知识储备。③ 胡适也说他在"蒙学"期间，"读过《诗经》《书经》《礼记》"，④ 可

---

① 《自写年谱》，《蔡元培全集》第 7 卷，北京：中华书局 1989 年版，第 298、302 页。
② 《蔡元培全集》第 5 卷，北京：中华书局 1984 年版，第 488 页。
③ 《我的童年》，《郭沫若选集》第 3 卷，北京：人民文学出版社 1997 年版，第 30—37 页。
④ 《四十自述》，《胡适文集》第 1 卷，北京：北京大学出版社 1998 年版，第 66 页。

见五四时期他在历史与文学方面所做的那些考据，也是得益于他早年接受过的国学训练。胡适等新文学主将发奋读书研读国学，其最初目的仍旧是走科举之路，只不过 1905 年科举制度被废除以后，这才彻底打破了他们继续走传统仕途之路的最后梦想。胡适 1910 年在写给他母亲的信中，便这样去阐述他出国留洋的真实想法："现在时势，科举既停，上进之阶惟有出洋留学之途。"①我并不无视清末民初大量青年学子出洋留学的爱国热情，但是胡适此言应该说在当时社会还是具有一定代表性意义的——将留洋当作"上进之阶"，然后再重新回归社会权力中心，尽管他们同康、梁所走的不是同一条路子，但是目的性却是完全一致的。在科举废除前途一片茫然之际，胡适等新文学代表性人物，他们都经历过一个从传统国学向"新学"转变的思想过程，而梁启超对他们的影响又是至关重要的。胡适说："梁先生的文章，明白晓畅之中，带着浓挚的热情，使读的人不能不跟着他走，不能不跟着他想。"②郭沫若也说梁启超的文章浅显易懂，"二十年前的青少年——无论是赞成或反对，可以说没有一个没有受过他的思想或文字的洗礼的"③。我个人所感兴趣的一点，是胡适与郭沫若两人都谈到了梁启超文章的通俗易懂性，至少我们可以从中得出这样一种结论：五四文学革命最初的白话文运动，其精神动力正是源自于梁启超的文风与思想。除此之外，鲁迅五四时期"幼者本位"的思想信仰，表面观之是西方进化论的中国阐释，而实际上倒是与梁启超的"新民说"和"少年中国说"有着一脉相传的师承关系。我并不否认五四新文学的重要人物后来都有过留洋求学的特殊经历，但是他们从国外所学到的那点人文知识，远不及他们对传统国学与"新学"的热衷程度。余英时先生对此看得十分清楚，他指出"虽然他们之中，许多人都出国留学（美国或者日本），直接间接地受到西方思想的冲击，但他们即使在国外的时期也不曾完全与旧学绝缘。最显著的，如胡适在美国写'先秦名学史'的博士论文，鲁迅与钱玄同则同时在东京向

---

①　转引自许纪霖主编：《20世纪中国知识分子史论》，北京：新星出版社2005年版，第133页。
②　《四十自述》，《胡适文集》第1卷，北京：北京大学出版社1998年版，第71页。
③　《我的童年》，《郭沫若选集》第3卷，北京：人民文学出版社1997年版，第97页。

章太炎问学"①。因此，我们必须正视这样一个客观事实：新文学作家青少年时代所接受的文化教育，对其一生的思想发展都具有至关重要的决定性意义。比如沈从文说他在"私塾"授业的一年时间里，就已经"形成了我一生性格与感情的基础"②。而鲁迅自己也说由于"从旧垒中来"，所以"却正苦于背了这些古老的鬼魂"。"从旧垒中来"固然使其对传统文化的历史弊端，"情形看得较为分明，反戈一击，易制强敌的死命"；同时也使他们十分清楚地意识到，"积习当然也不能顿然荡除"③，对传统文化的依恋与坚守，同样是他们发自内心的自觉行为。然而新文学主将们哪一个又不是"从旧垒中来"呢？闻一多的文化寻根就是一个典型事例。闻一多曾迫切渴望出国留洋，而一旦到了美国学习西洋美术，他却发现自己真正的兴趣还是中国文学，故他一度想中断学业，"巴不得立即回到中国来进行我的中国文学的研究"。④

五四新文学作家这种传统文化情结，与康有为、梁启超、章太炎、蔡元培等人的情形并无本质区别，无论他们如何热衷于西方文化，都不可能违背人类文化的内在规律：每一个民族的文化都具有其"巨大的历史连续性"，任何人都"不可能轻易清除这种基本的人类特质"。⑤由于文化个体与文化传统之间的不可分割性，新文学作家的所谓反传统，绝不可能是对传统的"彻底"否定，而只能是"去其糟粕取其精华"。批判不过是一种手段，坚守才是其最终目的。实际上，鲁迅早在小说《狂人日记》中，就以"狂人"的盲目反叛与理性回归，形象化地阐述了文化个体与文化母体的辩证关系。"狂人"借助"月亮"发出的微弱之光（我们不妨将其视为外来文化的影响），立刻从几千年的思想混沌中幡然觉醒。他无师自通地从历史中发现了中国文化的"吃人"本质，并因其与"狼子村"村民（中国人的暗喻或象征）的思想对立而变得异常孤立。但随着"狂人"启蒙言说

① 余英时：《现代危机与思想人物》，北京：三联书店2005年版，第60页。
② 《沈从文全集》第13卷，太原：北岳文艺出版社2002年版，第251页。
③ 《鲁迅全集》第1卷，北京：人民文学出版社1981年版，第285—286页。
④ 《致亲人》，转引自刘烜著：《闻一多评传》，北京：北京大学出版社1983年版，第54页。
⑤ 〔美〕露丝·本尼迪克：《文化模式》，北京：华夏出版社1987年，第6页。

的逐步展开，他又遭遇到了一种前所未有的绝望困境：同样作为"狼子村"文化的历史负载者，他自身就具有"吃人"文化的血统和经历，由此，他本人所自诩的启蒙者身份，也将受到人们的强烈质疑。所以，他不敢再继续的"想下去"，而是赶快"病愈"前去"候补"。《狂人日记》具有极为深刻的时代寓意性，透过它那象征主义色彩浓重的故事叙事，我们可以感受到鲁迅对五四文化虚无主义倾向的质疑否定态度，以及他对中国传统文化复杂性构成因素既批判又包容的科学理性精神。鲁迅明确地向主张"西化"启蒙的精英群体表达了截然不同的文化理念：没有传统文化，也就没有中华民族的历史存在。然而，新文学在其诞生伊始，并没有真正理解《狂人日记》的创作本意，而是伴随着全社会"西化"热情的逐步降温，才开始认真思考传统文化的现实价值。鲁迅所开启的新文学传统，并非只是简单的文化批判与否定，而是有其自身背景的文化坚守与继承，这既是新文学发生和发展的历史本源，更是新文学借鉴西方而又不同于西方的本质所在。

二、爱恨交织与新文学反传统的矛盾呈现

从新文学作家的文化背景，我们再去看看他们"反传统"的具体表现。

反传统与反封建作为中国新文学的创作母题，是国内学界早已达成的思想共识。然而自觉负重传统文化的现代作家，他们究竟又是怎样去反传统与反封建的呢？综观新文学创作的具体实践，无非就是对"礼教吃人"的强烈控诉。五四期间，吴虞这位被胡适誉为"只手打到孔家店"的老英雄，最先发出了"吃人的就是讲礼教的，讲礼教的就是吃人的"[①]愤怒呐喊，他这种蔑视传统目空一切的叛逆情绪，很快便在新文学创作中蔓延开来，比如像家长专制与"节烈"等诸问题，都被视为是封建"礼教"的千古之罪，成为了新文学反传统的攻击对象。问题是新文学对于所谓封建"礼教"的百般诘难，却是在对"礼教"概念懵懂无知的情况下发生的，即

---

① 《吃人与礼教》，《新青年》1919 年第 6 卷第 6 号。

便是到了 21 世纪的当今时代，学界仍没有对什么是"礼教"做出过明确的释义。比如我们翻阅那些权威词典，几乎都找不到有关"礼教"的专属词条；唯一有所解释的《汉语大辞典》，也只是将其定义为"礼仪教化"。①这一诠释应该说比较符合历史事实，因为孔子当年做《论语》而修《春秋》，其真正目的就是要以礼仪之教，去正"民风"而纠"庸俗"，以达到提升民族文化素质的最终目的。可为什么新文学却紧紧咬住"礼教"不放，且非要置其于死地而后快才肯罢休呢？李长之对此就曾深感困惑不解，他甚至质疑新文学"对于孔子的真精神有认识么？"②我们究竟应该怎样去评判新文学反传统的历史意义？又该怎样去看待新文学所罗织的那些"礼教"罪名？我个人认为必须回归历史"现场"，只有通过对作品文本的客观分析，而不是凭借研究者的主观想象，我们才会得出科学而公允的评判结论。

反对家庭专制作为反封建礼教最重要的内容之一，无疑是中国新文学向世人展示其现代性因素的显著标志；而新文学最具有时代影响力的创作主题，又理所当然的是现代青年的"离家出走"。为什么"离家"之举会颇受青睐，并能够达成社会各界的广泛共识？这是因为"'家族'是中国文化一个最主要的柱石，我们几乎可以说，中国文化，全部都从家族观念上筑来，先有家族观念乃有人道观念，先有人道观念乃有其他的一切"③。所以将"离家"理解为是反封建与反传统的理由或借口，很容易引发年轻一代的心灵共鸣。故郁达夫说新文学"最大的成功，第一要算'个人'的发现。从前的人是为君而存在，为道而存在，为父母而存在的，现在的人才晓得为自我而存在了"④。把"离家出走"作为新文学反封建与反传统的思想坚守，它又具体表现为"恶父"、"恶母"以及"大家庭罪恶"等三个方面。

"父亲"批判是五四以来新文学创作所致力最深的一个表现题材，无论

① 《汉语大辞典》，上海：上海汉语大辞典出版社 1991 年版，第 962 页。
② 《五四运动之文化的意义及其评价》一文，《李长之批评文集》，珠海：珠海出版社 1998 年版，第 329 页。
③ 钱穆：《中国文化史导论》，北京：北京大学出版社 1996 年版，第 19 页。
④ 《〈中国新文学大系·散文二集〉导言》，载上海文艺出版社 2003 年影印版，第 5 页。

是小说还是话剧几乎可以说俯首可拾比比皆是。一谈到"父亲"批判，我们首先会想到曹禺话剧《雷雨》中，周萍所说过的一句话：他"恨"自己的父亲，"就是犯了灭伦的罪也干"[①]。而更富有戏剧性的是，曹禺本人他也"恨"自己的父亲。[②] 毫无疑问，"恨"父亲在中国现代社会思想启蒙时期，并不被认为是一种复杂的心理学现象，而被理解为是一种反封建与反传统的精神动力；所以在新文学创作的具体实践当中，父子矛盾完全被描写成了水火不容的敌对关系，甚至还被演绎为是被压迫者对压迫者的血泪控诉。重新回顾新文学的"父亲"批判，无非是要揭示"父亲"的"专制"人格，即自私冷漠与蛮横无情——而这种"专制"人格，往往又被集中表现为是"父亲"剥夺子女婚姻大事的支配权力，最终在父亲威严之下，酿成无可挽回的命运悲剧。话剧《幽兰女士》（陈大悲）与《获虎之夜》（田汉），都是讲述父亲"自私冷漠"的经典作品。《幽兰女士》中的丁葆元，是个封建遗老式的人物，他墨守成规笃信礼教，为了巴结社会权贵，他一心要将女儿幽兰嫁给田四爷的大公子，以便在这种结亲过程中去巩固自己的政治地位。当丁葆元听说幽兰正与汪裁缝的侄子热恋，他立刻神情紧张勃然大怒，一定要拆散这对苦命鸳鸯。因为在他看来如果女儿嫁给了一个穷裁缝的侄子，那么自己所苦心经营的计划就完全失败了，所以他不能容忍女儿的任性胡来，结果导致幽兰抗争无望只能自杀殉情。《获虎之夜》中的魏福生，是一个富有的大户主人，其女莲姑原本就与黄大傻青梅竹马两小无猜，只不过是因为黄家后来经济破产势力衰落，所以魏福生才会拼命地反对这门亲事；即便是黄大傻中枪已经奄奄一息，再加上莲姑向其父亲苦苦求情，可魏福生却泰然处之无动于衷，结果硬是逼得黄大傻举刀自刎命归黄泉。魏福生反对女儿婚事的唯一理由，就是莲姑与黄大傻两人门不当户不对，而作者设计这一故事情节的原始初衷，也是明确具有反封建与反传统的主观意图。老舍的小说《骆驼祥子》，也为我们塑造了一个"蛮横无情"的"父亲"形象。刘四爷是京城车行的老板，自然是属于有钱人之列；但不幸他养

[①]《雷雨》第二幕，北京：人民文学出版社 1994 年版，第 65 页。

[②]　田本相著：《曹禺传》，北京：北京十月文艺出版社 1988 年版，第 16 页。

了一个丑闺女，"长得虎头虎脑，因此吓住了男人"；虎妞好不容易才设计把"臭拉车的"祥子拴柱，可刘四爷却压根没有看上这个穷女婿；在"要他没我，要我没他"的父女争执中，刘四爷自知已无法改变女儿的出嫁决定；于是他便当着众人之面宣布，终结了他与虎妞之间的父女关系。新文学这种"父亲"批判的社会倾向，很快又波及到"母亲"批判的层面上来，就像男性作家"恨"父亲一样，女性作家也滋生出了一种"恨"母亲的极端情绪。新文学的"母亲"批判，大致可以分为两种类别：一是基于"男主外而女主内"的认知视角，尽显"母系家长"的绝对权威，像谢冰莹的纪传体小说《一个女兵的自传》，就是这一类别作品中的代表性文本。在"母亲"强势而父亲"弱势"的谢家，由母亲替谢冰莹许下了一桩婚事，男方不仅家庭殷实富甲一方，而且未来夫婿还是一个大学生；可是对于追求个性解放的谢冰莹而言，她却并不把母亲的一番好意看作是一种母爱意识的表现，相反还当作是封建观念加以拒之。我个人所感兴趣的一点，是谢冰莹对其"恶母"形象的如此塑造："这东西简直不是人，父母大于天，岂敢和我们作对！送你读书，原望你懂得孝、悌、忠、信、礼、义、廉、耻；谁知你变成了畜生，连父母都不要了！婚约是父母在你吃奶的时候替你订下来的，你反对婚约，就等于反对父母！"[1]在谢冰莹的笔下，"慈母"概念遭到了彻底颠覆，"母爱"意识更是荡然无存，"母亲"与"父亲"被捆绑在一起，成为了反"家长专制"的否定性对象。二是专指由于"父亲"的缺席，"母亲"便自觉地承担起"家长"的职责，像张爱玲的小说《金锁记》，则是这一类别作品的代表性文本。凡是读过《金锁记》的人，恐怕都忘不了曹七巧这一"恶母"形象，她驾驭儿子管控女儿，把一个原本应是正常的家庭，搞得乌烟瘴气众叛亲离，其对子女的"恶"之程度，也绝对算得上是令人发指。张爱玲之所以会把曹七巧作为"母系"家长制的象征性人物，这是由新文学积极参与中国现代思想启蒙运动所决定的，人们无须怀疑张爱玲本人对于反封建思想启蒙的高度热情，但是她以否定"母爱"去

---

[1] 《一个女兵的自传》，北京：华夏出版社 2009 年版，第 105 页。

敌视"母性"本能的做法却是值得商榷的。

　　长期以来，由于受反封建与反传统启蒙话语的深刻影响，新文学作家在其高呼猛进的时代大潮中，也一直都存在着这样一种思想困扰："父亲"和"母亲"究竟何罪之有？我们到底为什么要去反对"父亲"和"母亲"？难道将"父亲"与"母亲"推上了历史审判台，中国社会与文化就获得了现代性了吗？需要做一说明的是，将反"家长专制"视为反封建与反传统的主要内容，这一见解最早出自于清末民初的无政府主义者之口。他们认为"盖家也者，为万恶之首"，故"欲开社会革命之幕者，必自破家始矣"。[①] 中国近现代知识精英将无政府主义思想，作为西方现代人文精神在国内广为传播，无疑是表现出了他们对于西方近现代主流哲学的认知错位，因为无政府主义即使是在西方也不具有普遍性意义。西方学者在考察中国的无政府主义思潮时，他们就曾明确地指出"中国知识分子 20 世纪初对西方无政府主义发生兴趣"，完全是出于一种"为我所用"的实用功利主义目的，他们以"去政府"和"毁家"为时尚口号，无非就是要"与当时中国的革命问题建立起联系"。与此同时他们还惊奇地发现，中国知识分子所宣传的无政府主义思想，与西方的无政府主义并无直接关系，其"形式不折不扣地是道家思想"[②]。新文学创作受中国式的无政府主义思潮影响已不再是什么秘密，我个人所要关注的焦点问题，则是新文学作家们的"毁家"态度，到底有多么的决绝与执着。尤其是鲁迅与巴金这两位新文学巨匠，历来都被学界当作是反"家长专制"的思想重镇，而《狂人日记》与《家》的创作主题，更是被视为反封建与反传统的经典之作，难道客观事实果真是如此吗？我个人始终是心存疑虑的。《狂人日记》与《家》这两部作品，给读者最为深刻的阅读印象，就是"父亲"与"母亲"的全部缺席；既然创作主题是反"家长专制"，那么为何却让被批判的主体对象退场，并以

---

① 汉一：《毁家论》，《辛亥革命前十年间时论选集》第 2 卷第 916 页，北京：三联书店 1977 年版。

② 〔美〕田辰山：《中国辩证法：从〈易经〉到马克思主义》，北京：中国人民大学出版社 2008 年版，第 5 页。

"大哥"或"爷爷"取而代之呢？学界对此所给出的一致答案，是认为鲁迅与巴金的真实意图，无外乎要将"家"之批判扩展到"家族"批判，进而提升反封建与反传统的思想深度。这种见解不能说没有一点道理，但却遮蔽了研究对象的问题本质。因为一个缺失了"父母"的家庭，已不再具有"家"的实体意义。在《狂人日记》里，"大哥"的确扮演着"长兄如父"的家长角色，同赵贵翁等人对叛逆之"我"，组成了"吃人"社会的牢固联盟；《家》中的"高老太爷"更是九五之尊，他高高在上掌控一切，甚至随意一个想法，就能改变高家年轻人的前途和命运。问题在于鲁迅与巴金笔下的这些艺术符号，只不过仅仅是形而上的艺术符号罢了，在他们形而下的真实情感生活当中，无论是"大哥"还是"爷爷"，都是他们难以割舍的亲情对象。鲁迅一篇《风筝》将兄弟之间的手足之情，写得是那样的感人至深；而巴金也说父亲死后爷爷"很爱我"，在他走到生命尽头时还眼含泪水深情地看着"我"。[1]也许我们现在应该揭开谜底了：鲁迅与巴金都将"父母"（尤其是"父亲"）剔除出反封建的批判对象，而以"大哥"或"爷爷"成为一种思想启蒙的牺牲品，这是因为在他们的潜意识里都有一个心理阴影——他们都是明天的"父亲"和明天的"家长"，如果将"父亲"推上历史的审判席，那么也就意味着自己早晚也将会成为被下一代所批判的否定对象。鲁迅在其《我们现在怎样做父亲》一文里，尽管表达了他对"父亲"职责的深刻理解，但同时也意识到自己终将成为"父亲"的严酷现实。

所以，新文学从其一发动"父亲"批判开始，就深深埋下了强烈自责的矛盾心理。我们读朱自清先生的散文《背影》，都说它是一篇歌颂"父爱"的上乘之作，但究竟有多少学者从作品文本出发，去注意到朱自清先生的真实用意呢？望着"父亲"为"我"买橘子而穿越铁路攀爬站台的笨拙背影，"我的眼泪很快地流下来了"。"我"之所以不再厌恶"父亲"而被"父爱"所感动，最直接的理由是朱自清写此文时自己也已经做了"父亲"，青春期叛逆心理过后的理性回归，使他对"可怜天下父母心"的古

---

[1] 《巴金选集》第 10 卷，成都：四川人民出版社 1996 年版，第 58 页。

训又有了重新的认识。许钦文的散文《父亲的花园》，也与五四反"家庭专制"的激情主义相违背，作者通过对"家"和"父亲"的美好记忆，率直地表达了他对曾经反抗过的那个"家"的无限怀念。张天翼的小说《包氏父子》，虽然讽刺与调侃了老包对于儿子的教育失败，但是谁也不能否认老包对于小包的挚爱亲情，恰恰是在张扬中国"家"文化的固有底蕴。还有老舍先生的长篇小说《四世同堂》，更是一反他在《骆驼祥子》里的反"父"倾向，并以祁家这个大家庭为叙述背景，竭力去表现中国"大家庭"文化的亲和力与凝聚力。有学者曾认为新文学作家的这种自身矛盾，是他们思想还未彻底摆脱传统文化制约的一种表现，[①]试问难道通过反"父母"以实现反"家长专制"，就是所谓西方现代意识的集中体现吗？这是始于五四思想启蒙的一个逻辑怪圈——将青春叛逆的生理现象，直观地理解为社会变革的文化现象，进而把父子（母女）之间理性与感性的矛盾对立，直接升华为新旧两种势力之间的殊死搏击；当自己也成为了"父亲"（母亲）之后，再去反思自己年轻时代的荒唐举动，这种周而复始从未间断过的历史轮回，究竟属不属于反封建很值得我们去认真地反思。至少老舍先生说出了他自己的真心话："那是我的家，我生在那里，长在那里，那里的一草一砖都是我的生活标记。"[②]老舍不再把"家"看作是一种"梦魇"，而是看作一种情感归宿的温馨港湾，并自觉地去维护和认同家庭内部的稳定秩序，可以说这是新文学对于儒家文化的皈依而不是反抗。正是由于新文学作家先后都度过了他们生理上的青春期，所以他们都不再是那么的思想幼稚和盲动，即便是像巴金那样立场坚定的"毁家"斗士，也在《寒夜》的结尾处让曾树生感到了无家可归的心灵悲凉——"夜的确太冷了。她需要温暖。"因为无论新文学作家怎样去通过反"家长专制"去反传统，他们都必须直接去面对一个最简单的基本命题：没有了"家"我们将栖身何处？没有"父母"我们又从哪里而来？故将"父母"作为封建专制文化的

---

① 曹书文在其著作《家族文化与中国现代文学》一书中，曾多次谈到过这一问题，中国社会科学出版社 2002 年版，可参见该书 343 页总结部分。

② 《小人物自述》，载《老舍全集》第 8 卷，北京：人民文学出版社 1999 年版，第 290 页。

抽象符号，让他们去承担本不应该由他们去承担的历史罪名，新文学这种反封建与反传统的伟大壮举，恐怕其负面影响更应引起我们的理性反思。

　　反"节烈"思想作为反封建礼教的另一重要内容，更是反映着中国人同传统文化彻底决裂的一种姿态；体现在新文学创作的具体实践上，则无疑又是以女性解放为其表现特征。早在五四思想启蒙运动之初，"节烈"与"贞操"等社会问题，就已经被先驱者视为儒学礼教的头号罪名，受到了来自于各方面知识精英的猛烈攻击。胡适在《贞操问题》一文中便公开斥责说："中国的男子要他们的妻子替他们守贞守节，他们自己却公然嫖妓，公然纳妾，公然'吊膀子'。再嫁的妇人在社会上几乎没有社交的资格；再婚的男子，多妻的男子，却一毫不损失他们的身份。这不是最不公平的事吗？"①而鲁迅也以充满着讽刺意味的文字调侃道："我可以说，可惜男的孝子和忠臣也不多的，只有节烈的妇女的名册却大抵有一大卷以至几卷。孔子之徒的经，真不知读到那里去了；倒是不识字的妇女能实践。"②新文学作家很快便将五四时期的"节烈"批判思想，忠实地贯彻到了他们文学创作的艺术实践当中，并以替传统女性申冤叫屈的代言人身份，为后世读者留下了大量血泪控诉的故事样本。鲁迅的小说《祝福》，历来都被认为是新文学反封建"礼教"的经典之作，寡妇祥林嫂因为两次嫁人，被鲁镇人视为不贞之妇，所以除夕之夜被鲁四老爷赶出了大门，最后活活饿死与冻死在鲁镇的街头。杨振声的小说《贞女》，讲述少女阿娇还未成亲，未来丈夫就因病死亡，由于受封建"礼教"的影响很深，她自愿选择了自杀殉情，以自己年轻的生命为代价，去博得一个"贞女"的社会名声。彭家煌的小说《节妇》，更是一篇堪称反"礼教"的奇妙之作：少女阿银嫁给七十岁的"候补道大人"做填房，两年后她就成了寡妇，于是"候补道大人"家里要其守节不能改嫁，可"候补道大人"的儿子却偷偷将其霸占为己有，后来"候补道大人"的孙子也将其霸占为己有，使阿银变成了"候补道大人"一家三代男人的共同"玩物"。张天翼的小说《脊背与

---

① 见《胡适文集》第2卷，北京：北京大学出版社1998年版，第505页。
② 《鲁迅全集》第3卷，北京：人民文学出版社1981年版，第127页。

奶子》，则揭示了封建"礼教"的虚伪本质，任三嫂为了追求自己的人生幸福，与人私奔被族长长太爷派人抓了回来，长太爷命人将任三嫂捆绑起来严刑拷打，表面上是为了维护"礼教"以儆效尤，但实际上却是长太爷自己在那里泄私愤——长太爷自己曾多次调戏任三嫂不成，于是便借此机会堂而皇之地去整治她一下。新文学创作无一例外都把节操问题归罪于封建"礼教"，并且对其展开了顽强而猛烈的全面攻击，但是它所批判的矛头所指，究竟是不是属于"礼教"的范畴？这无疑是事关我们去评判新文学价值观的首要问题。在中国古代的典章法律中，并没有要求妇女夫死殉情之说，而且还明令规定寡妇可以再嫁。比如《宋刑统·户婚律》就明明白白地写着寡妇可以再嫁，当然执政者也附加有一定的前提条件，即："夫丧百日外"、"贫苦不能存者"以及"不能更占前夫屋业"等。宋朝法律不但允许寡妇再嫁，而且还可以带走前夫之子，由此可见作为知识精英的上层统治者，他们的思想要比我们想象的更加开明。[1]另外，新文学关于"节烈"问题的理论溯源，都无一例外指向了宋代大儒"二程"。不错，程颐的确有过"饿死事极小，失节事极大"之言，但是程老夫子这句话的起因与原文究竟是怎样？我们恐怕有必要对此做一完整的还原。《程氏遗书》卷二十二里这样记载——"问：'孀妇于理似不可取，如何？'曰：'然。凡取，以配身也。若取失节者以配身，是己失节也。'又问：'或有孤孀贫穷无托者，可再嫁否？'曰：'只是后世怕寒饿死，故有是说。然饿死事极小，失节事极大。'"仅就这段话来分析，程颐所说的守"节"，是对于男女双方而言，寡妇再嫁是"失节"，而男子娶寡妇也是"失节"，并无什么性别歧视的意思。程颐提出"饿死事极小，失节事极大"的道德观念，有一个十分重要的理论前提，却被我们后人所人为地忽视了，即对爱情忠贞不渝的坚定信念。程颐说"凡人为夫妇时，岂有一人先死，一人再娶，一人再嫁之约？只约终身夫妇也"[2]。如果我们将程颐"只约终身夫妇"之言，与西方教堂婚约的爱你一生一世相比较，无非都是在强调爱情永恒的人文理想，

---

① 可参见张希坡著：《中国婚姻立法史》，北京：人民出版社 2004 年版，第 58—65 页。
② 《二程遗书》，上海：上海古籍出版社 2000 年版，第 356—359 页。

而这种爱情信念对于社会稳定又具有极其重要的现实意义。因此将程颐的原话断章取义，并通过文学叙事的形象演绎，进而构成新文学"礼教"批判的攻击对象，多少都有点"欲加之罪何患无辞"的味道。既然所谓"节烈"与"礼教"无关，那么我们就应该注意到它的"庸俗"本质。其实鲁迅在小说《祝福》里，就已经意识到了这一问题，他并没有将祥林嫂之死归罪于"礼教"，而是归罪于鲁镇人长期信奉的那些"庸俗"——卫老婆子对参与绑架贩卖祥林嫂的不以为然，柳妈对祥林嫂竟肯"依了"贺老六的困惑不解，庙祝视祥林嫂为不"洁"之人的轻蔑态度，这些因素才是导致祥林嫂悲剧的直接原因。毫无疑问，新文学作家对于所谓"节烈"的攻击与批判，应被视为对社会"庸俗"的攻击与批判，这不仅不是站在儒家"礼教"的对立面上，相反却与"礼教"的宗旨是完全一致的。《礼记》对于"礼教"节制"庸俗"之作用，早已有过十分明确的意义阐释："是故圣人作，为礼以教人，使人有礼，知自别于禽兽。"[1] 说的就是"礼教"之目的，就是要让国人懂得做人之道理，即"礼也者，理也"[2]。对此"学衡派"的人士邵祖平在五四时期，就曾对新文学所罗列出的那些"礼教"罪名发出过质疑，他说"女子贞节诸问题，不过为破除风俗之一端"，与儒家"礼教"有何相干？[3] 只可惜这一正确判断，并没有引起新文学作家的足够重视。其他诸如"纳妾"与"典妻"等新文学所反映的社会问题，同样也是属于"庸俗"之孽而不属于"礼教"之罪。比如在"理学"盛行的明朝时期，《大明律》就曾明文规定凡因钱财而将妻子"典与人为妻妾者，杖八十"；[4] 同时规定男子"四十以上无子者，方许娶妾，违者，笞四十"[5]。由于中国各朝各代的法律法规，都是出自于儒学精英之手，故他们对于社会"庸俗"的强烈抵制，实际上其思想源头还是与"礼教"教义有关。可见古今知识精英对于民间文化的"庸俗"现象，其思想见解基本相同并无两样；

---

① 《礼记译注》(上册)，上海：上海古籍出版社 2004 年版，第 3 页。
② 《礼记译注》(下册)，上海：上海古籍出版社 2004 年版，第 666 页。
③ 《论新旧道德与文艺》，《学衡》杂志 1922 年第 7 期。
④ 顾鉴塘、顾鸣塘著：《中国历代婚姻与家庭》，北京：商务印书馆 1996 年版，第 111 页。
⑤ 可参见张希坡著：《中国婚姻立法史》，北京：人民出版社 2004 年版，第 57 页。

只不过出于思想启蒙的实际需求，新文学作家把"庸俗"和"礼教"进行
了概念置换而已。

新文学创作的"礼教"批判，作为颠覆传统旧秩序的一种手段，它与
"婚姻自主"、"恋爱自由"、"个性解放"的启蒙口号相呼应，几乎构成了中
国传统文化现代变革的唯一性诉求。因为在五四启蒙精英的主观意识里，
早已形成了这样一种简单的逻辑思维：若要建立起现代中国文化的全新秩
序，就必须去铲除民族传统文化的儒学根基。所以胡适才会不无自信心地
向社会宣称："假使有人问：'何以要拥护德先生和赛先生便不能不反对国
粹和旧文学？'答案自然是：'因为国粹和旧文学是同德、赛两位先生反对
的。'"①然而新文学从其发难伊始，就将其所效法的西方文学样本——易卜
生的《玩偶之家》，完全做了中国式的阐释与解读。娜拉离开丈夫走上社
会的真正目的，是要堂堂正正地去做一个"独立的人"；而新文学鼓励青
年反抗的真正目的，则是要去争取婚姻自主的神圣权力。故"节烈"批判
与婚恋自由相辅相成，的确推动了中国现代思想解放运动的快速发展。但
是我们也必须注意到这样两个问题：首先，新文学所倡导的婚恋自由，其
本身就是中国古典文学的固有主题，从《莺莺传》到《西厢记》，可以说
中国人对于婚恋自由的理想与追求，从古至今都没有间断过；因此，新文
学虽然借用西方理论话语去重新演绎古老而传统的爱情故事，但它却始终
没有走出以传统去反传统的叙事套路，对此我们研究者应该具有自己的理
性判断力。其次，也是最为关键的一点，新文学主张打破传统文化的道德
秩序，彻底解放人的情感欲望与行为方式，那么这种社会新思潮所造成的
实际后果，究竟又是一种什么样的精神状态呢？用苏雪林自己的话来讲，
就是"自由恋爱"变成了"自由乱爱"，她说那时候社会躁动得十分厉害，
"男女学生随意乱来，班上女同学，多大肚罗汉现身，也无人以为耻"②。而
石平梅在其小说《弃妇》里，更是毫不客气地写到：在"自由恋爱的招牌
底，有多少可怜的怨女弃妇被践踏着！"五四以后中国社会道德秩序曾一

---

① 见《胡适文集》第 2 卷，北京：北京大学出版社 1998 年版，第 551 页。
② 《苏雪林自传》，南方：江苏文艺出版社 1996 年版，第 43 页。

度混乱，婚外恋与姨太太现象也十分风行，不仅蔡元培与胡适等人纷纷谴责，新文学作家自身也开始了认真的反思。曹禺的《雷雨》和巴金的《寒夜》，就是两个很好的例子。对于曹禺《雷雨》的研究，学界至今仍停留在反封建的理论层面，不厌其烦地去探讨它揭露所谓大家庭罪恶的创作主题；并把周蘩漪看作是一个敢于追求个性解放的新女性，甚至就连她和周萍之间的乱伦行为，也被理解成是反"礼教"的叛逆之举。学界这种呆板与教条的思维模式，在很大程度上割断了文学与生活之间的必然联系，人们只注重形而上的理论表述，而忽略了形而下的生命体验，故一部充满着思想活力的优秀作品，被学界理解得枯燥无味如同嚼蜡。理解《雷雨》我们似乎用不着去费那么大力气，因为曹禺让周蘩漪疯狂放纵最后精神失常，这一结局显然是寓意着曹禺本人的道德评判——周蘩漪与周萍偷情，完全与报复周朴园的家长作风无关，而是一种挑战人类良知底线的玩火行为，所以在故事结局作者只能让其从"疯狂"变成"疯子"。《雷雨》的"序幕"和"尾声"更是一种隐喻叙事，作者让周朴园面对着两个都"疯了"的妻子，去深深忏悔其青年时代的荒唐与罪过，这难道不是曹禺对于自由恋爱新秩序的自我反省吗？巴金的《寒夜》，也是属于这种类型的作品文本。早已告别了青春躁动期的无政府主义者巴金，他对中国家庭问题与婚恋问题的思想理解，也逐渐地变得成熟与稳重起来。他一方面同情曾树生作为一个健康女性的合理诉求，同时也意识到了理性与现实之间客观存在着巨大差异，他将曾树生这一新女性置放于自我与道德之间去进行灵魂拷问，明显带有道德反省的理性色彩。比如他让曾树生跟随陈主任出走兰州，却又让其背负着沉重的良心自责，汪文宣死后她矗立于空旷的原野，面对着亡夫的孤坟而强烈自责，那份难以言说的精神痛苦，就很能代表婚后巴金的生命体验——爱既是一种责任，更是一种坚守。说到新文学作家对于五四新秩序的切身感受，我们更应去倾听一下新女性的心灵呼声。黄庐隐和沉樱等人，都曾是打出封建家庭"幽灵塔"的"精神界之战士"，但是没过多久她们就遍体鳞伤一片哀鸿，并向社会发出了"何处是归程"的凄楚悲鸣。何为"归程"？无非就是回家之路。新文学刚刚扬帆启程，她们却要打道回府，这一看似与时代潮流相悖的有趣现象，很值得我们去认真地思考。

三、思想启蒙与新文学现代性的自我释义

新文学作家对于传统文化的历史负重，使他们在参与思想启蒙的过程当中，必然都会产生一种十分纠结的复杂心态；尤其是那种"剪不断理还乱"的传统思绪，更是使他们对于新文学现代性的思想认知，表现出了异常强烈的民族自尊感。比如无论是蔡元培还是胡适，他们在 20 世纪 30 年代再去谈论新文学运动的起因时，都将其视为是"中国的文艺复兴"，而不是西方文艺复兴的中国翻版。蔡元培在《中国新文学大系·建设理论集·总序》中，尽管对五四文学革命与西方文艺复兴做了十分宽泛的广义比较，同时也指出了两者之间的确存在有诸多的相似之处，但是蔡元培自己心里却非常地清楚，"欧洲复兴时期以人文主义为标榜，由神的世界而渡到人的世界"，中国的五四文学革命则是"反对文言提倡白话的运动，可以说是弃鬼话而取人话了"。由于"神的世界"与"鬼话"并不属于概念相同的文化特性，那么"人的世界"与"人话"也就难以构成对等关系。故蔡元培并不敢断言新文学是在全盘照搬西方文艺复兴的运作模式，他所期待的也只不过是中国的"拉飞尔"与"莎士比亚"的出现。[①] 胡适也一直都把五四文学革命视为是中国的"文艺复兴"，然而他却异常坦率地告诉人们："新文学之运动，并不是由外国来的，也不是几个人几年来提倡出来的，白话文学之趋势，在二千年来是在继续不断的，我们运动的人，不过是把二千年之趋势，把由自然变化之路，加上了人工，使得快点而已。"因此他说新文学运动就是中华民族的"文艺复兴"，"我们对之，应当表示相当的敬爱"。[②] 由此可见，把新文学运动看成是"西化"的产物，并不是出自于先驱者和当事人之口，而是后来理论界形而上学的思想高论。我们

① 《中国新文学大系·建设理论集》，上海：上海文艺出版社 2003 年影印版，第 10 页。
② 《新文学运动之意义》，《胡适文集》第 12 卷，北京：北京大学出版社 1998 年版，第 26 页。

还可以换一个角度，去分析与理解这一问题。当胡适等人用中国的"文艺复兴"，去概括新文学运动的基本性质时，李长之便率先发难提出了质疑。李长之不同意将新文学运动比作是西方的文艺复兴，他指出西方文艺复兴是"一个古代文化的再生"，"可是中国的五四呢？试问复兴了什么？不但对于中国自己的古典文化没有了解，对于西洋的古典文化也没有认识"。李长之论点最吸引我的地方，是他一再强调"五四时代没有深奥的哲学"基础，更没有康德、黑格尔等哲学大师作为精神支撑，进而才会使新文学呈现出"有破坏而无建设，有现实而无理想"的思想贫乏。① 在这里我并不想去评价李长之见解本身的正确与否，只是想说他其实完全误解了蔡元培与胡适的真实用意，在对新文学运动民族文化特性的认知方面，他与蔡元培和胡适之间并无什么严重的分歧。

将新文学运动的基本性质，认定为是中国文学乃至中国文化的自我变革，并不等于说它拒绝接受西方文化因素的外来影响，但是我们也必须去正视这样一个客观事实：胡适等人对于西方文化与文学的那种阐释，很有点像他们的老师康有为和梁启超一样，完全是以今文经学的治学经验与治学方法，去重新诠释西方近现代人文哲学的价值理念。虽然他们所诠释的客体对象，已经由中国古代的传统"经学"，转变成了从外部输入的西方"人学"，但是"为我所用"的功利态度，却是一个不可忽视的客观事实——即以传统去"化西"的运作策略。

新文学第一次利用今文经学的运作技巧，去全面阐释西方文学观念的历史变革，无疑是先驱者们从欧洲文艺复兴运动里，找到了发起"文白"之争的理论依据。众所周知，"文白"之争是新文学运动的历史起点，胡适首先从历史进化论的切入角度，把文学之变视为是其自身运动的常态过程，他说"文学乃是人类生活状态的一种记载，人类生活随时代变迁，故文学也随时代变迁"②。文学之变为什么要先从语言之变开始呢？胡适对此所给

① 《五四运动之文化的意义及其评价》一文，《李长之批评文集》，珠海：珠海出版社1998年版，第335页。
② 见《胡适文集》第2卷，北京：北京大学出版社1998年版，第116页。

出的合理解释，即语言是表达思维方式的工具利器，"有了新工具，我们方才谈得到新思想和新精神等等其他方面"①。在胡适本人的主观意识里，他早已将文言判定为是"死文字"，完全失去了现代人"表情达意"的实际功能，他甚至还信誓旦旦地向社会断言："用死了的文言决不能做出有生命有价值的文学来。"②胡适是一位非常聪明的现代智者，他知道"文白"之争必然会引起非议和遭到攻击，因此在五四这一崇拜西方文化的特殊时代里，他巧妙地把欧洲文艺复兴的语言变革作为举证实例，并在"文言文"与"拉丁文"之间建立起一种同构关系，故才会使人误判胡适文学革命理论的精神资源，完全是在照搬人类文化转型的西方模式。不错，胡适的确说过："意大利国语成立的历史，最可供我们中国人的研究。为什么呢？因为欧洲西部北部的新国，如英吉利、法兰西、德意志，他们的方言和拉丁文相差太远了，所以他们渐渐地用国语著作文学，还不算稀奇，只有意大利是当年罗马帝国的京畿近地，在拉丁文的故乡；各处方言又和拉丁文最近。在意大利提倡用白话代拉丁文，真正和在中国提倡用白话代汉文，有同样的艰难。"③胡适之所以要祭出欧洲文艺复兴这面大旗，去作为他辩护"文白"之争合法性的护身符，一方面是为了顺应中国现代思想界渴望"西化"的历史潮流，另一方面也是为了减少来自反对者对于推行白话文的社会阻力——"文白"之间的胜负对决，在五四时期似乎并无什么悬念，仅用了短短三年时间，便实现了白话文对于文言文的全面取代。但是问题远没有人们想象的那样简单，白话文运动的最初目的，还隐藏着一个更大的野心，即想通过"废汉字、废汉语、汉字罗马化以及后来世界语"的便捷途径，④去实现中西方文化一体化的幼稚想法。比如钱玄同就曾这样认为："欲废孔学，不可不先废汉文；欲驱除一般人之幼稚的、野蛮的、顽固的思

① 《逼上梁山》，《中国新文学大系·建设理论集》，上海：上海文艺出版社 2003 年影印版，第 20 页。
② 见《胡适文集》第 2 卷，北京：北京大学出版社 1998 年版，第 46 页。
③ 同上书，第 49 页。
④ 胡明著：《正误交织陈独秀——思想的诠释与文化的批判》，北京：人民文学出版社 2004 年版，第 116 页。

想，尤不可不先废汉文。"①而任鸿隽则更是口无遮拦地宣称："吾国的历史、文字、思想，无论如何昏乱，总是这一种不长进的民族造成功了留下来的。此种昏乱种子，不但存在文字历史上，且存在现在及将来子孙的心脑中。所以我敢大胆地宣言，若要中国好，除非把中国人种先行灭绝！"②我们从钱玄同、任鸿隽等人"废汉语"的激烈言辞中，即感受到了他们对于中国传统文化现代变革的热切愿望，同时也感受到了五四时期文化虚无主义的浓厚氛围。另外，我们更能从先驱者们在"文白"之争期间的种种表现，去发现他们启蒙言说的思想困顿与逻辑错误。

　　什么是语言和文字？中西方现代哲学界和语言学界，对此早已做出过概念明确的理论定义："语言与思想是不可分割的"，③"语言就是思维——当选择了某种语言的时候就意味着选择了某种思维方式——语言规定了思维方式"④。而文字则是语言的记忆符号，它将语言从"听觉"转变成"视觉"，并最终实现了语言通过文字这种记忆符号，使思维具有了世代相承的历史延续性。从这一认知基点出发，我们发现五四时期胡适等人所倡导的白话文理论，明显存在着两大漏洞，可是他们自己却并没有发觉：首先，他们将"文言"视为是一种"语言"，同"白话"构成两种不同语言形式的矛盾对立，这完全是属于一种常识性的低级错误（而学界至今仍未能意识到这种错误的严重性）。因为"文言"不是一种"语言"，它只不过是一种古代官方文体的书写形式，恐怕没有人会相信在中国古代社会里，人们在社会交际领域使用"之乎者也"式的"文言"，而在其家庭日常生活里则使用通俗易懂的"白话"。由于无论是"文言文"还是"白话文"，它们都是以"汉字"作为其文体书写的文字基础，故"汉语言"两种不同书写方式之间的差异性，并不代表着中华民族具有两种思维方式。由此我们不难推断，胡适等人在"文白"之争中，用民间流行的"白话"文体，去取

---

① 《中国今后之文字问题》，《中国新文学大系·建设理论集》，载上海文艺出版社 2003 年影印版，第 141 页。
② 《胡适文集》第 2 卷，北京：北京大学出版社 1998 年版，第 76 页。
③ 〔德〕恩斯特·卡希尔著：《人论》，上海：上海译文出版社 2004 年版，第 153 页。
④ 张岱年、成中英等著：《中国思维倾向》，北京：中国社会科学出版社 1991 年版，第 193 页。

代上层社会的"文言"文体，其本质并不是一场改变中国人思维方式的语言革命，而是一场改变中国人书写方式的文体革命罢了。这也恰好说明了一个关键问题，五四时期以白话文为主导的文学革命，完全是因其自身文化结构的内部运动，最终导致了它固有秩序的重新排列，西方外来因素只是"推动"而绝非是"参与"。胡适后来一再强调说"新文学之运动，并不是由外国来的"，目的就是要去告诫那些高呼猛进的启蒙精英，一定要理性地认清这场运动的民族性质。其次，不管胡适本人如何去进行申辩，他在五四"文白"之争中，毕竟引入了欧洲文艺复兴做比较，客观上给人造成了两者属于同质同构的外在假象。况且胡适在谈到欧洲各民族废"拉丁文"而兴"民族语"时，同样也是在犯了一个语言学方面的常识性错误——"拉丁文"只不过是中世纪欧洲上流社会所使用的语言文字，而不是中世纪欧洲各民族所通用的语言文字，对于那些不同民族的普通百姓而言，他们在日常生活中一直都在使用本民族的传统语言。另外，由"拉丁文"变成"英文"、"法文"、"德文"、"意大利文"等不同文字，更是直接导致了"拉丁文"这种"文字"的废除与消亡。换言之，欧洲各民族的语言变革，是一种"文字"符号对另一种"文字"符号的切实取代。而五四期间的"文白"之争，却并不涉及汉字本身的废除或变革，尽管他们也已经意识到了"中国字的难学，实在是世界上独一无二的"，[①] 甚至于提出过废除汉字的极端主张，但是就连汉字简化这一基本步骤他们都没有提到，这不能不说是一种历史性的遗憾。所以胡适用欧洲文艺复兴时的语言变革，来形容"文白"之争的现代性意义，就是今文经学十分典型的阐释方式；它除了会让人误解"文白"之争的西方色彩，以及能够缓解社会的抵触情绪之外，却并不能真正导通两者之间的必然性联系。因为"文白"之争所有的理论阐释，都是用"汉语"这一书写符号完成的；既然新文学仍然没有放弃使用汉语符号，那么它的思维方式也就不可能发生历史性的根本转变。我并不否认，胡适将"拉丁文"与"文言文"扯在一起，是在借力

---

① 傅斯年:《汉语改用拼音文字的初步谈》,《中国新文学大系·建设理论集》, 上海: 上海文艺出版社 2003 年影印版, 第 148 页。

"造势"，为顺利引进现代西方的语法结构做好必要的舆论准备。以现代西方语法结构为基础的现代汉语体系，固然要比以文言为基础的古代汉语体系具有更大的自由度和表现力，但这仍是汉字表意符号的"形变"，而不是汉语思维方式的"质变"。

新文学对于西方现实主义创作理念的阐释与接受，更是体现着先驱者们今文经学式的聪明智慧。在展开论述这一问题之前，我们必须去正视一个现象：为新文学制定游戏规则者，并不是新文学作家自己，而是胡适与陈独秀等人，他们从五四文学革命运动刚一起步，就已经意识到了"无规矩不成方圆"，因此他们最早将"写实主义"视为是新文学现代性的唯一标准，进而牢固地奠定了现实主义在新文学创作中的统领地位。比如五四文学革命初期，胡适就认为"西洋的文学方法，比我们的文学，实在完备得多，高明得多，不可不取例"[①]。那么究竟哪种"西洋的文学方法"，才会有益于中国新文学的健康发展呢？陈独秀所给出的结论性答案，则是"以文学自身而论——非趋重写实主义无以救之"[②]，"今后当趋向写实主义——庶足挽今日浮华颓败之恶风"。[③]五四时期以从事文学批评为己任的沈雁冰，也是西方现实主义的积极倡导者，他刚接手《小说月报》便发表"改革宣言"，明确表示"写实主义在今日尚有切实介绍之必要"，[④]并以他对西方现实主义的独特心解，深刻地阐述了新文学写实主义的重要意义。作为新文学的"旗手"和"主将"，鲁迅在《我怎么做起小说来》一文里，也说写实主义曾是他的创作信念，"以为必须是'为人生'，而且要改良这人生"[⑤]。可见新文学以张扬写实主义创作原则为其时代特征，一开始便表现出了要与西方现代文学进行接轨的强劲势头。所以梁实秋在总结新文学运动的历史经验时，才敢断言说新文学的最大收获，就是写实主义等"外国文学观念之输入"；写实主义使新文学作家明

---

① 见《胡适文集》第 2 卷，北京：北京大学出版社 1998 年版，第 56 页。
② 《答程师葛》，《新青年》1916 年第 2 卷第 1 号。
③ 《答张永言》，《新青年》1916 年第 1 卷第 6 号。
④ 《小说月报》"改革宣言"，1921 年 1 月《小说月报》第 12 卷第 1 号。
⑤ 《鲁迅全集》第 4 卷，北京：人民文学出版社 1981 年版，第 512 页。

确了创作目的，"把文学当作艺术"而不再是"文以载道"，这无疑是标志着中国传统文学观念的彻底转变。① 尽管写实主义这一概念在新文学的运动当中，有着一个持续演化和不断更新的流变过程，但是它作为新文学创作的理论支撑，一直都备受广大新文学作家的拥护和青睐，这也是一个不以人们意志为转移的历史现象。

　　问题恰恰就出在新文学对现实主义的理解上。现实主义是发生于 19 世纪西方的一种文学思潮，它并不是一场有组织的文学运动，更不是一场文化意识形态领域的革命，它只是由作家自发生成的一种审美观念，进而演变成一些作家所坚守的创作态度。歌德说："这个概念起源于席勒和我两人。我主张诗应采取从客观世界出发的原则，认为只有这种创作方法才可取。但是席勒却用完全主观的方法去写作，认为只有他那种方法才是正确的。"② 歌德虽然强调文学创作与客观世界之间的关系重要性，然而他却并没有把文学看作是客观世界的影子，更没有把文学看作是对现实人生的直接模仿，这是因为西方现实主义作家都非常明白，"现实必不可免地浸染着主观色彩，因而也呈现出了不确定的状态"③。所以他们认为现实主义概念中的"现实"，绝不是作家对客观物质世界的精确再现，而是对客观物质世界更高层次的"创造"。④ 新文学对于现实主义的认识与理解，其实从一开始就存在着巨大的思想误差。首先，胡适最早在《文学改良刍议》中，直接用"实写"等于"真"的理论公式，为新文学制定了写实主义的创作规范，而这种创作规范又要求新文学作家，必须把视角放在"今日的贫民社会，如工厂之男女工人，人力车夫，内地农家，各处大负贩及小店铺，一切痛苦情形"，都应"在文学上占一位置"。⑤ 而郑振铎与鲁迅则更是大声呼唤："我们现在需要血的文学和泪的文学"，⑥ 写出这个黑暗社会"血和

① 《现代中国文学之浪漫趋势》，《梁实秋批评文集》，珠海：珠海出版社 1998 年版，第 38 页。
② 《歌德谈话录》，北京：人民文学出版社 1978 年版，第 221 页。
③ 〔英〕达米安·格兰特著：《现实主义》，北京：昆仑出版社 1989 年版，第 9 页。
④ 同上书，第 31 页。
⑤ 见《胡适文集》第 2 卷，北京：北京大学出版社 1998 年版，第 53 页。
⑥ 《郑振铎全集》第 3 卷，石家庄：花山文艺出版社 1998 年版，第 490—491 页。

肉来的时候早到了"！① 毫无疑问，写实主义使新文学从其一开始，就变成了思想启蒙的舆论工具，文学创作也不再是作家个人的情感体验，而是变成了一种道德良知的思想传达。新文学忽视其自身的审美功能，特别强调它的社会责任感，这是儒家"观民风"而"风其上"的伦理观，在新文学创作中的一种反映，与西方现实主义文学观却并无直接关系，我们不能被其所冠以的写实主义的名号所迷惑。其次，新文学价值观的核心部分，是它"指导人生"的"功能说"。从"经世致用"到"指导人生"，它所反映的是中国人对于文学认识的一贯态度，这与西方近现代文学的审美价值论，也不是属于同一个思想文化体系。海明威就曾说过："一件真正的艺术品是经久不衰的；不管它的政治观点如何。"② 因为在海明威看来，文学艺术本身并不应该被附加上太多的社会功能，它具有"美"的影响力就已经足够了，除此之外其他"一切与文学无关，文学终归是文学"。③ 新文学虽然也强调其文学自身的审美价值，但却被视为必须依附它的社会价值才能得以实现。换言之，新文学如果失去了"指导人生"的积极意义，那么它与中国古代那些附庸风雅的"美文"，也就没有什么本质差别了。沈雁冰即持这种观点，他认为新文学的目的就是要彻底摆脱古典文学的"美文"规范，自觉去负载"表现人生、指导人生的能力"；④ "尤其在我们这时代，我们希望文学能够担当唤醒民众而给他们力量的重大责任。"⑤ 沈雁冰视中国古典文学为"风花雪月"之类的"美文"，这种看法究竟对不对我们可以姑且不论，但他主张新文学应"载"启蒙之"道"，却是立场坚定态度鲜明的。难得同为"文学研究会"成员的周作人，对新文学"为人生"的功利意识，还保持着一份清醒的头脑，他说如果新文学"必得于人生和社会有好处的才行，而这样则又是'载道'的了"⑥。郭沫若对于新

---

① 《鲁迅全集》第 1 卷，北京：人民文学出版社 1981 年版，第 241 页。
② 《海明威谈创作》，北京：三联书店 1985 年版，第 111 页。
③ 同上书，第 109 页。
④ 《新旧文学平议之评议》，《小说月报》1920 年 1 月第 11 卷第 1 号。
⑤ 《"大转变时期"何时来呢？》，《时事新报》附刊《文学》周报 1923 年第 103 期。
⑥ 《中国新文学的源流》，南京：江苏文艺出版社 2007 年版，第 58 页。

文学的"载道"之举，不仅表示理解而且说得更为透彻，他认为"古人说
'文以载道'，在文学革命的当时虽然曾尽力的加以抨击，其实这个公式倒
是一点也不错的。道就是时代的社会意识"①。强调"载道"必然就会重视
"诗教"，故他又指出文学"有大用焉"，"它是唤醒社会的警钟，它是招返
迷途的圣箓"。②应该说沈雁冰与郭沫若都具有雄厚的国学功底，他们不可
能不知道"功能说"与"载道说"之间的渊源关系。因此新文学以反"文
以载道"为起点，又以强调其"指导人生的能力"为归宿，表面上被贴上
了现实主义的西方标签，实际上却反映了新文学对中国传统文化的自觉
负载。

　　如果说"文白"之争实现了中国文体形式的现代转型，倡导"写实
主义"又实现了中国文学观念的现代转型；那么关于"民族形式"的大讨
论，则更是毫无悬念地反映了新文学的文化寻根意识。五四时期，新文学
的写实主义曾提出两大响亮口号：一是"人的文学"；一是"平民文学"。
"人的文学"是新文学的高远理想；"平民文学"则是新文学的现实任务。
新文学强调写实主义的真正意图，就是要实现其"为人生"的启蒙目的。
然而，无论是五四时期的"平民文学"，还是"左翼"时期的"大众文
学"，"平民化"的推进过程并不理想。瞿秋白曾讽刺"五四"以来的白话
文学是一种"非驴非马"的东西，"绝对不能够达到群众里去"。③鲁迅也
认为，"有些人说：'中国已有平民文学'，其实这是不对的"；新文学虽以
平民作为表现对象，但"其实这不是平民文学"，因为它并不被平民读者
所接受。④其实，"左联"时期就曾开展过多次有关文艺大众化的集体讨论，
涉及的问题面也十分宽泛，从以"话"为"文"到民间艺术形式的充分利
用，都是参与讨论者所关心的热门话题。但真正引起全社会重视并影响新
文学后期的发展走向的，还是"民族形式"大讨论的深刻影响。论争起源

---

① 《文学革命之回顾》，《中国新文学大系1927—1937》第一集，上海：上海文艺出版社1987
　　年版，第217页。
② 《郭沫若选集》，北京：人民文学出版社2004年版，第401页。
③ 《瞿秋白文集》第1册，北京：人民文学出版社1998年版，第467页。
④ 《鲁迅全集》第3卷，北京：人民文学出版社1981年版，第422页。

于向林冰的一系列文章，他以"新质发生于旧质的胎内"为核心论点，提出了新文学应充分利用民族形式，去创作"中国老百姓所习见常闻的自己作风与自己气派"的文学作品。① 这就是当时最著名的"旧瓶装新酒"理论。在向林冰本人看来，新文学若想真正克服形式上的"西化"缺点，"而成为中国老百姓所喜闻乐见的新鲜活泼的中国作风与中国气派，那就不得不向民间文艺学习，也就是说，不得不以民间文艺形式为其中心源泉"②。向林冰的论点一出，立刻在国统区和解放区引起了强烈的反响。反对者以茅盾、罗荪、葛一红等人为代表，他们认为提出"民族形式"问题，"那是求进而反倒退，成为复古派的俘虏"，③ 完全"抹杀了在中国新文化运动所起着伟大的思想领导作用的新文艺"。④ 他们认为在新文学已经取得了决定性的胜利之后，再提什么"民族形式"问题这样的荒唐说法，实在是"已濒于没落文化的垂亡时的回光返照"⑤。赞同者则为叶以群、艾思奇、何其芳等人，他们认为"新文学是中国文学底正常的发展，是与'五四'以前的旧文学脉络相承，绝非从天而降的怪物"，故利用民族形式不仅不是对新文学的彻底背叛，相反还是对新文学精神的自觉坚守。⑥ 他们还指出由于新文学一味地玩弄西方文学的表现技巧，远远偏离了"民族气派和民族作风"，因此提出"民族形式"这一口号，有助于"把现实主义归还给我们的民族文艺传统"，⑦ 并坚信民族形式问题的本质，就"是新文学向前发展的方向"⑧。民族形式问题的大讨论，时间长达两年之久，最终因毛泽东《讲话》的发表，而尘埃落定宣告结束。毛泽东在其《讲话》中所发表的

---

① 《论"民族形式"的中心源泉》，1940年3月24日重庆《大公报》副刊《战线》。
② 《文艺的民族形式问题座谈会（纪要）》，《文学月报》1940年第1卷第5期。
③ 茅盾：《旧形式·民间形式·与民族形式》，《中国新文学大系1937—1949文学理论卷二》，上海：上海文艺出版社1990年版。
④ 罗荪：《论争中的民族形式"中心源泉"问题》，《中国新文学大系1937—1949文学理论卷二》，上海：上海文艺出版社1990年版。
⑤ 葛一红：《民族形式的中心源泉是在所谓"民间形式"吗？》，1940年4月10日重庆《新蜀报》副刊《蜀道》。
⑥ 《文艺的民族形式问题座谈会（纪要）》，《文学月报》1940年第1卷第5期。
⑦ 艾思奇：《旧形式运用的基本原则》，《文艺战线》1939年4月第1卷第3号。
⑧ 何其芳：《论文学上的民族形式》，《文艺战线》1939年11月第1卷第5号。

理论见解，明显是支持向林冰等人的"民族形式"立场，他不仅沿用了向林冰有关"中国作风与中国气派"的这句名言，同时也赞同新文学应该被人民大众所喜闻乐见。我个人更关注《讲话》里的这样一句话："资产阶级领导的东西，不可能属于人民大众。"[1] 众所周知，五四新文学在政治意识形态话语中，历来都被视为是资产阶级的思想产物，那么按照毛泽东《讲话》的这种推理，它当然是不属于"人民大众"的，不属于"人民大众"便不属于"民族"的，这是一个相辅相成的必然性逻辑。所以毛泽东以其《讲话》精神，极大地推动了民族形式的具体实践，并最终使新文学逐渐摆脱了形式上那点少得可怜的"西化"制约，义无反顾地踏上了走向民族文化认同的历史归程。

我们必须注意到在民族形式大讨论过程中，客观存在有这样一种群体倾向性，即对如何去建设新文学的原则性问题，逐渐有了比较统一的思想认识。他们认为"最浓厚的中国气派，正在保留、发展在中国多数老百姓中"，存在于与人民大众关系最密切的民族文艺形式中。[2] 新文学虽然自我标榜其西方色彩，但"事实上也可以说是中国旧有的两种形式——民间形式与士大夫形式——的综合统一，从民间形式取其通俗性，从士大夫形式取其艺术性"，无非就是如此而已。[3] 重新回顾民族形式问题的大讨论，我个人感觉它就一种是新文学的纠偏行为，因为当时所有的参与讨论者，几乎都同时意识到了一个哲学命题——"形式"即"内容"，两者具有不可分割性。比如胡风就明确指出说"形式，是内容的本质的要素"。[4] 尽管胡风的主观意图，是想维护五四新文学的现代性意义，但是民族形式讨论一边倒的最终结局，又恰恰使这一哲学命题直接变成了新文学自我否定的重要原因。由于民族形式讨论并不仅仅是停留在理论层面上，而且很快便波及到了新文学创作的具体行动上，它首先在解放区文学实践中全面展开，然

---

[1] 《毛泽东选集》第 3 卷，北京：人民出版社 1991 年版，第 855 页。

[2] 柯仲平：《谈中国气派》，《延安文艺丛书·文艺理论卷》，长沙：湖南人民出版社 1984 年版，第 601 页。

[3] 郭沫若：《"民族形式"商兑》，1940 年 6 月 9、10 日重庆《大公报》。

[4] 《论民族形式问题》，《胡风全集》第 2 卷，武汉：湖北人民出版社 1999 年版，第 727 页。

后又在新中国成立之后迅速推广，这一至今仍存有争议的文学现象，非常值得我们去加以关注和研究。过去我们谈论解放区文学的通俗化问题，往往并不把它视为新文学的主流方向，现在看来这种见解不仅幼稚可笑，同时还有点目光短见和思想肤浅。其实解放区文学与十七年文学，都是民族形式重新回归的必然产物。"赵树理现象"的本质意义，就是他对民族形式的熟练运用，一篇《小二黑结婚》之所以能够引起轰动效应，也是因为它具有"中国作风和中国气派"，才能为广大普通民众读者所"喜闻乐见"。《小二黑结婚》以中国小说"讲故事"的民间传统，完全运用老百姓的生活语言，这是他对民族形式的继承和发扬；《小二黑结婚》以青年男女的恋爱问题，去讲述一个现代社会的"清官"故事，又是他对传统题材创造性的继承和发扬。到了新中国成立以后，"红色经典"更是在民族形式方面大展身手，古代侠客传奇转变成了革命英雄传奇，"诗教"传统也演绎成了爱国主义传统教育，新文学对于传统文化的历史负载，也已从隐形特征转变为了显性特征。红色经典强调"寓教于乐"的实用价值，主张用共产主义的政治理想，对人民群众进行爱国主义的传统教育。这个"爱国"与"传统"，不仅是指"革命"，也包括中华民族的"历史"和"文化"。无论当前学界对于十七年文学的"红色经典"，抱有什么样的思想偏见且不屑一顾，但是有一个客观事实却不容我们人为地忽视——小说《林海雪原》的发行量达 450 万册，小说《铁道游击队》的发行量达 400 多万册，小说《青春之歌》的发行量达 500 多万册，而小说《红岩》的发行量更是高达近千万册。"红色经典"的高发行量，是那一时代读者的自觉行为，这种"自觉"除了人们的革命热情以外，符合民族审美习惯也是一个关键性因素。这正是新文学"平民化"与"大众化"的现代性追求，依靠"传统"而非"西方"所得出的历史必然结果。新时期的改革开放为中西方文学提供了更广阔、更自由的交流空间，新文学对西方文学有更多的借鉴，同时又自觉强化对中国传统文化的坚守意识。例如，20 世纪 80 年代"寻根文学"兴起之际，作家韩少功就曾呼吁："文学有根，文学之根应深植于民族传统文化的土壤里。"他认为在"万端变化中，中国还是中国，尤其是在文学艺术方面，在民族的深厚的精神和文化物质方面，我们有民族的自我"①。"寻根"使新时期文学对于中国传统文化认同感更加强烈。可以认为：从五四新文学以反传统为起点，到新时期文学以文化寻根为归宿，经过几代作家的共同努力，中国新文学已逐渐走向思想上与艺术上的成熟。无论是《红高粱》追求个性意识与民族意识的完美统一，还是《白鹿原》热衷于对中国"家"文化传统的重新释义，文学主体性话语背后所积淀的文化厚重感，都使世界真正感受到了中国新文学的艺术魅力及中华民族自强不息的进取精神。

综观中国新文学近百年来的发展历程，有很多经验教训值得我们认真思考。长期以来，学界往往把新文学反传统的价值取向归结为一种自觉的"西化"，用西方文化尺度衡量新文学的诸多现象。实际上，与其说新文学追求"西化"，不如说它是在追求"化西"。每一个民族都有自己的语言文化，而不同民族文化之间的相互影响又必须经过语言的转换。在这一过程中，一切外来文化因素必须符合受体文化的思维习惯，才能进入受体文化并产生影响、发挥作用，否则就会受到受体文化的强烈排斥（基督教的中国化过程就很能够说明问题）。这种文化交流方式在中国新文学中格外突出。新文学作家将拿来的西方概念运用于自身的理论与实践，而这些能在中国流行的西方概念，其背后都有与之相对应的中国文化概念。比如"人道主义"与"仁者爱人"、"无政府主义"与"无为而治"、"为人生"与"经世致用"、"现实主义"与"求真务实"等等，一些西方概念因其与汉语文化思维的关联性，故才会受到新文学作家的高度重视。这表明，新文学自始便是以"化西"的态度，接受"西化"的影响。新文学的"化西"倾向，具有正反两方面的意义：一方面，"化西"为中国新文学的反传统提供了一种强大的理论支撑。例如，个性解放作为新文学乃至新文化运动的精神动力之一，是一个从西方"舶来"的文化概念，它对推动中国传统文化的现代转型，起到了无可替代的重要作用。然而，新文学对西方个性解放

---

① 韩少功：《文学的"根"》，《作家》1985 年 4 月号。

的理解与认识，受到汉语文化思维方式的重要影响。作为新文学创作的仿效对象，《玩偶之家》一引入中国，其个性解放意义就被做了中国式的解读——西方娜拉离家出走的真实目的，是要到社会上做一个"独立的人"；而新文学作家笔下新女性离家出走的真实目的，则是要去做一个"幸福的女人"。以离家出走反对封建家长专制，对颠覆封建专制文化意义重大，但实际上，离家出走与中国古典文学中的"私奔"现象颇有相似之处，新文学作家赋予其个性解放的现代意识，是要把中国"古已有之"的自由理想，从民间的非主流意识提升到全社会的主流意识。因此，用"激活"而非"移植"解释新文学的个性解放现象更为贴切。又如，新文学之所以要坚持现实主义的创作原则，只要我们对"现实主义"做一字面分析，就会思维开朗恍然大悟了："现"是指时间的当下性，"实"是指内容的务实性；强调文学的实效性与务实性，这是中国古典文学的审美传统，只不过被赋予了思想启蒙的现代性意义，进而强化了新文学救亡图存的使命意识。由此可见，无论是个性解放还是现实主义，其"化西"的积极作用毋庸置疑。另一方面，我们也应看到，新文学过分"化西"的主观倾向，客观上存在一种文化倒流的巨大风险。例如，沈从文对西方文化了解不多，可他一再申明自己对文学的唯一祈求，就是"只想造希腊小庙"，"这神庙供奉的是'人性'"。[1]按照沈从文本人的说法，他是在以西方的人文精神建构其人性美的审美理想，但事实上，他的诸多作品所讴歌的人性美，却并不是西方以主体自我为内涵的人性美。卢梭当年提倡个体回归自然，其意图是通过自然与上帝直接对话；而沈从文则主张群体回归自然，其意图是无为而治、与道家直接对话。用道家的避世哲学取代儒家的入世哲学，这显然不是一种社会进步的思想表现。百年来，新文学以这种"化西"的特殊方式，保持着与西方文化的对话姿态，并由此形成了中国新文学现代性的民族风格。近年来，学界一直在探讨新文学的未来走向，而毛泽东所提出的"古为今用、洋为中用"的八字方针，至今仍有其现实意义。新时期的寻根文学曾

---

① 《沈从文全集》第 9 卷，太原：北岳文艺出版社 2002 年版，第 2 页。

主张回归到方言和乡俗，寻找中国文化的历史感觉，但在精神上守住民族文化之根，这个"根"应是中国传统文化的核心价值观，可以说是以人格培养为宗旨的道德理念。至于用什么方式表现这一核心价值观，则应是作家个人的权利与自由。

正是基于对新文学"化西"而非"西化"本质的认识，我一直都抱有这样一种坚定的信念：起源于五四的中国新文学，既不是西方近现代文学的简单移植，也绝非是传统文学观念的简单轮回，而是民族文化体系自我变革的历史产物。这种变革固然会夹杂有某些外来的文化因素，但它却是经过了中国文化精神的稀释与分解，才有可能被新文学所消化和吸收，并最终成为我们民族审美价值观的有机成分。2009 年 5 月，我曾在北京大学中文系"纪念五四运动 90 年学术研讨会"上，做过这样一个发言："五四"是中国的"五四"，而不是西方的"五四"；中国现代文学是"中国"的现代文学，而不是"西方"的现代文学。我至今仍坚持认为，这也应是我们认识新文学性质的基本出发点。

退却中的坚守与超越

——论张炜的近期小说创作

贺仲明

在 20 世纪 90 年代初期那个文化急剧转型的时代，张炜曾经因大力张扬"理想"和"道德"而受到关注并引起较大的争议，其创作被一些人命名为"道德理想主义"。从那时到今天，已有 20 余年了，张炜又有《你在高原》《丑行或浪漫》《刺猬歌》等多部新作问世，其在社会上的影响力持续不减。那么，张炜近期[①]的小说创作是否发生了变化，又有没有什么是他一直坚持的？结合历史来看今天，能够更清晰地把握作家的心路历程，更准确地认识其创作上的得与失，也有助于我们更好地认识时代文学的整体面貌。

一

从作家与现实之间的关系上说，有趋时和退却的不同态度。趋时者多认同、切近甚至趋附现实，退却者则多拒绝、疏离和否定现实。在多年前对张炜的评论文章中，我认为他的创作方向具有向后"退却"的特点。[②]审

---

① 从张炜创作阶段而论，本文中"近期"的时间范围大致是 1996 年以来的近 20 年。
② 参见拙文《否定中的溃退与背离——以张炜为例》，《文艺争鸣》2000 年第 3 期。

视张炜近期创作，这一特点依然存在，甚至较之从前，其退却的姿态更明确也更清晰。具体说，这种姿态表现在以下三个方面：

其一，创作题材上与现实的疏离。创作题材是与现实关系最直观的表现。从早期创作看，张炜是一个与现实关联比较密切的作家，以《声音》《一潭清水》和"秋天系列"等为代表的作品直面乡村现实改革，表达了或赞同或忧虑的态度。不过，从 1992 年的《九月寓言》开始，张炜的创作比较明显地朝着疏离现实的方向发展。作品中名为艇鲅的小渔村虽有具体的现实背景，但象征和超现实色彩已相当浓厚，作品以"寓言"来命名正体现了这一点。

张炜近期创作中这一特点更为突出。就总体精神而言，正如张炜所声称的，"'文学'是什么？文学就是回忆。它大致在写'过去时'，记下了一些往昔事情"，"这等于是把丢失的时间再找回来"①，他近期的绝大部分作品都具有个人心灵史诗的意味。从人物主体出发的往昔生活追忆和思辨，以及对遥远历史和民间传说的记叙，构成其作品的基本内容。所以，虽然张炜这期间多达数百万字的长篇小说也书写到了繁杂的现实生活面，从底层的农村土地征占、金矿工人劳作，到中产阶层教授学者的追名逐利，以及高级官员和资本家的腐朽贪婪，都有不同程度的涉及，但是，作品对这些生活的表现基本上是浅尝辄止，既没有完整曲折的生活故事，也没有细致质朴的细节再现，它们只是杂糅于传奇、浪漫和想象之中，承担着主人公生活背景和故事转换的功能，完全处于边缘和陪衬的位置。与其说这些作品的中心是在展示现实，不如说它主要是在借以表达主人公的思想和感受。并且，张炜近期创作中还有不少游离于现实之外的作品。如果说《鹿眼》和《蘑菇七种》等还属于现实边缘书写的话，那么，张炜新近问世的《半岛哈里哈气》《小爱物》和《海边妖怪小传》等作品，已经属于纯粹的童话故事，故事地是虚构的半岛或森林魅惑，主人公都是儿童或动物，与现实社会之间已没有直接关涉。

---

① 张炜：《安静的故事》，《张炜文集》第 45 卷，第 24 页，北京：作家出版社 2014 年版。下同。

　　其二，创作态度上对现实的否定和拒绝。张炜曾多次在散文中表达对当前中国乃至整个人类社会现实的不满①，并坦言："我对整个越来越吵闹的成人世界是反应强烈的。我当然不喜欢、不习惯，本能地要躲避和反抗"，"我对付它的方法就是不断地靠想象返回自己的过去，进入我的那片莽影"②。张炜近期创作的主旨也是这样。作品展现的现实世界都呈现负面的基本色调，无论是上层的官僚和资产者集团，还是知识分子群体和一般平常百姓，都由欲望、权力所主宰，是丑恶对美善的伤害，是喧嚣对宁静的毁灭。对如此现实，作品的态度是非常明确的批判和拒绝。这主要通过作品诸多主人公的生存状态来展现。这些主人公都是生活中的严重失意者，更对现实持着强烈不满的批判态度，现实困厄与心灵拒绝之间的尖锐对立，构成这些人物的基本生存特征。张炜这些作品的叙述方式都具有强烈的叙述主体色彩，也就是说，作品的叙述立场与主人公之间有着高度认同，对现实的否定既是人物的立场，也是作者的立场。

　　否定现实还有一种方式是寻找和构造另一个世界，张炜就是如此。如他很认同的持有"生活在别处"姿态的米兰·昆德拉一样，张炜也着意在作品中营造了一个"别处"的世界。其于20世纪90年代初创作的《柏慧》的主人公开了选择"葡萄园"逃离现实、遗世而居的先河。此后，张炜的很多作品都沿袭了葡萄园这个意象（后来又发展为"荒野"、"野地"等），建构起在现实之外的另一世界——对于张炜来说，"葡萄园"世界并不是简单地指向乡村，特别是并非现实的乡村世界，它更是一个心灵的所在地，一个理想和精神的处所。它蕴含的是自然宁静的精神和美善的道德品格，既对比于现实，也蕴含着强烈的拒绝和防卫姿态——其作品中的每一个主人公，都怀有逃避现实、奔赴荒野自然的强烈渴望，离开充满欲望和失落的城市，到宽阔自由的大自然中去游荡和陶醉，是他们生命中的最大快乐

---

① 张炜《潮流、媒体和我们——在香港电台的演讲》、《线性时间观及其他》（《张炜文集》第42卷）等比较集中地表达了这种态度，此外《人的杂志》中的"驳黄夜书"也充分而激烈地展示了这一立场。

② 《张炜王光东对话录》，苏州：苏州大学出版社2003年版，第205页。

和最高梦想。正如张炜将代表作《你在高原》的副标题命名为"一个地质工作者的手记",主人公宁珂几乎始终处在城市现实与野地游荡的徘徊之中;《外省书》中的史珂从京城逃到偏僻海滨城市,最后落脚于荒凉废弃的旧屋子,不断地从现实退避成为他生活方式的基本缩影;《刺猬歌》中的廖麦也最终离开城市,渴望到乡村农场中去过贴近自然的生活;《丑行或浪漫》更以在城市中深陷无奈和孤独的铜娃,对比于充溢着乡村自由和旺盛生命力的刘蜜蜡。铜娃对刘蜜蜡的强烈渴望和依恋,正源于由于在现实中极度匮乏而产生的强烈梦想。

其三,艺术上的非现实化特征。张炜的创作历史达 30 多年,其艺术特征的总体倾向是从写实向抒情和思辨的发展。特别是近期作品,抒情、思辨和象征成为其作品最主要的艺术表现方式。以《你在高原》为例,如张炜自己所说:"它们无论有多么完整,有多少头尾相衔的故事,在我漫长的心史之章里,也仍旧像断断续续的自语或日记,恍惚、内向、琐屑、芜杂……"[1]作品虽然叙述了多个故事,但它们几乎都是零散和片断的,只有宁珂的情感和思辨在贯穿和主导。换句话说,整部作品就像一首循环往复的抒情曲和哲理诗,宁珂不断变化的行踪是轨迹,而其情感的抒发和思绪的流动则构成作品的基本结构和中心。对此,一些评论家表示了批评,但其实,张炜创作所追寻的目标本就不是写实,也不在人物,而是诗意。近年来,张炜多次表达对诗歌和童心的大力推崇:"纯文学作家应该更具备童心和诗心。我一直认为,童心和诗心才是文学的核心"[2];"诗无论从哪一个方向来说,都是相当的敏感和深邃的、极独特的一次抵达和综合,当然包含了最大的喜悦,所谓的凄美、壮美和悲剧美,甚至还有其他,全都包含其中。它是整个的综合,最敏感、最深邃、最个人性和最具有敏悟力的独特的呈现,诗是这些东西"[3]。为此,张炜近年创作了比小说作品数量更为庞大的散文和诗歌作品。我们都知道,在所有文学形式中,虚构的小说对

---

① 张炜:《精神的去处》,《张炜文集》第 37 卷,第 13 页。
② 《诗心和童心》,《张炜文集》第 45 卷,第 30 页。
③ 《张炜文集》第 44 卷,第 279 页。

应着更广泛的现实，而以真实为前提的散文更偏向个人世界，诗歌更是典型的内倾型文体，与现实世界相隔最远。显然，张炜的文体选择与他创作题材和艺术特征上的变化一样，蕴含的都是对现实的疏离和拒绝立场。

退却是张炜近期创作的趋向，但退却并不一定就是溃败，它还有另一种内涵，就是战略性的撤退。张炜显然属于后一种。在散文和创作谈中，张炜多次表达了自觉远离时代和现实的思想。他反对作家过于切近现实，认为："作家对时代要有遥视的能力"，"有时需要训练自己遥视和退开的能力，远远地打量当代生活。对时代退一步看，更能明了我们处于什么时代；跟各个不同的民族去比，就更能认识我们民族的特征"①。他还将"优秀的文学家"定位为"必须是全球化进程中的一些逆行者"②。包括文学阅读，张炜也大力推崇传统经典作品，对当下流行的作品、特别是通俗文学和网络文学作品表示坚决的拒绝和批评。③ 由此可见，张炜的退却是他自觉选择的文学姿态，目的是为了更好地表现他对现实的看法，或者说是为了更好地表现他的坚持——事实上，正是这种与大多数作家不一样的坚持姿态，构成了张炜在 20 世纪 90 年代初期文学中的显著特色，也使他在当年成为"抵抗投降"的代名词。这一点，在张炜近期创作中依然如故。正如张炜将其代表作品命名为"你在高原"所寓意的，追求一种超越于"平原"之上的"高原"精神，不苟同于世俗与平庸，并在拒绝中坚守和追求，是张炜近期退却姿态的深层底蕴，也是他高度自觉的创作目标。具体说，张炜所坚守的精神内涵主要表现为两个主题：

其一，道德，或者说善。道德守护是张炜在 20 世纪 90 年代初期作品的最大特色，也是他最引人争议之处。近期张炜作品虽然有所变化，但基本倾向却仍然保持着。比如，"家族"依然是其许多作品的重要表现内容；在品评人物和时势时，善良和忠诚与否永远是最基本的标准；包括如何对待女性和友人的生活细节，也成了其评判人物品行的重要标准。至于对品

① 张炜《七议》，《张炜文集》第 42 卷，第 181 页。
② 张炜《与全球化逆行的文学写作》，《张炜文集》第 40 卷，第 105 页。
③ 《张炜文集》第 45 卷，第 51 页。

德善恶的褒贬，对行为美丑的评判，更是在作品中时时可见。典型如《你在高原》中的《家族》《橡树路》《忆阿雅》等，道德质询始终处于其历史探究和现实追问的重要中心，作品也多方面地表现了善与恶、忠诚与背叛之间的尖锐对立。在《无边的游荡》中，作品对人物提出一个尖锐的道德诘问：“你准备和谁站在一起？”事实上，这种诘问贯穿于张炜近期许多作品中，它既是对人物，也是对读者，甚至也是作者自设的，它在根本上显示出道德在张炜创作中未曾移易的重要位置。

其二，自然，准确说是自然精神。自然，是张炜小说一个突出的内涵。从最基本的自然景观层面上说，从最初的“芦清河系列”开始，张炜的作品都进行了特别关注，事实上，对自然景物和动植物的精细描摹已经成为张炜作品最显著的特色之一。此后，张炜作品中的“自然”内涵更为丰富，特别是近年来，他有意识地将“自然”与“野地”、“土地”和“生命”相联系，赋予其“自由”、“浪漫”、“神性”、“生命力”等精神特征，将人与自然的关系密切链接于人的根本生存方式。显然，在这里，自然已经升华为一种精神，已经与人类的生命状态、与人与自然的基本关系相沟通，所以，张炜将自然与自己的创作密切关联在一起：“只有土地才从根本上决定了我们的性质，并且会一直左右我们。我们应该懂得从土地上寻找安慰、寻找智慧和灵感。我这不是一种虚指，而是说要到真实的泥土上去，到大自然中去”[1]；“田野上是生长繁衍各种生命的地方，是泥土。我觉得一个搞艺术的人，不管他是搞什么题材或体裁的人，都不能离开它。因为一离开它，就不会理解生命的奥秘”[2]。在近期部分作品中，张炜通过主人公们对自然世界的梦想、感喟和追求，鲜明而充分地表现了这一精神。

二

上述张炜近期小说的创作特征，与他 20 世纪 90 年代初的创作有相当

---

① 张炜《你的树》，收入《野地与行吟》，北京：中国社会科学出版社 2007 年版，第 117 页。
② 张炜《田野的故事》，收入《野地与行吟》，北京：中国社会科学出版社 2007 年版，第 134 页。

密切的联系，特别是在对道德的坚守上。然而，我们更可以感受到之间的许多差异。而且，细致审视张炜近期创作可以发现，这期间的张炜也不是一成不变的，而是有着不断的变化和发展。

最为明显的表现，是主题中心从道德向自然精神的迁移。20世纪90年代初张炜以道德主题引人注目，近期创作中较早的部分与之关系非常密切，表现出较强的连续性和关联性。但是此后，张炜创作的主题有所变化，自然精神成为更重要的中心，而道德判断逐渐淡化，表现也更为内敛。以创作时间横跨最近20年的《你在高原》为镜，可以清晰地看出这一嬗变：其中的《家族》《橡树路》等属于较早创作的作品，其主旨与20世纪90年代初的《柏慧》等大体相似，道德是最核心的部分，但自《人的杂志》之后的作品，对自然精神的关注和倡导成为更重要的思想，道德主题已经退而为其次。

更深层次的表现，则是思想内涵上的深化趋向。这表现在两个方面，其一，对道德的理解更为复杂，并有所反思。张炜近期创作道德色彩的弱化，源于张炜对其的反思和扬弃。在近期的一篇文章中，张炜这样阐释"善和恶"："所有的文学作品都不可能回避善和恶，都不可能回避价值取向和类似的行为内容。但问题是在经验世界里面不能把它简单化，不能塑造出一个完全的恶和完全的善，即便是极端的浪漫主义也不会那样简单。"[1]同时，他还对"二元对立"思维方式进行了批评，认为它"是极其有害的，因为它遮蔽真实、幼稚化和简单化、浅表化"[2]，并表示对意识形态色彩强烈的"理想主义"的拒绝态度[3]。在这一基础上，张炜的近期作品虽然还认同乃至赞美道德（善），但他更在努力探索善恶之间的深层次关系，对道德的理解更趋复杂和深刻。典型如《曙光与暮色》对背叛的思索。作品中的庄周，因为无心之过成了告密者，严重地背叛和伤害了自己的友人。为此，他整个的后半生都充满了忏悔。小说指出，庄周虽然是一名背叛者，

---

① 《张炜文集》第44卷，第237页。
② 张炜《一旦凝固成"主义"》，《张炜文集》第45卷，第136页。
③ 同上，第130页。

但却不同于一般的道德缺失，而是需要更复杂地认识。再如《刺猬歌》，作品塑造的主人公廖麦，虽是一个道德理想的坚守者，但冷酷的现实造就了他的失败，也对他的人性构成了一定扭曲，使他呈现了某些恶的品质。通过对这一形象的灵魂透视，张炜表示出对当前社会中道德理想精神价值的深刻质疑。在一篇创作谈中，张炜将这部作品定位为对理想主义的反思和批判："在理想主义被简化成标签的年代，这本书恰恰可以看作一部反'理想主义'的作品。"①

在这一理解和反思的基础上，张炜近期小说的人物形象塑造有较大发展，他们不再是内涵相对单一的善恶象征，而是多重因素复杂地交织在一起。比如《海客谈瀛洲》中的霍闻海，《刺猬歌》中的唐童，都是恶的代表人物，但又很难简单地以恶来概括其形象整体，因为他们身上也有某些值得肯定的品质，"我为他的那种巨大的创造力、行动感、单纯和好奇心所打动，但又很仇视他的掠夺和残忍的行为"。②同样，《刺猬歌》中廖麦的品质虽以善为基础，但也渗透了某些恶的因素。其他人物形象，如《能不忆蜀葵》中的淳于阳立，《外省书》中的师麟，等等，几乎每一个人的性格和品德都多元化和复杂化，很难以简单的善恶是非来概括和判断。

其二，试图对道德和自然的复杂关系进行探究，并寻求将它们融合。这是张炜道德反思的一部分，也是反思的进一步深化。因为自然蕴含着自由的个性和生命力，它与讲究秩序和规范的道德之间必然会有所冲突。张炜对道德的反思与他对自然的认识有关，也不可避免会遇到矛盾，作品中可以看到他的两难，但更可以看到他将二者融合起来的努力。较早的作品如《外省书》。作品书写了师麟、师辉父女的故事，女儿师辉对爱的理解是充分道德化的，并以对精神之爱的维护否定了肉体的、物质化的爱，她也得到了作品充分的肯定。但师麟却比较复杂，他既有多情的泛爱，却又并非虚假，而是完全源于其真诚和旺盛生命力。或者说，他的行为既与传

---

① 曹雪萍:《〈古船〉作者捧出"自己最好读"的长篇小说》,《新京报》,2007 年 1 月 6 日。
② 《"丛林秘史"或大地悲歌——张炜与北师大师生关于〈刺猬歌〉的对话》,《励耘学刊 2008》,北京: 学苑出版社 2008 年版。

统道德构成尖锐冲突，却又蕴含强烈的自然精神特征。对此，作品的态度也颇为暧昧，部分的否定之中又给予了有保留的肯定。作品另一主人公史珂在一定程度上构成了对他们父女的互补。他既遵循道德，不满于师麟的品行，但他也并非精神卫道士，年老的他也依然为年轻女性的美所吸引和感动。《能不忆蜀葵》这方面的意图特点更为明确。恺明和淳于阳立分别属于以道德和自然个性为中心的两类人，但他们之间既有对立，却又互相吸引，一辈子都是有着深层精神关联的好友。在一定意义上，这两个形象之间相互补充，也形象地表示道德与自然之间相悖又相融的复杂关系。其中，淳于阳立这一形象体现了张炜在自然与道德边界上的大胆探索。这一人物身上融合了多重复杂因素，杂糅着欲望与生命力、自私与天才的创造力，特别是他与陶陶阿姨之间颇具乱伦之嫌的感情，完全超越了世俗伦理。对这一颇类似于英国作家王尔德笔下的道连·格雷的人物，作品并没有简单地进行鞭挞，而是给予了充分的宽容和理解，这既显示出张炜文学天平从道德向自然的明显倾斜，也是他对二者关系融合努力的结果。到以《你在高原》创作时间较晚的部分作品中，道德与自然之间更呈现出一种并行不悖的共同推进的趋势。作品的主人公宁珂就可以说是道德与自然的合一体。他一方面努力遵循和维护着善的观念，不满和对抗于现实中的丑恶；另一方面更选择逃亡和游历的方式去寻求自然，让自然涤荡被丑恶现实污染了的心灵，让自然生命力填充自己精神上的委顿。

　　对历史的思考，典型地体现出张炜近期小说在融合道德与自然关系上的努力。从《古船》开始，张炜的作品一直很关注历史，但如果说《古船》的历史认识还主要是反思和寻求正义精神的话，那么，以《你在高原》为代表的作品所展现的历史观有了明显的变化，简要地说，这些作品判别历史的标准已经完全不再是传统的正义与非正义、政治上的是与非，而是以自然和生命、道德和伦理为中心。比如，它从自由、平等理想精神的角度，从不愿屈从于单调、腐朽生活的生命力勃发角度来理解"革命"，肯定了一些革命者（如宁伽的父亲、外祖父等）走上革命道路的行为，但又从道德立场上，对那些不认同革命、却道德高尚坚守信义的志士（如宁伽的叔祖父宁周义）表示了高度认可，更否定了革命过程中的背叛、暴力和屠戮，以及革命胜利后的种种腐朽，涉及诸如霍闻海、殷弓、飞脚、岳贞黎等众多人物。自然与道德双重视野下的革命历史也因此显得更加复杂而斑斓。

与 20 世纪 90 年代中期之前相比，张炜的近期创作无论是在思想内涵还是精神实质上，都有相当大的变化，或者更准确地说是实现了对自我的突破和超越——其思想比以前更为丰富、宽容，也更为复杂和斑驳。特别是其对道德与自然关系的探索相当大胆而前卫，与张炜曾经的"道德理想主义"形象形成了巨大反差。张炜的这一变化与之前并非完全没有联系，只是他以往的道德理想主义者形象太过强大，掩盖了其中的复杂因素。或许也正因如此，尽管张炜近期创作上的变化相当显著，但人们依然习惯于将张炜当作道德理想主义作家来看待，没有对其变化给予充分的关注。

张炜近期变化并不是偶然和被动的，而是张炜自觉追求和改变的结果，具体说，就是他努力向其胶东地方文化——齐文化的开掘和吸纳的结果。作为一名山东作家，张炜的创作原本接受着较为深厚的儒家文化影响，在《古船》、"秋天系列"作品的沉重历史感和道德责任意识中，可以充分感受到传统儒家知识分子的精神特征。但是近期，张炜对儒家文化有所批评和反思，更自觉地对其所在的半岛地区传统文化——具体说就是齐文化的深入思考和探寻。为此，张炜积极参与以徐福为中心的齐文化传统纪念活动，考证、搜集、整理了大量文献，对齐国的地理、历史和文化进行深入的探究，并表达了对其崇尚自然、追求自由，以及浪漫和强大生命力精神特征的充分推崇。

从小说背景、故事情节和艺术表现上看，张炜近期的作品也密切联系其家乡生活。它们多以胶东的海滨荒原地理为背景，运用其地方的独特民俗和方言，大量叙述其异人异事以及古代历史和民间传说。可以说，正如张炜多次声称其小说写的是"胶东半岛上发生的故事，而胶东半岛是我们通常所说的齐文化的核心地带"，[①] 他是在非常自觉地将自己的创作与其家

---

① 张炜：《在半岛上行走》，北京：作家出版社，2009 年版，第 244 页。

乡地方的自然、历史和文化联系起来，以之作为自己创作的源泉和命脉。对此，张炜做过多次明确的表达。他谈到自己对家乡民俗生活和齐文化的迷恋，以及这一文化对他思想和创作上的深刻影响。"研究齐国的历史和资料，发现原来是在这个文化怀抱里孕育的，想不带它的口音、趣味、气息、气质都不可能。顺着这种自觉意识去发掘自己出生地的文化，她的全部资源，心里就有底。"[①] "不光读《刺猬歌》，包括以前的《蘑菇七种》《古船》和《九月寓言》，它们的气都是相通的，都在齐文化的笼罩之下，在它的气脉下游走。"并认为"经过这种文化环境的熏染之后，会有新的感受，了解它"，可以打通其所有的作品。[②]

当然，张炜对齐文化并非无保留地认同，而是有所选择，在推崇其自由、自然精神之余，张炜对齐文化的"欲望""重商""功利"等特点也表示了明确的否定立场。换言之，在张炜思想中，不是只存在单一文化，而是多元文化。正如张炜所说："齐文化是一种飞翔的文化、浪漫的文化、幻想的文化。儒家文化会让我理性地审视自己，而齐文化将把我引向很远。"[③] 正是这种文化的多元，特别是注重道德理想的鲁文化和注重自由自然精神的齐文化，共同融合于张炜的思想和创作中，才造就了张炜近期创作的变化和发展。

三

尽管张炜近期创作的立场已不完全相同于 20 世纪 90 年代，但毫无疑问，坚守的立场是他最显著的特点，也是他在社会大众中最突出的形象面貌，考察其近期创作意义，不可回避这一点。我曾在多年前批评过张炜的创作立场，但今天看法有所改变。这当然首先源于张炜创作立场上的变

---

① 张炜：《线性时间观及其他》，《张炜文集》第 42 卷，第 254 页。
② 《"丛林秘史"或大地悲歌——张炜与北师大师生关于〈刺猬歌〉的对话》，《励耘学刊 2008》，北京：学苑出版社 2008 年版。
③ 张炜：《翱翔于云端的精灵——答〈人民日报〉》，《张炜文集》第 38 卷，第 82 页。

化。如前所言，张炜近期的创作立场更宽容，思想更复杂和更客观，批判的视野也更开阔，更能体现出积极意义。其次，也与当前文学现实有关。中国社会正在经受着复杂而巨大的变化，社会价值观多元而模糊，文学创作也呈现出价值立场的缺失，矛盾、焦虑、甚至仇恨的心理充斥于文学中，表现出对现实变化茫然和迷惘的心态。从这个角度上说，张炜敢于批判、有所坚持本身就是一种意义，这也是文学存在的价值前提。事实上，在物质文化居于绝对主导地位的当下中国，以精神的价值来表达对现实的强烈批判和否定，是文学的正常反应。我以为，作为当代中国为数不多的以坚持和批判为特色的作家，张炜应该能够在未来的文学史中占有一席之地。

由此，可以关联到对张炜近期创作的美学价值评判。浪漫主义是一种不完全遵照现实规则来创作的文学，由于多种原因，近年来的中国文学已经远离了浪漫主义，但实际上，正如任何时代都不能缺少文学，浪漫主义并没有失去其意义。特别是在物质主义盛行的今天，浪漫主义文学不失为一种回应现实的有效方式："灵性被驱逐出这个世界，取而代之的是一个机械化的物质主义。这样一个枯燥乏味、毫无生气的物质主义世界使得浪漫派投向自然的怀抱，去那儿寻找美的源泉和那种神所赋予的秩序。这个自然的世界与虚假、丑陋的人的世界形成了强烈的对比。"①在这个意义上，我不赞同一些批评家将张炜等"50 后作家"创作疏离现实生活视为一个重要缺陷的观点。我以为，题材不能决定作品和作家的意义，不直接书写现实并不意味着对现实没有表达。张炜执着地站在现实的边缘处思考和记录，坚持纯文学的写作姿态，既具有时代思想和记录的意义，也是一种有意义的现实书写。而张炜的这种创作姿态，很容易让我们想到卡夫卡的名言："无论你是什么人，只要你在活着的时候应付不了生活，就应该用一只手挡开点笼罩着你的命运的绝望，但同时，你可以用另一只手草草记下你在废墟中看到的一切，因为你和别人看到的不同，而且更多；总之，你在自己

① 罗斯金语。转引自迈克·克朗《文化地理学》，杨淑华、宋慧敏译，南京：南京大学出版社，2003 年，第 134 页。

的有生之年已经死了，但你却是真正的获救者。"① 确实，张炜的近期创作以强烈的思辨性特征，表达了对现实的深重忧虑和强烈批判，思想性已成为张炜在当前中国文学中独树一帜的重要标识。而其浪漫色彩作品所建构出的抒情、神秘、灵性的真幻相融的文学世界，也是对略显单调的当代中国文学的一大贡献。

作家的立场最容易产生社会影响力，但更有价值的还是作品的实绩。张炜的近期创作呈现出浪漫主义文学的艺术魅力，思想也同样体现了颇具创造性的意义。这当中，自然和历史是最耀眼的两个中心。

自然是一个内涵丰富的概念，也曾被无数哲学家和文学家所讴歌，但张炜笔下的自然还是显示了自己的独特意义。它以齐文化传统为内在底蕴，包孕着强烈生命力和自由精神的特点，关联着野地、荒原、神秘等意象，构成对欲望、奴役和物质化现实的强烈否定。它既是虚构的文学世界，更是一个内涵丰富的思想主题，具有哲学的高度和特征。从文学史角度说，张炜的"自然"很容易让我们想到 20 世纪 30 年代沈从文笔下的湘西世界。虽然比较起来，张炜的自然世界更显芜杂和野性，不如沈从文的湘西世界宁静、平淡和明晰，但内涵指向却大体一致，它们都是文学建构的异域世界，对现实世界和现代性文化表示了深刻的质疑和批判性反思。

历史思考同样是张炜小说具有创见的内容。他从道德和自然精神角度来审视历史，迥异于以往的宏大政治和集体视野，而具有强烈的个人主体精神。与之相应，他对历史的表现也多立足于个人的感受和遭际，凸显个人品质与时代潮流之间或契合或颃颇的复杂关系。这种视角，与最近几十年间流行的传统建构式历史和解构式"新历史"书写都不一样，它既能深入到历史背后的复杂人性世界，促使人们关注历史发展中的个人品质和命运，又思考着道德在历史建构中的价值与悖论。张炜近期小说的历史观很值得我们进一步讨论。

---

① 　卡夫卡:《卡夫卡随笔集》，叶廷芳编，深圳：海天出版社，1995 年，第 260 页。

张炜近期小说充分显示了时代思想的意义，但它还并不完美，甚至可以说存在比较明显的缺陷。最突出的是思想建构不够深远和明晰。具体有两方面的表现，其一是缺乏清晰的理想指向。张炜小说否定现实，规避现实，但是终极目标是什么，却一直不够明确。正像其主人公一直在城市与乡村之间徘徊，一直梦想到自然中去，但是，广袤的自然毕竟远离人类社会，也没有切实具体的内涵，它作为象征合适，却难以承载其理想建构的重负。其二是一些价值观念比较模糊，缺乏清晰的价值判断。这主要体现在自然精神与道德的关系上。张炜试图融合二者的关系，但很多情况下它们依然出现明显的对立。对此，张炜作品的价值判断比较含糊暧昧，没有明确的价值取舍。比如《外省书》中对爱的实质探究，《能不忆蜀葵》中对道德边界的探索，都缺乏明确的指向和结论。

明晰并不是思想建构的标准，甚至说，矛盾和复杂性都是思想不可缺少的重要内容，但是，矛盾应该存有内在的主导，复杂也是为了更深的明晰，而不是为了陷入迷茫。在思想建构中，明晰的价值立场是必不可少的，犹疑和矛盾绝对建构不起深邃的思想。而对于思想的建构来说，清晰的理想指向也许更为重要。理想指向是思想建构的高峰和核心，如果缺少了这一指向，思想的终点就无法得到完成，思想也不可能具备完整性和系统性，从而直接影响思想的深度和对他人的感染力。而且，思想的主导者是作家，因此，它的影响既指向作家精神，更会直接体现到作品当中。

在张炜近期创作中，可以清晰地看出这种影响的痕迹。表现之一是力量的匮乏。张炜作品中尽管充满对现实的批判和对精神的坚守，但却无法让人感受到强大的力量，相反却有明显的软弱无力感。当其主人公们面对矛盾和黑暗的时候，他们完全没有直面的勇气和力量，他们心里只有强烈的恐惧和不安全感，想着的是如何逃避和远离。所以，他们始终都处在徘徊与彷徨之中，永远没有果敢的决定和坚定的自信。对作品的这种精神特征，张炜并非没有自觉，并明确将它与自己的精神直接关联："我深知，当我书中的主人公在为一个梦想而痛苦万分的时候，我却一直想使自己生活在梦想里。于是，我明白，全部的《你在高原》最终也许只是重复着这样一句话：我有一个梦想……"①而且，他还直言自己创作"这里面当然有迷茫，有痛苦，有深长的遗憾。"②我们当然不能要求所有作品都是励志类，要求所有文学主人公都是硬汉型，但是，精神力量的匮乏，直接的影响就是作品的思想穿透力，也会损害其感召力，特别是对于张炜这样以思想性为重要特征的作家来说。

表现之二是艺术上的犹疑和混乱。张炜近期小说极少有完整故事，人物命运也多为片段。这在根本上与其思想建构缺陷有关：故事无法在终极目标中找到坚实的依靠，人物命运也无法在根本上安定，至于其笔下的人物，尽管内涵复杂，但却没有统一的价值观主导，性格不完整，也形不成鲜明而独特的个性特征。同样因为缺乏坚实的目标支撑，张炜小说不得不选择强烈个人化的艺术表现方式，以充满反复的大量呢喃式抒情和思辨来强化自己的思想意识。但这样的结果却是主观和感性过于强烈，冷峻和理性则严重匮乏。不是说张炜近期小说中缺乏思想，但是，它们经常被大量的主观宣泄所掩盖，情绪的感受要胜过思想。再一个结果是作品写实性严重不足。从张炜早期作品看，他绝对不匮乏写实能力，甚至可以说是非常突出。但在近期作品中，他的作品很少鲜活的写实，故事的构架相对粗糙，没有表现出生活的沉重和惨烈，也没有展示出真正复杂的矛盾和人性世界，解决矛盾的方式也比较简单外在③。

张炜近期创作的超越和局限，都是张炜个人追求和思想发展的结果，然而，从更宽广的范围上看，它又折射出当前文学一些时代性的症候，换句话说，张炜的近期创作以个案方式触及了当前中国文学的一个重要问题，那就是文学思想和作家的精神资源问题。五四以后，传统的断裂、长期的封闭等等，都极大限制了中国知识分子的精神资源，也严重窒息了中国知识分子独立思考的勇气和能力。其最终结果是中国现代文化思想的长期滞

---

① 蒋楚婷：《张炜：我有一个梦想》，《文汇读书周报》，2004 年 7 月 2 日。
② 张炜：《我跋涉的莽野》，沈阳：春风文艺出版社，2001 年，第 41 页。
③ 这当然部分与张炜的创作理念和方法有关，但更关键的还在于其思想主导方面的制约。参见唐长华、陈红兵《试论张炜小说的两个精神向度——从〈外省书〉〈能不忆蜀葵〉谈起》，《当代文坛》，2004 年 1 期。

后和创造性的匮乏。近一个世纪的中国基本上没有产生创造性的大思想家，中国文学也始终没有产生出像鲁迅、沈从文那样杰出的有独立深邃思想的作家。

如前所述，张炜对思想资源的认识非常清醒，追求也非常自觉。从某种意义上说，张炜对齐文化和地方生活的深度寻求，可以看作是一种寻求精神资源的自我拯救——它不但是对张炜自我创作的拯救，也可以看作是对时代精神、思想的拯救。张炜创作强烈的思想色彩，特别是他近年来的思想坚守和自我超越，都是这种努力和追求的突出成果。

当然，历史的重负注定了道路的艰难和迢遥，也注定了张炜目前创作的遗憾。但是，我们却可以寄予他非常大的希望和期待。任何伟大的思想都不是固定不变的，而是在不断超越和发展中。即使杰出如托尔斯泰和鲁迅，晚年思想也有许多矛盾，经常深陷困惑和痛苦之中。困惑意味着不满足，变化意味着新的发展。在这个意义上说，张炜从 20 世纪 90年代初到今天二十余年间的创作超越是其发展的一个阶段，思想上的某些缺陷是他跋涉路途中难以避免的过程。对于一直不断地追求、不断地否定和完善自我的张炜，我们可以期待他以一种新的螺旋式上升，进入到思想和创作的更高层次。那既是张炜个人的幸运，也是中国文学的幸运，中国思想的幸运。

文选运作与中国当代文学的发展

罗执廷

　　20世纪80年代以来，伴随着文学创作的繁荣，出现了许多紧密跟踪创作动向及时遴选和推介佳作的选本和期刊。这其中有按年龄、性别、地域、题材、潮流和流派、社团等多种名目编选的选本，更有按年度来编选的各体裁的"年鉴"和"年选"，甚至还有按月来筛选的多种文学选刊和文摘期刊（如《新华文摘》）。它们在扩大文学传播、推举作家作品、引导和助推文学潮流乃至推动文坛代际更替等方面起到了重要的作用。作家蒋子龙说："'选'就是竞争，就是对创作的一种推动，使文坛活起来，作家抖擞精神，刊物竞相媲美，产品美不胜收，读者自由选择，择优录取。一石激起千层浪，功德无量。"[①] 这是对文选活动在当代文坛所起作用的生动概括。本文拟就这些文学选刊、选本在三十余年来的文学发展中的作用略加梳理，并对它们在文学运行中的机制性或体制性意义加以探讨。

一、文学选刊与当代小说的发展

　　在"新时期"的中国，文学因承担着政治意识形态与社会舆论表达的重任，而为全社会所瞩目并由此形成举国文学热的局面。一时间，文学的

---

① 《祝贺与希望》，《小说选刊》，1980年第1期。

产量与载体数量急剧膨胀，难以计数的各类文学作品出现在数百种原创性文学期刊和更多数量的报纸副刊上。作品庞杂且质量参差，载体又分散，这就迫切需要有一种能够遴选佳作和荟萃精华的媒介出现。于是，1979 年年底天津百花文艺出版社率先创办了第一份当代文学选刊《小说月报》，同时也开启了创办市场化选刊的先河。1980 年，中国作家协会为了全国短篇小说评奖预选作品的方便，并体现官方的文艺导向性，特意创办了《小说选刊》。随后，《中篇小说选刊》《报告文学选刊》《法制文学选刊》《散文选刊》《文学大观》等选刊纷纷涌现，到 1985 年时数量达到了 30 多家①。此后，文学热消退，但这只是读者的流失而非作者的消散，文学的产量依然在膨胀，所以仍不断有《中华文学选刊》（1993）、《诗选刊》（2000）、《北京文学·中篇小说月报》（2003）、《长篇小说选刊》（2004）、《当代·长篇小说选刊》（2004）等新的选刊面世。

在文学选刊中，小说类数量最多，而且无论是小说类还是综合性选刊，大都将选载中、短篇小说作为重头戏。这一方面是因为小说体裁的读者较广泛，且小说又在当代文学的体裁秩序中位居首位，另一方面则是由于杂志集纳诸多作品的媒介特性以及篇幅容量的限制。而从整个小说发展的角度而言，中、短篇小说在培养小说作家、形成小说创作潮流等方面具有基础性的作用，无疑是整个小说发展的础石和前锋。众多选刊都以中、短篇小说为选载对象，这就让它们在参与和影响当代小说发展方面大有用武之地。它们一方面通过发掘和推举新人从而激励和培养出了一批小说家，另一方面则以自身的资源和影响力，助推乃至主导小说潮流，从而在当代小说发展中起到了举足轻重的作用。

许多资料表明，在近三十年的小说发展史上，李锐、刘恒、刘震云、方方、池莉、毕淑敏、阎连科、刘醒龙、谈歌、毕飞宇等一大批重要小说家的成名都是拜选刊所赐。他们的成名作《厚土》《伏羲伏羲》《塔铺》《风景》《烦恼人生》《昆仑殇》《凤凰琴》《大厂》《青衣》等，都是经《小说选

---

① 《文学期刊版权保护工作座谈会纪要》，《当代》，1985 年第 4 期。

刊》《小说月报》等选刊推举才成名的。选刊不只是关心作品的好坏，眼睛也盯着作家们，一旦看中某人，就通过选载作品、配发评论、登读者来信、开个人研讨会、搞评奖等丰富而有力的手段让其在读者和文坛面前频频亮相。选刊的这种作用近似于传播学中"议程设置"的功能和效果，即它们通过选载和推介作品，搞文学研讨和评奖等活动，将文坛和社会的注意力吸引并聚焦到某些作家与作品身上，围绕它们展开议论。由于此种效能，选刊在发掘、推举作家方面往往很容易成功。

选刊不仅可以成功地发掘和托举出无名作家，还能对他们长期跟踪扶持，从而构成一种事实上的青年作家培养机制。女作家池莉就提供了这样一份证词：1982 年，她的短篇小说《月儿好》因被《小说选刊》选载而连连获得各种官方奖励，这让她产生了创作的自信，于是弃医从文，先入大学作家班深造，再到文学杂志做编辑。1987 年，她的中篇小说《烦恼人生》又被《小说选刊》转载并引起全国性轰动，更让她"感到了巨大的鞭策"，由此又脱离编辑岗位，"巴巴地做了一个专业作家"。所以她后来不无感激地说："多年来，我一直处于《小说选刊》的教导与扶持之下。"①选刊扶持成功的作家不是个别的，而是一大批，如今活跃在文坛的 20 世纪五六十年代出生的知名小说家们，大都受过选刊的恩惠。如果统计一下1980—2006 年间《小说月报》《小说选刊》选录作家的频次，就不难直观地看出它们在扶植和培养作家方面的成效：

表 1:《小说月报》入选作家频次统计

年份 作者	1980—1984	1985—1989	1990—1995	1996—2000	2001—2006	合计
刘庆邦	0	0	4	11	16	31
聂鑫森	1	2	2	10	10	25
铁凝	4	2	9	5	4	24
阿成	0	2	6	8	8	24
王安忆	5	1	1	10	7	24
池莉	0	2	8	10	3	23

① 池莉:《纪念青春好年华》,《小说选刊》,2000 年第 10 期。

续表

年份／作者	1980—1984	1985—1989	1990—1995	1996—2000	2001—2006	合计
迟子建	0	0	3	8	11	22
王蒙	8	6	4	2	1	21
方方	2	3	6	5	3	19
范小青	3	1	7	3	5	19
石钟山	0	0	1	7	11	19
冯骥才	7	5	2	3	1	18
苏童	0	1	6	6	5	18
梁晓声	4	2	0	7	5	18
徐坤	0	0	3	11	3	17
阎连科	0	0	8	5	4	17
裘山山	0	1	3	7	6	17

表 2：《小说选刊》入选作家频次统计

年份／作者	1980—1984	1985—1989	1995—2000	2001—2006	合计
阿成	0	3	12	13	28
迟子建	1	2	8	12	23
刘庆邦	0	0	10	12	22
铁凝	2	5	9	2	18
王蒙	5	7	5	0	17
叶广芩	0	0	9	8	17
莫言	1	3	8	4	16
苏童	0	0	6	9	15
石钟山	0	0	8	7	15
林斤澜	3	5	3	2	13
池莉	1	2	6	5	14
毕飞宇	0	0	9	4	13
聂鑫森	1	2	6	4	13
衣向东	0	0	7	5	12
孙春平	0	2	3	7	12
张洁	3	5	2	1	11
林希	0	1	9	1	11
石舒清	0	0	4	7	11

（注：《小说选刊》曾于 1990—1995 年上半年停刊）

　　从上述统计可以看出：第一，选刊所热选的大都是各时期的青年作家，入选率居前的作家中只有王蒙、林斤澜这两位是早就成名的老作家，其余几乎都是伴随着选刊的发展而成长起来的青年一辈；第二，被选频率的高低往往与作家在这一时段的影响力成正比，说明选刊运作对提升作家知名度有明显作用。比如，《小说选刊》在1995—2002年间密集地选载了毕飞宇的《哺乳期的女人》《青衣》等11篇作品，《小说月报》也在同期选载了其8篇作品，这种合力是毕飞宇在此期间迅速崛起的重要原因。叶广芩也是由《小说选刊》在某一时段倾力扶持起来的，所以她感激地说："应该说我的作品被大家所认识，是《小说选刊》的同志们做了大量工作的结果，他们将我这个陕西的作家引出了潼关，推向了全国……"①

　　选刊对某些弱势作家群体的扶植作用尤其明显。例如，和平时期的军旅生活常常被社会冷落，选刊却对石钟山、裘山山、衣向东等军队作家倍加呵护。《小说月报》和《小说选刊》不仅推出了几个代表性军旅作家，还营造了一段军旅题材的文学热和影视热，近些年《激情燃烧的岁月》《军歌嘹亮》《集结号》等风靡一时的影视剧作都是因选刊的中介作用才由小说改编而成的。而以石舒清、红柯、漠月、郭雪波、陈继明等宁夏作家为代表的西部作家群在90年代后期崛起于文坛，也直接与选刊的扶助和运作有关：《小说选刊》在1995—2001年间共选载宁夏青年作家的19篇小说，而《小说月报》在1995—2002年间仅红柯一人就选载了8篇之多。此外，在当今"消费文学"盛行的环境下，缺乏故事资源的短篇小说明显处于弱势地位，《小说月报》和《小说选刊》却对专攻短篇小说的刘庆邦、聂鑫森、阿成三人青睐有加。这三人如今在文坛拥有"短篇王"的美誉，其中不无选刊合力扶植与托举之功。

　　文学选刊都是紧密跟踪创作现状的专业性传媒，它们直接联系着各种原创性文学期刊，与作家们和批评界也保持着密切的联系，因而能够及时接触到大量新作品或获得相关信息，率先感知到某种文学动向或创作潮流

---

① 　叶广芩：《缘分》，《小说选刊》，2000年第10期。

的萌芽，并加以推动和引导。而且，它们也大都具有自觉的潮流意识，常常有意识地在捕捉这种动向或潮流的苗头。它们在这方面的努力硕果累累，"新写实"、"现实主义冲击波"、"底层叙事"等小说潮流都是它们运作的结果。

"新写实"小说发轫于 1987 年，初期的代表作如池莉的《烦恼人生》、方方的《风景》、刘震云的《塔铺》和《新兵连》等，都是选刊发掘与推举出来的。当时，整个文坛的兴奋点还是马原等人的"先锋小说"或"新潮小说"，《烦恼人生》这类并不"先锋"的作品一时还难以引起注意。比如《上海文学》当时正打着"探索性""文学性"的旗号大力鼓吹先锋文学，对《烦恼人生》并不看重，将其发表之后也就作罢。原创期刊并不看重的小说却受到《小说月报》《小说选刊》的重视，它们同时隆重转载和推介了《烦恼人生》，让它在社会上产生巨大反响。当时《上海文学》发行量不到 3 万份，而《小说月报》《小说选刊》的发行量都接近 20 万份。方方的《风景》则是发表在一家地方小刊上，不为人注意，"人们发现这篇小说的价值是通过一年后转载这篇小说的《小说选刊》"[1]。选刊对这些作品的发掘不仅使其免遭"新潮"和"先锋"遮蔽的厄运，同时也经由对这些作品的集结，帮助评论家们感知到某种动向并开始命名。正是在《小说选刊》主办的"刘震云作品讨论会"上，雷达等批评家首次将方方、池莉、刘恒和刘震云等人的上述作品视为一类，认为它们在写"生存本相"上具有"某种不约而同的潮流性变化"[2]，与过去的"现实主义"和"先锋文学"有所不同[3]。如果说雷达在这次会议上提出的"新现实主义"算是对这一小说潮流的最早命名的话，这比后来许多人所强调的 1989 年《钟山》杂志第 3 期推出的"新写实小说大联展"足足早了一年多。选刊不仅集结了一批作品从而推动了对这一潮流的命名和阐释，也以其持续的运作在壮大着这个

---

① 於可训:《方方的文学风景》，方方:《祖父在父亲心中》，南京：江苏文艺出版社，2003年，第 364 页。

② 雷达:《探究生存本相，展示原色魄力——论近期一些小说审美意识的新变》，《文艺报》，1988 年 3 月 26 日。

③ 斯冬:《展示出生活的原型——刘震云作品讨论会综述》，《小说选刊》，1988 年第 6 期。

潮流的声势。池莉、方方、刘震云等人后续的具有"新写实"风格的众多作品都被几家选刊选录，有的还配发评论或者被选刊授予各种奖项。

"现实主义冲击波"也得力于选刊的引导甚至是炒作。选刊从 1995 年起就注意到了这批反映"时世艰难"的作品，集中给予转载和推介。比如谈歌的《年底》和李肇正的《女工》在《小说月报》转载后就引起读者的热烈反响，《小说月报》还将收到的大量读者来信和评论文字登载在刊物上，让这场读者反应的"冲击波"传回文坛。"冲击波"的另一代表作《分享艰难》写乡镇企业破产，最初发表在《上海文学》当时正着力打造的"新市民小说"栏目之中，可谓不伦不类。是《小说月报》将它发掘出来，为社会所关注。《小说选刊》在运作潮流上极为主动，它率先将何申、谈歌、关仁山的创作归为同一类，打出了"三驾马车"的旗号，借此向文坛呼吁"对现实生活的热情关注"、"作家可贵的责任感与良知"①。它于1996 年 8 月以中国作协的名义，联合河北省委宣传部举办了这三人的作品讨论会，以官方的名义给予"三驾马车"的创作以肯定，使三人成为"冲击波"小说的代表。而选刊的推举与号召也大大激发了作家们的创作热情，使得这股"冲击波"声势益壮。谈歌的《大忙年》《年底》因多方转载而社会反响热烈，这促使他在后续《大厂》的写作中加大了写"艰难"的力度②，《大厂》发表后所引起的强烈社会反响又鼓舞谈歌写出了《大厂（续篇）》……

"底层叙事"是近些年兴起的一波小说潮流，它以农民、农民工和城市贫民等社会弱势群体为书写对象，反映当下中国阶层分化、贫富对立等现实社会问题。中国政府自 2002 年起正式承认存在"弱势群体"并表态要重视社会公平与社会和谐问题。选刊敏锐地把握住这一动向，率先在文学领域予以响应，明显加大了对底层题材作品的选载力度：从 2004 到 2007 年，《小说月报》的底层题材比例依次是 12.4%、17%、19%、25.8%，《小说选刊》是 20%、22.6%、28.7%、22.6%，《中篇小说选刊》则是 16%、17%、

---

① 《编后记》，《小说选刊》，1996 年第 4 期。
② 关仁山：《燕赵壮歌——谈歌印象记》，《中国作家》，1997 年第 4 期。

22%、22.5%。2006 年初,《小说选刊》改版并正式打出"底层关怀"的旗号,成为鼓吹底层叙事的大本营。《北京文学·中篇小说月报》则于 2006 年 4 月主办了"文学与底层"研讨会。在选刊的合力推动下,底层叙事迅猛发展,陈应松、胡学文、荆永鸣、罗伟章等一大批作家脱颖而出。由于选刊的鼓噪,文坛内外都为之侧目,围绕"底层写作"的伦理立场和文学性等问题还在文坛引发了一场大争论,而这一争论本身也有利于引导该小说潮流的良性发展。

二、选本运作与当代诗歌的发展

相对于长期持续运作的选刊,一个个零散的文学选本往往会被人们轻视,但这并不意味着它们就缺乏个体的影响力。近三十年的文学发展史上,《朦胧诗选》《岁月的遗照》《1998 中国新诗年鉴》等选本就曾掀起过巨大的波澜。而且,由于选本数量众多且同样具有文学聚焦的功能,它们在推举文学新人、助推文学潮流等方面也能形成合力,从而功劳赫赫。上海文艺出版社于 1986 年推出的《探索小说集》《探索诗集》《探索戏剧集》《探索电影集》这套选本就在文坛内外引起过巨大反响。吴亮、程德培编选的《新小说在 1985 年》(1986)与由王安忆等 19 位作家共同编选的《1985 小说在中国》(1986)都以推举"新潮"小说为特色,为所谓的"85 文学新潮"起到过推波助澜的重要作用。而在诗歌领域,由于诗歌类选刊的缺乏和一般选刊对诗歌的冷落,选本所起到的作用就更为突出。三十余年来的当代文学选本数量庞大,其中较知名和有影响的也不在少数,鉴于上文已考察了选刊对于小说发展的贡献,此节特意只从诗歌这种体裁的角度来梳理选本的贡献。

从"朦胧诗"起,中国当代诗歌基本上呈现为一种运动式的演进状态:"朦胧诗"、"第三代"、"第四代"(或"中间代")、"70 后"、"80 后"……一波又一波的代际运动构成了诗坛的主要景观,持续吸引着诗界和社会的眼球。细心考察这几次诗歌潮流的发生和发展,可以发现选本运作在其中扮演了相当重要的角色。某种程度上甚至可以说，选本运作奠定了三十余年来代际更替式的诗歌发展形态。

"朦胧诗"运动是当代最具影响力的一个文学潮流，在其发展壮大和影响的生成上，多个诗歌选本起到了作用。早在 1980 年，阎月君、高岩等四位辽宁大学中文系的学生就在系领导的支持下，编选油印了一本《朦胧诗选》，在沈阳和吉林的一些高校大量散布，成为一些文学青年的诗歌启蒙读物。1982 年 8 月，阎月君又在北岛、顾城、杨炼等诗人的支持下增补修订成新一版《朦胧诗选》，以铅印本内部发行。当时"朦胧诗"正遭受政治意识形态打压，"当这些诗歌受到形形色色的压力时，编者的举动无疑是无声的抗议与声援"①。1985 年，以铅印本为基础修订后的《朦胧诗选》终得公开出版，一上市就被抢购一空。从油印本、铅印本到正式出版，《朦胧诗选》"将一个个散在的诗人凝结为一个更有力量的群体，使一篇篇散落的诗篇汇集成一股强大的新诗潮"②。在《朦胧诗选》运作的同时，中国青年出版社推出的《青年诗选》年选系列也收录了不少朦胧诗，对其早期传播有所贡献。此外，北大青年诗人老木编印的《新诗潮诗集》（1985），福建省文学讲习所编的《南风——抒情诗、朦胧诗选》（1985），喻大翔、刘秋玲编的《朦胧诗精选》（1986），上海文艺出版社编的《探索诗集》（1986），周国强编的《北京青年现代诗十六家》（1986），作家出版社编的《五人诗选》（1986）等选本也对朦胧诗的扩大传播和影响力的生成做了贡献。这些选本都有不错的印数——如《朦胧诗精选》1986 年首印，次年 7 月第 4 次印刷时累计已达 15.5 万册——其结果是围绕这些选本形成了一个庞大的诗歌阅读群体和学习群体，为后来的中国诗坛培育出了一批生力军。不少后代诗人都谈到过这些选本对他们走上诗歌之路的影响。

紧随"朦胧诗"而起的是"第三代诗"。当时，公开文学刊物只能将有限的发表园地分配给已成名的中老年诗人和"主旋律"诗人，根本无暇

---

① 谢冕：《历史将证明价值——〈朦胧诗选〉序》，阎月君、高岩等编：《朦胧诗选》，沈阳：春风文艺出版社，1985 年。

② 叶红：《重读〈朦胧诗选〉——不该尘封的历史记忆》，《文艺争鸣》，2008 年第 10 期。

照顾初出茅庐的青年诗人。发表无门的第三代诗人们只好自办刊物，自印（油印、打印）诗集，自编选本。1985 年初，北大青年诗人老木率先编选并自费印行了《新诗潮诗集》，这个选本在征集作品的过程中得到第三代诗人的积极响应，成为他们的首次群体亮相之所。稍后，上海文艺出版社推出的《探索诗集》专设"第三代诗"板块，并给予最多的篇幅。1987 年，第三代诗人唐晓渡、王家新通力合作，编选并正式出版了《中国当代实验诗选》，随后他们又续编了《中国当代实验诗选》的第二卷和第三卷（后两卷因故未出版）。这几个选本都意在为"第三代"代言，属于"争取生存权的努力"①。1988 年 10 月，《中国现代主义诗群大观 1986—1988》出版，这也是一个由第三代诗人参与运作的较有影响力的选本，对第三代诗群体的呈现较为全面。再后，第三代诗人们又编选出版了《第三代诗人探索诗选》(1988)、《情绪与感觉——新生代诗选》(1989)、《当代青年诗人自荐代表作选》(1989) 等。第三代诗人的群体自觉和自我呈现逐渐引起外界注意。1988 年，南开大学的当代文学研究者李丽中先后编选出版了《朦胧诗·新生代诗百首点评》《骚动的诗神——新潮诗歌选评》，这两个选本都给予"新生代诗"以极大的篇幅和正面评价。由于当时僵化的政治意识形态影响，第三代诗一直遭受主流诗坛和诗评界的漠视和否定。正是上述选本给了第三代诗人们强有力的支持，促成了"第三代"这个诗歌共同体的形成，并维系着"第三代诗"这个创作潮流的进展。

进入 90 年代的中国诗界一度在寂寞与平静中发展，但 90 年代末几个诗歌选本的编选又掀起巨澜。先是程光炜编选的"九十年代文学书系诗歌卷"《岁月的遗照》(1998) 鼓吹"知识分子写作"，然后是杨克主编的《1998 中国新诗年鉴》(1999) 声讨前者并提倡"民间立场"，由此引发两派的"盘峰论剑"。随后又有程光炜和杨晓民主编的《时间的钻石之歌：中国新锐诗人诗选》(2000)、杨黎和何小竹主编的《1999 中国诗年选》(2000)、杨克主编的《1999 中国新诗年鉴》等为两派的争斗推波助澜。这

①　唐晓渡、张清华：《关于当代先锋诗的对话（续）》，《当代作家评论》，2009 年第 2 期。

些派性选本运作的直接后果是激活了诗坛，也催生了众多的诗歌民刊和诗歌出版物，甚至影响到了此后诗歌发展的格局。十余年来，"知识分子"一方推出胡续冬、姜涛等70后"学院派"诗歌传人，"民间"一方则有沈浩波及"下半身诗歌"、"后口语诗"等后继者。两派之外，一些受到冷落和没有归属的诗人打出"第三条道路"的旗帜，更年轻的一代也不甘默默无闻，亮出了"70后诗歌"的大旗。而"70后"的造势成功又刺激了"中间代"的自我追认以及"80后"的急切亮相。有意味的是，它们都纷纷采用了选本运作的方式。

先是"70后"一代的自我炒作。2000年1月，广东"70后"诗人黄礼孩创办了一份选本性质的诗歌民刊——《诗歌与人》，以"中国70年代出生诗人诗歌展"为旗号，推出了55位诗人。随后，河北的《诗选刊》杂志连续三期进行转载，将"70后"这一招牌推向了全国诗界。同一年，民刊《诗文本》也以选本的方式推出"70后诗人专号"，共选47名诗人。2001年6月，黄礼孩推出了《70后诗人诗选》(福建海风出版社)，收111位诗人。2004年5月，一部更大容量的《70后诗集》面世，它以千余页的篇幅，收78位诗人，每人10—20首。其后还有不少以"70后"为招牌的诗歌选本以民刊或网刊的形式出现。2008年，"70后"诗人刘春编选出版《70后诗歌档案》，收84位诗人，颇有为"70后"诗歌盖棺定论的意味。上述选本可以说主导着"70后"诗歌运动的全过程，也成为"70后"演出的重要舞台。

"第三代"内部"民间"与"知识分子"的争霸，"70后"一代的自我炒作成功，让资历介于这两代之间的一批诗人觉得自己被遮蔽了，也以编选本的方式集结起来，打出"第四代"或"中间代"的旗号。这些选本包括龚静染、聂作平主编的《中国第4代诗人诗选》(2000)，黄礼孩、安琪编选的《诗歌与人——中国大陆中间代诗人诗选》(2001)，安琪等人编的《中间代诗全集》(2004)等，它们成为这批诗人自我命名并争取文坛影响和文学史地位的重要手段。

在"70后"与"中间代"自我炒作的同时或稍后，"80后"一代也跃跃欲试。他们同样也采用了编选本和搞运动的方式。第一本"80 后"诗选本《一滴水晶》自费印刷于 2000 年冬天。2002 年 11 月，"80 后"女诗人春树推出民刊《八十年代后诗选》。2003 年 9 月，《诗选刊》杂志推出"80 年代出生诗人作品展"，有 80 余诗人入选。2003 年 11 月，春树、果酱、小虚三人主编的民刊《80 后诗选 2》出版，共收阿斐、春树等 42 人。2004 年 3 月，玉生主编的民刊《80 后诗选》出炉，共收入 76 位诗人。此后，《80 后诗歌备忘录》《80 后诗歌排行榜》之类在互联网、诗歌民刊上面纷纷出笼。2008 年，丁成主编的《80 后诗歌档案》正式出版，压缩性地选收 24 人，为"80 后"进一步起着塑形作用。

"70 后"、"80 后"一代的崛起也得益于外界的支持。杨克主编的《中国新诗年鉴》、张清华主编的《21 世纪中国文学大系·诗歌卷》等众多年选本都着力推举诗歌新人，对"70 后"、"80 后"的成长以及整个诗坛的代际更替出力甚多。比如杨克主编的《中国新诗年鉴》系列选本，一开始就把重心放在推出诗歌新人上面，并为此专门设置"年度推荐"这个栏目。于是，《1999 中国新诗年鉴》的"年度推荐"卷中一口气集中推出吕约、沈浩波、李红旗、朵渔、巫昂、盛兴等 8 位"70 后"诗人，《2002—2003 中国新诗年鉴》中专门设置了"e 时代:'80 后'诗人诗选"专辑。《年鉴》大力推举新人的举措也引发积极响应，众多诗歌选本和诗歌批评及时跟进，使得大批年轻诗人脱颖而出，从整体上加速推进了诗坛的新陈代谢。

除了代际性选本和年选本，还必须注意到某些地域性诗歌选本与网络诗歌选本的贡献。地域性选本是当代文学选本大家族中的重要一支，许多地方作协、文联等文化管理机构和民间文学团体为了展示本地的文学业绩和文学成就，或扶持本地作家参与文坛竞争，都热衷于编选此类选本。仅仅广东一地最近几年就集中出现了《出生地：广东本土青年诗选》《异乡人：广东外省青年诗选》《深圳青年诗选》《在路上——东莞青年诗人诗选》《悠悠咸淡水——中山诗群白皮书》《珠三角诗人诗选》等众多的诗歌选本，它们对于激励当地的诗歌创作、扶持诗人成长、促进各地作家的文学竞赛都有不可轻视的贡献。而随着互联网的迅猛发展，《网络诗三百》《中国网络诗典》《中国网络诗歌年鉴》之类的选本也层出不穷，它们对于激励诗歌新人的创作热情，为诗坛培养和储备后备军是有莫大贡献的。经过选本的选载，民间化的网络诗歌作品就能够进入正规的诗歌流通体制，成为主流诗界认可的产品。许多发端于网络的年轻诗人和业余诗人都是经各种诗歌选本的转介，才正式走上诗坛的。

三、文选运作：一种当代文学运行机制或体制

通过上面的梳理可以发现，文学选刊与选本在发掘、扶植和培养作家，助推和引导文学潮流、推动文坛代际更替等方面都发挥了显著作用。而且，这些作用或表现并非偶然现象，而是反复显现。显然，选本、选刊的活动已构成一种当代文学发展的机制或体制，能够持续且稳定地发挥作用。

选刊与选本的活动首先构成当代文学的一种传播机制。在当代文学传播体制中，原创型刊物的发表构成了作品的首次传播，选本、选刊、文摘杂志的选载则是二度传播，其能量和效果通常远远强于首次传播。因为选刊和选本名义上是"选优"和"荟萃"，是集中了所有原创型刊物的精华，这就使它们通常比后者更受读者欢迎。以 1982 年为例，当年全国纯文学期刊中平均每期印数在 50 万册以上的只有四家，《小说月报》和《小说选刊》分别以 86.1 万册和 70.4 万册分列第一、二名。[①]90 年代以来文学期刊读者流失严重，但选刊仍有可观的发行量，且比较优势更加扩大：1998 年全国纯文学期刊的发行量平均每种每期 3000 册[②]，《收获》《人民文学》等老牌名刊也都不到 10 万册[③]，而《小说月报》以 32 万册高居榜首[④]，《中篇小说选刊》也有 19.5 万册[⑤]；2005 年全国文学期刊的平均发行量继续下滑，《小说

---

① 《中国出版年鉴 1983》，北京：商务印书馆，1983 年版，第 720 页。
② 杨羽仪：《"每期文学期刊平均有十个读者"》，《作品》，1998 年第 12 期。
③ 章仲锷：《严肃文学刊物之命运》，《文学报》，1998 年 3 月 26 日。
④ 陆梅：《文学期刊靠什么站稳脚跟——〈小说月报〉主编细说缘由》，《文学报》，1998 年 12 月 3 日。
⑤ 李频：《中国期刊产业发展报告 NO. 1——市场分析与方法求索》，北京：社会科学文献出版社，2005 年版，第 280 页。

月报》的印数则上升到 40.6 万册①。至于选本，因为集纳众家、荟萃佳作，通常都比一般性的个人作品集更有市场，90 年代以后更是成为文学图书市场上最好销的一种。近三十年来，当代文学传播日益市场化，选本、选刊因为相对于原创型传媒更强的市场化属性而贡献突出，在诗歌和中、短篇小说这类弱势文体的传播方面发挥着不可替代的作用。这种作用不仅仅是体现在扩大传播上面，更是体现在二度传播中的"发现者"、"把关人"角色和"经典化"效果等方面。在作品汗牛充栋、泥沙俱下的当代，文选这种二次传播机制必不可少，其重要性也日益凸显。

选本、选刊的活动也构成当代文学的一种评价机制。"选"本身就有"选优""精选"之意，天然具有文学评价的象征意味。即使是选本、选刊的目次和编排，配发的评论文章或序跋文章以及开展的文学评奖、作品研讨会等活动，也往往具有评价意味或就是一种文学评价方式。在许多人心目中，选本、选刊就是"检验一个作家是否优秀或者是否写出优秀作品的一个平台"②。选刊和选本不仅有自己的文学评价标准和模式，也在很大程度上影响着其他机构或个人的文学评价活动。比如，各地的文艺管理机构往往在评选优秀作品，或对辖下作家进行考核和评级之时，把是否入选过选本和选刊作为一条依据。甚至，转载率也在无形中成为衡量各种原创型文学期刊的发文质量和办刊水平的一个依据。文学评价的形式和渠道当然有多种，发表、转载、评论、评奖等等都具有文学评价的性质，而选载这种形式在其中常常具有最高的象征等级。因为选载是在发表基础上的"精选"和"选优"，在逻辑上就高于发表所象征的评价力。文评、书评这类形式的象征等级也不如选载，因为任何一个评论者都只能是就其视野所及来选择评价对象，视野局限和个人性都影响到其评价的效力。而广告化、人情化、金钱化批评的泛滥更是让文评与书评的公信力丧失大半。至于评奖，原创型文学期刊主办的评奖、各种地方性的评奖和面向特定对象的评奖（如青年文学奖）就不具备年选、年鉴和选刊所象征的那种全局性，后

① 《中国出版年鉴 2006》，北京：中国出版年鉴社，2006 年，第 787 页。
② 阿成：《上帝、神父与主持》，《小说选刊》，2006 年第 5 期。

者面向全国所有作品来选稿，具有笼罩全体、总揽全局的名义，自然让其评价活动天然地具有影响力。据说，不仅许多地方性评奖，连鲁迅文学奖等国家权威奖项都习惯于从选刊入选篇目中遴选候选作品。显然，选本和选刊在当代文学评价活动中发挥着重要作用和影响力，有时甚至占据着权威性位置。

选本和选刊还构成当代文学的一种生产引导机制。文学传播和评价作为一种反馈，本就可以转化为对文学生产的引导，更何况作为选家的一种主动行为，"选"难免蕴含着一种"引导"的意图。《小说选刊》的创办原本就是为了承担官方政治意识形态对文学生产的引导职能，它的"选"是一种引导，它搞文学评奖也是一种引导。《小说月报》等市场化的选刊和选本，即使文学导向的主观意识不强，也还是会对作家的创作、杂志的发表等产生客观的引导效果，那就是市场的引诱。选刊和选本主要是通过对作家和文学杂志、出版社等机构的影响来实现其对文学生产（创作、发表、出版）的引导的。对作家而言，被选载不啻于一种鼓励，会因此产生更大的创作信心和热情。而且，年轻作家的作品一旦被选载，就会刺激他们继续在这个方向上努力，这样，选载就可能具有帮助无名作家和年轻作家确立创作方向与风格的影响力。池莉、何申、叶广芩等作家都曾公开撰文谈过选刊对他们的这种影响力。因为能给作家带来现实的名利，选刊和选本也能以其文学趣味或理念俘获一些作家，影响其创作取向从而形成某种创作潮流（比如"底层叙事"）。另一方面，选刊、选本也能对期刊发表和图书出版施加有效的影响。为了证明自己的办刊质量以向上级主管部门交差，一些原创型文学期刊越来越重视转载率这种指标。而为了提高被转载率，它们有时就会迎合选刊和选家们的文学趣味来发文办刊。常见的情形是，一旦某个作家的作品被选刊或选本热捧，就会为该作家引来众多稿约，从此发表难的问题也就迎刃而解。此外，图书出版机构也会在某种程度上以选载为风向标，来判断作家的文学声誉和市场号召力，决定是否给他们出版的机会。如今文学的市场化愈演愈烈，作为文学市场"风向标"的选刊、选本对文学生产的影响力也会越来越强。

　　在 1998 年韩东、朱文等人发起的搅动文坛的"断裂"问卷调查事件
中,《小说月报》和《小说选刊》遭到特别严厉的抨击，被认为"代表文学
界中庸的趣味、水平和标准","误导读者、毒化写作者"①。这种抨击虽有片
面和尖刻之嫌，但也确实道出了部分事实。不管是正面的还是负面的，选
刊之于文学发展的影响力是毋庸置疑的。韩东在抨击选刊的同时就指出，
文学选刊与作家协会、大学教育、文学批评等作为中国当代文学场中"权
威系统"的代表，"提供原则、标准、规则、方式","强有力地垄断和左右
人们（的）文学追求和欣赏趣味"，维护和建构着"文学秩序"。②这里，
"断裂派"作家和批评家们已然认识到了文学选刊的体制性意味，并有所不
满。其实不独选刊如此，众多的文学选本也同样构成一个庞大的势力集团，
成为当代文学运行中的一种体制性力量。而这种体制性力量的形成与表现
方式又与这三十年的文学大环境密切相关，是文学场和政治场、经济场之
间相互博弈而又合作的关系之产物，也是各方力量此消彼长的结果。在 20
世纪 80 年代，政治场对文学场影响力较强,《小说选刊》的官方身份就赋
予其特殊的权威性和影响力：不少作家就因为选刊的青睐而平步青云，不
仅名声鹊起，还享受到提级、提干、调动工作等现实的好处。即便是 90 年
代以后,《小说选刊》的官方权力仍然有所体现——比如作为官方性质的权
威奖项，第二届（1997—2000 年）鲁迅文学奖的中篇小说奖就由《小说选
刊》操办。所以女作家徐坤指出："作为中国作协的机关刊物,《小说选刊》
的权威话语地位一直都是不可替代的。"③当然,《小说选刊》一向都密切联
系着众多的知名学者和批评家，经常吸纳他们参与选刊的活动，因此也并
不缺乏学术上的权威性和影响力。而由《诗刊》《人民文学》等权威文学媒
体（所谓的"文学国刊"）编选的选本在 80 年代也具有类似的官方和学术
性的二重影响力。90 年代以后，文学边缘化和市场化导致经济场对文学场
的影响力上升，所以《小说月报》《中篇小说选刊》这类市场化属性鲜明的

---

① 朱文:《断裂：一份问卷和五十六份答卷》,《北京文学》，1998 年第 10 期。
② 韩东:《备忘：有关"断裂"行为的问题回答》,《北京文学》，1998 年第 10 期。
③ 徐坤:《〈小说选刊〉改版观感》,《小说选刊》，2006 年第 5 期。

选刊和各出版机构推出的文学年选都能依靠其庞大的读者群，提升作家的社会知名度并从而对作家具有相当的影响力。同时，由于这些选本的编选者大多还是有一定知名度的文学专家，即便是选刊的编辑们在大众眼中也算得上是专家，所以它们仍然葆有一定的学术权威性，并由此而吸引读者并造福作者。

但相对于政治场和经济场的介入性影响，文学场内的复杂状况才是文选机制形成和发挥效力的根本原因。"新时期"以来，文学生产一直显得繁荣甚至过剩——多年来，我们拥有全世界最多数量和种类的纯文学期刊，每年发表或出版的长篇小说上千部，中短篇小说的产量则有几万篇，散文、诗歌的产量更是无法计数……由于产量过于庞大，不论是普通的社会读者，还是专业的文学批评家和研究者，都无力大量涉猎，迫切需要有精简的媒介。众多的作者也害怕自己的作品被埋没在不计其数的作品之中无声无息。而众多原创型文学传媒在承受着选刊、选本掠夺（读者和经济利益）的同时，也反过来会有求于它们——除了《收获》等少数几家名刊大刊之外，大多数地方性或知名度不高的原创型文学期刊往往需要借助选载率来标榜自己的办刊水平和成绩。在上述背景下，选本、选刊就成为当代文学场中各方瞩目的焦点，甚至是利益的交集所在。按照传播学中的"使用—满足—依附"理论，媒介能够满足人们的需求越多，人们对它的依附程度就越高。选刊、选本这种实用价值较强的文学传媒也因此极具影响力和支配力，能够对当代文学的传播、评价和生产施加强有力的影响。总之，文学生产的过剩以及文学的市场化等背景，决定了文学的传播和接受只能是选择性的，也迫切需要有一种披沙拣金的文学机制，这正是选刊、选本存在并发挥作用和影响的前提和基础。由于这样的背景，即使《收获》近来公开声明"谢绝转载"，也不会从根本上动摇选刊、选本的根基。20世纪80年代中期，《当代》等四十多家原创型文学期刊也曾发起对选刊的联合抵制运动，但由于读者支持和偏向选刊，也无功而返。

随着中国社会接受高等教育的人群的急剧扩大，文学写作会日益成为更多人能力与兴趣范围之内的事情，网络写作在当下的急剧膨胀就充分证明了这一点。在这样的大背景下，文学生产的过剩与文学的边缘化、市场化这对矛盾仍然会在相当长时期内存续，这也决定了文选机制在当代文学发展中的地位和作用会长期显现甚至越来越突出。所以我们应当高度重视当下的各种文选活动，应该对其进行考察、监督和引导，使其能更加良性地运行，更好地服务于当代文学的发展。

梁启超与"中国文学"概念的现代发生

郑焕钊

现代民族国家观念的出现，并作为一国文学的整体命名，是文学现代性的一个重要事件，它使一种超越朝代和文类的整体性命名和描述成为可能，并为一种与之相关的意识形态的建构奠定观念的基础。作为一个整体的概念，"中国文学"长期为人们所习以为常、不加反思地加以应用，却很少在"中国"与中心词之间做出必要的界定与厘清。但由于晚近西方民族主义理论和后现代理论的影响，尤其是相关的"话语"理论，加之中国自身所面临的地缘政治、内部的民族关系等问题，使得关于"中国"——在历史认同、政治认同与文化认同——的诸种关系之间的复杂性日益成为人们不得不关注的对象。与之相关，"中国文学"的概念也成为学界反思的一个问题。①

由于涉及历史、政治、民族与文化的各种处理，并且涉及历史上不同时期的"中国"与当今政治主权的"中国"之间的错位关系，学界关于

---

① 近期关于"中国文学"作为一个整体概念的反思的文章有冯骥才《关于"中国文学"的概念》（载《文学自由谈》1996 年第 4 期）、吴泽泉《错位与困境：一份关于"中国文学"的知识考古学报告》（载《文学评论》2009 年第 3 期）和张未民：《何谓"中国文学"？——对"中国文学"概念及其相关问题的讨论》（载《文艺争鸣》2009 年第 9 期）等少数几篇。

"中国文学"的讨论，往往也针对此而展开。但是，"中国文学"概念的产生，必须基于两个条件：其一为现代以想象虚构为概念的文学观念的出现；其二为具有现代民族国家意义的"中国"观念的产生。[①]而这两者的联系，却需要从根本上论证"想象性的、虚构的文学"与"中国"这一具有强烈政治和文化认同色彩的词汇之间的关联——实际上也即文学与国族意识形态关系的建立。作为一个被建构的概念，现代意义上的"中国文学"概念由梁启超最早提出。他从"群治"功能出发，重构和论证文类秩序，并进而从现代国民意义上展开启蒙的逻辑，正是这一联系建立的一个关键环节。

但在以往相关研究中，梁启超的作用却被一笔带过。真正揭橥梁启超"中国文学"观念产生历史过程的是日本学者斋藤希史，他在《近代文学观念形成期的梁启超》一文中，对梁启超如何接受日本"国民文学"的影响而形成"中国文学"的观念进行实证研究，指出"'中国文学'这一观念的出现，在梁启超小说论的发展过程中是一个自然的归宿，无疑同时也是对明治三十年前后开始盛行的'日本文学'这一观念的一种反应"[②]。但由于论者着重于日本的影响，所以忽视了梁启超"新民"思想与"中国文学"之间的内在逻辑，及传统文学观念在梁形成这一概念过程中的作用。鉴于此，本文将对梁启超与"中国文学"概念发生的关系进行专门的探讨，尤其着重从梁启超"新民"思想的逻辑出发，以梳理"中国文学"概念创构的长期为人们所忽略的内涵，以期对学界有所助益。

一、作为"民"与"国"关系隐喻的"中国小说"

"中国文学"观念的建构，起源于"中国小说"概念的发生。考察晚清从"小说"到"中国小说"的概念变化，是考察"中国文学"观念发生

---

① 吴泽泉:《错位与困境：一份关于"中国文学"的知识考古学报告》，载《文学评论》2009 年第 3 期。

② 〔日〕斋藤希史:《近代文学观念形成期的梁启超》，载狭间直树编《梁启超·明治日本·西方》，北京：社会科学文献出版社 2001 年版，第 307 页。

的一个重要前提。作为知识普及的一种通俗方式，小说的功能在晚清得到了广泛的强调，尤其从小说与传统经史教育的效果对比中，来突出小说对于普通老百姓的民智开启的意义。如康有为在《日本书目志》的识语中就强调在中国这样一个识字率不高的国家，小说在启童蒙、导愚俗方面的积极意义。而严复和夏曾佑合写的《本馆附印说部缘起》①对历史与小说在知识普及方面的特征进行具体的探讨，突出小说在语言、人物刻画等方面的"五易传"的具体效果，进而指出小说把持风俗的意义。②如果我们将晚清小说实用功能的凸显与整个晚清经世致用思潮联系起来考察，则可发现：晚清文类秩序的重构，乃至小说地位的提升，首先不是来自文学的内部而是由外部的实用思潮所引起的。因为近世民族危机的刺激，社会思潮整体趋向经世实用，在"去虚化"的时代精神的主导下，传统诗文的地位陡然下降，其变革也确立了以"实用""救时""经世"为核心的新标准，在近代"开民智"的这一主导诉求之下，通俗文体因其实用功能获得了发展的契机，小说作为最有效的通俗知识普及的载体，获得了进入文学秩序的可能，从而促使传统文学格局发生了深刻的变化。小说作为实用通俗的文类，在近代获得了人们的重视，正是围绕着"实用经世"的轴轮发生根本性的转变，小说与民智之间的关系构成了新的论述重心。梁启超早期的小说论述，如《变法通议·论幼学》中论及"说部书"的教育意义，从文字与语言的分合角度，认为小说的读者多于六经的读者就在于其专用俗语。他以日本文字改革所带来的识字、读书、阅报之人增多为例，提出"专用俚语，广著群书"③的主张，以借助说部之力，"上之可以借阐圣教，下之可以杂述史事，近之可以激发国耻，远之可以旁及夷情，乃至宦途丑态，试场恶趣，鸦片顽癖，缠足虐刑，皆可穷极异形，振厉末俗"④。在《〈蒙学报〉〈演义报〉合叙》中也同样强调了小说与童蒙之间的关系，指出"西国教科之书

① 　几道、别士：《本馆附印说部缘起》，载陈平原、夏晓虹主编《二十世纪中国小说理论资料（第一卷）》，北京：北京大学出版社1997年版，第27页。
② 　同上。
③ 　梁启超：《变法通议·论幼学》，载《梁启超全集》，北京：北京出版社1999年版，第39页。
④ 　同上。

最盛，而出以游戏小说者尤夥。故日本之变法，赖俚歌与小说之力。盖以悦童子，以导愚氓，未有善于是者也"①。以之对比中国，"其仅识字而未解文法者，又四人而三乎，故教小学教愚民，实为今日救中国第一义"②。对小说与俚歌的重要性的肯定，同样是放在通俗教育的角度，其认识并未超越之前康有为和夏曾佑等人。

梁启超的《论小说与群治之关系》意味着将小说作为知识普及手段的方式的功能发生变化。在该文中，梁启超提出："欲新一国之民，不可不先新一国之小说。故欲新道德，必新小说；欲新宗教，必新小说；欲新政治，必新小说；欲新风俗，必新小说；欲新学艺，必新小说；乃至欲新人心、欲新人格，必新小说"③的著名论断，并指出小说具有如此效力的原因在于它"有不可思议之力支配人道"④。以往人们容易由此展开对梁的小说"不可思议之力"的研究，而忽视"群治"一语与小说之间所具有的独特关联。鉴于"群"在梁启超的思想中所具有重要地位和 1902 年梁发表《新民说》时"群"的概念的变化——从早期混合着国群与天下群转向了明确的"民族国家"的单一含义，则《论小说与群治之关系》的"群治"的含义显然与"民族国家"密切相关：这既可从前述"欲新一国之民，不可不先新一国之小说"的表述得到证明，又可从"群治"在这一年的密集出现——如《新民说》中"论进步"一篇的副标题"论中国群治不进之原因"，同年又发表《论佛教与群治之关系》——得到印证。实际上，早在《译印政治小说序》中，他已经提出"中土小说"的概念，指出小说为"国民之魂"；而在《新民丛报》第十四号《中国唯一之文学报〈新小说〉》中又提出"中国小说界革命"的口号。"中国小说"已经开始作为一个整体出现。在这篇论文中，梁启超还提出"小说为文学之最上乘"的观念，从小说的感染力等角度对小说的至上性予以论证，但其逻辑却指向小说与国民总体

① 梁启超.《〈蒙学报〉〈演义报〉合叙》，载《梁启超全集》，北京：北京出版社 1999 年版，第 131 页。

② 同上。

③ 梁启超:《论小说与群治之关系》，载《新小说》1902 年第 1 号。

④ 同上。

的意识形态情形——小说为群治腐败之源。在此之后《新小说》杂志上刊载的"小说丛话"中，梁启超进一步提出"中国文学"的概念，通过从诗歌、戏曲到小说的进化视野论证了小说的至高性，形成"中国小说"作为"中国文学"的最高点的意识。所有这些都显示出梁启超"小说"论与民族国家之间的强烈意向。考察梁启超从"小说"到"中国小说"的提出，实际上正与梁启超从对小说的"实用知识普及"的理解到"意识形态"的转变有关。而在这中间，"国者，积民而成"的国民观念和民族主义思想的建立形成这种转变的中介。

　　由于受到日本民权思想的影响，梁启超这一时期（流亡日本后至1902年间）大量阅读西方启蒙运动时期以来的政治理论译著。其中福泽谕吉的"一人独立，方能一国独立"的思想，中村正直翻译的《西国立志篇》和《自由之理》，以及由中江兆民所翻译的卢梭人民主权思想，都对梁启超的"新民"思想产生重要的影响。[1] 梁启超通过将近世民族的竞争界定为"人人争自存"的"国民竞争"，突出国民权利思想与国家竞争实力的关系，"国者积民而成，舍民之外，则无有国。以一国之民，治一国之事，定一国之法，谋一国之利，捍一国之患，其民不可得而侮，其国不可得而亡，是之谓国民"。[2] 在他看来，中国历史上只有"国家"（即以国为"一家私产"的称谓）而没有"国民"（将国视为"人民［的］公产"）的观念，而国与国之间的竞争体现为"国家"之竞争和"国民"之竞争两类：前者指"国君糜烂其民以与他国争者"，而后者则是一国之人"各自为其性命财产之关系而与他国争者"[3]。"国家"竞争的本质是像秦始皇、亚历山大、成吉思汗、拿破仑等野心家出于"封豕长蛇之野心"和"席卷囊括之异志"而不惜"驱一国之人以殉之"的"一人之战"，而非"一国之战"，在这种情况

---

① 　关于福泽谕吉、中村正直和中江兆民对梁启超"新民"思想的影响的详细论述，可参见郑匡民《梁启超启蒙思想的东学背景》（上海：上海书店出版社2003年版）第二章第五节、第三章第三节和第四章。

② 　梁启超：《论近世国民竞争之大势及中国前途》，载《梁启超全集》，北京：北京出版社1999年版，第309页。

③ 　同上。

下，从战者迫于号令而战，惟求能够规避获免。通过对欧美诸国的考察，梁启超指出当今欧美竞争原动力起于"国民之争自存"，正是物竞天择优胜劣败的公例不得不然。因此这种竞争的本质也就并不属于"国家""君相"和"政治"之事，而是属于"人群""民间"和"经济"之事。前者未必"人民之所同欲"，而后者由于与人民的性命财产密切相关，而能够万众一心。当今民族争竞的实质就是国民与国民的竞争，但由于中国"国民"观念的缺乏，在面对外来入侵时，仍以"国家"竞争的观念去应对，"民不知有国，国不知有民，以之与前此国家竞争之世界相遇，或犹可以图存，今也在国民竞争最烈之时，其将何以堪？"[1] 由于欧美诸国深刻地认识到中国缺乏"国民"观念，因而在策略上，一方面"以其猛力威我国家"，使中国无法与之对抗；而另一方面却"以暗力侵我国民"，使中国国民永无觉悟之日，从而达到殖民中国的目的。梁启超由此认为，中国唯有使国民"知之"今日民族竞争的本质是"国民争自存"的"国民竞争"，并通过"我自有之而自伸之，自求之而自得之"的"行之"，才能寻找到中国的前途。[2] 由此建立起"民"与"国"之间的一体关系，"不有民，何有国？不有国，何有民？民与国，一而二，二而一者也"。而"今我民不以国为己之国，人人不自有其国，斯国亡矣。国亡而人权亡，而人道之苦，将不可问矣"[3]。因此国家存亡的根本在于"国民"意识的觉醒并进而获得国民权利，做真正的国民："国者何？积民而成也。民政者何？民自治其事也。爱国者何？民自爱其身也。故民权兴则国权立，民权灭则国权亡。为君相者而务压民之权，是之谓自弃其国。为民者而不务各伸其权，是之谓自弃其身。故言爱国必自兴民权始。"[4]

在 1901 年发表的《国家思想变迁异同论》中，梁启超通过对以卢梭的民约论为代表的平权派和以斯宾塞的进化论为代表的强权派的利弊进行比

---

[1] 梁启超：《论近世国民竞争之大势及中国前途》，载《梁启超全集》，北京：北京出版社1999 年版，第 311 页。

[2] 同上。

[3] 梁启超：《爱国论》，载《梁启超全集》，北京：北京出版社 1999 年版，第 272 页。

[4] 同上书，第 273 页。

较分析，指出前者是民族主义的原动力，而后者则是新帝国主义的原动力。十八九世纪之交是"民族主义飞跃之时代"，其功绩就在于造成今日欧洲之世界。"民族主义者，世界最光明正大公平之主义也。不使他族侵我之自由，我亦毋侵他族之自由。其在本国也，人之独立，其在于世界也，国之独立。"① 而民族主义的根本就是以民权为基础，"盖民族主义者，谓国家恃人民而存立者，故宁牺牲凡百之利益以为人民"②。尽管欧洲如今已经走向民族帝国主义，但是以卢梭民约论的思想为基础的民族主义思想，视民权高于君权，这种价值适合中国的现实需要，并因此，这一民族主义思想构成梁启超此一时期政治启蒙思想的关键内涵。"民"的重要性在梁启超的论述中具有最为重要的地位，并由于梁启超的影响而使"'民'意识在清季十年处于思想论说的中心"③。

　　日本政治小说对梁启超将"小说"与以"民权"为中心的民族主义联系起来的逻辑叙述有着直接的影响。日本学术界一般将明治时期的自由民权运动看作一场"民权＝国权"型的政治思想运动，产生于这次政治运动末期的政治小说，意在通过政治的宣传而达成"民权＝国权"的民族主义思想，"政治家们利用小说这一载体来进行政治宣传，从而争取在政治的层面上来寻求与西方国家的对等"。④ 这种借政治小说以启迪国民"民权＝国权"意识的行为，及其所获得的民族国家意识的目的，对梁启超的小说论述发生了重要的影响，梁启超在《饮冰室自由书》中专门谈及日本明治政治小说的情形，尤其指出《经国美谈》和《佳人奇遇》两部政治小说对于"浸润""国民脑质"的效力。《译印政治小说序》中指出："彼美、英、德、法、奥、意、日本各国政界之日进，则政治小说，为功最高焉。"并借用

① 梁启超：《国家思想变迁异同论》，载《梁启超全集》，北京：北京出版社 1999 年版，第 459 页。
② 同上。
③ 柯继铭：《理想与现实：清季十年思想中的"民"意识》，载《中国社会科学》2007 年第 1 期。
④ 〔日〕山田花尾里：《日本近代文学研究新视角初探——坪内逍遥与政治小说》，载《东北师大学报（哲学社会科学版）》2005 年第 5 期。

英国人的说法，视"小说为国民之魂"。[①] 而这些国家政界的进步，有赖
于国民整体的觉醒，"兵丁"、"市侩"、"农氓"、"工匠"、"车夫马卒"、"妇
女"、"童孺""靡不手之口之"，并进而"全国议论为之一变"。在为自己翻
译的《佳人奇遇》所写的"序言"中，梁启超将前述这段原话照搬，可见
梁启超对自己这一观点的坚持。由此可见，小说之通俗性、与国民的整体
性、国民灵魂觉悟的变化，在此构成了一体的关系。

　　梁启超又在小说之丰吝与文明程度高下之间建立了关联，"小说为文学
之最上乘，近世学于域外者，多能言之"[②]，而所学之"域外"显然是文明
程度高于中国之国家，那么小说之盛衰也就直接是国家强弱的呈现，由是
"小说"与"中国"之间就具有了因果关系。联系到梁启超《国家思想变
迁异同论》中，通过对欧洲和中国的国家思想的古今差异的对比，所提出
的中国古代国家与人民分离，人民的盛衰与国家的盛衰无关，而欧洲新思
想则认为，国家与人民一体，人民的盛衰与国家的盛衰如影随形[③] 的观点，
则我们可以看到，"小说"与"人民"之间在关于"国家"这一点上具有了
对等性，两者在梁启超的小说理论视野中，构成了一对隐喻，是可以相互
替换的，其基本表现在于"小说"盛衰与"群治"好坏的对接。

　　但是梁启超建立"小说"与"群治"之间的联系，却还同时受到中
国传统小说观念的影响。因为后者关于"小说"文类观念的混杂性、小说
地位的鄙俗性，都鲜明地显示出儒家精英与大众底层之间的暧昧关系，这
就不仅使"小说"需要一个"正名"的过程，还因其含混性而成为一种必
须加以限制的话语。在中国传统目录学中，"小说"是最难以归类的。《汉
书·艺文志》将其归在"诸子略"，与儒家主流话语的"经"区别开来，
它如同道法墨阴阳诸家，在一定程度上成为儒家主流话语的异端，构成对
儒家经学话语的抗衡。班固的这种分法受到后世官修史书的继承，从 7 世

---

① 梁启超：《译印政治小说序》，载《清议报》1898 年第 1 册。
② 梁启超：《〈新小说〉第一号》，载《新民丛报》1902 年第 20 号。
③ 梁启超：《国家思想变迁异同论》，载《梁启超全集》，北京：北京出版社 1999 年版，第
　457 页。

纪唐代编修的《隋书》直到 20 世纪初的《清史稿》，都视"小说"为"子"类，被放置于子类的末端；但另一方面，小说又始终与"史"难以剥离，班固在《汉书·艺文志》中指出"小说家者流，盖出于稗官"，猜测小说家的身份为"稗官"，这种论述成为后世论述小说源泉的基础和"补正史之阙"的小说功能论的滥觞。"小说"既源出于"史"，却又并非官方正史，而是"稗官野史"。因此，后世小说家一本正经地认为自己就像史撰家一样，是本着客观的历史记录，不是自己的杜撰，如干宝在《搜神记》的前言对其"志怪小说"所持的态度。但是这并不为正统史家所认可，刘知几在《史通·采撰》中就以一种轻蔑的态度将包括"小说"在内的各种异质和异端进行贬斥，表示自己对"道听途说之违理"和"街谈巷议之损实"的厌恶。事实上，小说这种既是"子"又是"史"的含混性，既非"子"又非"史"的难以规范性，正与其内容的驳杂、思想的异端有关。这与中国传统以思想的雅正和征实为史的文类规范意识构成了冲突。正如鲁晓鹏所言："中国小说是一种反文类（anti-genre）和反话语，因为它打破了文学经典的等级秩序，它一向是文学固定格局中的不安定力量。"① 实际上，无论古今中外，无法被规范也就意味着对社会秩序具有颠覆性，小说在文类规范中的这种含混性成为其被视为反叛性的根源，也成为历来统治者禁制小说的依据所在。

　　而从根本上言，这种反叛性又植源于小说与民众之间的关系。余嘉锡详实地考证了小说家源出"稗官"的确凿性，并指出"稗官"就是中国古代的"士"，他引《春秋》"襄公十四年"传文"史为书，瞽为诗，工诵箴谏，大夫规诲，士传言，庶人谤，商旅于市，百工献艺"，和贾谊的《贾子新书》"保傅篇"中"天子有过，史必书之，史之义不得书过则死，而宰收其膳，宰之义不得收膳则死。于是有进善之旌，有诽谤之木，有敢谏之鼓，瞽史诵诗，工诵箴谏，大夫进谋，士传民语。习与智长，故切而不愧，化口心成，故中道若性。是殷周所以长有道也"，证明小说家"出于

———————————

① 鲁晓鹏：《正名之二：中国的"叙事"、"史"和"小说"》，载《文化·镜像·诗学》，天津：天津人民出版社 2002 年版，第 184 页。

稗官，街谈巷语道听途说者之所造"正是"士传言""士传民语"这一职能的体现，这里的"街谈巷语""道听途说"即为"庶人谤"的内容，也是所谓士传之"言"或"民语"。①也就是说，"小说"与老百姓的情绪息息相关，反映着民情世态，这与《诗》的"国风"正具有同样的功能，只不过"国风"是经过孔子的删定，已经被儒家所规范化了，所以称为"温柔敦厚"，可以"曰无邪"，并因其脱离原本语义而具有的被"引""称"言志的功能，能通于大志大道。"小说"却不同，《汉书·艺文志》曰："小说家者流，盖出于稗官，街谈巷语，道听途说者之所造也。孔子曰：'虽小道，必有可观者焉，致远恐泥。是以君子弗为也。'然也弗灭也，闾里小知者之所及，亦使缀而不忘。或如一言可采，此亦刍荛狂夫之议也。"《论语》中子夏对小道小艺的评价，原不是对小说的评价，但由于班固将其与小说联系起来，视其无法"致远"，并借助于"诗可以观"的诗学话语，使得小说的地位早早就被固定了下来：它可以观，但是并非"致远"之道，所以君子不为。但另一方面，小说又是民间情绪的体现，所以采纳"刍荛狂夫之议"也可裨补政治。实际上，中国传统对"小说"的态度，也就是对民众的态度。对小说混乱的恐惧，实际上正是对民众所可能引发的各种动乱的恐惧。士人对作为"民语"的"小说"的暧昧态度，反映出中国文士阶层对"民"的暧昧姿态：民声既是需要被重视的，但又是必须加以限制的。

中国传统小说观念与"民"之间的关系，显然不同于晚清以来人们利用"小说"的通俗性进行知识普及的工具性理解，在中国传统小说观念中，无论是"小说"的文类含混性还是与"民"之间所具有的声气相通的关系，它是"民"的文化身份和地位的象征。梁启超提出"小说界革命"的口号，将"小说"与"革命"联系起来的做法就相当审慎，他从 1898 年提出"诗界革命"后，"革命""破坏"等语词频频出现在他的言论中，但直到 1902 年才提出"小说界革命"，这种姗姗来迟正是考虑到"小说"在晚清"群众时代"人们对"小说"所具有的颠覆性和破坏性的理解，一旦

---

① 余嘉锡：《小说家出于稗官说》，载《余嘉锡论学杂著》，北京：中华书局 2007 年版，第 256—279 页。

将"小说"与"革命"联系起来，人们非常容易联想到义和团的拳祸①和法国大革命后期的群众暴乱，这对于人们接受这一观念是具有相当的难度的。因此梁启超对"小说界革命"的提倡，需要以这一时期的历史条件为基础，"一方面他初步完成了关于理想的中国民族国家以及与之相应的'新民'品格的蓝图，这为开展'小说界革命'提供了理论上的保证；另一方面由于'诗界革命'的实践显示出利用杂志这一现代印刷媒体使文学成为民族启蒙之具的潜力，这为进行'小说界革命'准备了物质上的条件"②，这从侧面显示出中国传统小说观念与"民"之间所具有的独特逻辑。梁启超的"群治""民权"显示出其自觉地意识到一个"群众时代"的到来的不可避免性，但是"群氓"作为群众时代所可能带来的后果，又是其不得不注意的事情。梁启超只有在具备"新民"的设计之后才可能提出"小说界革命"的口号，而这一关联就在于"群治"——民族国家的新的想象——的出现。

正是在"国者，积民而成"的观念下，梁启超重视了"民"的主体性，又是在传统"民"与"小说"一体的观念下，梁启超建立了"小说"与"中国"之间的关联。"中国小说"概念的提出，本身就是对于"民"与"国"之间关系的一种隐喻，是呼吁着以民为主体的现代民族国家的建立。如果我们把"意识形态"理解为一套"信仰体系"，那么梁启超以民为中

---

① 被后人视为信史看待的《庚子西狩丛谈》，就认为义和拳之乱的根本症结在于"民智之过陋"和"生计之窳薄"两端，其中第一方面就以小说戏剧的影响作为祸因的根本："北方人民，简单朴质，向乏普通教育，耳目濡染，只有小说与戏剧之两种观感。戏剧仍本于小说，括而言之，即谓之小说教育可也。小说中之有势力者，无过于两大派：一为《封神》《西游》，佹仙道鬼神之魔法；一为《水浒》、侠义，状英雄草泽之强梁。由此两派思想，浑合制造，乃适为构成义和拳之原质。故各种教术之系统，于北方为独盛。自义和团而上溯之，若白莲、天方、八卦等教，皆不出于直、鲁、晋、豫各境。据前清嘉庆年间那彦成疏中所述教匪源流，盖无虑数十百种，深根蒂固，滋蔓已遍于大河南北，名目虽异，实皆与拳教同一印版。被之者普，而入之者深，虽以前清之历代铲刈，而根本固不能拔也。"（（清）吴永（口述），刘治襄（记）：《庚子西狩丛谈》，广西师范大学出版社2008年版，第216页。）
② 陈建华：《从革命到共和：清末至民国时期文学、电影与文化的转型》，桂林：广西师范大学出版社2009年版，第69页。

心的民族主义思想正是一种与传统不同的意识形态。"小说界革命"意味着
通过"小说"在传统社会所具有的象征秩序的"革命"性颠倒，获得小说
作为文学之最上乘的地位，从而确立小说与现代中国之间的想象关系。但
是，"中国小说"却并不是传统中国的各种小说的延续和继承，而是一种需
要被重构的对象，如同"新民"所揭示的国民公德是中国本来所无一样，
现代"国民"主体条件下的"中国小说"也是一种有待建构之物。

二、"新小说"与"中国小说"的未来

　　仔细考察梁启超"中国小说"的概念，我们可以发现，"中国小说"都
是处于一种强烈的断裂的语境中被阐述的。在最初具有"中国小说"雏形
的《译印政治小说序》中，梁启超指出"中土小说，虽列于九流，然自
《虞初》以来，佳制盖鲜，述英雄则规画《水浒》，道男女则步武《红楼》，
综其大较，不出诲淫诲盗两端。陈陈相因，涂涂递附，故大方之家，每不
屑道焉"。与泰西政治小说"每一书出，而全国议论为之一变"的情形相
比，中国小说显然是形式陈旧，内容腐朽。而在《中国唯一之文学报〈新
小说〉》中，梁启超在介绍《新小说》"论说"栏的情形时，两次提到"中
国小说"的概念："大指欲为中国说部创一新境界"以及"中国小说界革命
之必要及其方法等"两处。两者出现的情形都是放在"新旧"这一语境下，
突出中国小说之旧与新的强烈对比。最后在《论小说与群治之关系》中，
梁启超虽然没有连用"中国""中土"与"小说（界）"的用法，但从"小
说"与"群治"的连接则可见出其蕴含的也还是"中国小说"的内涵。在
这里，一种新旧剧烈对比的情况更易给人以深刻的印象。所有这些，都显
示出梁启超"中国小说"观念与其从"少年中国说"到"新民说"之间的
思想联系。"中国小说"有一个需要被摒弃的过去，还有一个需要被重建的
未来，而"新小说"就是建构新的"国民"共同体的认同方式，就是"中
国小说"的未来。

　　"新小说"之"新"，同时包含着时间和空间的双重含义。首先，在时

间上,"新"是与"旧"相对立的。"新"意味着一种希望、一种进取、一种冒险,它是以未来为导向,是一种现代性的时间观。梁启超在《少年中国说》中以"老大中国"与"少年中国"的对立,来突出其认同于"新"的时间观的价值导向,他说:"老年人常思既往,少年人常思将来。惟思既往也,故生留恋心,惟思将来也,故生希望心。惟留恋也,故保守;惟希望也,故进取。惟保守也,故永旧;惟进取也,故日新。"①以新旧来衡量中国,在梁启超看来对于中国前途具有重要影响,他指出"我中国其果老大矣乎?是今日全地球之一大问题也"。因为如果中国是"老大"的,则"中国为过去之国,即地球上昔本有此国,而今渐渐灭,他日之命运殆将尽也"。而如果中国并非"老大",那么"中国为未来之国,即地球上昔未现此国,而今渐发达,他日之前程且方长也"。也就是说,"新"与"旧"意味着中国在未来的可能性。但要明白这一问题,首先需要明确"国"的意义。如果"国"指的是一家一姓之朝廷,则中国确然已是"老大"的,但是在以"国民"为主体的民族主义的观念下,"国"则是"有土地,有人民,以居于其土地之人民,而治其所居之土地之事,自制法律而自守之;有主权,有服从,人人皆主权者,人人皆服从者。夫如是,斯谓之完全成立之国"。以此定义为观照,"地球上之有完全成立之国也,自百年以来也"。以人的成长为喻,则完全成立之国,即为人的壮年,而"未能完全成立而渐进于完全成立者"则为"少年",以此为判断,梁启超得出"欧洲列邦在今日为壮年国,而我中国在今日为少年国"②的结论。

对"少年中国"的认定,确立了中国在列强争竞时代,在危机四伏中进行自我认同的合法性依据。其关键就在于以"国民"为主体的民族主义既不需要对腐朽老旧的中国进行辩护,又能够为亡国绝望情绪中的国民带来希望。"中国"在长期的专制统治下是冥而未明之物,打破专制统治正是使"中国"获得崭露的前提。梁启超正以其磅礴的气势,通过一种极其强烈的对比修辞,将"老大中国"的种种弊端与"少年中国"的种

① 梁启超:《少年中国说》,载《梁启超全集》,北京:北京出版社1999年版,第409页。
② 同上书,第410页。

种希望渲染出来，感动了一代又一代力图改造中国的人们。"新"与"旧"
的对比修辞，既是梁启超对于中国的过去与未来的定性，又是一种面向现
代性的价值追求的体现。正如老旧的"中国"一样，老旧的"国民"连同
老旧的"小说"都应该得到改造。梁启超创办《新民丛报》与《新小说》
两份刊物，正是这种"新"的"中国"想象的意识形态实践，"新民"与
"新小说"互为表里。正如他在《新小说·论进步》中所指出，群治不进的
根本途径就是破坏，才能进步，同样小说也只有革命，即从根源处翻新，
才能使国民获得根本改造。只有自治、自由的国民才能使民族获得更新。
《新小说》意图通过一种新的"中国小说"的创造，来实现以国民为主体
的民族主义意识的建构，因此国民精神成为小说革命的根本任务。在绍介
《新小说》的宗旨时，梁启超说道："本报宗旨，专在借小说家言，以发起
国民政治思想，激励其爱国精神。一切淫猥鄙野之言，有伤德育者，在所
必摈。"① 而以未来为导向，以宣传民权思想为内涵的政治小说就成为"新
小说"的落脚点。

　　正如杨义先生在对比谴责小说与政治小说时所言："谴责小说的特点
与政治小说不同，它的成就在于痛斥黑暗现实，它的缺陷在于缺乏理想光
辉。它折断了政治小说那种扶摇而上的理想翅膀，蹭蹬于强盗官场和畜生
人世的泥泞浊水之中。政治小说是愤世而济世者的文学，谴责小说是愤世
而厌世者的文学，它们从不同的角度显示了爱新觉罗王朝殿宇的坼裂与崩
毁。"② 政治小说的理想翅膀，使其具有乌托邦的色彩，正代表着梁启超对
未来中国的想象，"其立论皆以中国为主，事实全由于幻想"③。由之，也呈
现出一个与"老大中国"不同的"少年中国"的新的境象。梁启超的政治
小说的创作设想，事实上正是围绕着新旧中国的对比与想象。作为"《新
小说》之出，其发愿专为此编"的《新中国未来记》，梁启超最初的设想
即以义和团事变为起点，叙述此后五十年中国朝民族国家革命建设的发展

①　新小说报社:《中国唯一之文学报〈新小说〉》，载《新民丛报》1902 年第 14 号。
②　杨义:《中国现代小说史（第一卷）》，北京：人民文学出版社 1993 年版，第 24 页。
③　饮冰室主人:《〈新中国未来记〉绪言》，载《新小说》1902 年第 1 号。

想象。在梁启超的设想中，全书以倒叙的方式，叙说中国从南方一省的独立到全国建立一联邦大共和国，产业教育国力都得到高度发展，冠绝全球；在外交上，因西藏、蒙古主权问题而与俄罗斯开战，中国以外交手段联合英、美、日而打败俄罗斯，更借助民间力量协助俄罗斯推翻专制政权；后又因种族矛盾，黄白人种各建联盟准备开战，因为匈牙利人调停而于南京开万国和平会议。故事以中国宰相作为万国会议的议长签署人种权利平等、互相和睦种种条款作为结束。与《新中国未来记》通过国民的自我争竞最终获得全球格局中的平等地位不同，《旧中国未来记》则以不求思变的中国的将来惨状为内容，描述各强国置北京政府和各省大吏为傀儡，剥夺国民权利无所不至，人民也以奴隶之状伺候列强，然而做奴隶也无法获得生存，遂使得暴动频起，外国人借机平乱，瓜分中国，五十年后方有革命军起来反抗，但只能保障一两省的独立，作为以后复国的根基。从梁启超对政治小说《新中国未来记》等的构想中就可以看到，政治小说正是以虚构为基础，对中国未来蓝图的建构，对民族共同体的展望。而实际上，他在《论小说与群治之关系》中所描述的旧小说的中种种腐败情形，正是一幅幅老大中国的图景：迷信、才子佳人……因之在"新小说"与"旧小说"之间，建立了"少年中国"与"老大中国"的对比映像。事实上这种对比修辞始终贯穿于梁氏的各种论述之中，形成其意识形态冲突的效果。梁启超正是借助于"变"与"不变"、"新"与"旧"的对比修辞，来唤起国民的权利意识，并借助"建国"与"亡国"的民族想象来唤起国民共同体建构的未来希望。

其次，梁启超还通过他者的历史视野来建构中国的主体性。他者的历史性是外在于中国的物质性存在，但因为与中国自身命运的关联——或者他们已经成为中国的威胁，或者与中国分享着同一命运，或者预示着中国所可能出现的命运——而使得这些与中国处于共时空间并置的他者，其历史性命运闯入了中国本身的"新旧"的历史隐喻之中。梁启超在为《新小说》设计"历史小说"一栏中，就将中国置于世界各民族命运的总体视野中，来发起国民的全球想象和民族国家共同体的想象：《罗马史演义》是古代文明国民兴衰的见证录；《十九世纪演义》则为当今各文明国成立的历史；《自由钟》为美国独立史演义，激发国人的"爱国自立之念"；《洪水祸》则以法国大革命的历史为内容，并从中发明启蒙思想家卢梭、孟德斯鸠的学理，以"发人深省"。《东欧女豪杰》将俄罗斯民党三女豪的故事搬入小说，"以最爱自由之人，而生于专制最烈之国，流万数千志士之血，以求易将来之幸福，至今未成，而其志不衰，其势且日增月盛，有加无已。中国爱国之士，各宜奉此为枕中鸿秘者也"①。事实上，梁启超的历史人物传记，也可以纳入历史小说的范畴，叙写匈牙利亡国与未来的《匈牙利爱国者噶苏士传》、意大利打破专制分裂实现统一复兴的《意大利建国三杰传》，还有倡导法国大革命的《近世第一女杰罗兰夫人传》，此外还有他亲自创作的传奇小说《新罗马传奇》、《十五小豪杰》等，无不是以叙写他者的历史来隐喻中国的命运。

　　他者的"建国"与"亡国"同样可以成为主体未来建构的一种认同方式，并且因为他者作为历史的真实存在，而比政治小说的理想性更具有"不可思议之力"以使人信服和感动。《新民丛报》1902 年第 6 号在"绍介新著"中就指出了他者历史的意义："读建国史，使人感，使人兴，使人发扬蹈厉。读亡国史，使人痛，使人惧，使人怵然自戒。"并联系到中国处境的恶劣，而更倾向于亡国史，"虽然，处将亡之势，而不自知其所以亡者，则与其读建国史，不如读亡国史"。借助于对他者的"建国史"与"亡国史"的情感认同，在这一过程中，完成了主体对他者位置的嵌入，将中国置于他者的位置进行认同想象，就成为晚清以降民族国家意识发生的一种空间视野。

　　梁启超从"桃源人""国人"向"世界人"的认识的深入，正是这种空间视野的转换所带来的。在《夏威夷游记》中，他向我们描述了这一过程："余自先世数百年，栖于山谷，族之叔伯兄弟，且耕且读，不问世事，如桃源中人。……曾几何时，为十九世纪世界大风潮之势力所激荡、所冲

---

① 　新小说报社：《中国唯一之文学报〈新小说〉》，载《新民丛报》1902 年第 14 号。

激、所驱遣，乃使我不得不为国人焉，浸假将使我不得不为世界人焉。是岂十年前熊子谷（熊子谷吾乡名也）中一童子所及料也！虽然，既生于此国，义固不可不为国人，既生于世界，义固不可不为世界人。夫宁可逃耶？宁可避耶？又岂惟无可逃，无可避而已，既有责任，则当知之，既知责任，则当行之。为国人为世界人，盖其难哉！夫既难矣，又无可避矣，然则如何？曰学之而已矣。于是去年九月，以国事东渡，居于亚洲创行立宪政体之第一先进国，是为生平游他国之始。今年十一月，乃航太平洋，将适全地球创行共和政体之第一先进国，是为生平游他洲之始。于是生二十七年矣，乃于今始学为国人，学为世界人。"① 从"为国人""为世界人"到"学为国人""学为世界人"之间，存在区别，前者是一种不得不然之势，而后者则是如何真正地去成为国人和世界人。在这段叙述中，梁启超揭示了地理空间的转移对于"国人""世界人"意识及其行为的影响，"学为国人／世界人"就是从被动到主动自觉之间的转化，这种转化有赖于对本土的疏离和对他国和他洲的地理的摄入——也就是，超脱本土地理空间的限制，而把中国置于全球空间的整体格局中，去看待中国所处的位置。中国与他者之间的关系，需要在不断地相互辨认和观看的过程中逐渐建立。张灏所说的"天下大同"的价值观和"中心意象"的世界观的拆解，正是出现在这种互动的过程之中。这种全球空间的整体格局，是一种时间上的同一性，已经不同于原来梁启超在"公羊三世说"观念下的时间差序——据乱世、升平世和太平世——而成为空间并置上的不同国家的强弱的表现，并且在这一格局中，列强与弱国之间的差别就在于"民族主义"的有无强弱。因此，在"中国"之外，全球空间的整体格局呈现着强弱的不均匀性。如果说强国以其咄咄逼人之势已经并将持续成为中国外在的威胁的话，那么其他弱国甚至亡国则事实上呈现或者预示着中国所可能具有的命运。因之，对"西方"的认同是建立在对"弱小"命运国家的认同的基础上。"中国"对自我位置的确认，正是在这一迂回的过程中达成的。诚

---

① 梁启超：《夏威夷游记》，载《梁启超全集》，北京：北京出版社 1999 年版，第 1217 页。

如瑞贝卡所指出：

> 在晚清，中国的全球性概念（地缘政治＋地理）和它与晚清中国的关系的理解不能仅仅被诠释为对翻译成地理概念（"西方"）的地缘政治空间的认知、默许甚或是反抗的行为，即，如果我们承认"西方"在十九世纪的大部分时间里并没有在这个意义上被承认——它是一个想象的"舞台"，正在被创造出来，但是并不真正存在——如果我们同样也承认，在那个时候"中国"也并不是一个已经形成的民族国家概念（但不可否认清王朝已经明显是而且是被看作是一个政治实体），那么对"西方"和"中国"等等属于全局性范畴的历史概念的形成过程的探讨必须是历史学家的一个中心任务。这个任务要求探讨民族主义与全球的历史化的概念是如何在具体的时间和空间中同时被指明的这一过程。……晚清全球性和民族主义可以被合理地看作是一个需要把不均衡的全球空间挪用到重新定义中国和世界这一未完成的历史工程上的层叠过程。①

现代"中国"的建立是同时在"西方"意义被创造的过程中产生，而"西方"意义的创造又是在"弱小"与"列强"的并置中被构造出来。"中国""弱小国家"和"西方"之间，正是共享着一个意义产生的"共同舞台"。《江苏》杂志 1903 年 4 月 27 日上的《哀江南》中就以当时为国人所关注的波兰亡国史来揭示中国身份建立的这种他者性："支那而不自立也，则波兰我，……支那人而自立也，则美利坚我，德意志我。"瑞贝卡对此进行分析，"它既通过语言把世界限制在一个舞台上，同时又把一个完整的世界作为中国的舞台背景。从小处着眼，它同样显示了中国晚清的危机四伏的环境开始与地理上相距遥远、但是心理上相近的同样共处于一个历史危机与变革的他者的想象联系在一起。从而在这个意义上，波兰的败亡故事也是有其适合这类戏剧处理的：它在地理上被其他国家分割，从此完全消失于世界地图上，然而仍作为一个关于某个可能

---

① 〔美〕瑞贝卡：《世界大舞台：十九、二十世纪之交中国的民族主义》，高瑾等译，北京：三联书店 2008 年版，第 13 页。

会有将来的地方的想象呈现着，而这个将来是由现在决定的。"①事实上，这也可以看作梁启超"历史小说"对于"中国"建构所具有的意义。而正是这种由空间并置所带来的他者镜像，构成了对"中国"现实的深深"抛弃"。

三、作为"中国小说"历史根源的 "中国文学"的现代发生

与"中国小说"概念所具有的剧烈的断裂性不同，在梁启超的"中国文学"的表述中，"中国文学"始终是与荣誉联系在一起的：

本报所登载各篇，著、译各半，但一切精心结构，务不损中国文学之名誉。

——《中国唯一之文学报〈新小说〉》《新民丛报》十四号（1902年）

本篇自著本居十之七，译本仅十之三。其自著本，处处皆有寄托，全为开导中国文明进步起见。至其风格笔调，却又与《水浒》、《红楼》不相上下。其余各小篇，亦趣味盎然，谈言微中，茶前酒后，最助谈兴。卷末附《爱国歌》、《出军歌》诸章，大可为学校乐奏之用。其广告有云：务求不损祖国文学之名誉。诚哉其然也！

——《〈新小说〉第一号》《新民丛报》第二十号（1902年）

寻常论者，多谓宋元以降，为中国文学退化时代。余曰不然。夫六朝之文，靡靡不足道矣。即如唐代，韩、柳诸贤，自谓"起八代之衰"，要其文能在中国文学史上有价值者几何？昌黎谓"非三代两汉之书不敢观"，余以为此即其受病之源也。自宋以后，实为祖国文学之大进化。何以故，俗语文学大发达故。

——《小说丛话》《新小说》第七号（1903年9月）

吾辈仅求之于狭义之诗，而谓我诗仅如是，其谤点祖国文学，罪

---

① 〔美〕瑞贝卡：《世界大舞台：十九、二十世纪之交中国的民族主义》，高瑾等译，北京：三联书店2008年版，第38页。

不浅矣。

——《小说丛话》《新小说》第七号（1903 年 9 月）

并且倾向于文学的"精心结构""处处皆有寄托""风格笔调""趣味盎然"等审美层次上的内涵。与"中国小说"的"新旧"的决绝性相比，"中国文学"充满着续接历史的意识，自觉地追溯中国文学源流、发展、探寻文学民族主义源头。从"中国小说"到"中国文学"的这种差异究竟是如何发生？注意到"中国小说"与"中国文学"出现的时间基本重叠，如在《中国唯一之文学报〈新小说〉》《〈新小说〉第一号》中就基本并列出现，两个语词之间的冲突究竟是如何造成的？不理解这一点，我们就难以理解梁启超"中国文学"观念的发生的过程及其确切内涵。而理解这一点就不得不与梁启超的历史思想相结合。

正如林志钧在《饮冰室合集》的"序"中写道，"知任公者，则知其为学虽数变，而固有其坚密自守者在，即百变不离于史"[1]。在梁启超那里，撰写历史，与建构现实有着必然的联系。一方面，在梁启超的早期学习和阅读中，"历史"就一直成为其鉴照现实，实行政治变革的重要依据；而另一方面，通过对历史的重构，对于建构新的国民意识，形成新的认同政治，具有重要的意义。他在《国家思想变迁异同论》中强调了思想对于建构现实的关系："思想者，事实之母也。欲建造何等之事实，必先养成何等之思想。"[2] 而在梁启超的视野中，历史就是建构现实的必要方式，"本国人于本国历史，则所以养国民精神，发扬其爱国心者"。[3] 但是中国过去的历史却并没有形成中国人的"国民精神"和"爱国心"，中国历史显示出中国政治的真相不过是"纪一姓之势力圈"[4]。以"国民"为主体的民族主义视野来观照中国历史，则中国实没有历史："史也者，记述人间过去之事实者也。虽然，自世界学术日进，故近世史家之本分，与前者史家有异。前

---

① 《饮冰室合集序》，载《饮冰室合集（文集第一册）》，北京：中华书局 1989 年版，第 3 页。
② 梁启超：《国家思想变迁异同论》，载《梁启超全集》，北京：北京出版社 1999 年版，第 455 页。
③ 梁启超：《东籍月旦》，载《梁启超全集》，北京：北京出版社 1999 年版，第 333 页．
④ 梁启超：《中国史叙论》，载《梁启超全集》，北京：北京出版社 1999 年版，第 448 页。

者史家，不过记述事实；近世史家，必说明其事实之关系，与其原因结果。前者史家，不过记述人间一二有权力者兴亡隆替之事，虽名为史，实不过一人一家之谱牒；后世史家，必探察人间全体之运动进步，即国民全部之经历，及其相互之关系。以此论之，虽谓中国前者未尝有史，殆非为过。"① 因此，历史的重构就成为建构国民意识的基础，而这就需要"史界革命"："今日欲提倡民族主义，使我四万万同胞强立于此优胜劣败之世界乎？则本国史学一科，实为无老、无幼、无男、无女、无智、无愚、无贤、无不肖所皆当从事，视之如渴饮饥食，一刻不容缓者也。然遍览乙库中数十卷之著录，其资格可以养吾所欲，给吾所求者，殆无一焉。呜呼，史界革命不起，则吾国遂不可救。"② 梁启超提倡"史界革命"与"文学界革命"，都是为了发扬国民爱国精神，历史的重构与小说的重构，都立足于思想可以建构现实这一前提上。在这一意义上，历史实际上带有着观念构造的成分，与小说的虚构性之间就具有了重要的关联。新的"中国"的"历史"，与新的中国的"小说"，都昭示着一种新的中国"政治"。"中国小说"所蕴含的政治和历史的巨大含量，由此建立起其共同的基础。于是，"小说""历史"与"政治"显示出民族国家共同体建构的共同作用。

新中国虽然只是新的"中国"，是在"旧中国"的基础上新生的个体，但是"新中国"需要通过"新史学"来确立其认同的基础，同样，新的小说也需要在中国文学的重新叙述中来建立其根源。在叙述新小说的历史的起源的时候，与新史学的进化逻辑相一致，梁启超也借用进化论来进行，从中来探索民族国家意识建立的历史进化逻辑。进化的逻辑作为当时的公理，是任何论证所必须采用的依据。进化是民族国家形成的基础，也是小说进化为文学最上乘的条件。进化同时关联着民族国家与小说文类。梁氏对小说地位的进化论证体现在两个方面：

第一，他从俗语文学进化的视野，突出一切文体向俗语进化的必然性，

---

① 梁启超：《中国史叙论》，载《梁启超全集》，北京：北京出版社 1999 年版，第 448 页。
② 梁启超：《新史学》，载《梁启超史学论著四种》，长沙：岳麓书社 1998 年版，第 246—247 页。

不独小说为然。而俗语文体的特征就是言文合一，实际上正隐含着民权意识。"文学之进化有一大关键，即由古语之文学，变为俗语之文学是也。各国文学史之开展，靡不循此轨道。中国先秦之文，殆皆用俗语，观《公羊传》《楚辞》《墨子》《庄子》，其间各国方言错出者不少，可以为证。故先秦文界之光明，数千年称最焉。……宋以后，实为祖国文学之大进化。何以故？俗语文学大发达故。……苟欲思想之普及，则此体非徒小说家当采用而已，凡百文章，莫不有然。"①

第二，他从文体进化的视野，强调文体进化由简到繁的趋势，以戏曲为中介实现两次转变。其一，将戏曲与诗歌联系起来，突出戏曲在表现功能上对于诗歌的优势，建立戏曲的至高位置。必须注意到，他是在"小说丛话"中比较中国之诗与泰西之诗，这一点具有特别的意义。在这里他表明了自己比较视野的转变，此前他在比较中西诗体的长度时，将荷马、但丁、拜伦和弥尔顿用来与中国诗比较，认为他们的著名之作，"率皆累数百页，始成一章者也"②，而中国的诗，最长的也不过《孔雀东南飞》《北征》《南山》之类，很少超过二三千言以外者，并因此认为这是东方文学家才力薄弱的表现；现在他认为这种比较是成问题的，因为这仅仅是从狭义之诗而言，而诗则有广、狭义之分。泰西之诗实则诗体不一，如果以此为参照，则中国的骚、乐府、词曲都属于诗，从这一意义上，"数诗才而至词曲，则古代之屈、宋，岂让荷马、但丁？而近世大名鼎鼎之数家，如汤临川、孔东塘、蒋藏园其人者，何尝不一诗数万言耶？其才力又岂在拜伦、弥尔顿下耶？"③通过广义诗的定义，他最终使得戏曲进入了诗歌的系统之中，并以之确立中国文学在诗体上的荣誉。

但梁氏的做法并不到此为止。他认为斯宾斯所言的"宇宙万事，皆循进化之理，惟文学独不然，有时若与进化为反比例"的说法并不完全

---

① 梁启超：《小说丛话》，载夏晓虹辑《〈饮冰室合集〉集外文（上）》，北京：北京大学出版社 2005 年版，第 149 页。
② 同上。
③ 同上书，第 150 页。

正确，那种"谓文学必带有一种野蛮之迷信，乃能写出天然之妙；文明愈开，则此种文学愈绝"的观念，实只是从文学风格上言，但是从文学体裁上论，却并不是如此。梁启超以此来对比体裁进化的合理性，"凡一切事物，其程度愈低级者则愈简单，愈高等者则愈复杂，此公例也"①，从这一意义上，从诗进化到戏曲就成为一种高级的演化，"故我之诗界，滥觞于三百篇，限以四言，其体裁为最简单；渐进为五言，渐进为七言，稍复杂矣，进而为长短句，愈复杂矣，长短句而有一定之腔一定之谱，若宋人之词者，则愈复杂矣；由宋词而更进化为元曲，其复杂乃达于极点"②。如果在上一则丛话中，梁启超以广义之诗的定义，把戏曲纳入诗的系统，那么在这里他又借助于体裁进化的视野，将戏曲确立为诗体进化的顶点，从而，原先以《诗》为根本标准的诗体概念，就转变为以《诗》为起点的进化轨迹，作为刚刚被收编入"诗"系统的戏曲一下子成为"诗"的至高形态。

　　其二，在论证完戏曲作为体裁进化上是"诗"的至高形态之后，梁启超又将戏曲的表现力与小说的感染之力联系起来，从而将戏曲纳入小说的视野之中，确立小说在文类上的总体性。梁启超突出戏曲胜于其他诗体的四个体征，即体唱白相间、可写多人意境、体例可以无限延展、而又可任意缀合诸调，从而具有较为自由而广阔的表现功能。从中国韵文进化的角度确立"以曲本为巨擘"的地位，而在曲本之中，梁氏又独推《桃花扇》作为"冠绝前古"之作，从其结构、文藻和寄托三个方面，进行论述，尤其突出了《桃花扇》沉痛之调的感人力量，"文章之感人，一至此耶？"③然梁氏至此，笔锋一转，他又写到："蒋藏园著《临川梦》，设言有俞二姑者，读《牡丹亭》而生感致病。此不过为自己写照，极表景仰临川之热诚而已，然亦可见小说之道感人深矣。"④尽管在梁启超的观念中，小说与戏曲传奇

①　梁启超：《小说丛话》，载夏晓虹辑《〈饮冰室合集〉集外文（上）》，北京：北京大学出版社 2005 年版，第 150 页。
②　同上。
③　同上书，第 152 页。
④　同上。

往往被视为同一事物，这也为众多论者所同道，但是在上述关于"诗"与"戏曲"的关系论述中，却也并没有见出梁启超插入或混用"小说"的情形，如此我以为在这里梁启超恰恰是一种有意识的行为。他首先将"戏曲"纳入"诗"的范围，再借用体裁进化的依据，确立"戏曲"的至高位置；在此基础上，又通过"感人之力"这一点，将小说与戏曲联系起来。实际上，从《论小说与群治之关系》开始，梁启超就已经形成了小说是依靠其"不可思议之力"而成为"文学之最上乘"的观点。而在这则"小说丛话"中，梁启超还举出《泰晤士报》所登载的"读小说而自杀"的例子，来加以证明，并发出"小说之神力，不可思议，乃如此耶"[①] 的赞叹！

事实上，梁启超对戏曲的体裁的表现力的论述，在两年前《中国唯一之文学报〈新小说〉》中已经将之应用到小说上："小说之道感人深矣。泰西论文学者必以小说首屈一指，岂不以此种文体曲折透达，淋漓尽致，描人群之情状，批天地之窾奥，有非寻常文家所能及者耶！"[②] 这种观点在当时"新小说"的作者群中，也已经形成了共识，比如曼殊就指出，相对于史书受到历史上固有人物事迹的限制，小说享有更大的自由性，"吾有如何之理想，则造如何之人物以发明之，彻底自由，表里无碍，真无一人能稍掣我之肘者也"[③]。从这一意义上"由古经以至《春秋》，不可不谓之文体一进化；由《春秋》以至小说，又不可不谓之非文体一进化。"[④] 从文类体裁进化角度所确立的小说的至高性，也就成为"中国文学"的荣誉之处。梁启超对"中国文学"的荣誉的评价标准，就在于"中国文学"的"精心结构""风格笔调"等审美层次，由此出发，他认为《桃花扇》"结构之壮丽，寄托之遥深"可谓"冠绝千古"[⑤]。加之《桃花扇》令读者"读此而不油然生

---

① 梁启超：《小说丛话》，载夏晓虹辑《〈饮冰室合集〉集外文（上）》，北京：北京大学出版社 2005 年版，第 152 页。

② 梁启超：《中国唯一之文学报〈新小说〉》，载《新民丛报》1902 年第 14 号。

③ 梁启超：《小说丛话》，载《新小说》1905 年第 13 号。

④ 同上。

⑤ 梁启超：《小说丛话》，载夏晓虹辑《〈饮冰室合集〉集外文（上）》，北京：北京大学出版社 2005 年版，第 150 页。

民族主义之思想者，必其无人心者也"①，则《桃花扇》显然成为"中国文学"的最高典范。

很显然，这已经不同于梁启超此前对"中国小说"的传统的断裂性的民族主义视野。从"中国小说"到"中国文学"，实际上基于梁启超对于现代性理解的变化。如果说前者意味着中国与传统的彻底的断裂和否定，则后者主要建立在梁启超思想中的"文化民族主义"思想，是梁启超对民族主义的深入理解的阶段。"国民—国家"有机体的建立不仅仅需要政治的想象，还需要历史的根源为其建构认同的情感基础，历史成为民族建构所无法迈越的对象。梁启超要寻求"中国小说"的地位，不能脱离开中国文学的传统格局，而这也就使得梁氏的文学思想，逐渐开始返回历史中的文学，去寻找古典文学中的精神依据，而这种依据正是在于他民族的文学的比较中逐渐确立的意识。小说地位的这种"挣脱"和"占据"，需要对传统文学的谱系进行新的言说。另一方面，"中国小说"的建立，实际上也正是力图建构一种新的"中国"文学的历史。由此一种"中国文学史"的观念也开始萌生，以小说总体性为视野的俗文学进化的历史建构，正是从"国民—国家"有机关系及其民族主义精神中发生出来。这里的"中国"既是历史中所无的，需要从"少年中国"中创生；但是，这里的"中国"似乎又是有的，"中国"意识被激活，中国之所以可能重新占据全球舞台，就在于中国具有它历史的源流。"凡一国之能立于世界，必有其独具的特质，上自道德法律，下至风俗习惯、文学美术皆有一种独立之精神。祖父传子，子孙继之，然后群乃结，国乃成。斯实为民族主义之根源也。"②于是，"中国小说"这一面对未来的现代性诉求，就不得不在传统的"中国文学"中寻找它的合法性。《桃花扇》作为历史与现实交接的最佳点，它是文学认同的最佳时刻，也正是民族精神最为饱满的时刻。这是因为，作为"国民文学"，它既是文类最高点的呈现，拥有无愧于"文学"的方面，又是民族

① 梁启超：《小说丛话》，载夏晓虹辑《〈饮冰室合集〉集外文（上）》，北京：北京大学出版社 2005 年版，第 151 页。
② 梁启超：《新民说》，载《梁启超全集》，北京：北京出版社 1999 年版，第 657 页。

国家认同的最佳代表，其本身就蕴含代表着强烈的民族精神。两者在建构民族的尊严和荣誉上联结在一起，民族认同意识和民族权利精神在这里得到最深刻的呈现。民族精神最为饱满的时刻，则是艺术构造最为独特的时刻，审美性与民族性正由此而发生。

如此，从"中国小说"到"中国文学"，尽管其立足点仍然是"小说"，但是对于历史与现实关系的理解却完全不同。"中国"的含义发生游走，一个是未来的，一个是过去的。而这里的"民族"也发生了变化：前者是民族主义，而后者是文化民族主义。"19 世纪末以后，西方民族主义固然给中国人送来了一份追求民族独立的的礼品，然而，它同时也带来了一个最大的麻烦。因为根据它的说法，非西方民族之所以在近代不能获得迅速的发展，关键就在于这些民族的文化本根与西方民族的文化有巨大的差异。也就是说，非西方民族要想获得像西方那样的发展，就必须彻底地改造自己的民族文化基因。而对一个民族的文化本根的改造，又恰意味着对这个民族的根本否定，这是一个让人无法适从的严重的二律背反。更何况，西方民族主义是裹挟着达尔文的进化论传入中国的，优胜劣汰，适者生存的警世名言，更是让中国人万分焦躁，对西方民族主义敬之而又畏之。"[1] 民族主义与文化民族主义的冲突，事实上难以调和。中国人在历史中建立进化的传统，既同时应对现代性，又能够克服内心文化的焦虑，就成为一种模式。梁启超"中国文学"观念必然包含的史学重构，也即是对于"文学史"新传统的建立，这种思想受到后来胡适的继承，从而成为我们长期以来理解中国文学的基本视野。

梁启超从"中国小说"到"中国文学"概念的提出，是他塑造以"国民"为主体的民族主义意识形态的重要方式，开启中国现代"国民文学"/"国族文学"的先河，是中国文学现代性的重要标志。其中，"中国小说"以一种强烈的断裂性，宣布一种以"国民"为主体的文学内涵的产生，"新小说"与"新国民"的同构关系正是"中国小说"的现代内涵的政治

---

① 皮明勇：《民族主义与儒家文化——从梁启超的民族主义理论及其困境谈起》，载李世涛主编《民族主义与转型期中国的命运》，长春：时代文艺出版社 1999 年版，第 254 页。

隐喻；与之相比，“中国文学”则试图以进化论的逻辑为想象中的“中国小说”的崭新局面寻找历史的依据，建构一种小说总体性视野下的“中国文学”传统，尤其重视“精心结构”的艺术荣誉与“民族主义”的自觉意识对于“中国文学”的中国性与文学性的意义。从这一意义上，梁启超“中国文学”的概念提出，已经具备了“文学性”与“国族性”的双重内涵。尽管“中国文学”这一语词并非梁启超第一个使用，然而，与晚清学制改革过程中，“中国文学”被用以指称中国古代的文章流别，尤其作为写作课程的名词不同①，梁启超是“中国文学”现代意义的创造者。

---

① 光绪二十九年（1903 年）《奏定高等小学堂章程》中设有“中国文学”科目并解释道：“其要义在使通四民常用之文理，解四民常用之语句，以备应世达意之用。读古文每日字数不宜多，止可百余字，篇幅长者分数日读之，即教以作文之法，兼使学作日用浅近文字。篇幅宜短，总令学生胸中见解言语郁勃欲发，但以短篇不能尽意为憾，不以搜索枯窘为苦。蕴蓄日久，其颖敏者若遇不限以字数时，每一下笔至数百言矣。并使习通行之官话，期于全国语言统一，民志因之团结。”而在其后的课程程度上，第一年规定为“读浅俗古文，即授以命意遣词之法，兼使以俗语翻文话，写于纸上约十句内外，习楷书，习官话”。而后第二年、第三年、第四年程度提升，但其内容都还是读书识字写作。（舒新城编：《中国近代教育史资料》中册，人民教育出版社 1961 年版，第 435、437 页。）同一年所颁布的《奏定中学堂章程》中，也设有“中国文学”一科，但与高等小学学习以识字疏通文理不同，中学的“中国文学”科重心放在“作文”上，认为“入中学堂者年已渐长，文理略已明通，作文自不可缓”，并指出学文次序为“文义”“文法”和“作文”三步。此外，还“次讲中国古今文章流别。文风盛衰之要略，及文章于政事身世关系处。其作为之题目，当就各学科所授各项事理及日用必需各项事理出题，务取与各科学贯通发明；既可易于成篇，且能适于实用”。（同上，第 508—509 页。）而在 1902 年的《钦定高等学堂章程》中，则没有“中国文学”的科目，而只有“词章”一科，其讲授内容为“中国词章流别”，同年颁布的《钦定京师大学堂章程》设有“文学科”，其内容包含经学、史学、理学、诸子学、掌故学、词章学和外国语言文字学。这一定义不脱传统“文章博学”。1903 年《奏定高等学堂章程》中，设有“中国文学”一科，与小学和中学重在文字作文的实用相同，它主要是“练习各体文字”，到了第三年往往“兼考究历代文章名家流派”。1903 年的《奏定大学堂章程》中设置了“文学科大学”，其下分为九门，第四门为中国文学门，第五门为英国文学门，第六门为法国文学门，第七门俄国文学门，第八门为德国文学门，第九门为日本文学门，在“中国文学门”中，设置了文学研究法、说文学、音韵学、历代文章流别、古人论文要言、周秦至今文章名家等等课程，才基本上接近于今天的大学中文系课程。